JAKOB AUGSTEIN

Die Farbe des Feuers

atb aufbau taschenbuch

JAKOB AUGSTEIN

Die Farbe des Feuers

ROMAN

aufbau taschenbuch

MIX
Papier | Fördert gute Waldnutzung
FSC® C083411
www.fsc.org

ISBN 978-3-351-04223-3

Aufbau ist eine Marke
der Aufbau Verlage GmbH & Co. KG

1. Auflage 2024

www.aufbau-verlage.de
10969 Berlin, Prinzenstraße 85

Einbandgestaltung zero-media.net, München
Satz Greiner & Reichel, Köln
Druck und Binden CPI books GmbH, Leck, Germany

Printed in Germany

Cette nuit, dans mon sommeil, une bête de feu s'est tapie tout au fond de mon être. Et quand elle bouge, quand sa langue darde et qu'elle me donne un coup de griffe, je suis forcé de parler de toi, ô bien-aimée.

Während der Nacht, als ich schlief, hat sich tief in meinem Inneren ein feuriges Tier niedergelassen. Und wenn es sich bewegt, wenn seine Zunge zuckt und wenn es mit seiner Klaue nach mir greift, dann muss ich von dir sprechen, o meine Geliebte.

Blaise Cendrars

Paris

Es war am frühen Morgen des elften Aprils im Jahr des Herrn 2019, als sie eilig die Treppen hinuntersprang. Sie warf das rote Tor hinter sich zu, wich geschickt der grünen Abfalltonne aus, die links neben dem Eingang stand, und rannte die schmale Straße hinunter. Sie befand sich mitten in Paris, aber um diese Zeit waren nur wenige Menschen unterwegs. Das Pflaster war noch nass. Zwei alte Leute blieben stehen und blickten ihr nach, so wie alte Leute einem Schulkind hinterherblicken, vielleicht, um sich zu ärgern, vielleicht, um sich zu erinnern.

Sie bog nach rechts in die Rue Saint-Bon ab, die sie mochte, weil sie so schmal war, eigentlich keine richtige Straße, sondern eine Gasse. Wie jeden Morgen streckte sie ihre Arme nach rechts und links und prüfte, ob sie so schon die Wände der gegenüberliegenden Fassaden berühren konnte. Noch fehlte ein kleines Stück. Nach dem Sommer, dachte sie, spätestens im nächsten Jahr! Dann kam sie zu der Treppe mit den sieben Stufen, die sie mit einem Satz hinunterzuspringen pflegte, wobei die siebte Stufe nicht richtig zählte, weil sie nur halb so hoch war wie die anderen. Sie nahm ihren üblichen Anlauf, schaffte heute aber nur sechs Stufen, landete auf der siebten, rutschte ab und verlor das Gleichgewicht. Sie stürzte und blieb einen Moment atemlos auf dem Rücken liegen. Der Himmel über der Stadt war heute von einem besonders strahlenden Blau.

Sie raffte sich wieder auf und lief weiter zu den Brücken, die auf die Île de la Cité führen. Victor Hugo schreibt über diese Insel, sie habe die Form einer Wiege, aber eigentlich wird sie von zwei Armen der Seine gehalten, als sei sie das Kind. Entlang der westlichen Seite der Rue d'Arcole erstrecken sich die hohen Mauern, die vergitterten Fenster und die blauen Stahltore des Hôpital Hôtel-Dieu.

Die östliche Seite der Straße gehört seit jeher den kleinen Andenkenläden und den schlichten Restaurants, die hier dicht an dicht liegen. Nicht selten geht so ein Etablissement vom Vater auf die Tochter über und von der Mutter auf den Sohn und befindet sich darum seit Generationen im Besitz ein und derselben Familie. Die Rue d'Arcole wird beherrscht von einer wahren Aristokratie der Wirte und Andenkenverkäufer.

Er war in eine solche Familie hineingeboren. Seit hundertfünfzig Jahren lebten sie auf der Insel, und genauso lange betrieben sie das kleine Geschäft, das in dieser Zeit weder Phasen besonderen Wachstums erlebt hatte noch solche des bedrohlichen Niedergangs. Als er die Boutique von seinem Vater übernommen hatte, vor vierzig Jahren, war gerade die Belle Époque groß in Mode: Moulin Rouge, Chat Noir, Aristide Bruant, Toulouse-Lautrec. Aber er hatte die Beobachtung gemacht, dass sich das Andenkengeschäft in den vergangenen Jahren immer mehr auf den Eiffelturm konzentriert hatte. Ja, der Laden hatte sich von einem Geschäft für Pariser Souvenirs in ein reines Eiffelturmgeschäft verwandelt: Eiffelturm, überall nur Eiffelturm. Außerdem zeigten die Kunden ein anderes Kaufverhalten als früher. Sie gaben zwar nicht weniger Geld aus, verwendeten es aber anders. Sie kauften lieber ein paar billige Gegenstände als einen teuren.

Er bedauerte diese Entwicklung, aber er konnte sie im Interesse des Überlebens seines Geschäfts nicht ignorieren. Also passte er sein Angebot dem schlichter werdenden Geschmack seiner Kunden an, für die er eine mit den Jahren zunehmende Verachtung empfand.

Die jüngste Etappe auf dem Weg dieses Niedergangs – so empfand er das, obwohl Umsatz und Gewinn keinen Grund zur Klage boten – bestand darin, dass die kleinen aufklappbaren Spiegel nicht mehr im Sortiment zu halten waren. Es gab sie in eckiger, ovaler oder runder Ausführung, und ihre Oberseite war mit hinter Glas gelegten Motiven der Stadt verziert. Er mochte diese Spiegel, aber im Verkauf musste er mindestens elf Euro neunzig dafür nehmen. Das war zu teuer. Was noch im Lager war, wollte er darum für einen Sonderpreis veräußern. Er räumte gerade das Regal ein, als ihm ein länglich-schmales Exemplar auffiel. Er hielt inne und holte die Brille aus der Brusttasche des Kittels, den er jeden Morgen über die Strickjacke zog, wenn er das Geschäft öffnete und die Stellagen besetzte. Er hielt sich den flachen Gegenstand, der kühl in seiner Hand lag, vors Gesicht wie ein Buch, er drehte und wendete ihn und studierte ihn so aufmerksam, als könne er daraus etwas über die Zukunft des Andenkenhandels erfahren. Die Rückseite war glatt und glänzend, und in der leicht nach außen gewölbten Oberfläche spiegelte sich sein runder Kopf mit der Halbglatze wie eine kleine haarige Rosine. Auf der anderen Seite war das Abbild der Kirche von Sacré-Cœur zu sehen. Er schob sich die Brille in die Stirn und stellte fest, dass der Himmel über ihm jetzt gerade ganz genauso blau war. Das gefiel ihm. Dann machte er sich daran, den Aufsteller mit den Postkarten auf den Bürgersteig zu schieben.

Dabei achtete er darauf, den beiden Männern von der Straßenreinigung nicht in den Weg zu kommen. Sie trugen grüne Overalls und gelbe Warnwesten und sahen mit ihren langen Besen wie Papageien aus, die sich über den Schmutz der Straße hermachten. Ihre Schicht hatte vor zwei Stunden am Depot der Stadtreinigung bei der Gare de l'Est begonnen und endete am frühen Nachmittag unten am Port-Royal. Sie stammten aus Burundi, aus der Gegend der heißen Quellen von Mugara. Während sie die Steine der Pariser Trottoirs fegten, sehnten sie sich nach den schattigen Wäldern der Karyambuto-Hügel. Und wenn ihnen einmal, wie an diesem Tag, das Blau des Himmels über Paris auffiel und sie blinzelnd den Kopf in den Nacken legten, dann dachten sie an das leuchtende Wasser des Tanganjikasees, an dessen Ufer sie früher Barsche geangelt hatten.

Den ganzen Weg hinüber sprachen sie leise und ernst in der weichen Sprache ihrer Heimat, die niemand, an dem sie vorbeikamen, verstehen konnte, und darum wusste auch niemand, worüber sie sprachen. Sie blickten nur auf den Weg vor sich, weil das ihre Arbeit so mit sich brachte und weil das gleißende Licht des Pariser Kalksteins ihre Augen blendete. Sie bemerkten die alte Dame an der Ecke der Rue Chanoinesse nicht, die ihnen im Vorübergehen aus Gewohnheit einen aufmunternden Blick zuwarf.

Sie war einmal Schauspielerin gewesen und immer noch eine auffallende Erscheinung. Sie trug den Gürtel um ihren langen, hellen Mantel locker geknotet, und ihr buntes Tuch hing ihr nachlässig über die Schultern. Wenn sie in ihrer Jugend um diese Uhrzeit in den Straßen unterwegs war, war sie noch nicht im Bett gewesen, so viel ist sicher. Damals galten die Quartiers am rechten Ufer noch als verrufene Gegend, Saint-Merri, Enfants Rouges und natürlich die Hallen, dieser Umschlagplatz des Lebens, auf dem alles käuflich war, damals, als die Rue Antoine Carême, die seit dem Neubau des Viertels in keinem Pariser Stadtplan mehr zu finden ist, noch mitten durch Austern, Fisch und Langusten führte, durch Gemüse, Geflügel und Fleisch, tot und lebendig.

Neben der alten Schauspielerin ging sehr langsam und vorsichtig die Witwe eines Leiters der Unterabteilung Steuer, Finanz- und Wirtschaftsberatung in der Abteilung für Kommunalverwaltung in der Generaldirektion der Öffentlichen Finanzen. Sie war kleiner und unscheinbarer, allerdings auch eleganter als ihre flamboyante Freundin, von der sie sich, wie an jedem Donnerstag, auf ihrem Weg zum Augenarzt begleiten ließ, dessen Praxis sich am unteren Ende des Boulevard Saint-Germain befand. Denn vor einigen Jahren, als ihr Mann schon tot war, hatten ihre Augen plötzlich die graugrüne Farbe des Atlantiks angenommen, an dessen bretonischen Stränden sie mit ihm die Sommer verbracht hatte, und sie begann zu erblinden. Sie hatte festgestellt, dass mit dem langsamen Verlöschen ihres Augenlichts auch ihre Erinnerungen verblassten, aber weil sie ohnehin nie so farbig gewesen waren wie die ihrer Freundin, trauerte sie ihnen nicht hinterher, sondern amüsierte sich stattdessen über die Erzählungen von den Nächten im »Gravillons«, im »Belle de Nuit«, im »Caveau« und im »Les Miroirs« am Boulevard de Sébastopol, wo früher die Schwarzen ihren Jazz spielten.

Sie lebten im selben Haus und kannten sich schon lange. Im Erdgeschoss war das Geschäft eines Buchbinders, das auf Schnittverzierungen spezialisiert war. Die Witwe des Finanzbeamten lebte im ersten Stock und hatte einen Balkon, die Schauspielerin lebte im Stockwerk darüber und hatte keinen. Das Haus stand an der Place Dauphine, auf der westlichen Seite der Insel, in der Nähe des Pont Neuf, wo sich beinahe alle der letzten hier verbliebenen Wohnungen befinden. Auf der Île de la Cité wohnten ja nur noch wenige Menschen. Die prächtigen, in der Sonne leuchtenden Gebäude beherbergten beinahe ausschließlich Institute eines höheren Zwecks: Sie standen im Dienst der Ordnung, der Gesundheit oder des Glaubens, allerdings nicht der Geldvermehrung, die fand anderswo statt, wenn man von den wenigen und bescheidenen Ladengeschäften und Restaurationen absah.

»Heute ist ein schöner Tag, nicht wahr?«, sagte die Witwe, und die Schauspielerin antwortete: »Ja, mein Reh, es ist ein schöner Tag.«

»Ist der Himmel blau?«

»Ja, er ist so blau …«, und sie zögerte, weil sie nach einem Vergleich suchte, der ihrer Freundin Freude machen würde, und weil ihr dann doch nichts Besseres einfiel, sagte sie: »Er ist so blau wie das kleine Moped, das uns eben beinahe überfahren hätte. Aber – immerhin – der Fahrer sah gut aus.«

»Wie sah er aus?«, fragte die Witwe, und die Schauspielerin, die den Mann nur flüchtig gesehen hatte, aber über eine gute Auffassungsgabe verfügte, erzählt es ihr: »Er hatte keinen Bart, und olivfarbene Haut, also ein Maghrébin, keine Frage, mit kräftiger Nase und hohen Wangenknochen, aber das war nicht das Interessante an ihm.«

»Was war es dann?«, fragte die Witwe.

»Es waren die Augen«, sagte die Schauspielerin. »Ich bin es wegen meines Berufs gewohnt, bei Menschen vor allem auf die

Augen zu achten. Und dieser Mann, den ich auf Anfang vierzig schätze, also nicht alt, hatte besondere Augen. Ich habe sie nur einen Moment gesehen, aber ich werde sie nicht vergessen.«

»Erzähl mir von diesen Augen.«

»Was soll ich sagen?«, sagte die Schauspielerin, »sie waren dunkel und schwer, und vor allem waren sie uralt.«

»Ich dachte, es war ein eher junger Mann – vor allem im Vergleich zu solchen Wracks, wie wir es sind.«

»Ja, er schien mir jung. Aber sein Blick war so … traurig.«

»Du hast dich in einen marokkanischen Mopedfahrer verliebt?«, fragte die Witwe.

»Papperlapapp«, sagte die Schauspielerin. »Beeilen wir uns, mein Küken, sonst kommen wir zu spät.«

Der Mann, den ein zufälliger Beobachter für jünger gehalten hätte, als er war, war am frühen Morgen des sechsten Schaban im Jahr 1440 der Hidschra in der Rue des Rosiers im etwa zwanzig Kilometer nordöstlich des Pariser Stadtzentrums gelegenen Drancy vor ein zweistöckiges Haus getreten, dessen metallene Fensterläden beinahe immer geschlossen sind. Er hatte sich eilig auf ein hellblaues Moped gesetzt, wie es auch in diesem Teil der Stadt nicht mehr oft zu sehen war, aber es war ihm erst beim dritten Versuch gelungen, die Maschine anzuwerfen. Er war in der schmalen Straße gegen die erlaubte Richtung gefahren, wie er es an jedem Morgen der vergangenen Woche getan hatte, bei dem kleinen Elektrofachgeschäft links abgebogen und hatte sich dann auf den Weg nach Paris gemacht. Er hatte Bobigny und Pantin durchquert, am nördlichen Rand des 19. Arrondissements die Auffahrt zum Boulevard Périphérique genommen, den er erst an der Porte de Bercy verlassen hatte, er war dem Quai de Bercy gefolgt, hatte am Pont d'Austerlitz die

Seine überquert, den Jardin des Plantes links liegen lassen und war dann über den Pont de l'Archevêché nach rechts auf die Île de la Cité abgebogen. Wegen des unerwartet dichten Verkehrs hatte die Fahrt länger gedauert als die übliche Stunde.

Er hatte es inzwischen so eilig, dass er in der Rue Chanoinesse beinahe mit zwei alten Frauen zusammengestoßen wäre, die achtlos auf die Straße getreten waren. Aber anstatt sich zu entschuldigen, hatte ihm die größere von beiden irgendetwas hinterhergerufen. Sie hatte nicht geschimpft, es klang eher wie ein Kompliment. Was dachte die sich dabei? Er war als Kind nach Frankreich gekommen und in der Zup von Bayonne Sainte-Croix aufgewachsen, aber diese forschen französischen Frauen beunruhigten ihn immer noch, vor allem die alten. Er stellte die Mobylette an der Ecke Rue Massillon ab und blickte nach oben, um zu prüfen, ob sie schon angefangen hatten. Dazu trat er aus dem Schatten der Kathedrale, die vor ihm steil in die Höhe ragte, Unsere Liebe Frau von Paris, die jeder Notre-Dame nennt, auch Abd-Sami al Wafi, der manchmal dachte: »Es ist eure Liebe Frau, nicht meine.«

Er legte den Kopf in den Nacken, aber der Himmel war noch so leer und blau wie die Augen der Engel Munkar und Nakir, die die Toten in ihren Gräbern aufsuchen und ihnen drei Fragen stellen. Als er sich gerade erleichtert abwenden wollte, tauchte plötzlich über Strebepfeilern und Fialen eine sonderbare Erscheinung auf, schwebte aufrecht von rechts nach links, hoch über dem Kirchenschiff, ein Schemen, ein Traumbild, dunkel, schmal, die Konturen nicht deutlich auszumachen. Es dauerte nur einen Augenblick, und die Gestalt wechselte lautlos vom Schatten ins Licht und strahlte plötzlich in einem so grellen Grün, dass der Kontrast zum Blau des Himmels beinahe in den Augen schmerzte. Dann begann sie zu sinken, bis ihre Umrisse deutlicher wurden und sich erkennen ließ, dass sie in der einen Hand ein Buch hielt, in der anderen ein Schwert und dass ihr der Kopf fehlte.

Abd-Sami al Wafi konnte den Blick nicht abwenden. So erging es im selben Moment noch fünf anderen Menschen, die gleichzeitig dasselbe Bild sahen: ein Mädchen, das sich auf dem Weg zur Schule verspätet hatte, weil es auf einer Treppe ausgerutscht war, ein Andenkenhändler, der gerade seine letzten Verkaufsständer aufstellte, zwei Straßenkehrer aus Burundi, die sich rauchend auf ihre Besen stützten, und eine ehemalige Schauspielerin, an deren Seite eine alte Witwe ging, deren Augen aber zu schwach für das ungewöhnliche Spektakel waren.

Diese Menschen, die nichts voneinander wussten und sich auch in ihrem weiteren Leben nie begegnen würden, nahmen dieses ungewöhnliche Bild alle gleichzeitig wahr. Ja, sie waren überhaupt die Ersten, die es sahen. Warum gerade sie und keine anderen? Ebenso gut könnte man fragen, warum nicht sie? Vor Gott sind alle Menschen gleich, heißt es, und vor dem Teufel erst recht. Und diese Menschen hatte der Zufall hier zusammengeführt oder der göttliche Plan. Denn ob wir durch den Zufall leben oder nach einem Plan, erfahren wir erst, wenn es zu spät ist.

Wenig später entdeckten auch andere Augen die sonderbare Erscheinung, Kameras, die schon gewartet hatten, fingen sie ein, und das Internet verbreitete die Bilder um die Welt: Der

Apostel Paulus schwebt kupfern und kopflos, an einem ungeheuren Kran hängend, über der großen Kathedrale, die sich wie ein Gebet über die Stadt erhebt. Und im Verlauf des Tages folgten ihm Andreas mit dem Kreuz, der mädchenhafte Johannes mit dem Kelch, Matthäus mit dem Winkelmaß und die übrigen der Zwölf, alle ohne Kopf, aber jeder an seinem heiligen Attribut zu erkennen. Sie hatten 160 Jahre lang unbewegt zu Füßen des schlanken Vierungsturms gestanden, drei an jeder Seite, der aus der Mitte der Kathedrale emporbricht wie ein Pfeil und der darum Flèche genannt wird, genau aus dem Punkt heraus, an dem Haupt- und Querschiff aufeinandertreffen, so als würden Glaube, Liebe und Hoffnung in einem Höhepunkt ungebremster Schaffenskraft miteinander verschmelzen und in einer gewaltigen Eruption aufwärtsstreben.

Abd-Sami al Wafi war kein Christ. Es waren nicht seine Heiligen, die da zur Restaurierung abtransportiert wurden. Aber es waren die Apostel Christi, und über den hat der Prophet, Gott segne ihn und schenke ihm Heil, gesagt: »Unter allen Menschen der Welt ist mir Jesus, Marias Sohn, der nächste. Denn die Propheten sind Brüder, und wenn sie auch andere Mütter haben, teilen sie eine Religion, und es gibt neben mir und Jesus keinen anderen Propheten.« So steht es geschrieben im Buch der Tugenden des Sahih Muslim.

Deshalb wohnte Abd-Sami al Wafi diesem Moment also andächtig bei und wartete geduldig, bis die grün leuchtende Statue hinter dem Bleidach der Apsis verschwunden war. Er wusste, dass auf dem Spielplatz neben der Fontaine de la Vierge der Sattelschlepper mit der blauen Plane wartete. Dann lief er zur Sicherheitsschleuse, zeigte wie an allen Tagen der vergangenen Woche seinen Ausweis und erhielt ohne Umstände Zutritt zur Baustelle.

Sami bedeutet der Hörende und ist einer der 99 schönen Namen Gottes, er sei gepriesen und erhaben. Sami hatte einen Zwillingsbruder, der keine Stunde älter war und den Namen Samad trug, das bedeutet der Unabhängige. Der eine sah aus wie der andere, aber Sami war Gärtner geworden und Samad Gerüstbauer. Im Sahih al-Bukhari steht, Allahs Bote, Gott segne ihn und sein Erbarmen sei mit ihm, hat gesagt: »Hilf deinem Bruder, gleich ob er ein Unterdrücker ist oder ob er unterdrückt wird.« Also hatte Sami seinem Bruder geholfen, als der ihm gesagt hatte, er solle in dieser Woche statt seiner auf die Baustelle im Himmel über Paris kommen. Denn er war der Jüngere und der andere der Ältere, und dass der eine der Hörende sei und der andere der Unabhängige, das war ihnen in die Wiege gelegt.

Als Sami schon im weißen Container saß, in dem die Männer der Gerüstbaukolonne ihre blauen Overalls und die Sicherungsgurte anlegen konnten, rief sein Bruder an.

»As-Salamu 'alaikum wa Rahmatullahi wa Barakatuhu, mein Bruder«, sagte Samad, und Sami antwortete, wie es Brauch ist: »Wa Alaikum Assalam wa Rahmatullah.«

»Hast du es gesehen?«

»Ja, ich bin hier.«

»Meine Augen haben gelacht! Wenn sie selbst ihren Heiligen die Köpfe abschneiden, müssen wir es nicht mehr tun.«

»Ich mag es nicht, wenn du so redest.«

»Gott ist groß, mein Bruder. Aber Frankreich ist ein dār al-Harb, ein Land des Krieges, vergiss das nicht. In der Schule nennen sie uns ›bougnoule‹, und wenn dein Bart zu lang ist, glauben sie, dass du Bomben legst. Freiheit, Gleichheit, Undankbarkeit, mein Bruder.«

»Ja, Mann, Paris ist nicht Tizi, ich weiß.«

»Siehst du!«, sagte Samad, der es gewohnt war, recht zu behalten. »Du machst alles so, wie es besprochen wurde.«

Mit diesen Worten beendete er das Gespräch. Sami blieb still sitzen und blickte auf seine Hände, die groß und schrundig waren, aber nicht grob. Er war kein Handwerker, er wollte nach Hause. Der Winter war lang und kalt gewesen, die Orangenernte hatte spät begonnen, und als sein Bruder anrief und ihn hieß, nach Paris zu kommen, waren noch längst nicht alle Früchte gepflückt. Vielleicht ist es sogar ganz gut, dachte er plötzlich, dass die Bäume am Rand der großen Wiese noch voller Früchte hingen. Wenn dort in der nächsten Woche das große Fest gefeiert wird, werden sie einen schönen Hintergrund bilden im dunklen Grün der Blätter, lauter orangefarbene Sterne für Fräulein Rebecca.

Sami, der Gärtner, pflegte jeden Tag nach seinen Bäumen zu sehen. Wenn er den Stamm mit der Rechten umfasste, konnte er spüren, wie es um einen Baum bestellt war, ob ein Pilz dabei war, sich in einem Astloch breitzumachen, ob dem Baum die Nahrung fehlte oder Wasser, ob er gedeihen oder sterben würde. Es war eine besondere Fähigkeit, die er eines Tages an sich bemerkt hatte. Und gerade bevor er nach Paris gereist war, hatte er festgestellt, dass einer der Orangenbäume krank war. Das bekümmerte ihn. Vielleicht konnte er noch etwas für ihn tun, wenn er wieder daheim sein würde, dachte Sami.

Er stand auf und nahm Gurt, Seil und Haken und schnallte sich den Gürtel mit seinem Werkzeug um, den spitzen Hammer mit dem gespaltenen Kopf und die lange, dornenförmige Ratsche. Sie heiratet tatsächlich. Nach so langer Zeit. Als er vor beinahe 25 Jahren den Posten des Hausmeisters auf dem Anwesen der Familie Bächle in der Nähe von Montpellier angenommen hatte, war Rebecca 14. Seitdem hatte er sie jeden Sommer gesehen. Jedes Jahr im Juli, wenn der Hibiskus blühte, bezog die Familie ihren Sommersitz und blieb bis Ende August. Wenn die Sieben-Söhne-des-Himmels-Sträucher, die Sami selber gepflanzt hatte, in weißer Blüte standen, kam der Fahrer der Familie, der in all den Jahren kein Wort mit ihm gewechselt hatte, belud den großen schwarzen Mercedes mit dem Gepäck des Sommers und fuhr zurück nach Deutschland, während die Familie ein Taxi zum Flughafen nach Marseille nahm.

Im Herbst, wenn die letzten Gäste der Familie abgereist waren und es still im Haus und auf dem Anwesen wurde, begann Sami, auf das nächste Jahr zu warten. Und wenn er seiner Arbeit nachging, dann waren es auf seinem Weg zwischen den Obst- und Olivenbäumen, entlang der von alten Platanen gesäumten Auffahrt, um Pool, Hauptgebäude und Nebengelass herum, mit den Garagen, über denen seine eigenen drei kleinen Zimmer lagen, die Farben, die ihm Auskunft darüber gaben, wann Fräulein Rebecca wiederkommen würde.

Im Oktober verdämmerte das leuchtende Rot der Bougainvilleen, im Dezember strahlte das Gelb der Wintermimosen, der Februar gehörte dem blauen Gamander, im April begannen die chinesischen Mandelbäume lila zu leuchten, und im Juni kündigte der rosablühende Schmetterlingsflieder ihm endlich Fräulein Rebeccas nahende Rückkehr an.

Er freute sich darauf, und ein bisschen fürchtete er sich auch davor. Denn jeden Sommer rechnete Sami damit, dass sie nicht allein kommen würde, dass sie in der Zwischenzeit eine eigene Familie haben könnte, einen Mann, ein Kind. Rebecca brachte natürlich ihre Freunde mit, Männer, die offenbar ihre Liebhaber waren, aber es waren immer andere, und Sami war immer erleichtert, wenn er sah, dass es ihr mit ihnen nicht ernst war.

Jedes Jahr bemerkte er, dass sie ein bisschen älter geworden war. Er sah die Falten, die sich um ihre Augen legten, jene, die vom Lachen kommen, und die auf der Stirn auch, die von den Sorgen kommen.

Als er hörte, dass sie heiraten würde, freute er sich für sie, aber er war auch traurig. Es gibt vier Gründe, eine Frau zu heiraten: wegen ihres Besitzes, wegen ihres Rangs, wegen ihrer Schönheit und wegen ihrer Frömmigkeit. Natürlich musste man sich für die fromme Frau entscheiden, aber Rebecca war schön.

Sami legte den Gurt an und hakte das Seil ein. Er ging zum Fahrstuhl, der an der nördlichen Fassade bis zur ersten Plattform in 24 Meter Höhe führte. Der Mann, der das Gitter bewachte, fragte: »Wohin willst du, Bruder?« Auf der Brust trug er ein Schild, darauf stand »Burak«, und weil so auch der Name des himmlischen Pferdes lautet, das den Propheten, Heil sei über ihm, auf seiner nächtlichen Reise getragen hat, nahm Sami das als ein gutes Zeichen, also sagt er: »Ich will nach oben, in die Höhe.«

»Al-ḥamdu l-illāhi rabbi l-ʿālamīn«, murmelte Burak und ließ Sami einsteigen.

Swann

Es war ein trüber, kalter Tag. Die Äste der Bäume standen schwarz in den Himmel. Aber zwei Stunden hinter Köln, als Swann auf der Höhe von Luxemburg war, öffnete sich der Himmel, und frühes Grün schimmerte in der milden Frühlingssonne. Je weiter sie nach Süden kam, desto dichter stieg das Leben in grünen Wolken über die Felder. Als Swann die Mosel überquerte, freute sie sich darüber, dass die ersten Blüten hier keine Angst mehr vor dem Nachtfrost haben mussten. So reiste sie vorwärts in die Zeit, und der Frühling hätte vor ihr liegen können wie der Anfang einer schönen Geschichte.

Aber Swann war gefeuert worden. Die Rittmeisterin hatte es anders verkauft. Die Kollegen beim Radio brauchen dringend gute Leute, hatte sie gesagt, und es sei auch nur für eine Weile, zwei Jahre maximal, nach der Bundestagswahl sollte Swann wiederkommen. Das war natürlich eine Lüge. Wenn man einmal vom Bildschirm verschwunden war, gab es kein Zurück. Swann war nicht sehr überrascht. Ihr war schon aufgefallen, dass es in diesem Jahr nach den Sendungen mehr Kritik gegeben hatte als zuvor. Sie habe unkonzentriert gewirkt und ein paar Mal Namen verwechselt. Aber sie hatte sich davon nicht beeindrucken lassen. Ebenso wenig wie von der Geschichte mit Franz. Sie hatte einfach weitergemacht. Die Wahrheit war doch, dass die Rittmeisterin sie nie gemocht hatte. Ich war eine Provokation, dachte Swann. Es ist ihre Sendung, ihre

Redaktion, und ich war eine Provokation. Aber dass die Rittmeisterin die Stirn haben könnte, sie zum Hörfunk zu versetzen, das hatte sie tatsächlich nicht erwartet. Bei dem Treffen, das am Vormittag stattgefunden hatte, war die Hörfunkdirektorin auch schon gleich dabei gewesen. »Ich leih Sie mal den Kollegen aus«, hatte die Rittmeisterin gesagt und gelacht. Und dann noch: »Aber dass ich mein bestes Stück ja unversehrt zurückbekomme.«

Die Hörfunkdirektorin lachte auch und sagte, sie wolle mal schauen, was sie da tun könne. Auch Swann lachte und sagte, das sei ja hier wie auf dem Basar und sie sei wohl der Teppich, worauf die Hörfunkdirektorin wiederum lachte und sagte, sie wolle hoffentlich nicht auf ihre migrantische Herkunft anspielen, und dann lachten alle drei zusammen. Alle waren ungeheuer gut gelaunt, nur Swann hätte kotzen können.

Swann hatte nichts gegen das Radio. Warum auch? Als sie vor fünfzehn Jahren mit ihrer Arbeit angefangen hatte, hätte sie ebenso gut beim Radio landen können. Aber inzwischen hatte sie sich an das Fernsehen gewöhnt. Maske, Verkabelung, Studio, ihr gefiel das. Auf der Straße wurde sie manchmal erkannt. Nicht zu oft, aber von den richtigen Leuten. Montag, erstes Programm, 22.45 Uhr, politisches Magazin, das war kein Unterschichtenfernsehen, was sie da machte. In Köln und Berlin bekam sie jederzeit einen Tisch, auch am Samstagabend, das genügte ihr.

Die Rittmeisterin war der Star der Sendung, natürlich, Swann stand in ihrem Schatten. Kamera läuft, das Studio in der Totalen, anschwellendes Tremolo, Fanfare, Stille, Schnitt auf ihr Gesicht: »Hier ist Susanne Rittmeister mit ›Memo, Ihrem Wochenmagazin‹, und das sind unsere Themen …« Von einem

Moment zum nächsten lässt sie ihre Augen warm strahlen oder kalt leuchten, in ihren Mundwinkeln, in denen eben noch Herzlichkeit lag, zuckt plötzlich der Spott, und ihre Stimme durchschneidet den Raum, den sie eben noch sanft erfüllte. Sie bediente sich ihrer selbst wie einer Maschine. Ihre Professionalität hatte Swann immer beeindruckt und erschreckt.

Ihr eigener Auftritt kam ungefähr eine Viertelstunde nach Sendungsbeginn. Fünf Minuten Interview, live, und nicht jeder Gast ist ein Profi. Sie beherrschte ihr Handwerk. Die Rittmeisterin hatte ihr immer wieder gesagt, sie solle Fragen und Antworten vorher mit den Gästen absprechen, vorbereiten, scripten, aber sie hatte sich geweigert. Spontaneität sei Risiko, hatte sie gesagt, und genau darin liege die Lebendigkeit des Augenblicks. Sie war sich sicher, dass die Rittmeisterin gemerkt hatte, dass sie im Recht war. Sie hat es natürlich nie zugegeben. Meine fünf Minuten, dachte Swann, waren nicht selten unterhaltsamer, überraschender, lehrreicher als ihre vierzig. Und dann war sie rausgeflogen.

Gegen Mittag hatte sie sich in ihren weißen Mercedes gesetzt, die Tasche auf den Rücksitz geworfen und war den Fluss entlanggefahren, der grau und müde in seinem Bett lag.

Sie hatte ausgerechnet, dass sie gegen elf Uhr abends in der Gegend von Montpellier sein würde. Rebecca hatte ihr gesagt, sie solle nach Marseille fliegen, am Flughafen werde sie auf sie warten. Swann hatte sich über diese Fürsorglichkeit gefreut. Sie erinnerte sich an solche Szenen: sie kommt mit ihrem Handgepäck durch eine milchglasige Schiebetür, hinter der Absperrung warten Menschen, Rebecca steht am Rand, beinahe verdeckt von den Schultern großer Männer in Anzügen und Lederjacken, aber Swann erkennt sie sofort, ihren schwarzen Haarschopf, ihre Medusenlocken, die in alle Richtungen abstehen und sich bewegen, als führten sie ein eigenes Leben. Arm in Arm gehen die beiden Frauen zum Auto, und unterwegs haben sie Zeit füreinander. Das wäre schön, dachte Swann, beinahe wie früher. Letztes Jahr hatten sie noch den Sommer miteinander verbracht. Sie waren in Nizza und in Cannes und in Saint-Tropez und dann im Haus von Rebeccas Eltern gewesen. Nur Rebecca und Swann, niemand sonst. Nachts hatte Rebecca ihre Freundin geweckt und gesagt, dass sie von ihr geträumt habe. Und Swann hatte sie in den Arm genommen und gesagt, dass sie nicht träumen müsse, sie sei doch da und sie würde immer da sein. Sie fragte sich, ob sie sich etwas vorgemacht hatte. Aber sie konnte keinen Fehler entdecken. Ihre Erinnerung war vollkommen klar und rein und schön. Und dann war im Winter die Nachricht gekommen, dass Rebecca heiraten würde.

Sie durchquerte eine trostlose und leere Landschaft, die gleichförmige Weite des Grand Est. Vor ihr die graue Eintönigkeit der Straße, über ihr ein schläfriger Himmel, jede Bewegung erstarb, es gab keine Dauer mehr und keine Entfernung, und in der ganzen Stille, die sie umgab, hallten ihre Gedanken umso lauter. Ausgerechnet Gabriel. Rebecca hatte sie angerufen, um es ihr zu erzählen, und sie hatte ihr gleich gratuliert und nicht nachgefragt. Es war nicht notwendig. Sie konnte es sich denken. Gabriels Mutter, die große hagere Karoline Wisner von Morgenstern mit den rastlosen Augen und dem unzufriedenen Mund, war eine Freundin von Rebeccas Tante Zita. In diesen Familien kümmern sich die Frauen um die Ehe. Die Väter tragen safranfarbene Cordhosen und dazu passende Einstecktücher und streiten den ganzen Tag mit den Sägewerken um ein paar Euro, die ihre vom Borkenkäfer zerfressenen Wälder gerade noch abwerfen, während die Mütter auf der Suche nach einer guten Partie für den Nachwuchs sind.

Ja, Swann hätte sich gefreut, wenn Rebecca am Flughafen auf sie gewartet hätte. Aber die Fahrt dorthin dauerte vom Haus ihrer Eltern mindestens zwei Stunden. Das konnte man ihr so kurz vor der Hochzeit nicht zumuten. Swann fuhr außerdem gerne Auto. Sie hatte sich schon vor Jahren für lange Strecken extra Tod's gekauft, aus weichem Leder, mit Noppen an den Fersen. Echte Autoschuhe. Die Pumps hatte sie auf dem Parkplatz in den Kofferraum geworfen. Schwarzes Wildleder mit einer großen eckigen Schildpatt-Schnalle. Für die Redaktion waren sie ein bisschen zu elegant, aber sie hatte sich für den Termin bei der Rittmeisterin tatsächlich schick machen wollen. Jetzt ärgerte sie sich über sich selbst. War das noch Unsicherheit, oder war das schon Unterwürfigkeit gewesen?

Nach etwa fünf Stunden war Swann auf der Höhe von Dijon, und ihre Laune besserte sich schlagartig. Hier begann ihre alte Route. Sie dachte plötzlich, dass sie nur deshalb mit dem Auto gefahren war, weil sie an den Orten vorbeikommen wollte, die sie früher gemeinsam mit Rebecca so oft besucht hatte. Mehr als zwanzig Jahre war das her. Himmel! Sobald der Frühling kam, hatten sie jede Gelegenheit genutzt, mit Swanns altem Polo in den Süden zum Haus von Rebeccas Eltern zu fahren. Gleich nach der Schule machten sie sich auf den Weg, die ersten Male saß nur Swann am Steuer, weil Rebecca noch keinen Führerschein hatte. Vom Kloster Wald nach Montpellier dauert es über den Genfer See acht Stunden. Aber sie nahmen meistens den Umweg über Freiburg und Besançon, wichen dann bei Dôle noch einmal von der kürzesten Route ab und nahmen den Umweg über Dijon, nur weil sie sich an den Straßenschildern erfreuen wollten: Marsannay-la-Côte, Gevrey-Chambertin, Chambolle-Musigny, Vosne-Romanée, Nuits-Saint-Georges, Savigny-lès-Beaune. Sie badeten in Rotwein damals, im klaren, rubinroten, duftigen Wein der Bourgogne. Ungeheure Mengen tranken sie. Sie sprangen sozusagen direkt aus ihrem katholischen Mädcheninternat in ein Meer aus Burgunder. Sie hatten Geld, sie hatten sich, und ihre Eltern waren weit weg. Nachts schliefen sie nebeneinander in einem Bett, und wenn sie sich küssten, gab Swann Rebecca den Wein aus ihrem Mund zu trinken. Sie war in ihrem Leben nie glücklicher.

Ausgerechnet Gabriel. Es war schon eine Weile her, dass Swann ihn das letzte Mal gesehen hatte. Sie hatte ihn als dicklichen Mann mit langen dunklen Haaren und trägen Hüften in Erinnerung. Er war eine somnambule Erscheinung, mit müden Augen und einem schönen, sinnlichen Mund, etwas Schläfriges ging von ihm aus, wenn er sich näherte, war es so, als verringere sich der Energiegehalt des Raumes. Gabriel war ungefähr in Swanns Alter, vielleicht ein bisschen älter, er war Opernregisseur, aber soweit sie wusste, hatte er in seinem Leben noch nie eine Oper inszeniert. Womit verbrachte er seine Zeit?

Rebecca war das genaue Gegenteil. Sie war immer in Unruhe, in Bewegung, sie hatte etwas Flüchtiges. Gabriel und Rebecca, das war, als würde ein Mehlsack einen Schmetterling heiraten. Sie war eine so zarte Erscheinung, beinahe durchsichtig. Ja, tatsächlich hatte Rebecca die Gabe zu verschwinden. Swann hatte das oft erlebt: Eben war sie noch da, und dann war sie plötzlich fort. Es war erstaunlich. Das war ihre Art, mit den Dingen umzugehen. Manche Menschen laufen weg und versuchen, alles hinter sich zu lassen, manche bleiben und kämpfen, andere lassen sich fallen. Rebecca löste sich in Luft auf. Swann hatte sie um diese Gabe immer beneidet. Man musste einfach immer mit ihr rechnen, mit ihrem Verschwinden, ihrem Erscheinen, ihrer Gegenwart, ihrer Abwesenheit.

Swann folgte im Licht des späten Nachmittags dem Lauf der Saône, links und rechts lagen noch die sanften Erhebungen des Mâconnais, aber als sie das Fenster einen Spaltbreit öffnete, spürte sie schon den hereinströmenden Duft der Provence, der durch das Rhonetal nach Norden zieht. Der Süden hatte etwas Befreiendes.

Um 18 Uhr schaltete sie zum ersten Mal an diesem Tag die Nachrichten ein. Eigentlich war sie Newsjunkie und musste alle halbe Stunde wissen, was los ist. Aber sie hatte sich fest vorgenommen, dem Rat ihrer Therapeutin zu folgen, den sie ihr vor ein paar Wochen gegeben hatte: »Lassen Sie die Dinge mal ein Stück weit hinter sich.« Diese schreckliche Therapeutensprache, die hinter lebloser Distanziertheit nur schlecht ihre Gleichgültigkeit verbirgt. Also wollte sie die Dinge ein Stück weit hinter sich lassen und hatte schon mal damit angefangen, auf die Nachrichten zu verzichten. Um sechs belohnte sie sich für ihre Standhaftigkeit mit Neuigkeiten vom Hexagon auf France Bleu.

In Strasbourg war ein Auto in den Rhein gefallen, in Grand-Auverné waren 5400 Fasane bei einem Feuer gestorben, der Zoo von Beauval bereitete sich auf den ersten Ausgang seiner neuen Tasmanischen Teufel vor, und die Gelbwesten wollten am Wochenende in Lille demonstrieren, bekamen aber keine Erlaubnis. Alles in allem war es kein besonders ereignisreicher Tag gewesen. Und während sie auf dem Sandwich herumkaute, den sie sich an der BP-Tankstelle gekauft hatte – der erste Stopp nach sechshundert Kilometern –, stellte sie fest, dass sie das alles nicht besonders interessierte.

Die Nachrichten aus Paris kamen zuletzt. Swann erfuhr, dass zwölf Apostelstatuen und der Tetramorph vom Dach der Notre-Dame entfernt worden waren, um sie zur Restaurierung in eine Werkstatt nach Marsac-sur-l'Isle in der Dordogne zu bringen. Das Wort »Tetramorph« musste sie nachsehen: die Viergestalt, in der die Symbole der Evangelisten zu einer Figur zusammengefasst werden. Sie liebte neue Worte. In Notre-Dame war sie nie gewesen, dabei kannte sie Paris sehr gut. Aber der Bogen, den man um die touristischen Höhepunkte eines Ortes macht, ist umso größer, je besser man den Ort kennt. Sie hatte drei Jahre in Paris gelebt und hatte sich weder Notre-Dame angesehen noch den Eiffelturm. Aber jetzt erfuhr sie, dass die Kupferapostel drei Meter hoch waren und das Evangelistensymbol nur halb so hoch und dass alle Figuren erst im Jahr 1870 vom Architekten Eugène Viollet-le-Duc aufs Dach der Kirche gestellt worden waren, als er ihr auch den schlanken Vierungsturm aufgesetzt hatte.

Die Figuren von Notre-Dame vergaß Swann nicht mehr. Sie hatten ihren Platz auf dem Dach der Kirche vorübergehend geräumt und dafür einen dauerhaften in Swanns Erinnerung gefunden. Wahrscheinlich wäre es ohne die folgenden Ereignisse dazu nicht gekommen. Aber wenn etwas ganz und gar Unwahrscheinliches und Unerwartetes geschieht, dann prüft man nachher die eigenen Erinnerungen und sucht darin nach Vorzeichen, weil man sich nicht vorstellen kann, dass ein umstürzendes Ereignis sich gar nicht angekündigt habe.

So war es Swann nach dem Tod ihres Vaters gegangen. Sie war vierzehn, als sie in sein Arbeitszimmer kam und er tot auf seinem Stuhl saß. Danach war sie alle vorherigen Tage genau durchgegangen. Sie hatte sie gesichtet und geordnet und auf diese Weise vor dem Verschwinden bewahrt, wie alte Unterlagen, die man aus dem Papierkorb holt, weil man gerade noch rechtzeitig ihren Wert erkannt hat. In der Woche davor war sie Schulmeisterin im Fechten geworden, sie hatte einen überfahrenen Fuchs am Straßenrand gesehen, in das leer stehende Haus gegenüber war eine Familie gezogen, die einen Sohn hatte, und ihre Mutter war zu spät nach Hause gekommen, so dass man sich Sorgen um sie machte. An all das erinnerte sich Swann genau, aber es gelang ihr nicht, zwischen diesen Dingen und dem Tod ihres Vaters einen Zusammenhang zu entdecken. Wir versuchen immer, unser Leben wie eine Erzählung zu lesen, und wir suchen verzweifelt nach dem Sinn. Aber es gibt keinen. Dinge stoßen uns zu, Tag für Tag, Stunde für Stunde, ihnen folgen andere Dinge. Wir sind nicht in einer Geschichte. Die Zufälligkeit des Lebens ist unsere größte Kränkung.

Swanns Vater war mit 65 Jahren gestorben, das war kein ungewöhnliches Alter für einen Mann seiner Generation. Swann hielt es jedoch für möglich, dass er länger gelebt hätte, wenn er nach dem Fall der Mauer nicht zwei Jahre lang vergeblich um die Rückgabe irgendeines Schlosses an der tschechischen Grenze gerungen hätte. Um ihretwillen hätte er das nicht tun müssen, fand sie später. Sie war auf der Familienburg bei Reutlingen immer glücklich gewesen. Sie war das einzige Kind, die Letzte der Achalm. Einen Sohn, der den Namen weitergeben konnte, hatte Swanns Vater nicht. Aber er hat das nicht bedauert. Im Gegenteil. Er war immer davon überzeugt gewesen, dass mit seiner Tochter das Geschlecht der Achalm aussterben würde und dass das auch ganz in Ordnung sei. Manchmal glaubte Swann, ihr Vater hätte von ihr geradezu erwartet, keine Kinder zu bekommen.

Sie fuhr zu schnell. Sie drängelte sogar einen Provinzler mit Renault Espace und 62er-Kennzeichen von der Überholspur. Als sie an dem Familienwagen vorbeifuhr, machte der Mann eine zornige Geste mit der linken Faust, und die Frau neben ihm guckte böse herüber. Swann rief, so laut sie konnte: »Amusez-vous bien dans le *chud*!« – als hätten die Leute sie hören können – und brauste davon.

Das Radio ließ sie einfach laufen. Es folgte eine Reportage über eine Kommission, die jedes Jahr im Frühling aus der kleinen Stadt Dax in der Gascogne nach Spanien geschickt wird, um Stiere für die großen Kämpfe im August und September auszusuchen. Das okzitanisch gefärbte Französisch machte ihr ein bisschen Mühe, aber sie verstand, dass ein Stier zwischen 7000 und 18 000 Euro kostete und dass Roca Rey, offenbar der Star der Stierkämpfer, in diesem Jahr nicht nach Dax kommen würde, weil er, wie ein grummelndes Mitglied der Stierfindungskommission vor sich hin nörgelte, 50 Prozent mehr

Gage gefordert habe als im Jahr zuvor. Das interessierte sie. Sofort wollte sie alles über diesen Stierkämpfer wissen und googelte ihn noch während der Fahrt.

Sie sah Bilder eines schlanken jungen Mannes, mit verwuscheltem dunklem Haar und dem verschlossenen, beinahe trotzigen Gesicht eines kleinen Jungen. Er lächelte mit zusammengepressten Lippen und hielt mit einer Geste des demütigen Triumphs in jeder Hand etwas Schwarzes in die Höhe. Sie guckte genauer hin, es waren die zwei Ohren eines Stieres. Zwei grausige Trophäen. Aber sie fand, dass er wunderschön aussah. Schmal und schüchtern, mit müden Schatten unter den Augen. Sie hätte weinen können, so gerührt war sie von der Schönheit dieses jungen Mannes. Ein Bild zeigte ihn in einem grünen, mit gelben Rüschen verzierten Anzug, in feinen schwarzen Schuhen und rosafarbenen Strümpfen, der schmale Körper war nach hinten gebogen wie eine gespannte Feder, um Platz zu machen für den Stier, der in seiner ganzen Wucht und Schwärze den Kopf mit den tödlichen Hörnern durch das rote Tuch rammte, das der ausgestreckte rechte Arm des jungen Mannes ihm hinhielt – und genau in der Mitte des Bildes, unter Roca Reys eng anliegender Hose, zeichnete sich die Silhouette eines riesigen Stierkämpferpenis ab.

Sie war bis zu diesem Zeitpunkt noch nie bei einem Stierkampf gewesen, das ganze Thema hatte sie nicht interessiert. Rebecca hatte in ihrer Einladung geschrieben, dass sie gemeinsam die Osterkämpfe in Arles besuchen könnten, sozusagen als Vorprogramm ihrer Hochzeit. Swann war darauf nicht eingegangen. Bisher hatte sie kein besonderes Bedürfnis gespürt, dabei zuzusehen, wie ein Mann einen Stier tötet. Andererseits interessierte sie sich auch zu wenig für den Tierschutz, um sich über solche Praktiken aufzuregen. Bislang war ihr das einfach alles gleichgültig gewesen, Stiere und Stierkämpfer. Das änderte sich nun. Die Vorstellung, mit Rebecca zusammen einen Stierkampf zu sehen, versetzte sie plötzlich in einen unerwarteten Zustand der Erregung.

Swann begeisterte sich nicht schnell für Männer. Ihr letzter richtiger Freund war ein Fotograf, der fünf Jahre jünger war als sie und im Gefängnis gesessen hatte, weil er an der Alster mit einem Schwan auf jemanden eingeschlagen hatte. Rebecca wollte ihr das nicht glauben, als sie es ihr erzählte. Aber es stimmte. Er war ein ziemlich impulsiver Mensch und eines Tages beim Joggen mit jemandem in Streit geraten, Swann hatte nicht verstanden, worum es ging, aber am Ende hatte er einen Schwan genommen, der gerade vorbeilief, und den anderen damit verprügelt. Es tat ihm danach leid. Aber weil er vorher schon Probleme wegen Alkohols im Straßenverkehr hatte, musste er für ein halbes Jahr ins Gefängnis. Vielleicht ist man in Hamburg besonders streng, wenn es um die Alsterschwäne geht. Rebecca zog ihre Freundin damit immer noch auf. Ihr Kosename für Swann lautete seit jeher »Schwan«, und dass ausgerechnet ihr Schwan an einen Schwanenschläger geraten war, machte ihr Spaß. Aus der Beziehung war jedenfalls genauso wenig geworden wie aus den früheren. Wenn ein Mann Swann nahekam, war ihr das zu viel. Und wenn er ihr nicht nahekommen wollte, war es ihr zu wenig. Vor ein paar Monaten hatte sie es mal mit Tinder probiert und erlebt, wie man an einem Abend zwischen 20.25 Uhr und 20.45 Uhr eine Beziehung durchläuft, ohne das Haus verlassen zu haben.

»Schick mal Fotos.«

»Was für Fotos?«

»Fotos!«

»Ich habe keine Fotos.«

»Dann mach welche.«

Im selben Moment schickte er ein Bild von seinem erigierten Penis.

»Ich glaube, das ist mir zu viel.«

»Du bist voll langweilig.«

»Ja, voll.«

Die ganze lange Fahrt dachte Swann darüber nach, was Rebecca zu verzeihen ihr schwerer fiel: dass sie heiraten wollte oder dass sie Gabriel heiraten wollte.

Und plötzlich wurde ihr klar, dass es zu dieser Hochzeit gar nicht kommen würde. Ja, je näher sie ihrem Ziel kam, desto überzeugter war sie, dass ein Irrtum wie dieser nicht vollzogen werden könne. Als sie kurz nach elf Uhr schon bei Dunkelheit ankam, war sie zwar müde – sie hatte zum Schluss sogar ein bisschen Mühe gehabt, das abgelegene Haus zu finden, das sie doch so gut kannte –, aber sie war beruhigt. Endlich sah sie im Licht der Scheinwerfer Rebeccas kleine Gestalt. Ihr Bébé. Swann stoppte den Wagen und lief ihr entgegen.

La Garrigue

Das Haus stand am westlichen Rand eines kleinen Tals, das zwischen niedrigen Höhenzügen lag, die von den Cevennen zum Meer liefen. Dichte Wälder aus Steineichen, Zedern und Olivenbäumen bedeckten die Hänge. Sie wurden nach Süden hin lichter, und bis zur Hochebene von Aumelas waren die letzten Bäume dem niedrigen Wacholder und dem Mastixstrauch mit seinen kleinen ledrigen Blättern und den roten Früchten gewichen.

Von November bis Mai blühte hier die Strauchige Kugelblume mit ihren großen lila Quasten, aus dem weißen Kalkstein brach ab Januar der Stechginster in leuchtendem Gelb hervor, und im Schutz der Felsen leuchtete das ganze Jahr hindurch die schlichte blaue Blüte der Binsenlilie. Rosmarin, Zistrosen und Thymian erfüllten im Sommer die Luft mit ihrem Duft, und in den Blättern der Stechwinde, im Dickicht der Heckenkirschen und über den hohen Dolden der Weißen Affodillen tanzten dann Insekten in der flirrenden Luft.

Was hier wuchs, ertrug eine erbarmungslose Sonne, widerstand den hungrigen Tieren und überlebte die vom Wind getriebenen Feuer, die regelmäßig über die trockenen Hügel kamen. Diese Landschaft war das Ergebnis eines Wettstreits der Anspruchslosigkeit und hatte doch so viel Schönheit hervorgebracht. Garrigue wird sie genannt, und sie hatte auch dem Haus seinen Namen gegeben: Mas de la Garrigue. Und weil hier im Süden eine rauere Sprache gesprochen wird als in der Touraine oder der Île-de-France, klang das S scharf wie ein Messer.

Man fuhr von Montpellier in westlicher Richtung, wechselte bei Montarnaurd auf die Départementale, hinter der Abzweigung nach La Boissière fuhr man noch etwa zwei Kilometer weiter in Richtung Gignac, dann musste man höllisch aufpassen, das Schild nach Mas d'Alhen nicht zu übersehen. Eine schmale Landstraße, die von altmodischen Telefonmasten gesäumt war, führte durch eine struppige Landschaft. Im Schatten einer Zeder stand ein steinernes Wegkreuz, hier musste man links abbiegen und dem Feldweg folgen, der im lichten Schatten alter Korkeichen aufwärts führte. Kurz bevor er als schmaler Pfad in der Dunkelheit des Waldes verschwand, befand sich auf der linken Seite ein in freundlichem Hellblau gestrichenes Holztor, das von zwei ordentlich geweißten Steinsäulen eingefasst war.

Wenn sich das Tor öffnete, gab es den Blick frei auf eine Allee aus mächtigen Platanen, ein hoher, lichter Tunnel aus goldenem Blätterwerk, der rechts und links von zwei säuberlich angelegten Spazierwegen gesäumt war.

Nach etwa einhundert Metern bog die Allee nach links ab, da schien rechter Hand durch einen Hain aus Korkeichen schon die Fassade des Hauses. Aber bevor man dorthin gelangte, musste man dem goldenen Tunnel weiter folgen, der nach fünfzig Metern wieder eine Rechtskurve machte, und dann noch eine und schließlich eine dritte, so dass der Weg das Haus einmal zur Hälfte umrundete und ein Besucher, der zum ersten Mal hierherkam, sich über den merkwürdigen Einfall des Hausherrn wundern konnte, anstelle des kürzesten

Wegs vom Tor zum Haus einen so komplizierten gewählt zu haben. Aber Höhe und Alter der Platanen ließen keinen Zweifel daran, dass dieser Zugang seit jeher so und nicht anders gedacht war. Denn der Weg und das Haus und alles andere hier gehorchten jenem alten Meister, der schon immer der wahre Herrscher in diesem Landstrich war: dem Wind.

Der Mistral fährt die epochale Senke hinab, die das Tal zwischen den Alpen und dem Massif Central darstellt, hinter Valence beginnt er, seine Kraft zu sammeln, bei Montélimar, wo das Rhônetal am engsten ist, verdoppelt er seine Stärke, und zwischen Arles, Istres und Aix-en-Provence entfaltet er seine ganze Macht.

Die Gegend um Montpellier liegt am Rand der Provence, die seit jeher das Königreich dieses mythischen Nordwinds ist, und seine Autorität lässt hier schon nach. Aber das schmale Tal, an dessen westlichem Rand das Haus lag, war ein Abbild des großen Rhônetals, und es bündelte zwischen seinen Hügelkämmen, was von der Kraft des Windes im äußeren Südwesten übrig war und ließ ihn auf diese Weise noch einmal zu ganzer Kraft auflaufen, bevor er sich in der Weite des Meeres erschöpfte.

Früher hat man gesagt, wenn die Katzen sich jagen und die Schafe sich zerstreuen und dabei Luftsprünge machen, kommt der Mistral, und wenn er länger als fünf Tage anhält, werden die Menschen wahnsinnig. Also haben sie gelernt, sich vor dem Wind zu schützen, der im Winter wie ein Räuber in ihre Gärten einfällt. Nach Norden bauen sie ihre Häuser wie Burgen, blind, ohne Fenster, mit abweisenden Mauern, und auch nach Osten, wo die Sturmböen gegen die Läden schlagen wie Schwerter, sind die Fenster schmal. Alles, was hier Leben ist, strebt nach Süden, wo die Türen und Terrassen sind, die großen Balkons und die Bänke unter den hohen Bäumen. So war auch dieses Haus gebaut, der Mas de la Garrigue.

Die Zufahrt kam wie der Wind von Norden, darum musste sie einen so großen Bogen um das Haus machen. Dort endete der sandige Weg an einem kreisrunden Platz, mit steinernen Platten gepflastert, in dessen Mitte eine alte Wintermimose stand.

Das Haus war um das Jahr 1840 herum für einen Fabrikanten aus Marseille errichtet worden, der sich auf dem Land zur Ruhe gesetzt hatte, um sich der Manade zu widmen, der Zucht von Stieren und Pferden. Wie für ein Mas de Manade üblich, war es ein lang gezogenes, zweistöckiges Gebäude, unten waren früher die Stallungen untergebracht und oben die Wohnräume. Am oberen Ende des Hauses hatte man später nach Osten hin noch einen kurzen Seitenflügel hinzugefügt, an den sich ein geräumiger, rechteckiger Turm anschloss, der das Gebäude um ein Stockwerk überragte. Früher wurden in seiner Spitze die Tauben gehalten. Es sah ein bisschen aus wie ein römisches Kastell. Aber das Haus war strahlend weiß getüncht, die Blendläden an den Fenstern waren im gleichen hellen Blau gestrichen wie das Gartentor, und die Dachziegel waren von kräftigem Rot – alles zusammen leuchtete in der Sonne wie eine fröhliche Trikolore.

Einmal hatten sich nach Westen und Süden weite Felder erstreckt, die den Tieren als Weiden dienten, und einen Garten gab es nicht. Nur im oberen Teil des Anwesens hatte ein verwilderter Orangenhain gestanden, aber die Bäume waren alt und vernachlässigt, und viele hatten schon lange keine Früchte mehr getragen. Bis zu Beginn der neunziger Jahre des vorigen Jahrhunderts ein Deutscher das Anwesen erwarb, der Textilunternehmer in dritter Generation aus dem Raum Stuttgart Heinz Bächle. Er verwandelte es im Lauf der Jahre in einen großen Garten. Unter seiner Anleitung wurden Rasenflächen und Beete angelegt, und ein Netz aus wohldurchdachten Wegen erschloss das weitläufige Land. Denn Bächle war ein Mann von Geschmack und Vernunft, und beides zeigte sich in seinem Garten, der seine große Leidenschaft war. Er stellte einen Gärtner ein, der sich auf die Pflanzung und Pflege von Zitrusfrüchten aller Art verstand und seine Kenntnisse in Bächles Dienst in rascher Zeit so vertiefte und erweiterte, dass niemand im Süden Frankreichs ihn darin übertraf. Es war Bächles größte Freude mitzuerleben, wie unter den Händen dieses Mannes aus dem alten Orangenhain im Lauf der Jahre eine kostbare Sammlung der schönsten Zitrusfrüchte wurde.

Und weil er nicht nur seinen Garten liebte, sondern auch seine Tochter, ließ er einen Pool bauen, der war so groß, dass es drei Tage dauerte, ihn zu füllen.

An diesem Pool lag Rebecca hingestreckt in einen Deckchair, den sie, so weit es ging, in eine waagerechte Position gebracht hatte. Ihr rechter Arm war von der Lehne gerutscht und hing neben ihr im Gras. Sie hatte die Augen geschlossen und strich nur hin und wieder mit ihrem Handrücken über die dichten Halme, wie man das Fell eines Hundes streichelt oder den Kopf eines schlafenden Kindes.

Swann stand am offenen Fenster ihres Schlafzimmers und sah in den Garten hinab. Sie sah Rebeccas dunkle Haare, die über den hellhölzernen Rand des Liegestuhls fielen, sie sah die

Orangenbäume, noch voller leuchtender Früchte, sie sah neben sich die lila strahlende Bougainvillea, die an der weißen Hauswand rankte, und weiter im Westen sah sie das dunkle Graugrün des sanft ansteigenden Waldes aus Korkeichen und Olivenbäumen.

Anstatt hinunterzurufen, streifte sie die Schuhe mit den Bastsohlen ab, die sie eben erst angezogen hatte, um sich zu überzeugen, dass sie nun im Süden war, und ging nach unten. Das Wohnzimmer, das einmal Tieren als Stall gedient hatte, war leer, das ganze Haus war still, nur der Wind ging durch die großen Fenster, die nach allen Seiten hin offen standen, und bewegte den hellen Stoff der Vorhänge. Die Steine der Treppe waren kühl unter ihren Füßen. Der kostbare, helle Teppich war weich. Das Gras, durch das sie barfuß ging, war kühl und noch feucht vom Tau des Morgens. Sie spürte alles genau, und ihr Körper merkte es sich.

Sie blieb hinter Rebecca stehen und betrachtete still den vertrauten Körper ihrer Freundin, dessen Silhouette sich unter dem dünnen Stoff des geblümten Sommerkleides abzeichnete. Rebecca rührte sich nicht. Swann war sich nicht sicher, ob sie schlief oder sich schlafend stellte. Sie drehte sich um und kehrte zum unteren Ende des Hauses zurück, wo Rebeccas Mutter an einem runden Tisch saß und laut und mit weit ausholenden Gesten auf Französisch telefonierte. Als sie Swann erblickte, sprang sie auf, lief ihr entgegen und umarmte sie mit der freien Hand, ohne ihr Gespräch zu unterbrechen.

»Hören Sie!«, rief sie, »nächste Woche heiratet meine einzige Tochter, wir erwarten hundertfünfzig Gäste. Viele Menschen sind seit Wochen damit befasst, dieses Fest vorzubereiten. Wir haben Firmen beauftragt, verschiedene Firmen, jede ist auf etwas anderes spezialisiert – eine Firma zum Beispiel hat uns Zelte geliefert, schöne, große, weiße Zelte. Wir überlegen nun, ob wir diese Zelte tatsächlich aufstellen sollen. Denn eigentlich ist es ja schöner ohne Zelte, da werden Sie mir zustimmen, nicht wahr? Aber nur, wenn es nicht regnet. Und jetzt kommen Sie ins Spiel. Denn Ihre Firma ist auf solche Vorhersagen spezialisiert. Dafür bezahlen wir Sie. Und jetzt wollen Sie mir erzählen, dass Sie auch keine Ahnung haben, wie das Wetter nächstes Wochenende wird?«

Swann wollte lachen, aber als sie sah, dass Ira nicht zum Scherzen aufgelegt war, setzte sie sich in einen Korbstuhl, schlug die Beine übereinander und wartete.

Der Tisch war für vier Personen gedeckt. Auf einer geblümten Tischdecke lagen weiße Leinensets mit Hohlsaum, dazu passende Servietten, Teller, Tassen und Kannen waren mit einem feinen asiatischen Blumenmuster verziert, das in der Mitte einen schönen bunten Vogel zeigte, er stand da zwischen einer orangefarbenen und einer roten Blüte, mit Pfauenfedern und blickte über seine Schulter nach hinten. Diesen Vogel liebte Swann, seit sie vor vielen Jahren das erste Mal nach La Garrigue gekommen war. Er war so bunt und heiter, wie sie alles hier in Erinnerung hatte. Und gleichzeitig hatte es sie mit süßer Schwermut erfüllt, dass er den Kopf gewendet hatte und hinter sich blickte anstatt nach vorne.

Von ihrem Platz konnte sie Rebecca sehen, immer noch regungslos auf ihrem Liegestuhl, allerdings hatte sie sich inzwischen auf den Bauch gedreht. Swann kam zu dem Schluss, dass ihre Freundin entweder schlief oder schmollte. In diesem Moment drehte Rebecca ihren Kopf in die andere Richtung. Also schmollte sie. Weil Swann nicht zu ihr gekommen war. Weil sie jetzt am Tisch mit ihrer Mutter saß und nicht neben ihr. Weil sie gestern Nacht nur kurz geblieben war. Swann hatte kein schlechtes Gewissen.

Ira beendete das Gespräch. Mit einem lauten Fluch warf sie das Telefon auf den Tisch. »Miladieus!«, rief sie im Dialekt der Gegend. Sie war stolz darauf, in den dreißig Jahren, die sie hierherkam, einiges gelernt zu haben. »Miladieus«, sagte sie noch einmal, aber nicht als Fluch, sondern wie ein leises Singen. Sie griff nach ihrer Perlenkette und spielte gedankenverloren damit, während sie sich in einen Korbsessel fallen ließ. Swann betrachtete Iras Hände, die feinen, langen Finger, das bläuliche Geflecht der Adern, das von den Handrücken die schmalen Arme hinablief. Swann dachte an die Wurzeln eines Olivenbaums.

»Wann bist du gestern angekommen?«, fragte Ira endlich. »Hattest du eine gute Reise? Wir waren schon im Bett. Der Enzo muss früh schlafen gehen, ich sitze dann normalerweise noch im Garten, trinke meinen Vino und gucke mir die Sterne an. Aber jetzt ist gerade so viel zu tun, dass ich abends wirklich groggy bin. Schön, dass wir uns jetzt sehen. Hast du gut geschlafen? Du bist in deinem alten Zimmer gut untergebracht, oder? Entschuldige, ich bin ein bisschen hektisch. Gott, bist du dünn geworden.«

Ira nannte ihren Mann Enzo, weil sie sich auch nach mehr als vierzig Jahren nicht daran gewöhnen konnte, dass sie jemanden geheiratet hatte, der Heinz hieß. Swann hörte lächelnd zu, stand auf und nahm Ira noch einmal in den Arm. Und weil Swann sie länger hielt und fester drückte, als Ira erwartet hatte, stand auch sie auf. Es gab zwischen ihnen eine kostbare Nähe. Sie wussten noch den Tag, an dem dieses Band geknüpft wurde. Swann war damals sechzehn Jahre alt und mit ihrem Freund in La Garrigue zu Besuch, er war fünf Jahre älter als sie, groß, düster und gut aussehend, er trank viel und machte wenig Worte. An einem frühen Morgen, als Ira glaubte, dass außer ihr noch alle schliefen, war sie durch das stille Haus in den Garten gegangen. Im Sommer liebte sie die kühle Morgendämmerung. Hinten bei den jungen Orangenbäumen, die ihr Mann wenige Jahre zuvor erst gepflanzt hatte, hatte sie Swann gefunden, die im struppigen Gras saß, an einen jungen Stamm gelehnt, sie hatte den Kopf zwischen die Knie gesteckt und weinte. Ira hatte sich daneben gesetzt und Swann eine Weile schweigend beobachtet. Und dann gesagt: »Wenn du weiter so weinst, schmecken unsere Orangen salzig, und das wird dem Enzo nicht gefallen.«

Da war Swann an sie herangerückt und hatte den Kopf im Schoß der älteren Frau geborgen und leise gesagt, dass Philipp sie in der Nacht geschlagen habe, und zwar nicht zum ersten Mal, und dass er auch sonst gewalttätig sei und dass niemand davon wisse, nicht einmal Rebecca. Ira hatte sie fest an sich gedrückt und lange gehalten, ohne ein Wort zu sagen. Dann war sie aufgestanden und hatte gesagt, sie müsse dringend etwas erledigen. Sie war ins Haus gegangen, in den ersten Stock, hatte die Tür geöffnet, hinter der Swanns Freund noch schlafend lag, aber mit einem solchen Ruck, dass er aufschreckte und hochfuhr, sie war an sein Bett getreten und hatte ihm, ohne ein Wort zu sagen, mit der flachen Hand zweimal ins Gesicht geschlagen, einmal rechtsrum mit der Handfläche, einmal linksrum mit dem Handrücken, und ihm dann mitgeteilt, dass er genau fünf Minuten habe, seine Sachen zu packen, um Haus und Grundstück zu verlassen, und dass er sich nie wieder hier blicken lassen solle. Der junge Mann war ganz verdutzt aufgestanden. Er blutete an der Lippe, weil Ira vergessen hatte, ihre beiden schweren Ringe mit den geschliffenen Steinen abzunehmen. Nach weniger als fünf Minuten war er aus dem Haus, und Swann hatte ihn tatsächlich niemals wieder gesehen.

Jetzt standen Ira und Swann einfach da und hielten sich schweigend im Arm. »Geht es dir gut?«, fragte Ira »Du sagst ja gar nichts?«

»Ich bin fein, ein bisschen müde vielleicht«, sagte Swann, drehte sich um und wollte nach ihrem Korbstuhl greifen, aber da saß schon Rebecca. Niemand hatte sie kommen hören. »Ich bin heute auch schlapp, schlapp, schlapp«, sagte sie und angelte sich ein Stück Brot. »Ja«, sagte Swann und nahm sich einen anderen Stuhl. »Ich konnte die ganze Nacht nicht schlafen.« Rebbeca nickte beiläufig: »Vielleicht bist du selber schuld, ich meine, wie man sich bettet, so liegt man, oder?« Sie sah Swann ins Gesicht. Und weil die ihren Blick nicht erwiderte, kaute sie ein bisschen auf ihrem Brot herum und sagte dann: »Vielleicht liegt es aber auch an der Planetenkonstellation.«

»Unsinn«, sagte Ira, »bei dir liegt es am Rosé und bei Swann an zu viel Arbeit. Du trinkst zu viel, und Swann arbeitet zu viel – und wenn sie mal Ferien macht, kann sie sich nicht entspannen. Das kannst du dir nur nicht vorstellen.«

Rebecca runzelte die Stirn.

»Seid ihr sehr beschäftigt?«, fragte Swann schnell.

»Die Braut nicht. Alle anderen schon«, sagte Ira.

»Du hast keine Ahnung«, protestierte ihre Tochter. »Ich denke von morgens bis abends an nichts anderes.«

»Woran denkst du denn?«, fragte ihre Mutter.

»Zum Beispiel an die Tischordnung. Ich habe hier einen Zettel mit den Leuten, für die ich gar keine Verwendung habe.«

Damit holte sie ein Stück Papier hervor, auf dem sie offenbar die ganze Zeit gesessen hatte.

»Ich darf mal, ja?

Berenburgs

Boltmanns

Drillichs

Egon und Mona

Das ganze Geschwader Firmlich

Die Hackeschen

Laufenbergs

Onkel Richard

Und eine Familie Hochsinger, die sollen mit fünf Leuten kommen, und ich habe den Namen noch nie gehört. Das ist doch der Wahnsinn, alles eure Gäste. Ihr habt über die Hälfte der Plätze besetzt. Seid ihr sicher, dass das nicht eure Hochzeit ist?« Sie warf das Papier mit einer großen Geste auf den Tisch.

»Wir sind sicher, dass wir sie bezahlen«, sagte Ira, nahm die Paradiesvogelkanne und goss erst Swann, dann sich noch Tee ein. »Und die Familie Firmlich ist besonders nett.«

»Nein. Die sind der Horror, vor allem die Söhne. Alles fette Trinker. In ihren Heidelberger Verbindungen haben sie sich gegenseitig verprügelt, jetzt verprügeln sie ihre Frauen. Grauenhaft.«

Ira schüttelte den Kopf und drehte sich demonstrativ zu Swann. Aber Rebecca war noch nicht fertig: »Warte. Das waren erst die Nichtadligen. Jetzt kommen die Vons.« Sie griff sich wieder den Zettel, drehte ihn um und begann zu lesen:

»Absberg
Dalberg
Eppstein
Gabelkofen …«

»Es reicht«, sagte Ira, »das sind alles gute Freunde.«

»Ja, eure«, sagte Rebecca, und dann zog sie Swann am Ärmel und säuselte ihr flehend ins Ohr: »Swann, liebe Swann, hilf mir!« Auf diesen Moment hatte Swann nur gewartet. Sie hatte schon vor langer Zeit beschlossen, sich aus den Streitereien der beiden Frauen herauszuhalten. Erstens, weil sie beide liebte und darum nur verlieren konnte, wenn sie sich in die Haare kriegten, und zweitens, weil Rebecca und ihre Mutter im Streit rücksichtslos mit sich und allen waren, die ihnen in die Quere kamen. Sie kämpften mit harten Bandagen, und keine war bereit zurückzustecken, vor allem wenn es Zuschauer gab, es war darum am besten, die beiden im richtigen Moment sich selbst zu überlassen.

»O nein, o nein«, sagte sie, stand auf und wedelte mit dem Zeigefinger der rechten Hand in der Luft herum, »das macht ihr mal schön unter euch aus. Ich suche jetzt Enzo, der ist wenigstens vernünftig.«

Rebecca rief ihr »du Frauenverräterin« hinterher. Worauf ihre Mutter protestierte: »Ich bin ja wohl mehr Frau als du.« Und Rebecca giftete zurück: »Nicht mehr lange! Nicht mehr lange!«

Da war Swann schon ein paar Schritte entfernt, und weil sie das Gefühl hatte, dass diese Unterhaltung sie jetzt nichts mehr anginge, hatte sie die letzten Worte nicht mehr richtig wahrgenommen und wollte sich über ihre Bedeutung auch keine Gedanken machen. Rebecca sah ihrer Freundin nach. Ohne Publikum machte ihr dieser Streit keinen Spaß mehr. Sie schwieg und überlegte, ob ihre Mutter einen erschöpften Eindruck machte und sie ein schlechtes Gewissen haben sollte. Sie sah ihrer Mutter eine Weile beim Essen zu und sagte dann: »Zucker macht dement.«

Ira schob ihren Teller von sich.

»Spinnst du?«

»Nein, im Ernst. Du häufst riesige Mengen Marmelade aufs Brot. Das ist nicht gut. Zucker zerstört das Gehirn.«

Ihre Mutter warf ihr einen verzweifelten Blick zu.

»Kannst du dich in den nächsten Tagen ein bisschen zusammennehmen?«, sagte sie und nahm sich noch ein Croissant, das sie in der Mitte teilte und eine Hälfte mit zwei Löffeln Orangenmarmelade füllte. »Wo ist denn Gabriel, wollte er nicht längst zurück sein?«

»Gabriel kommt doch erst am Montag, das weißt du, er ist noch in Stuttgart.«

»Ah, stimmt, wir haben noch ein paar Tage«, sagte Ira erleichtert, nahm sich den »Midi Libre«, der vor ihr auf dem Tisch lag, und versenkte sich in die Lektüre.

»Hast du eine Zigarette?«, fragte Rebecca nach einer Weile. »In meiner Tasche«, sagte ihre Mutter und machte ein Zeichen mit dem Finger, dabei hielt sie sich die Zeitung so dicht vor die Nase, dass Rebecca ihr Gesicht nicht sehen konnte. Sie war sich nicht sicher, ob ihre Mutter weinte, griff nach der Tasche und stöberte darin herum. Sie war erstaunt, so viele Medikamente darin zu finden, lauter Namen, die ziemlich ernst klangen: Amitriptylin, Bisoprolol, Carenoxal. Sie schloss die Tasche, lehnte sich rauchend zurück und beobachtete ihre Zeitung lesende Mutter. Vielleicht sollte sie sich tatsächlich Sorgen machen, dachte Rebecca. Ihre Mutter neigte nicht zur Weinerlichkeit. Wenn sie an ihre Mutter dachte, tauchte vor ihr immer das Bild einer schönen Frau im Cocktailkleid auf, die einen Drink in der Hand hielt. So kannte sie ihre Mutter. Als elegante Gastgeberin auf der Stuttgarter Karlshöhe, als Herrin über ein großes und belebtes Haus, das sie mit energischer Hand führte – das war eine Formulierung, die Rebecca jetzt einfiel: mit energischer Hand. Früher jedenfalls. Rebecca versuchte, sich zu erinnern, wann die Einladungen aufgehört hatten, die Gartenfeste, die Soireen und Abendessen. Waren das schon Jahre? Wann hatte sie ihre Mutter das letzte Mal dabei beobachtet, wie sie eine lange Tafel deckte, während eine Haushälterin ihr das Besteck reichte, acht Stück, von außen nach innen? Aber es gab doch immer noch das zahlreiche Personal, das sie anleitete, und es gab immer noch die hohen Rhododendren, aus denen sie am Ende des Frühlings die alten Blüten schnitt, um Platz für die jungen Triebe zu schaffen. Und im Schrank hatte sie noch die phantastischen Ungaro- und Saint-Laurent-Kleider, die Rebecca ihr gerne weggenommen hätte. Und aus den sechziger Jahren gab es Bilder von ihr, da hatte sie einen Schönheitsfleck auf der rechten Wange, eine galante Mouche, zum Aufkleben. Meine Mutter war eine schöne Frau, dachte Rebecca, eine Dame, das Wort benutzt man gar nicht mehr. Und Rebecca war das einzige Kind in diesem Haus, umsorgt und allein, geliebt und sich selbst überlassen, und in ihrem weißen Kleid und mit ihren wilden schwarzen Haaren bewegte sie sich flüchtig und unbemerkt durch die ganze Betriebsamkeit, wie ein kleines Gespenst.

Sie betrachtete die Hände ihrer Mutter, die die Zeitung hielten. »Du bist so …«, sie suchte nach dem richtigen Wort, »… empfindlich in letzter Zeit, ja, empfindlich.«

»Und du meinst, das kommt von der Marmelade?«

»Ich mache mir Sorgen um dich, das ist alles.«

»Dann sei nett zu mir, mein Rübchen.«

Rebecca stand auf und ging in die Küche, um sich eine Schale Guacamole zu holen. Am Kühlschrank hing noch die Ankündigung für die diesjährige Oursinade: »Man trifft sich an einer langen Tafel, man diskutiert, man isst Seeigel und Muscheln in einer gastfreundlichen, festlichen Atmosphäre.«

Rebecca schüttelte sich. Ihre Eltern hatten es sich zur Gewohnheit gemacht, zu einem der Seeigelessen anzureisen, die im Februar und März an der Küste zwischen Montpellier und Marseille abgehalten wurden, in Carry-le-Rouet, Sausset-les-Pins, Fos-sur-Mer, Aigues-Mortes, La Grande-Motte und dieses Jahr in Le Grau-du-Roi.

Dieses Mal hatten sie Rebecca und Gabriel geradezu gezwungen, sie zu begleiten und dann mit ihnen die zwei, drei Wochen bis zur Hochzeit gemeinsam in La Garrigue zu verbringen. Sie hatten das als »schöne Einstimmung« auf die Trauung und das Fest angekündigt. Aber Rebecca empfand es als Bestrafung. Sie mochte die kühle Jahreszeit in La Garrigue nicht, und sie hasste Seeigel. Als sie das erste Mal gesehen hatte, wie ihr Vater mit einem Instrument, das aussah, als könne man damit Stieren die Hoden abschneiden, einen handtellergroßen Seeigel in zwei Hälften zerlegte, hätte sie beinahe angefangen zu weinen.

»Die bewegen ihre Stacheln«, hatte sie gerufen, und er hatte gesagt: »Das hört gleich auf.« Dann hatte er die untere Hälfte weggeworfen, ihr die obere hingehalten und erklärt, was sie da sehe, seien die Gonaden des Seeigels, die Geschlechtsdrüsen, die seien eine Delikatesse. Während sie irritiert in das sternförmige Fleisch blickte, das rötlich in der Sonne glänzte wie eine weit geöffnete Vulva, hatte er ein Stück Baguette abgebrochen und damit den Seeigel ausgewischt wie mit einem nassen Lappen und alles in den Mund gesteckt, Brot und Geschlechtsdrüsen, und einen Becher Rotwein hinterhergekippt und dann ein seliges Gesicht gemacht.

Sie verstand auch die Freude ihres Vaters nicht, der eine lächerliche blaue Wollmütze trug und eine kobaltblaue Jacke der Marke Le Mont-Saint-Michel, die ein paar Hundert Euro gekostet hatte, damit sie so aussah wie die alte Arbeitskutte eines französischen Handwerkers, und sich mit wildfremden Leuten an einen Tisch setzte und so tat, als wäre er ein Mittelmeerfischer, der gerade aus irgendeiner hinten am Strand gelegenen Cabane geschlüpft kam. Sie fand das Publikum ordinär, den Wein, der in weißen Plastikbechern serviert wurde, billig, und alles war kalt und feucht und roch nach Meer und totem Fisch. Außerdem war Le Grau-du-Roi ein besonders scheußlicher Ort an der Küste, der so aussah, wie sich Rebecca die Uferpromenade am Timmendorfer Strand vorstellte.

Vorsichtig löste sie den Stierkopfmagneten von der Tür, nahm den Zettel und wollte wieder nach draußen gehen. Plötzlich blieb sie stehen, nahm ihr Telefon, das auf dem Küchentisch lag, und suchte im Netz nach den Namen der Medikamente, die sie bei ihrer Mutter gefunden hatte: Es waren Mittel gegen Depressionen, erhöhten Blutdruck und starke Schmerzen. Sofort jagte das Alter ihr wieder einen Schrecken ein. »Was hast du erwartet?«, dachte sie und bereute, dass sie in der Tasche ihrer Mutter gewühlt hatte und jetzt von diesen Medikamenten wusste. Aber sie war nicht allzu bekümmert, denn sie würde alles sofort vergessen haben. Sie hatte schon vor langer Zeit beschlossen, dass es die Erinnerungen sind, die den Menschen altern lassen. Ohne Erinnerung gibt es kein Alter. Also vergaß sie einfach alles. Es war ihr auf diese Weise gelungen, die Zeit anzuhalten, ihr unerbittliches Vorwärtsgehen zum Stillstand zu bringen und in einer einzigen langen Gegenwart zu leben. Ohne Verluste.

Sie blickte sich in der Küche um, die kupfernen Töpfe und Pfannen, die an einer schwarzen Eisenstange hingen, der alte Holztisch, die bunten Kacheln an der Wand, der Boden aus alten Terracottafliesen, von denen einige schon vor Jahren gesprungen waren, das geöffnete Sprossenfenster, an dessen Außenseite die weiße Farbe abblätterte und grauschrundiges Holz zum Vorschein kam, die Bougainvillea, deren stachlige Äste von draußen über die sandsteinerne Arbeitsplatte hingen. Die muss früher kleiner gewesen sein, dachte sie. Aber sie wusste nicht mehr, wann. Sie dachte, dass es unmöglich wäre festzustellen, wie oft sie an diesem Fenster gestanden hatte. Wie oft sie an diesem Tisch gesessen hatte. Wie oft sie den Kühlschrank geöffnet hatte. Sie wusste nicht einmal, ob es in all den Jahren derselbe Kühlschrank gewesen war. Sie betrachtete ihre Hände, die eine Kühlschranktür berührt hatten, die es nicht mehr gab. Das ganze Leben ist eine Reihe von Nebensächlichkeiten, dachte sie, und je mehr man vergaß, desto besser. Mit ihrer Ehe würde es genauso sein. Sie würde am nächsten Samstag beginnen und dann einfach ablaufen. Und eines Tages würde sich Rebecca umdrehen und überrascht sein und sich an nichts mehr erinnern. Auf dem Weg nach draußen warf sie den Seeigelzettel in den großen geflochtenen Korb im Wohnzimmer, in dem Papier und Spanholz zum Anzünden des Kamins gesammelt wurde. »Warum lächelst du so?«, fragte ihre Mutter, die nur kurz hinter ihrer Zeitung hervorguckte, als Rebecca sich wieder setzte. »Keine Ahnung. Wo ist Papa?« Ihre Mutter legte den »Midi Libre« beiseite. »Dein Vater ist im Garten, wo sonst?«

Heinz Bächle hatte den ganzen Morgen damit verbracht, einen Ast zu verarzten, der in der Nacht zuvor unter dem Gewicht seiner Früchte zusammengebrochen war. Bächle hatte einen Riss festgestellt, der, vom Stamm ausgehend, mehr als einen halben Meter lang war. Er hatte zunächst den Ast von der Hälfte seiner Last befreit und die Orangen, von denen noch nicht alle reif waren, ein Stück weiter neben einer steinernen Bank ordentlich zu einem kleinen Haufen geschichtet. Um das äußere Ende des Astes legte er eine feste Hanfschlinge und befestigte das Seil in der Krone des Baums. Dann hatte er eine Schnur von mittlerer Stärke sorgfältig in dichten Reihen um das gerissene Holz gewickelt, so dass ein regelrechter Verband aus Hanf entstanden war, unter dem der Ast wieder zusammenwachsen konnte. Er war von seiner kleinen Leiter gestiegen und ein paar Schritte zurückgetreten, um mit ein bisschen Abstand den Erfolg seiner Bemühungen besser abschätzen zu können. Für einen Mann seines Alters war das eine mühevolle und langwierige Arbeit gewesen, mit deren Ergebnis er aber sehr zufrieden war.

Als er vor beinahe 25 Jahren hierhergekommen war, hatte er den Orangenhain verwildert vorgefunden. Viele der alten Bäume waren krank und verwachsen, manche waren bei der großen Kälte von 1985 gestorben, als die Temperatur in Montpellier tagelang unter minus zehn Grad gelegen hatte. Orangen, Zitronen, Limonen, Bergamotten, Mandarinen, alles musste damals über dem Boden abgeschnitten werden. Aber Heinz

Bächle dachte bei sich: »Im Garten gilt das Gleiche wie im Geschäft: Geduld führt zum Erfolg.« Er beschloss, sich der Auswahl, Anpflanzung und Pflege seiner Orangenbäume mit der gleichen Gründlichkeit anzunehmen, mit der er sich daheim um die Entwicklung neuer Verfahren zur Herstellung technischer Textilien kümmerte.

Er trat in Verbindung mit der École nationale supérieure agronomique de Montpellier, wo ihm ein schmaler junger Mann mit angenehmen Gesichtszügen mitteilte, eigentlich sei die Geographie nicht auf seiner Seite. Die Schicksalslinie der Zitrusfrüchte sei der 43. Breitengrad, und Bächles Haus befinde sich ein Stück nördlich davon. Doch der junge Agraringenieur erklärte seinem interessierten Besucher, dass durch die Verbrennung fossiler Brennstoffe und die dadurch ausgelöste Anreicherung der Atmosphäre mit Kohlendioxid ein allgemeiner Klimawandel bevorstehen könnte, der Bächles Vorhaben vermutlich begünstigen würde. Ja, es sei, sagte er, eine »Tropicalisation« des Südens Frankreichs vorstellbar. Die bislang vorherrschenden USDA-Zonen 8a und 8b würden nach Norden wandern, und an der Mittelmeerküste würde sich die bislang nur schmale, aber für Bächle interessante Zone 9a verbreitern und den ganzen Golfe du Lion mitsamt seinem Hinterland umfassen, vielleicht stiegen die Temperaturen sogar derart, dass Bächles Garten in den Einzugsbereich der Zone 9b komme.

Was seine Orangen angehe, so sagte das damals der Dozent, müsse Bächle also auf den Klimawandel hoffen – er selbst, fügte der junge Mann hinzu, wünsche sich allerdings, dass die internationalen Bemühungen zum Schutz der Erde von Erfolg gekrönt sein würden und die Menschheit sich noch rechtzeitig ihrer sowohl einzigartigen als auch heiklen Position auf einem kleinen bewachsenen Felsen, der im Weltall herumtreibt, bewusst werden würde.

Heinz Bächle verstand nichts von der Chemie des Kohlenstoffs. Aber von der Natur des Menschen. Wenn so ein Klimawandel tatsächlich das Ergebnis des menschlichen Gewinnstrebens sein sollte, dachte er damals, dann musste man sich über die Aussichten, ihn aufzuhalten oder gar umzukehren, keine Illusionen machen. Denn Bächle wusste: Der Mensch ist zum Guten zwar fähig, aber nicht geneigt, und ohne rechte Anleitung wird er die anstrengungslosen Güter immer denen vorziehen, die er sich erarbeiten muss.

Seine Religion war, wie es sich für einen schwäbischen Ingenieur gehörte, die eines skeptischen Pietismus. Als Sinnbild dieser Lehre ließ er zwei Wege durch seinen weiträumigen Garten bauen, einen breiten und einen schmalen. Wer dem breiten Weg folgte, landete irgendwann am Rand des Grundstücks an einer sumpfigen Stelle, die sich im Dunkel des angrenzenden Waldes verlor. Wer dem schmalen folgte, kam nach einigen Wendungen zur lichten Südterrasse des Hauses. Aber in all den Jahren, die er Eigentümer von La Garrigue war, war nur einem einzigen Menschen dieser sonderbare Umstand aufgefallen – das war sein Gärtner Abd-Sami al Wafi, und der war ein Muslim.

Das war für Bächle übrigens ein wichtiger Grund gewesen, ihn überhaupt anzustellen. Er hatte eine Annonce in der Landwirtschaftsschule ausgehängt, und Sami hatte sich beworben. Bächle gefiel der wortkarge junge Mann mit den traurigen Augen, die er selten vom Boden hob. Außerdem hatte er daheim in seiner Fabrik gute Erfahrungen mit dem türkischstämmigen Personal gemacht. Er pflegte zu sagen, dass diese Leute genauso seien, wie die Deutschen früher waren: fleißig, zuverlässig und gehorsam, und weil er diese Eigenschaften, ohne zu zögern, allen Muslimen zuschrieb, ließ er Sami gleich anfangen. Bächle bezeichnete diese Entscheidung immer wieder als eine der besten seines Lebens und wollte sich auch später davon nicht abbringen lassen. Während seiner von Jahr zu Jahr länger währenden Aufenthalte in La Garrigue verbrachte Bächle manchmal viele Stunden mit seinem Gärtner. Sie besprachen ihre Pläne, sie begutachteten den Fortschritt eines Projekts, oder sie arbeiteten still Seite an Seite an einem Weg oder in einem Beet.

Mit Sami hatte Bächle auch schon früh die Frage der zu erwartenden Auswirkungen einer möglichen Klimaveränderung besprochen. Als gläubiger Muslim vertrat Sami ein eher optimistisches Menschenbild und war der Meinung, die Menschen würden aus einer Mischung aus eigener Einsicht und göttlicher Eingebung heraus das Richtige tun. Bächle hingegen wollte sich nicht einmal auf ihre Unbeständigkeit verlassen. Er hielt buchstäblich alles für möglich. Unter anderem auch, dass die Klimakatastrophe doch noch abgewendet würde. Er beschloss darum, in seinem Garten auch ein paar besonders kälteresistente Orangensorten zu pflanzen, die allerdings in der Gegend bislang kaum verbreitet waren: darunter die Moro-Orange, eine kleine runde Blutorange, die an den Hängen des Ätna wächst und im Januar und Februar reift, die man aber bis zum März hängen lassen kann, wenn ihr Saft besonders dunkel sein soll, und die Cara-Cara-Orange, eine sehr süße Frucht, die sogar erst im Mai zu ernten ist und der man ihre Verwandtschaft zur Pampelmuse ansieht, so rosafarben ist ihr Fleisch.

Was die Kälte anging, glaubten Bächle und Sami, damit genug getan zu haben. Blieb noch der Wind. Im Frühjahr war der Mistral gefährlich für die Baumblüte und damit für die Früchte, die Bächle ernten wollte. Die beiden überlegten, ob man am nördlichen Rand seines Grundstücks eine Mauer gegen den Wind errichten sollte. Aber sie verwarfen die Idee. Denn eine Mauer würde zwar im Winter und im Frühjahr Schutz vor dem Wind bieten, aber auch die Sonne reflektieren, und das konnte in jeder Jahreszeit zu einem Problem werden. Also pflanzten sie nach Norden hin Zypressen, und zwar in drei Reihen, stille dunkle Bäume, die in gerader Ordnung die bunte Schar fröhlicher runder Orangen- und Zitrusbäume beschützten, die schon nach wenigen Jahren voller Früchte hingen.

Denn der Erfolg ihrer Mühen ließ nicht auf sich warten. Ja, er war überwältigend. Im Garten von La Garrigue gediehen Bäume, die man in dieser Gegend noch nie gesehen hatte, darunter die Orange von Blidah, die der Nizza-Orange ähnelt, nur etwas kleiner ist, die Orange von Beni-Salah, die kostbar ist, weil sie so langsam wächst, und die Rhobs-el-Arsa-Zitronen, die von den sauren Orangen abstammen. Bächle hatte alles wohlbedacht, aber er wusste, dass der Garten eigentlich Samis Werk war. Und wenn im Sommer die Sonne unnachgiebig über der weiten Landschaft brannte, fragte sich Bächle, warum sie im Garten von La Garrigue die Früchte mit ihren warmen Strahlen nur sanft liebkoste. Und wenn im Frühjahr der Wind wie mit Holzknüppeln auf die Bäume der Nachbarn einschlug, freute er sich, dass er im Garten von La Garrigue nur liebevoll die Baumkronen streichelte. Und wenn doch einmal in einer Winternacht der Frost durch die Gegend zog, beehrte er zwar die umliegenden Gärten, machte aber einen großen Bogen um den Garten von La Garrigue. Es war eigentlich ein Wunder.

Für Bächle zählte nur, dass die Orangen ihn glücklich machten – und zwar schon seit er sie als Kind zum ersten Mal gesehen hatte. Das war in der Wilhelma in Stuttgart gewesen. Sein Vater war mit ihm dahin gegangen, als der Zoo wieder öffnete. Aber Heinz interessierte sich gar nicht für die Tiere. Er wollte lieber die Pflanzen sehen. Also liefen Vater und Sohn durch die Damaszenerhalle, das als einziges der alten Gebäude im Krieg nicht zerstört worden war und in dem die Reste der früher weithin berühmten Bestände an Orangen und Azaleen aufbewahrt wurden.

Es war April, die Bäume blühten, die ganze Weite der maurischen Halle mit ihren schlanken Säulen, mit ihren Kachelmosaiken und ihren hohen alfizgerahmten Fenstern war erfüllt vom süßen Duft der Orangenblüten. Da überfiel den Jungen eine Sehnsucht nach der Schönheit, die ihn danach nie wieder verließ. Er spürte sie jedes Mal in sich pochen wie einen süßen Schmerz, wenn er sich einer der sternzart duftenden Blüten des Orangenbaums näherte.

Als er älter wurde, glaubte er, mehr der Kunst zuzuneigen als dem Unternehmertum, und er hatte zunächst gezögert, ob er im väterlichen Geschäft arbeiten sollte und sich damit einer Entscheidung fügen, die nicht er selber gefällt hatte, sondern die gefällt war im Moment seiner Geburt. Aber als ihm die alten Webmeister zum ersten Mal mit Stolz ihre feinen Phantasiegarne zeigten und die kostbaren gemischten Gespinste, war Heinz gleich ganz bewegt. Wie zarte Orangenblüten kamen ihm diese feinen Gewebe vor, und die Vorstellung, in ihrer Nähe sein Leben zu verbringen, tröstete ihn über den Lärm der Hallen und die derben Späße der Textilarbeiterinnen hinweg.

Bächle wurde ein erfolgreicher Unternehmer. Er begriff früher als andere, dass das neue Jahrhundert das chinesische sein würde. Und niemand in seiner Firma war so vernarrt in schöne Stoffe wie er selbst. Wenn seinen Entwicklern ein außergewöhnlich schönes Phantasiegarn gelungen war, dann ließ sich Bächle ein paar Meter von der Bahn schneiden und wickelte sich fest in das neue Tuch, weil er dessen Eigenschaften am eigenen Leib spüren wollte. Er pflegte zu sagen, der Stoff komme erst durch das Tragen zum Leben und erst in der Bewegung zeige sich seine wahre Güte. Bächle lief dann auf und ab, die Flure zwischen den Büros entlang, das alte Treppenhaus hinunter, über einen der weitläufigen Höfe, durch Wind und Wetter zu den großen Werkhallen, an den Materiallagern und Maschinen vorbei, und die Beschäftigten hielten nur kurz mit ihrer Arbeit an und sahen dem alten, in bunte Stoffe eingewickelten Mann hinterher.

Der Garten

Als Swann durch den Obstgarten kam, sah sie seine Gestalt von hinten: Er trug weite, helle Hosen, einen alten, dunkelblauen Baumwollpullover, eine Gärtnerschürze, und auf seinem struppigen Kopf saß ein zerschlissener Strohhut. Er sah verkleidet aus, aber sie freute sich über das Bild, das er abgab. »Arbeitest du?« Er drehte sich um. »Sowieso«, sagte er, nahm sie in den Arm und begrüßte sie, wie er es immer tat, wie eine Tochter.

Er erkundigte sich nach ihrer Reise und bedauerte es, sie nicht schon gestern Abend willkommen geheißen zu haben. Sie setzten sich nebeneinander auf eine Steinbank. »Ich seh dich ja nur noch im Fernsehen«, sagte er. Ihr fiel auf, wie müde er aussah. Und wie alt er geworden war. »Du hast da neulich so einen Polit-Knilch auseinandergenommen – das hat's gebracht. Super. Wann war das?«

»Das war am 11. Februar.«

»Ah, so lange ist das her. Ein gutes Gedächtnis hast du obendrein. Schön. Bist eine kluge Frau, Swann. Warst du immer. Aber das war schon ein bleeder Breddlesbohrer, oder?«

Ja, wahrscheinlich war Franz ein Breddlesbohrer. Sie stand auf und nahm sich drei von den Orangen aus dem Gras. Früher konnte sie ganz gut jonglieren, fünf Bälle konnte sie gleichzeitig in der Luft halten. Aber an diesem Tag fielen ihr die drei grünlichen harten Früchte so oft aus den Händen, dass ihr die Lust verging. Sie setzte sich wieder neben den schwäbelnden Heinz.

Ein kleines »Ha jo« konnte sie sich nicht verkneifen. Aber »Polit-Knilch«, das gefiel ihr. Sie hatte darauf bestanden, ihn Franz zu nennen, als sie ihn nach der Sendung mit zu sich nach Hause nahm. »Sie wissen, dass ich Misslinger heiße«, hatte er gesagt. Und sie hatte geantwortet: »Wenn du mitkommen willst, heißt du Franz.« Da hatte er gesagt: »Wenn ich mitkommen darf, kannst du mich nennen, wie du willst.« Das hatte ihr gefallen.

Sie hatte ihn danach noch einmal für ein Wochenende in Berlin besucht, wo er eine Wohnung hatte und ihr einen ganzen Abend lang von seiner Scheidung erzählte und von einer Nahtoderfahrung, weil er auf der Friedrichstraße niedergeschlagen worden sei, am hellen Tag. Das war es auch schon. Dachte Swann jedenfalls damals. Er war ein bisschen kleiner als sie, oder vielleicht gerade genauso groß, was bei Männern eigentlich immer bedeutet, dass sie kleiner sind. Alles, was zu den Geschlechtern zu sagen ist, lässt sich in einem Satz zusammenfassen: Wenn eine Frau ihre Arbeit genauso gut macht wie ein Mann, ist das nicht gut genug, und wenn ein Mann genauso groß ist wie eine Frau, ist er zu klein. Andere Maßstäbe eben. Aber über all das wollte Swann mit Heinz gar nicht sprechen.

Er sah sie eine Weile von der Seite an, als dächte er über etwas Entferntes nach. Plötzlich schlug er sich mit beiden Händen auf die Knie und fragte: »Bekommst du bald deine eigene Sendung?«

Sie zögerte keinen Moment. »Ich gehe zum Radio. Die bauen da gerade ihre Politschiene um, mit der Wellenleitung sind verschiedene Ideen für eine Umgestaltung der Sendestrecke im Gespräch.«

»Super«, sagte er. »Hauptsache vorwärts, oder?«

»Aber sicher. Vorwärts immer, rückwärts nimmer!«

»Kein Fernsehen mehr?«

»Doch, doch, später auch wieder Fernsehen, sicher.«

»Das ist gut«, sagte er, »du bist eine Bereicherung für das Fernsehen. Und außerdem erkennt dich bald niemand mehr, wenn du nur noch Radio machst. Es ist doch wichtig, erkannt zu werden.«

Die Bank lag im Schatten, Swann lehnte sich so weit zurück, dass ein paar Strahlen der jetzt schon wärmenden Sonne sie durch das dichte Blätterdach der Orangenbäume erreichen konnten.

»Man verdient beim Fernsehen auch mehr, oder?«

»Ich komm schon klar«, sagte sie leichthin. »Freust du dich auf die Hochzeit?«

»Ich habe nur eine Tochter«, sagte er, »und die heiratet. Da muss ich mich ja freuen.«

»Und Gabriel?«

»Ja«, sagte er, »so heißt der Glücksjunge. Ich glaube, sie ist freiwillig mit ihm zusammen.«

»Was hast du gegen Gabriel?«

»Ah, jetzt kommt die Frau Journalistin und legt den Finger dahin, wo's wehtut, ja?«, sagte er.

»Tut es denn da weh?«

»Ich sage ja, Journalistenklugheit. Wie kommst du darauf?«

»Ja, wie komme ich darauf, nur so ein Gefühl.«

Er schwieg, dann fragte er so, als sei er um Aufrichtigkeit bemüht: »Was arbeitet er noch mal?«

»Er ist Komponist.«

»Ich dachte, er ist Opernregisseur.«

»Komponist, Regisseur – er ist Künstler.«

»Ja«, sagte er, »auf das Wort habe ich nur gewartet.«

»Aber du liebst die Oper, Enzo. Und irgendwer muss die Opern schreiben, und irgendwer muss sie inszenieren.«

»Muss das ausgerechnet mein Schwiegersohn sein?«, fragte Heinz und wirkte ernsthaft betrübt. »Außerdem sind alle guten Opern bereits geschrieben.«

»Komm«, sagte Swann, »wir gehen zum Frühstück.« Sie stand auf, aber Heinz blieb sitzen. Also drehte sie sich um, stellte sich vor ihm auf und legte ihm die Hand auf die Schulter. Er blickte auf.

»Du machst deine Arbeit«, sagte er.

»Das tun viele Leute«, sagte sie, »das ist nichts Besonderes.«

»In meiner Familie könnte es etwas Besonderes werden.«

»Rebecca arbeitet doch.«

»Die Galerie? Arbeit würde ich das nicht nennen.«

»Du bist ungerecht.«

Sie verstand, dass er sich wirklich Sorgen machte. Aber sie fand, es handle sich um Sorgen, die er mit sich selber ausmachen sollte.

»Vielleicht liebt sie Gabriel einfach.«

»Ja, vielleicht«, sagte er, stand auf und sah ihr ins Gesicht.

»Vor allem muss sie ja irgendwann mal Kinder bekommen, nicht wahr? Sie wird bald vierzig.«

»Oha«, sagte Swann, »es muss wirklich nicht jede Frau Kinder bekommen. Ich wollte nie welche.«

»Ja, du brauchst das nicht, du kommst auch so zurecht. Rebecca nicht.«

Swann wollte diese Unterhaltung beenden. Sie legte dem alten Mann den Arm um die Schulter und führte ihn auf dem gewundenen Weg durch die Orangenbäume, vorbei an Beeten voller weißer Rosen, gelber Iris und wilder Malven, zurück zur

Terrasse. Der Lavendel blühte ja noch lange nicht. Auf einmal blieb er kurz stehen und kniete sich nieder, so dass die hochblühenden Malven sein Gesicht beinahe berührten, dann griff er mit der Hand tief in den lockeren Boden und hielt sie sich direkt vor die Augen. Sie beobachtete ihn von oben. Es war ein eigenartiges Bild, wie er da hockte und abwechselnd die lila leuchtenden Blüten untersuchte, deren fünf Blätter wie mit einem feinen Pinsel gezeichnet waren, und dann wieder die graukörnige Erde, in der kleine Splitter von kristallinem Gestein funkelten.

Als sie Kinder waren, hatten Swann und Rebecca lange Streifzüge durch die Gegend gemacht und in den felsigen Hängen der Hügel kräftige Adern dieses Gesteins gesehen. Sie hielten es für Diamant, jedenfalls für Edelstein. Sie glaubten, eine ungeheure Entdeckung gemacht zu haben, eine Diamantader, und bald würden sie reich sein und glücklich und schön. Aber jetzt hatte Heinz einfach nur Erde in den Händen. Er pflückte eine Blume.

»Sieh dir diese Farben an, Swann«, sagte er und hielt eine Malvenblüte in die Sonne. »Weißt du, dass wir heute schon Stoffe weben können, die beinahe so fein sind wie diese Blüte?«

»Nein, Enzo, das wusste ich nicht, aber das ist schön«, sagte Swann und zog ihn an der Hand hinter sich her.

Rebecca und Ira saßen nebeneinander und beugten sich über irgendwelche Unterlagen. Sie stritten nicht miteinander. Das war schon mal ein Fortschritt.

»Sieh mal, der Enzo ist nicht von der Leiter gefallen«, sagte Ira. »Sami hätte sich um den Baum kümmern können, wenn du auf ihn gewartet hättest.«

»Mach mich nicht älter, als ich bin«, sagte Heinz.

»Wo ist Sami eigentlich?«, fragte Rebecca.

»Er kommt am Dienstag«, sagte Heinz und setzte sich.

»Dienstag«, wiederholte Ira in verächtlichem Ton. »Es war vielleicht nicht geschickt, ihm so kurz vor der Hochzeit freizugeben, oder?«

»Dienstag reicht allemal. Er musste etwas für seine Familie erledigen. Die Familie ist den Moslems heilig. Das müsstest du doch am besten verstehen.« Heinz nahm sich die Zeitung, die Ira neben sich auf den Boden gelegt hatte.

»Ich bin keine Muslima.«

»Nein, aber adlig, mein Herzl.«

»Nicht mehr, mein Heinzl.«

Swann verkniff sich ein Lachen. Iras Familie war seit ungefähr 650 Jahren inbrünstig katholisch. Dafür gab es als Belohnung hin und wieder eine Audienz beim Papst. Das Höchste der Gefühle war natürlich die Seligsprechung. Die widerfuhr nicht jedem, aber es genügte schon, wenn nur zweimal in hundert Jahren ein Mitglied der deutschen Aristokratie auf diese Weise befördert wurde, das hallte die nächsten fünfzig Jahre in den kalten Fluren der baufälligen Schlösser nach, und unter der Barbourjacke bebte die Brust. Normale Leute konnten sich gar nicht vorstellen, wie katholisch die meisten Adligen waren. Es gab in diesen Kreisen eine praktizierte Frömmigkeit, wie man sie eher aus der islamischen Welt kannte.

Swann war ganz froh, dass sich die Religiosität ihrer Familie darauf beschränkt hatte, sie auf die »Heimschule Kloster Wald« zu schicken – wäre sie ein Junge gewesen, wäre sie nach Ettal gekommen. Sie hatte noch Nonnen als Lehrerinnen. Das Beten vor Unterrichtsbeginn hatte sie nicht gestört, und der

Gottesdienst am Sonntag auch nicht. Warum auch? Es war ihr allerdings nicht gelungen, eine, wie man sagt, »persönliche Gebetsbeziehung« zu Gott zu entwickeln. Aber sie mochte die Kirchen. Und die Geschichten.

Ihrer Erfahrung nach führte die gut katholische Erziehung der Aristokratie nicht zu christlicher Demut, sondern zu Hoffart und Dünkel. Swann hatte oft beobachtet, dass diese Leute sich in einem sonderbaren Seelenzustand befanden. Sie hielten sich für etwas Besseres und fühlten sich gleichzeitig von der Geschichte im Stich gelassen. Aus jedem Lodenjacken-Knopfloch brach ein aggressives Selbstmitleid. Swann war selber so aufgewachsen: Adel auf dem Radel, schön unter sich bleiben, von einem Schloss zum anderen, immer auf der Suche nach einer guten Partie, bloß Finger weg von den Bürgerlichen. Immerhin war Ira von diesem Weg abgewichen. Vielleicht, überlegte Swann, hatte sie Heinz sogar aus Liebe geheiratet. Aber Stand und Standard gehen selten Hand in Hand, und durch Rebeccas Heirat mit Gabriel brachten Ira und Zita ihren Stamm wieder auf den richtigen Weg. Der arme Enzo. Er war nur ein Umweg gewesen.

Swann drückte ihre Füße, die im Gras kühl geworden waren, fest auf die von der Sonne gewärmten Fliesen und blickte sich um. Alles hier war schön, das frühlingsgelbe Licht, die ockerfarbene Terrasse, das helle Haus, die blutroten Bougainvilleen. In Köln waren es jetzt sechs Grad. Sie konnte sich ganz gut vorstellen, wie es jetzt am Appellhofplatz aussah: der grässliche öffentlich-rechtliche Hochbunker vor dem betongrauen Himmel. Was für ein Horror. Ihr Bauch schmerzte. Sie wollte sich ausruhen. Sie dachte an den letzten Sommer. Seitdem war so viel geschehen. Im Dezember hatte Rebecca ihr gesagt, dass sie heiraten wollte. Einfach so. Diese Nachricht hatte alles in Bewegung gebracht. Seither, dachte sie, schwankte der Boden unter ihren Füßen … Natürlich würde Rebecca heiraten. Swann hatte immer damit gerechnet, dass Rebecca eines Tages heiraten würde. Nein. Sie hörte sich selber zu und stellte fest, dass sie sich belog. Je länger Rebecca nicht verheiratet war, desto mehr war in Swann die Hoffnung gewachsen, dass es dazu doch nie kommen würde. Sie überlegte, die roten Bougainvilleen vor den Augen, wann eine Nachricht sie je so erschüttert hatte. Als ihr Vater starb? Aber da war sie noch ein Kind, und sie hatte vergessen, wie es war, ein Kind zu sein. Und dann das, was ihr vor ein paar Wochen widerfahren war. Aber sie hatte sich geschworen, daran nicht zu denken. Nicht jetzt. Nie mehr. Trost brauchte sie. Sie nahm Iras Hand. Es war ein Reflex. Ira sah sie dankbar an und sagte: »Lass nur«, weil sie glaubte, dass Swann ihr gegen Enzo beistehen wollte. »Hast du sie schon in ihrem Hochzeitskleid gesehen? Es sieht phantastisch aus. Von …« Sie wandte sich an ihre Tochter: »Ich hoffe, du passt noch rein.« Sie beugte sich vor und kniff Rebecca tatsächlich in die Hüften.

Rebecca tat so, als habe sie es nicht bemerkt.

»Was passiert denn jetzt so?«, fragte Swann über den Tisch hinweg.

Heinz antwortete: »Frag Ira.«

»Du meinst, du hältst dich raus?«

»Ich bezahle. Ich würde das nicht ›sich raushalten‹ nennen.«

»Warte«, sagte Ira, nahm den Zettel, über den sie sich eben mit Rebecca gebeugt hatte, und las vor:

»Montag kommt Gabriel, und Zita bringt die Hunde, am Dienstag kommt Sami, Mittwochnachmittag der Pfarrer.«

»In nomine Patris et Filii et Spiritus Sancti. Amen«, rief Heinz dazwischen.

»Donnerstag geht ihr zum Stierkampf, am Freitag treffen sich die Gäste in Gignac zum Cocktail. Samstagvormittag ist die Trauung, Samstagabend das Fest. Am Sonntag ist alles vorbei.«

»Und am Montag sind wir alle tot«, sagte Heinz.

»O Gott«, sagte Ira.

»Ich glaube, ich könnte seine Unterstützung gut gebrauchen«, sagte Rebecca ungerührt.

»Wessen?«, fragte Ira.

»Na, seine …«, sagte Rebecca und guckte nach oben.

Heinz lächelte seine Tochter dankbar an.

»O Gott«, sagte Ira noch mal, »warum hilft mir denn niemand?«

»Die Hunde kommen auch, das ist ja nett«, sagte Swann.

»Ja, sie fehlen mir sehr«, sage Ira.

»Mir nicht«, sagte Heinz, »entweder sie kotzen oder sie kacken, eins von beidem.«

Ira stand auf und ging in die Küche.

»Das war vielleicht ein bisschen zu stark, Heinz, oder?«, sagte Swann.

»Das war die Wahrheit, und für die sollte man sich nicht entschuldigen«, antwortete er. Alle schwiegen und überließen das Gespräch eine Weile dem Wind und den Vögeln. Ira kam zurück und setzte sich.

»Hauptsache, es regnet nicht«, sagte sie, »wenn doch, haben wir die Zelte.«

»Ich will keine Zelte, auf keinen Fall. Das kommt nicht infrage!«, rief Rebecca. Swann sah, wie ihre Nasenflügel bebten und rosafarbene Flecken an ihren hellen Wangen aufstiegen, sich röteten und größer wurden, bis ihr Gesicht aussah, als würde es gleich platzen.

»Vielleicht beten wir alle um gutes Wetter?«, sagte Heinz.

»Ein Heide. Ich habe einen Heiden geheiratet.«

»Manchmal ist weniger mehr«, sagte Heinz.

»Ah, ja? Wir haben den Papst. Wir haben den Petersdom. Wir haben Raffael, Michelangelo, Masaccio, Masolino – und was habt ihr? Margot Käßmann.«

»Die ist wenigstens freiwillig zurückgetreten, als man sie betrunken am Steuer erwischt hat. Eure Leute haben deutlich mehr Dreck am Stecken, und da passiert gar nichts.«

»Ich nehme zurück, was ich eben gesagt habe. Du bist kein Heide. Die hatten wenigstens irgendeine Religion. Du glaubst an gar nichts. Du bist ein Vulgäratheist.«

Es war erst Freitag, und Swann begriff, dass es noch eine lange Woche werden würde. Ira hatte in Rom Kunst studiert und beanspruchte für sich ein besonderes Urteilsvermögen, wenn es um italienische Kultur im Allgemeinen und Malerei im Besonderen ging. Darum musste sie auch bei jeder Gelegenheit durchblicken lassen, dass ihr Masaccio ebenso geläufig war wie Michelangelo. Heinz war ungewöhnlich gemein. Vielleicht war das alles nur Teil eines Ehetheaters, das die beiden aufführten. Oder sie gingen inzwischen immer so miteinander um. Ja, ein Theater war es, Heinz und Ira waren zwei mürrische alte Schauspieler, die dazu verdammt waren, immer den gleichen Text aufzusagen in einem Stück, das nie endet. Das ist die Ehe, dachte Swann.

Früher hatte sie es bedauert, dass sie nicht erleben konnte, wie ihre Eltern zusammen alt wurden. Mittlerweile war sie nicht mehr so sicher. Sie hatte sie immerhin als glückliches Paar in Erinnerung. Wann war Iras Ehe so schiefgegangen? Wäre das zu vermeiden gewesen, oder endete jede Ehe in der

Verachtung? Enzo hatte gesagt, wenn jemand heiratet, wird erwartet, dass man sich freut. Dabei gibt es keinen Grund zur Freude. Besser wäre es, niemand würde heiraten. Es ging immer schief. Die Ehe hatte noch niemanden glücklich gemacht. Im besten Fall war es gleichgültig, ob man heiratete. Im schlimmsten macht die Ehe alles kaputt. Warum war Rebecca das gar nicht klar? Außerdem lassen sich die Leute in der Ehe gehen. Sie werden dick. Swann hatte das schon oft beobachtet. Nur Schwule und Alleinstehende achten noch auf sich, wenn sie älter werden. Verheiratet sein bedeutet vor allem, zusammen fett zu werden.

Rebecca hatte inzwischen wieder ihre normale Gesichtsfarbe angenommen. Sie stellte die Teetasse mit dem Paradiesvogel ab, sah Swann mit einem Lächeln an. Als wäre nichts gewesen, sagte sie: »Freust du dich auch auf meine Hochzeit?« Swann erhob sich und nahm sie in den Arm: »Ja, natürlich, mein Bébé, ich freue mich!«

»Komm«, sagte Rebecca, »ich zeig dir mein Hochzeitskleid.«

Notre-Dame

Am Wochenende verließ Sami die Wohnung in der Rue des Rosiers kaum. Einmal ging er spazieren, vielleicht eine Stunde lang. Aber er kam nur bis zum Friedhof. Langsam ging er durch die Reihen weißer Stelen. Die Menschen lagen in ihren Gräbern so dicht nebeneinander, wie sie in den engen Straßen dieser Gegend gelebt hatten. Militärfriedhöfe sehen so aus, dachte er. Tatsächlich waren da lauter Soldatengräber aus dem Ersten Weltkrieg, die sich von denen der Zivilisten nur durch das in Stein eingelassene Relief eines Stahlhelms unterschieden. Von hinten rief ihm eine alte Frau zu: »Wenn du deine Leute suchst, mein Kleiner, die sind alle in Bobigny.«

Auf den muslimischen Friedhof nach Bobigny wollte er nicht, und es wäre ihm auch nicht im Traum eingefallen, nach Paris zu fahren. Er kannte niemanden dort. Er machte kehrt und lief ohne Eile zurück nach Hause.

Ein kleines Hotel in der Avenue Jean Jaurès hatte Tische und Stühle auf den Gehsteig gestellt, hier aß er zu Mittag. Eine andere Wahl hatte er nicht. Es gab weit und breit kein anderes Restaurant, das halal war. Als er gegessen hatte, bestellte er einen Kaffee und bat den Kellner um die Zeitungen. Sami machte auf dem kleinen runden Tisch Platz, dann nahm er sich Blatt für Blatt vor, las sorgfältig alle Schlagzeilen und Überschriften und wandte sich der nächsten Seite zu, bis er fand, wonach er suchte.

»Mit Verurteilungen zu Haftstrafen zwischen sechs und

zehn Jahren endete in Paris der Prozess gegen drei Mitglieder eines terroristischen Netzwerks. Sie waren angeklagt, Kandidaten für den Dschihad rekrutiert und Attentate in Frankreich geplant zu haben. Die Pressebänke sind besser gefüllt als die Reihen der Zuschauer in diesem Prozess, in dem auch eine der jungen Frauen vor Gericht steht, die in das gescheiterte Attentat auf Notre-Dame verwickelt war.«

Wenn es einen Anschlag gab, wurden die Muslime aufgerufen, sich von der Gewalt zu distanzieren. Aber was hatte er damit zu tun? Er ging dann in den Garten, schnitt an einem Orangenbaum oder an einer Olive herum, mischte Kalk und Ton, um ein Loch im Weg hinter dem Haus auszubessern, oder er suchte sich ein Stück Zaun, das er streichen konnte. Immerhin, die Deutschen ließen ihn in Ruhe arbeiten.

Es steht geschrieben: »Die Erlaubnis zum Kampf ist denen gegeben, die bekämpft werden, weil ihnen Unrecht getan wurde.« Allen widerfährt immerzu Unrecht, dachte Sami. Und tausendmal tausend Demütigungen wollen tausendfach zurückgezahlt werden. Sie brechen auf und verwandeln sich in die Schärfe einer Klinge, die Wucht einer Explosion, die Hitze des Feuers.

»Schließlich ist Inès M., 22 Jahre alt, an der Reihe, die junge Frau, die ihre dichten Haare zu einem großen Knoten gebunden hat und einen weißen Blazer trägt, erhebt sich. Ihr puppengleiches Gesicht und ihre ruhige Stimme stehen im Widerspruch zu den Taten, die man ihr vorwirft. Sie soll in den sozialen Netzwerken als Vermittlerin zwischen Kandidaten für die ›Hidschra‹ und den Kämpfern vor Ort aufgetreten sein und außerdem Briefe mit detaillierten Anweisungen für Attentate weitergeleitet haben. Sie wurde dann von einem französischen Kämpfer kontaktiert, der ursprünglich aus Strasbourg stammte. Bald ist die Rede von Heirat. Vorher verlangt er aber von ihr, Kandidaten für die Reise in den Krieg zu finden und terroristische Anschläge in Frankreich vorzubereiten. Sie gehorcht, ohne zu zögern, gibt sich im Netz sogar als Mann aus, um bei den jungen Radikalen glaubwürdiger zu wirken.«

Sami betrachtete das Bild: ein schmales blasses Mädchen mit dunklem Haar und großen Augen. Die Haare im Knoten. Würde sie sie öffnen, sie würde ganz genauso aussehen wie Rebecca, als er sie kennengelernt hatte. Er legte die »Libération« weg und griff nach »Le Monde«. Er blätterte die Zeitung langsam durch, bis er auch hier fündig wurde. »Inès Madani trat im Netz als Mann auf und fand dort eine Frau, eine Mutter von drei Kindern, der sie die Ehe versprach. Aber am 31. August 2016 trafen sich die beiden in einem Quick-Restaurant in Sevran. Am gleichen Abend beschlossen die beiden Frauen, ein Attentat im Namen des Islamischen Staates zu begehen. In der Nacht vom dritten auf den vierten September nahmen sie ein Video auf, in dem sie dem IS die Gefolgschaft schworen. Sie fuhren nach Paris und parkten einen Peugeot 607 vor Haus Nummer 43 in der Rue de la Bûcherie, nahe der Kathedrale von Notre-Dame. Darin waren sechs Gasflaschen, jede mit einem Gewicht von dreizehn kg. Sie schütteten Dieseltreibstoff darüber und versuchten, das Fahrzeug mit einer Zigarette in Brand zu setzen. Aber die Operation misslang. Der Dieseltreibstoff fing kein Feuer. Die beiden ergriffen die Flucht. Sie wurden bald verhaftet.«

Wie ging das zu?, dachte Sami. Sie gibt sich als Mann aus und trifft dann die Frau, die einen Mann erwartet? Was für eine Geschichte, dachte Sami. Und natürlich brennt Diesel nicht mit dem Feuerzeug. Ein Feuer legt man anders. Sie ist so jung, dachte er, und will eine Kriegerin sein. Mit ihren schwarzen Haaren, die so aussehen wie Rebeccas. In der Sandwüste Syriens, in der Steinwüste der Vorstadt. Er griff mit seinen Händen in diese Haare, die so schwarz waren wie ein Haufen Oliven, die bei der Ernte vom Baum geschüttelt wurden.

»Wie ist es da, wo du herkommst?«, hatte Rebecca ihn einmal gefragt, als er im Garten kniete und einen hohen Lavendelbusch beschnitt. Er wusste, dass sie schon eine Weile hinter ihm gestanden hatte.

»In Bayonne?«, hatte er gesagt, ohne sich umzudrehen, weil er nicht zu tief ins mehrjährige Holz schneiden wollte.

»Nein, wo du eigentlich herkommst«, sagte sie.

Woher ich eigentlich komme? Ich komme vom anderen Ufer des Adour, aus Sainte-Croix, dachte er. Aber er konnte sich schon denken, dass sie nichts vom Leben in der »Zone à urbaniser en priorité« hören wollte.

»Die Wüste. Erzähl mir von der Wüste. Es gibt in Algerien doch Wüste«, hatte sie gesagt. Er selber kannte nur Tizi Ouzou, die Stadt zwischen den Hügeln, und die grünen Täler der Djurdjura-Berge, gerade noch das karstige Hochland des Atlas, das sich kaum unterschied von der Garrigue im Languedoc. Aber die große Wüste, die keine Grenzen kennt, lag weiter im Süden, da war er nie gewesen.

Aber um ihr einen Gefallen zu tun, fing er einfach an zu erzählen, von den Hängen des Atlas, die er hinabgestiegen war, vom Land, das sich vor seinen Augen geöffnet hatte, endlos bis zum Horizont, von der Erde, die erst schwarz war, dann rot, dann grau und schließlich zu Sand wurde, Sand, der nicht endete, der sich in alle Richtungen in sanften Wellen erstreckte wie ein gelbes Meer. Rebecca hatte sich neben ihn auf den Boden gesetzt und ihm zugehört. Dann hatte sie gesagt: »Kennst du die zehn schönsten Worte der französischen Sprache?«, und noch bevor er etwas sagen konnte, antwortete sie selbst:

»Le Monde, la Douleur, la Terre, les Hommes, l'Honneur, le Misère, l'Été und la Mer. Aber das allerschönste ist le Désert. Wusstest du, dass die Deutschen den Wald lieben und die Franzosen die Wüste?«

Er wollte nur, dass sie nicht wegging. Dass sie da sitzen blieb, neben ihm, egal ob sie miteinander sprachen oder schwiegen.

»Und du?«, fragte er.

»Dreimal darfst du raten«, sagte sie, stand auf und ging davon. Er hatte für den Rest des Tages und den ganzen nächsten Morgen darüber nachgedacht, ob er einen Fehler gemacht hatte, ob sie geblieben wäre, wenn er etwas anderes gesagt oder getan hätte.

Er hielt sich die Zeitung mit dem Bild dicht vor die Augen. Sie ist 22. Ich bin jetzt schon zu alt für sie, dachte er. Und dass er sie gerne beschützt hätte. Er wusste auch nicht, wovor. Die Jahre und die Mauern trennten ihn von ihr. Sie war unerreichbar. Ebenso wie Rebecca. Er war beinahe fünfzig, er hatte keine Frau und keine Kinder, er war kein Vater, nur ein Onkel. Sein Bruder Samad, dem alles besser gelang, hatte eine Frau und drei Kinder. Der Prophet, Gott segne ihn und schenke ihm Heil, hat die Kinder gegrüßt, als er sie spielen sah.

Er hätte ihr das Feuer erklären können. Er kannte es. Es ruhte in den Dingen wie ein verborgenes Tier. Es war ungefährlich, solange es schlief. Aber einmal geweckt, war seine wilde Kraft kaum zu zähmen. Vor zwei Jahren, nach einem Sommer, der so trocken war, dass die Bäume im Garten keine Früchte trugen, hatte er einen ganzen Wald brennen sehen, drüben in Goule de Laval und Valsière. Ja, wie ein großes Tier war das Feuer über den Wald gekommen und hatte ihn in die Arme genommen. Es hatte die Stämme in Fackeln verwandelt, die Tannenzapfen explodieren lassen und die Luft in ein ungeheures Rauschen versetzt. Während das Feuer den Himmel entzündete, tanzten die Flammen wie mörderische Kinder auf den Ästen und spielten mit den Blättern. Sie hüpften umeinander, und es sah aus, als würden sie sich gegenseitig verschlingen. Sami hatte den Blick nicht abwenden können, und er schauderte bei dem Gedanken, dass all diese Glut nur ein Nichts war gegen das Feuer der Hölle, das siebzigmal stärker ist, so berichtet es Abu Huraira, möge Allah mit ihm zufrieden sein.

Er bezahlte seine Rechnung und ging nach Hause. Den Rest des Wochenendes verbrachte er in seinem kleinen Zimmer auf der Matratze und guckte im Internet alte Folgen einer marokkanischen Hochzeitsshow.

Schau, dachte er, da hat Fatima Khair noch die Sendung gemacht. Jahrelang hatte er in seiner Hausmeisterwohnung an jedem Samstagabend allein vor seinem Fernsehgerät gesessen und verfolgt, wie die geduldige, die liebevolle, die mütterliche Fatima Khair bei »Lalla Laaroussa« sieben Paare auf ihre Heiratsfähigkeit hin geprüft und die Gewinner in die Ehe begleitet hatte. Er hatte die prächtigen Hochzeitsfeste in Marrakesch genossen und die kostbaren Geschenke für die Gewinner bestaunt. Es gab für das Siegerpaar sogar ein Haus, in dem es künftig leben sollte, um eine Familie zu gründen. Wie sehr er die Männer beneidet hatte, Soultane und Karim, Yassine und Abderrahman, Amine und Widad, die noch so jung waren, so sauber frisiert, die Bärte kurz. Und Nisrine aus Tan-Tan war vor zwei Jahren die letzte Gewinnerin gewesen, die noch den Hidschab getragen hatte. Das war auch die letzte Saison mit Fatima Khair, sie war älter geworden, aber nur immer schöner, fand Sami. Er, Sami, konnte sich nicht sattsehen an den glücklichen Paaren und den winkenden Schwiegermüttern, er liebte es, wenn die Musik spielte und die Leute um die turmhohe weiße Hochzeitstorte tanzten. Einmal war er irritiert, dass Kawtar aus Tanger ein blaues Kleid trug, denn Blau ist doch die Farbe des Nichts und der Kälte, und diese Farbe haben die Augen des Teufels. Aber später trug sie ein weißes Kleid und sah aus wie eine Königin, sie saß auf einem weißen Thron, der von sechs Männern in weißen Djellabas mit roten Kappen getragen wurde, und als er sah, dass sie vor Glück weinte, musste auch er weinen. Eintausendmal mabrouk, dachte er da.

Der Prophet, Allahs Segen und Heil seien auf ihm, wurde einmal gefragt, welche Frau die beste sei. Und er antwortete: Wenn du sie ansiehst, fühlst du das Glück. So ging es Sami, wenn er in Rebeccas Nähe war. Darum wusste er, dass er sie liebte und dass sie die beste Frau war. Es hatte nie eine andere gegeben. Sami liebte Rebecca so, wie er einen Sonnenstrahl liebte oder einen Tautropfen oder einen Vogel. So schön war sie in seinen Augen. Wenn er während seiner langen Abende daheim in La Garrigue an Rebecca dachte, stellte er sich vor, dass sie ein Engel sei, der aus Licht gemacht war. Aber das wäre Blasphemie gewesen. Also dachte er, dass sie vielleicht ein Dschinn sei, denn die werden aus den Funken des Feuers geboren, aus der rauchlosen Flamme und sind weniger als ein Engel, aber mehr als ein Mensch. Es gab drei Arten von Dschinn: die, welche Flügel haben und sich in den Lüften bewegen, die, welche Schlangen und Hunde sind, und die, welche an einem Ort bleiben oder reisen. Und wenn Rebecca ein Dschinn war, dann einer mit Flügeln, wie ein Vogel, denn sie war immer in Bewegung, und niemand konnte sagen, wo sie sich niederlassen würde, ein kleiner, dunkler, zarter Vogel, dachte Sami, eine Schwalbe, die mit ihrem schnellen Flug flüchtige Schleifen in den Himmel malt, ja, manchmal, wenn er sie im Garten beobachtet hatte, wie sie zwischen Orangenbäumen hin und her lief, jetzt auf der Terrasse des Hauses erschien, sich dann aus einem Fenster lehnte und dann wieder am Pool saß und die nackten Beine im Wasser baumeln ließ, das schwarze Haar in der Sonne glänzend, dann dachte Sami, sie ähnele vielleicht doch eher einer Libelle, die im schnellen Zickzack an die Spitzen der Zweige stößt und mit ihrem glitzernden Leib in der Schnelligkeit ihrer Bewegung beinahe verschwindet, und sie erschien ihm erträumt, unfassbar, unsichtbar.

Während der langen Abende in La Garrigue hatte er sich oft mit der Frage beschäftigt, was der Islam zur Liebe sagt. Er hatte dazu die Hadithen studiert und die Fatwas, die die verschiedenen Fragen des gottgefälligen Lebens regeln. Dort stand, dass die Liebe keine Bedingung einer gelingenden Ehe sei. Liebe, oder wenigstens Zuneigung, könnte im Lauf der Zeit wie von selbst entstehen. Die Liebe, stand da, sei ein Gefühl, und einem Gefühl sei keine besondere Bedeutung beizumessen, solange es nicht zu bestimmten Handlungen führe. Die Liebe selber war also nicht zu verurteilen. Denn es gab die Fatwa, die sagte: »Wenn zwischen einem Mann und einer Frau Liebe besteht, dann wird dieses Gefühl am Tag des Jüngsten Gerichts nicht verurteilt werden. Denn wenn du jemanden liebst, kannst du das Gefühl nicht beherrschen.« Haram war nicht die Liebe. Haram war aber, der Liebe nachzugeben, sich ihr zu unterwerfen und die verbotenen Dinge zu tun, die Sami und Rebecca einmal getan hatten. Das war viele Jahre her, aber Sami dachte jeden Tag daran. Die Erinnerung war ihm kostbar, und gleichzeitig schmerzte sie ihn, und zwar umso mehr, je mehr Zeit verging. Denn er fand, dass er Schuld auf sich geladen hatte, und je länger sie auf ihm lastete, desto schwerer wog sie. Aber nun würde Rebecca einen anderen Mann heiraten, und es würde für ihn keine Erlösung mehr geben.

In der Vorstadt brach schon die Dämmerung herein, und das Licht, das durch die geschlossenen Fensterläden in den kargen Raum fiel, wurde immer fahler. Sami saß im einzigen Zimmer der kleinen Wohnung, die sonst nur über eine Küche und ein winziges Bad verfügte, auf einer am Boden liegenden Matratze, den Rücken mit einem Kissen an die Wand gelehnt, und sah zu, wie Kawtar und Abderrahman große Stücke aus ihrer Hochzeitstorte herausschnitten und sich dann gegenseitig kleine Bissen in den Mund steckten. Sie tanzten und nickten sich dabei lächelnd zu und waren umringt von ihren Familien und Freunden, alle tanzten jetzt und klatschten in die Hände und bildeten einen Kreis um die Liebenden.

Die Kamera folgte den Bewegungen des Paares, und gerne wäre Sami ihnen gefolgt, an diesem Abend, in die Nacht hinein in den nächsten Morgen, ihr ganzes Leben hätte er gerne geteilt. Aber er wusste, er würde sie verlieren, in dem Moment, da die Sendung vorüber sein würde. Und nächste Woche würde Rebecca heiraten, und er würde auch sie verlieren.

In dieser Nacht hatte Sami einen schlimmen Traum. Da war etwas Ungeheures, eine Bestie aus reinem Feuer, und sie verbarg sich ganz tief in seinem Inneren. Und immer wenn sie sich bewegte oder wenn sie ihre Zunge hervorschnellen ließ oder ihm mit ihrer Kralle einen Hieb versetzte, musste er an Rebecca denken.

Am nächsten Morgen nahm sich Sami vor, das Fajr-Gebet besonders gründlich zu begehen.

Noch bevor der Tag zu dämmern begann, wusch er mit seiner rechten Hand dreimal seine linke und mit seiner linken dreimal seine rechte. Dann wusch er sich das Gesicht dreimal vom linken Ohr bis zum rechten und die Unterarme bis zu den Ellenbogen. Er reinigte seinen Kopf und wusch sich die Füße bis zu den Knöcheln. Er breitete seine Sajada aus, blickte auf den Boden, wo er seine Niederwerfung machen wollte, und betete, wie es Brauch ist, die Sure al-Fātiḥa:

> Im Namen Gottes, des allbarmherzigen Erbarmers.
> Gelobt sei Gott, der Herr der Welten!
> Der Allbarmherzige, der Erbarmer,
> Der König des Gerichtstags.
> Dir dienen wir, dich rufen wir um Hilf' an.
> Führ uns den Weg, den graden!
> Den Weg derjenigen, über die du gnadest. Derer, auf die nicht wird gezürnt, und derer, die nicht irrgehn.

Sami hielt inne. Er stand immer noch mit vor der Brust gefalteten Armen und blickte auf seinen kleinen Teppich.

Dann rezitierte er eine Stelle aus der Sure al-Baqara, die ihm an diesem Morgen besonders am Herzen lag:

> Das Gleichnis aber derer, die ausspenden ihre Güter,
> Suchend das Wohlgefallen Gottes

Und ihrer Seelen Festigung,
Ist wie ein Garten auf gelinder Anhöh',
Es trifft ein Regenguss ihn,
Da bringt er seine Früchte zwiefach;
Und wenn ihn trifft kein Regenguss, so ist's ein Tau,
Und Gott ist dessen, was ihr tut, ansichtig.
Möcht' einer unter euch wohl haben einen Garten
Von Palmen und Weinreben,
Darunter hin die Ströme fließen,
Und drin für ihn wär jede Frucht?
Doch dann träf' ihn das Alter und er hätte schwache
Nachkommenschaft? Da träfe
Den Garten Wirbelwind, darin ein Feuer,
Dass er verbrennet würde!
So deutet Gott die Zeichen euch,
Ob ihr nachdenken wollet!

Als er das Gebet beendet hatte, drehte er den Kopf nach rechts, wo sich der Engel befindet, der die guten Taten aufzeichnet, und sagte: Der Friede sei mit euch und Allahs Barmherzigkeit. Dann drehte er den Kopf nach links, wo sich der Engel befindet, der die schlechten Taten aufzeichnet, und sagte noch einmal: Der Friede sei mit euch und Allahs Barmherzigkeit.

Nach dem Gebet machte Sami sich auf den Weg zur Arbeit auf der Baustelle. Es war der letzte Tag. Bald werde ich in meinem Garten sein, dachte er, in schā'a 'llāh.

Als er auf dem Quai de la Tournelle angekommen war, sah Sami rechts die große Kathedrale. Sie beunruhigte ihn, seit er sie das erste Mal gesehen hatte. Sein Blick konnte sich nirgendwo ausruhen, jede Linie teilte sich, jede Form brach in eine weitere auf, nichts kam zu einem Ende, alles war in Bewegung. Es gab kein Einzelnes, an dem er sich hätte festhalten können, nur eine überfließende, überbordende Fülle von Details, die sich dem Auge entzogen. Etwas Absurdes, Widernatürliches war hier am Werk, Notre-Dame war wie eine Wurzel, die sich auf der Suche nach dem Weg nach oben tausendfach verzweigt. Was andere Beobachter für kunstfertig hielten, kam Sami hochmütig vor. Er bewunderte die Baumeister dieser Kirche nicht für ihr Genie. Sondern er verachtete ihre Anmaßung.

Mit dem Ausweis seines Bruders passierte er auch dieses Mal ohne Schwierigkeiten alle Kontrollen. Er bestieg den Fahrstuhl, der auf der südlichen Seite der Apsis neben der Sakristei in die Höhe führte. Burak hatte ihn zu sich gewunken und ihn einsteigen lassen. Sie hatten sich wie Freunde begrüßt und waren gemeinsam in die Höhe gefahren. Als sie ankamen, schnellte die Gittersperre nach oben, und die Flügel der Aluminiumtüren flogen auf. Sami verließ den Fahrstuhl und spürte noch Buraks Hand auf seiner Schulter, als er schnell auf den aus stählernen Bohlen gelegten Laufweg trat. Direkt vor ihm ragten die schmalen Maßwerkfenster des Obergadens in die Höhe. Von außen waren sie schwarz und düster. Es fiel schwer, sich vorzustellen, wie das Innere der Kirche durch diese Fenster in buntes Licht getaucht wurde. Sie sahen nicht mehr aus, als seien sie aus Glas, sondern aus Blei gefertigt. Dabei hatte er selber mehr als einmal gesehen, dass um die Mittagszeit die große Rose über der nach Süden hin liegenden Porte Saint-Étienne alle Farben des Himmels im Querschiff der Kathedrale entzündet hatte. Dann sah er neben sich, was ihm zuvor nie aufgefallen war, die Schemen zweier großer, im Glas gefangener Figuren. Es waren kniende Engel, schattenhaft wie alles um sie herum. Sami dachte an die Engel der Nacht und an die Engel des Tages, die zusammenkommen zur Zeit des Morgengebets und des Abendgebets. Dann steigen sie in den Himmel, wo Allah sie nach seinen Gläubigen befragt, und die Engel sagen: Als wir gingen, beteten sie, und als wir wiederkamen, beteten sie.

In einer Ecke zwischen Querschiff und Chor verbreiterte sich der Laufweg zu einer kleinen Plattform. Dort hatten sich schon die Männer der Gerüstbaukolonne zur morgendlichen Befehlsausgabe versammelt. Der Kolonnenführer war ein untersetzter Mann mit einem ernsten Gesicht, ein Gewerkschaftsfunktionär aus dem südöstlich der Metropole gelegenen Créteil. Wie zum Beginn der Woche üblich gab er seinen Leuten die Sicherheitseinweisung und die Arbeitsziele für die kommenden Tage. Mit dem rollenden R, das seine aus den Weinbergen der Corbières stammende Familie mit in den Norden genommen hatte, machte er erneut auf die Brandschutzvorschriften aufmerksam, erinnerte die Raucher unter den Männern daran, ihrem Drang nicht während der Arbeitszeit auf dem Gerüst nachzugeben, und ermahnte zur besonderen Vorsicht im Umgang mit den elektrischen Leitungen, die wegen der zwei Fahrstühle, deren Einrichtung wegen der Höhe des Arbeitsorts unvermeidlich gewesen sei, die gesamte Baustelle durchzogen. Und am Ende versäumte er auch nicht, daran zu erinnern, dass es sich hier nicht um eine beliebige Baustelle handelte, sondern um ein Werk von besonderer Bedeutung, an dem mitzuwirken für sie alle eine Ehre sei, der sie sich würdig erweisen wollten.

Die Kolonne hörte geduldig zu. Es standen da drei schweigsame Männer aus dem Pas-de-Calais, deren Väter noch im Bergbau gearbeitet hatten, ein Hüne aus Évreux, der glücklich war, wenn er abends den Zug von der Gare Saint-Lazare nach Hause nehmen konnte, zwei melancholische Portugiesen aus Champigny-sur-Marne, zwei Algerier aus der Gegend von Toulon, die nur die Suche nach Arbeit in den Norden verschlagen hatte, und Abd-Sami al Wafi, der anstelle seines Bruders gekommen war, aber das wusste niemand.

Lange bevor er zu ihnen gestoßen war, hatten die Männer das Gerüst zur gleichen Zeit an der Nordseite und an der Südseite der Kirche gegründet und es dann nach oben getrieben, Tag für Tag, Woche für Woche, Monat für Monat, neben der Porte du Cloître auf der einen und neben der Porte Saint-Étienne auf der anderen Seite, an den Strebepfeilern entlang in die Höhe, Stange für Stange die Seitenschiffe hinauf nach oben, über das Dach der Seitenkapellen hinaus bis zu den Fialen, die bald schon im filigranen Gewirr der stählernen Horizontaldiagonalen, Überbrückungsträger und Vertikalrahmen verschwunden waren, und noch weiter zwischen den hochschwingenden Strebebögen über Arkaden und Emporen hinweg an den mächtigen Maßwerkfenstern des Obergadens vorbei, bis zum bleigrauen Dach des Kirchenschiffs und dann noch darüber hinaus, als habe ein Schwarm glitzernder Spinnen sich vorgenommen, die ungeheure Kirche ganz und gar in ein silbernes Netz zu weben, oder als sei das Gerüst selbst etwas Lebendiges, das mit seinen zierlichen Streben erst das sandsteinerne Mauerwerk und dann die bleiernen Schindeln emporgekrochen war, um am Ende alles zu verschlingen.

Sie befanden sich jetzt in 24 Meter Höhe. Sami blickte hinab. Hinter den zu säuberlichen Quadraten geschnittenen Linden des Square Jean-XXIII lag der grüne Fluss. Warum war er letzte Woche noch grau und jetzt grün, fragte er sich. Drüben, auf der anderen Seite, sah er die Häuser am Quai de Montebello. An der Ecke der Rue de l'Hôtel Colbert sprang das oberste Stockwerk eines Gebäudes ein wenig zurück, und eine schmale, von einem schwarzen, schmiedeeisernen Gitter gesäumte Terrasse lief dort über die ganze Länge der Fassade. Ein Fenster stand offen. Hinter hellen Vorhängen, die der Wind leicht bewegte, sah er eine Gestalt, die er für eine Frau hielt, in einem weißen Nachthemd, wie sie sich bückte, etwas vom Bett aufhob und im Dunkel des Raumes verschwand. Sami überlegte, ob sie allein in dieser Wohnung lebte, da sah er eine andere Gestalt, er beschloss, dass es sich um einen Mann handeln musste. Er sah, wie der Mann umständliche Bewegungen mit den Händen machte, als wolle er sich eine Krawatte binden, dann die Arme ausbreitete und wieder hinter die Vorhänge trat. Sami wandte den Blick ab und ließ seine Augen weiterwandern. In dieser Richtung musste die Rue de la Bûcherie liegen, dachte Sami, dort hatte Inès Madani den Peugeot geparkt und versucht, die Gasflaschen anzuzünden. Er schätzte die Entfernung auf mehr als zweihundert Meter. Man konnte die kleine Straße von hier oben nicht einmal sehen, es lagen mehrere Häuserblocks, der Fluss und der Parvis zwischen dem Ort dieses lächerlichen Attentats und der Kathedrale von Notre-Dame. Es hatte nie die kleinste Möglichkeit bestanden, von dort unten die Kathedrale auch nur zu beschädigen. Aber dennoch hatten die Zeitungen von einem gescheiterten Anschlag auf Notre-Dame geschrieben. Sami schüttelte still den Kopf. Und dann hatte sie nicht einmal gewusst, wie man ein Feuer macht, dachte er. Dabei weiß jeder, der sich mit dem Feuer auskennt, dass es von oben nach unten brennt. Die Menschen denken immer, das Feuer brennt von unten nach oben, weil das der Weg der Flammen ist. Aber das ist ein Irrtum. Wenn man etwas in Brand setzen möchte, muss man oben damit beginnen. Die Hitze entsteht in der Glut, nicht in der Flamme, und es ist die Hitze, aus der das Feuer wächst.

Die Männer bestiegen nacheinander in kleinen Gruppen den zweiten Fahrstuhl, der sie zur nächsten, auf 54 Meter Höhe gelegenen Plattform brachte. Kleine Treppen führten durch das Labyrinth der Stäbe weiter nach oben bis zum Vierungsturm. Dieser Turm war ja das eigentliche Ziel ihrer Mühen: Er sollte renoviert werden. Die mit Krabben und Kreuzblumen verzierten Wimperge und Fialen, die mit einem Vierpass gekrönten, schmalen zweibahnigen Fenster, die mit Rosenknospen besetzten Bogenkehlen, alles war aus Blei gefertigt, das an einem Gerüst aus Eichenstämmen befestigt war. Aber das Blei war in den Jahrzehnten dunkel und rissig geworden und das Eichenholz von der eindringenden Feuchtigkeit angegriffen.

Also hatte sich das Gerüst dem Turm von unten genähert und war nun dabei, ihn zu umschließen, die Hälfte des schwarzen Pfeils schaute aus dem in der Sonne strahlenden Geflecht der Streben noch hervor, aber in den kommenden Wochen würde das filigrane Werk der Stangen bis zu seinem höchsten Punkt gewachsen sein: dem beinahe hundert Meter vom Boden entfernen kupfergrünen Hahn, in dessen Innerem drei kostbare Reliquien aufbewahrt sind, ein Dorn aus der Krone Christi, eine Reliquie des heiligen Dionysius von Paris und eine der heiligen Genoveva.

Die Männer machten sich an die Arbeit. Sami beobachtete sie. Wie behende Insekten konnten sie sich im Gewirr der Streben bewegen, sie stützten sich hier mit einem Fuß an einem Geländerpfosten ab und streckten dort die Hand weit zu einem Längsriegel aus, um mit einem langen schnarrenden Werkzeug die Muttern für einen Überbrückungsträger zu befestigen, und schwangen sich dann, in ihren Seilen hängend, zum nächsten. Immer, wenn das Gerüst nach oben wachsen oder zur Seite ausgreifen sollte, mussten seine Baumeister zunächst einen Vorstoß in die Leere machen, nicht anders als die Männer, die vor vielen hundert Jahren die Kirche errichtet hatten. Ja, das Gerüst, das im Dienst der Kathedrale stand, war mit seinen verzweigten Wegen, mit seinen Galerien und Vorbauten, mit seinen verwinkelten Stiegen und Bodenklappen selber zu einer Kathedrale geworden. Sami konnte nicht klettern wie die Jungen, er kam erst, wenn da schon ein Weg zum Gehen oder eine Leiter zum Steigen war, und brachte ihnen das Material für den Nachschub.

Die Glocken im Vierungsturm begannen zu läuten. Die Männer hielten inne. Wenn die Glocken läuteten, war an Arbeit nicht zu denken. Sie waren es gewohnt. Notre-Dame hatte dreizehn Glocken, und einzeln oder gemeinsam, schnell oder langsam, laut oder leise, als fröhliche Melodie oder eintöniges Metronom waren sie den Arbeitern auf dem Dach der Kirche ständige Begleiter. Sami hatte nicht so viel Zeit auf dem Gerüst verbracht wie die anderen Männer, ihm fuhr noch immer ein Schreck durch die Glieder, wenn das Geläut anhub. Er hockte sich hin, legte den schweren, stählernen Hammer neben sich und lauschte. Erst läutete nur eine Glocke, dann gesellte sich eine zweite hinzu, dann eine dritte, dann immer mehr, bis man nicht mehr auseinanderhalten konnte, wie sie übereinander stolperten und ineinander fielen. Sami kam es vor, als habe in ihrem anschwellenden Gesang eine die andere angestoßen, den Ruf weiterzugeben, das Signal hinabzutragen in die ihnen zu Füßen liegende Stadt. Ja, von hier oben aus sah es für Sami so aus, als herrsche die Kirche über die Stadt. Jeder Mensch hier wurde vom Ton ihrer Glocken durch sein Leben begleitet, von seinem ersten bis zum letzten Tag. Als er ein Kind war, hatte es in Bayonne keine Moschee gegeben, und bei ihm zu Hause kam der Ruf zum Gebet aus dem Radio. Der Ton der Glocke und der Ruf des Muezzin. Die Glocken rufen zum Gebet – der Ruf des Muezzins ist mehr als ein Ruf, er ist selber Gebet und Bekenntnis.

Was empfanden die Christen für die Muslime? Misstrauen und Hochmut. Und umgekehrt? Neid und Verachtung. Das ist ein totes Holz, dachte Sami, aus dem nichts mehr sprießt.

In seinen Gedanken stellte Sami eine große Moschee mitten in diese Stadt, genau da, wo jetzt noch die Kathedrale stand, mit Türmen höher als die von Notre-Dame, und von denen fünfmal am Tag der Ruf des Muezzins erschallen würde: »Allah ist groß. Ich bezeuge, dass es keinen Gott gibt außer Allah. Ich bezeuge, dass Muhammad der Gesandte Gottes ist. Komm zum Beten. Komm zur Erlösung. Komm zu besten Taten. Allah ist groß. Es gibt keinen Gott außer Allah.«

Die Glocken läuteten immer noch. Der Lärm war ungeheuerlich. Immerhin hatten sie Glück: Von den großen Glocken der Haupttürme waren sie gerade so weit entfernt, dass ihnen das Schicksal des berühmten Glöckners erspart blieb. Taub wurden sie nicht. Sami konnte übrigens nicht wissen, dass der Vormann aus Créteil sich gleich nach Beginn der Arbeiten die größte

Mühe gegeben hatte, mit der Kirchenleitung ein Aussetzen des regelmäßigen Läutens zu verhandeln. Er hatte es nach einigen vergeblichen Anläufen sogar zu einer Audienz beim Domdekan gebracht, dem er sein Anliegen vorbrachte. Der Priester hatte ihn erst verständnislos angesehen und dann in aller Seelenruhe erklärt, schon den frühen Christen sei ein schallendes Zeichen gegeben worden, wenn sie sich zum Gebet versammeln sollten, und die Stimme der Glocke sei wie die Stimme der Gemeinschaft Christi, wenn sie jubelt, wenn sie weint, wenn sie um Gnade fleht, wenn sie sich versammelt und das Mysterium seiner Einigkeit in Christus manifestiert. Und es stehe ihm, dem Domdekan, nicht zu, diese Stimme zum Schweigen zu bringen.

Ein paar Minuten lang läuteten die Glocken im spitzen Vierungsturm über den Köpfen der Männer, zweimal kurz, einmal lang, ding-ding dinnng, ding-ding dinnng, ding-ding dinnng. Dann herrschte wieder die Stille des hohen Pariser Himmels. Denn außer dem Wind und dem hohlen Klang der Werkzeuge, wenn sie gegen das Metall der Streben schlugen, gab es hier keine Geräusche. Das mochte Sami an der Arbeit auf dem Gerüst. Es war hier so still wie in seinem Garten. Nur der Gesang der Vögel fehlte ihm. Es war Zeit für die Pause. Die beiden Algerier machten ihm ein Zeichen, ihnen zu folgen. Über eine Treppe gelangten sie auf der südöstlichen Seite des Querschiffs zu einem Zwischengeschoss. Sie folgten einem schmalen Gang. Durch eine rot lackierte Holztür, die direkt unter der Traufinie des jäh aufragenden Dachs in das Mauerwerk gelassen und über eine Galerie zugänglich war, betraten sie das Innere des ungeheuren Dachstuhls. Die Männer kannten ihren Weg, offenbar waren sie es gewohnt, ihre Pausen hier zu verbringen. Immerhin hatten sie es hier trocken. Das verstieß zwar gegen die Vorschriften, aber man nahm es in Kauf. Der Weg nach unten war weit und kostete Zeit.

Samis Augen mussten sich erst an die Dunkelheit gewöhnen. Er ahnte, dass der Raum, der sich vor ihm auftat, riesig war. Aber obwohl draußen der helle Tag leuchtete, ließen die Fenster hier nur fahles Licht herein. Ja, es war Sami, als würde ihn selbst dieses Licht nicht erreichen: Was sich nicht in der Dunkelheit der steilen Dachschrägen verlor, verschwand im Dickicht der tausend braunschwarzen Balken, die die enorme Dachkonstruktion trugen und die von den Leuten »der Wald« genannt wurde. Es waren die Stämme von Eichen, die vor vielen Hundert Jahren im Hochwald geschlagen worden waren. Aus allen Teilen Frankreichs hatte man sie in die Hauptstadt des allerchristlichsten Königs Ludwig des Heiligen gebracht, damit sie hier von Zimmerleuten bearbeitet und verbaut werden konnten, von denen auf dieser Welt keine anderen Spuren geblieben waren als die Kerben ihrer Dechseln.

Auf einem schmalen Steg liefen die Männer mit vorsichtig gesenkten Köpfen durch das dichte Strebewerk aus Pfetten und Bindern, Säulen, Bügen und Schwellen. In der Mitte des Hauptschiffs gelangten sie zu zwei Türen aus Holz und Glas, die Sami vorkamen wie der Eintritt in eine Amtsstube. Die Algerier öffneten, ohne zu zögern, eine der Türen und traten ein. Sami sah sofort den großen, sonderbaren Gegenstand im von einer nackten Glühbirne nur schwach erleuchteten Raum: eine Maschine aus Messing, Stahl und Kupfer, ein Gewirr aus Zahnrädern, Hebeln, Federn und Scheiben, das auf einem Gestell aus Holz lagerte. Sami trat näher, und erst als er vorsichtig das kühle Metall berührte, begriff er, dass dies die große

Uhr von Notre-Dame war. Mit beiden Händen fuhr er über die kantigen Radkränze, die Walzen und Zapfen und folgte mit den Augen den beweglichen Achsen, die in der Tiefe des Dachstuhls verschwanden und über komplizierte Getriebe die Zeiger der an allen vier Seiten des Querschiffs liegenden Zifferblätter bewegten.

Eine Hand legte sich auf seine Schulter, er drehte sich um. Der jüngere der beiden Algerier stand vor ihm und sagte: »Du bist nicht Samad.« Sami sah ihn an und schwieg. »Mir soll es egal sein«, sagte der Algerier, »aber wenn das rauskommt, gibt es Ärger – und zwar für uns alle, nicht wahr. Und mein Freund hier mag keinen Ärger«, damit zeigte er auf den anderen, der sich auf den Boden gesetzt hatte und sich eine Zigarette anzündete, »nicht wahr?«

Der andere rührte sich nicht. Sami betrachtete den Mann, der ihn angesprochen hatte, aufmerksam. Er war noch keine dreißig Jahre alt, hatte misstrauische, eng zusammenstehende Augen, eine schmale Nase und den kantigen Kopf der Kabylen. »Du kommst aus Tizi Ouzou, so wie ich«, sagte Sami schließlich. Der Mann grinste und blickte wieder zu seinem Freund. »Ist es eine gute Idee, hier zu rauchen?« Der junge Algerier zuckte mit den Schultern, ließ sich ebenfalls zu Boden und lehnte sich an das massive Uhrengestell. Ihr Werkzeug hatten sie neben sich gelegt. »Für die dreckigen Babtous sehen wir alle gleich aus, die merken nichts«, sagte der jüngere wieder, »aber wir merken es: Du bist nicht Samad. Wer bist du dann?« Sami setzte sich den Männern gegenüber und sagte: »Wisst ihr nicht, dass der Bote Gottes, Gott segne ihn und schenke ihm Heil, gesagt hat: Verflucht sei der, der einem Gläubigen Schaden zufügt oder plant, dies zu tun?«

»Wesh! Allah yakhthek, mein Alter«, sagte der junge Mann zu Sami und wollte sich erheben. Aber der ältere hielt ihn zurück und sagte: »Allah yeshfik, du Hund, lass ihn.«

Sami sah ihn an. Der Mann war älter als der andere, aber jünger als er selbst, vielleicht Anfang vierzig. Seine Haare waren kurz geschoren, das Gesicht unrasiert, auf der Stirn trug er noch die Spur, die der Druck des Helms hinterlassen hatte. Seine Augen waren dunkel, seine Lippen schmal und farblos, vielleicht waren seine Züge gütig, aber Sami konnte sie kaum erkennen, es war, als liege eine Schwärze über diesem Gesicht, die von innen kam. Sami nahm, ohne ein Wort zu sagen, die Hand des Mannes und hielt sie eine Weile ganz fest. Er hatte es vermutet, und jetzt konnte er es spüren: Aus dem Fluss des Lebens war einer der Vernichtung geworden. Um sicher zu sein, legte Sami dem Mann noch seine Hand auf die Schulter und schloss die Augen. Es konnte keinen Zweifel geben, es war wie bei dem Orangenbaum daheim in La Garrigue – es gab keine Rettung.

»Du bist krank«, sagte er. Der Mann nickte. Sami sagte: »In fünf Tagen, am nächsten Samstag, ist Lailat al-Barā'a, die Nacht der Reue und der Vergebung. Die Tore der Barmherzigkeit werden sich öffnen, und das Schicksal aller Seelen wird wieder für ein Jahr besiegelt werden, wer lebt, wer stirbt, wer geboren wird, wem Vergebung zuteilwird und wem Verdammnis. Da werde ich an dich denken und für dich beten.« Und für Rebecca, die an dem Tag heiraten würde, dachte Sami, aber nicht für mich selbst.

Er schnallte sein Werkzeug ab und lehnte Hammer und Ratsche an die Wand. Schweigend saßen die Männer nebeneinander und rauchten zusammen. Dann erhoben sie sich. Sami schnippte mit dem Finger die Glut zu Boden und zertrat sie sorgfältig. »Keine Sorge«, sagte der Ältere, »diese Stämme sind tausend Jahre alt. Hart wie Stein. Ein Zigarettchen kann ihnen nichts anhaben.«

Auf dem Rückweg kamen sie an einem Pfahl vorbei, der genau in der Mitte der Kreuzung steckte, wo sich Haupt- und Seitenschiff trafen. Sami blickte nach oben. Über ihm erhob sich der Vierungsturm. In den Pfahl war eine Bleiplatte eingelassen, er wollte die darin eingravierte Jahreszahl lesen, als sich die Spitze seines am Gürtel hängenden Hammers in einem Kabel verfing, das den Pfeiler entlang nach oben führte. »Was ist das?«, fragte Sami und riss, bei dem Versuch, sich loszumachen, das Kabel noch weiter aus der Verankerung. »Die Glocken«, sagte der ältere seiner Begleiter. »Was hattest du erwartet? Dass Quasimodo hier Dienst tut?« Da trat der jüngere ganz nah an ihn heran, blickte auch nach oben und sagte: »Manchmal baue ich mir einen kleinen Bédo und stelle mich hierhin, Mann, ich sage dir, wenn das losgeht, läuten die Glocken nicht nur da oben!« Sami wandte den Männern seinen Rücken zu und kümmerte sich um das beschädigte Kabel.

Als sie wieder draußen waren, hatte die Arbeit schon begonnen. Sami wartete, bis er ein Zeichen bekam, einem der Männer, die in ihren Seilen zwischen den Streben hingen, eine neue Stange zu bringen. Es war sein letzter Tag auf dem Gerüst, morgen würde er nach Süden fahren, in seinen Garten, zu Rebecca, die am Wochenende heiraten würde, und dann würde nichts mehr sein wie zuvor.

Er sah um sich. Von hier oben ging der Blick weit über die Stadtgrenzen hinaus, nach Norden und Osten bis zu den höher gelegenen Wäldern von Fonds-Maréchaux und Carnelle, nach Süden bis zum Tal der Orge und nach Westen über die endlosen Äcker der Île-de-France. Irgendwo in der Tiefe unter sich sah er kleine Punkte, das waren die Menschen. Sie sahen aus wie Getier in einem Meer aus hellem Stein, aus dem die Kirche ragte wie ein Leuchtturm auf einem Felsen. Aber unter dem Meer ist ein Feuer und unter dem Feuer wieder ein Meer. Und der Daddschāl, der letzte der großen Schwindler und Betrüger, der das Ende der Zeit einläutet, wird eine See voll Wasser bei sich haben und einen Fluss voll Feuer, und was wir als Feuer sehen, wird Wasser sein, und was wir als Wasser sehen, wird Feuer sein. Also werden wir das Feuer nehmen, um Wasser zu trinken.

»Wo ist dein Hammer?«, fragte Burak, als Sami in den Fahrstuhl steigen wollte. »Ich habe ihn verloren«, sagte Sami.

Liebe

Rebecca musste gespürt haben, dass Swann kam. Sonst wäre sie ihr doch nicht mitten in der Nacht auf dem Feldweg entgegengelaufen. Ein kleines weißes Gespenst, das plötzlich aus dem Dunkel der Nacht ins Licht der Scheinwerfer trat. So sah Swann sie, als sie in La Garrigue ankam. Sie nahmen sich in den Arm. Sie sprachen nicht, sondern hielten sich nur fest. Irgendwann sagte Rebecca leise: »Du riechst nach Reise.« »Und du nach Süden«, antwortete Swann und war glücklich. Sie stiegen in das Auto, schlossen die Türen, und Swann fuhr los. Vor dem blauen Tor machte sie halt. Alles, was jetzt kam, lag hinter diesem Tor, aber noch waren sie draußen im Freien. Noch hätten sie rückwärts den Weg hinabfahren können, bis zur Landstraße, und dann einfach verschwinden. Rebecca wusste doch, wie das ging, verschwinden. Vielleicht, dachte Swann, hatte Rebecca nur darauf gewartet, dass sie sie einpacken und mitnehmen und retten würde. Swann zögerte und blickte zu Rebecca hinüber, es war nur ein Moment. Rebecca strich sich die Haare aus dem Gesicht, dann öffnete sie das Tor mit der Fernbedienung.

Der Wagen fuhr langsam über den in warmes Licht getauchten Weg, die glatten Stämme der Platanen leuchteten wie ein Spalier, und in ihrem spitzendurchwirkten Nachthemd sah Rebecca aus wie eine Braut. Als sie ausstiegen, bemerkte Swann, dass sie weder Schuhe noch Strümpfe trug. Sie schlug ihr vor, sich etwas an die Füße zu ziehen. Aber Rebecca sagte, ihr sei gar nicht kalt und Swann wisse doch, sie laufe so schnell, dass sie kaum den Boden berühre.

Das Haus war ganz still, die anderen schliefen bereits. Swann und Rebecca gingen ins Wohnzimmer, aber sie machten kein Licht. Rebecca hatte im Kamin schon ein Feuer angezündet. Durch die geöffneten Fenster kam aus dem Garten kühle Luft, und an den Bäumen schimmerten die Orangen zwischen den schwarzen Blättern. Sie saßen eng umschlungen auf dem Sofa und guckten ins Feuer. Rebecca fragte, ob es irgendetwas zu berichten gebe, und Swann sagte, nein, es sei alles wie immer, sie sei nur sehr erleichtert, jetzt hier zu sein. »Erleichtert?«, fragte Rebecca.

»Glücklich«, sagt Swann.

»Das ist besser. Ich will dich gar nicht erleichtern, wir lieben uns, und die Liebe macht das Leben nicht leichter. Du weißt doch: Sie ruiniert alles, sie bricht dir das Herz, sie stürzt alles ins Chaos. Wir sind nicht hier, um die Sachen vollkommen zu machen.«

»Vollkommen sind nur die Schneeflocken. Vollkommen sind die Sterne. Nicht wir. Wir sind hier, um uns zu zerstören, uns die Herzen zu brechen …«, sagte Swann.

»Und um die falschen Menschen zu lieben und zu sterben«, sagte Rebecca, lächelte und ging in die Küche.

»Moonstruck«, rief Swann ihr hinterher.

Rebecca kam mit einer Flasche Rotwein in der einen und zwei Gläsern in der anderen Hand zurück.

»Hallo, Matrosenmädchen«, sagte Swann, weil sie sich in der Küche eine blaue Strickjacke über ihr weißes Nachthemd gezogen hatte.

»Matrosenbraut, wenn ich bitten darf«, sagte sie, salutierte, indem sie ein Weinglas an die Stirn führte, und ließ sich wieder aufs Sofa fallen. Sie tranken.

Eigentlich wäre jetzt eine gute Gelegenheit gewesen, über die Hochzeit zu reden. Swann hätte gerne gewusst, wie es Rebecca ging; was sie über Gabriel zu erzählen hatte; wie ihr gemeinsames Leben in der letzten Zeit war – sie hatten sich immerhin seit zwei Monaten nicht mehr gesehen. Aber ihr stand nicht der Sinn danach, den Anfang zu machen, und Rebecca offenbar auch nicht. Sie rollte sich in Swanns Arm zusammen, zog die Knie an die Brust und sagte kein Wort.

Im Garten begann ein Vogel zu singen. Es war ein seltsames Geräusch, das Swann noch nie gehört hatte, ein gerades, hohles Pfeifen, das sich so lange drehte, bis es in schrillen Tönen auseinandersprang. Rebecca spürte, wie sich ihr Körper anspannte. »Das ist die Einsiedlerdrossel«, sagte sie, während sie sich in Swanns Schoß räkelte, »auf Deutsch klingt das irgendwie putzig, Einsiedlerdrossel, auf Französisch ist es viel schöner: Grive solitaire, die einsame Drossel. Eigentlich lebt sie in Nordamerika.«

»Sehr schön. Woher weißt du das alles?«

»Von Sami. Alles, was ich über die Natur weiß, habe ich von ihm.«

Sie lauschten der Drossel eine Weile.

»Das ist aber keine fröhliche Melodie«, sagte Swann schließlich.

»Nein, natürlich nicht. Es ist wie ein Ruf, auf den niemand antwortet.«

Die Zeit verging. Die Nacht war ihre Höhle, und die Dunkelheit hüllte sie in ihren Mantel. Swann beschloss, aus Rebeccas Schweigen zu lesen, was sie über die Hochzeit nicht sagen wollte. Sie würde heiraten. Und wenn schon? Was würde sich ändern? Sie waren viel mehr als verheiratet. Sie waren verschworen. Verbündet. Irgendetwas würde sich wohl ändern, dachte Swann, damit würde sie zurechtkommen, das Wichtigste würde bleiben: dass sie zusammengehörten.

»Gehen wir nach oben?«, sagte Rebecca.

»Zu dir?«

»In mein Zimmer.«

»Willst du nicht unbefleckt in die Ehe gehen?«

»Auf gar keinen Fall.«

Rebecca nahm Swann bei der Hand und zog sie durch das stille Haus. Der Flur lag im Halbdunkel. Hinter den geschlossenen Türen hörten sie den unruhigen Schlaf der Eltern. Sie vermieden jedes Geräusch. Es war wie früher im Internat, als sie nachts aus den Zimmern glitten, durch die Flure unter den Kreuzrippen schlichen und sich zwischen den verwinkelten Treppen trafen. Damals war die Dunkelheit angefüllt gewesen von den Träumen der Mädchen, die über ihnen in ihren Betten lagen, während Swann und Rebecca die Rücken aneinanderlehnten und sich ihre Träume erzählten, aber sie versuchten nicht, sich zu erklären, was sie bedeuteten. Rebecca legte sich aufs Bett. »Mein Schwan«, sagte sie, »komm zu mir. Ich fühle mich gar nicht.« Swann blieb vor ihr stehen. »Was ist denn, Bébé?«

»Ich fühle mich wirklich nicht.«

Sie legte ihre flachen Hände wie Fächer auf die sanfte Wölbung ihres Bauches, zog die Schultern nach oben und blickte an die Decke.

»Kannst du es machen wie früher?«, fragte sie erwartungsvoll. »Komm«, sagte sie und zog ihre Freundin zu sich herab. Swann setzte sich neben sie aufs Bett und begann, sie langsam zu streicheln. Mit sanften Bewegungen, immer im Kreis, so wie sie es früher gemacht hatte, wenn sie Schmerzen hatte oder nicht schlafen konnte oder einfach gestreichelt werden wollte.

»Weißt du«, sagte sie plötzlich, »ich dachte, wenn ich heirate, hören die Träume auf.« Swann unterbrach ihre Bewegungen. »Welche Träume, Bébé?«

»Die von uns. Die an dich.«

»Vorsicht, Bébé, was sagt Gabriel, wenn er das hört?«

»Erstens ist er nicht hier, und zweitens – wenn schon. Schau mal«, sagte sie und setzte sich auf, »morgen, spätestens übermorgen bekomme ich meine Tage. Donnerstag, Freitag, Samstag übernächster Woche muss es dann passieren. In vier Wochen kann ich einen Test machen und weiß, ob es geklappt hat. Ich habe alles genau ausgerechnet.« Sie machte ein konzentriertes Gesicht und sah aus wie ein Kind, das einen ungeheuer komplizierten Plan ausgeheckt hatte. Dann verdüsterte sich ihre Miene, und sie sagte etwas leiser als zuvor: »Wenn er es schafft. Er ist nicht gerade zuverlässig, was das angeht.«

Kinder. Natürlich. Swann wunderte sich über ihre eigene Überraschung. An das Naheliegendste hatte sie tatsächlich nicht gedacht. Rebecca wollte Kinder, und Gabriel sollte ihr welche machen. Erst wird die Ehe arrangiert und dann die Befruchtung, Familienplanung wie in der Viehzucht, es lebe der Landadel. Kinder waren das Unvermeidliche, das Unausweichliche, das Unumgängliche. Die Menschen müssen sich nicht nur paaren, sondern auch fortpflanzen. Sie halten das Alleinsein nicht aus, aber das Zuzweitsein auch nicht. Sie müssen sich unbedingt vervielfältigen und mehr werden. Aber wofür? Swann zog ihre Hand zurück. Rebecca hielt sie fest. »Du weißt doch, ich wollte immer so sein, wie du mich brauchst«, sagte sie. Swann ließ ihr ihre Hand, aber sie dachte, was Rebecca eigentlich meinte, war: Swann sollte so bleiben, wie sie sie brauchte. Wenn sie mit ihr sprach, sprach sie eigentlich mit sich selbst. Swann legte sich neben sie, obwohl sie lieber gegangen wäre. Rebecca legte ihr den Kopf auf die Brust, und Swann blickte mit offenen Augen ins Dunkel und dachte, dass die Liebe in ihrem Leben immer bedeutete, sich selber zu vernachlässigen, um dem anderen nicht wehzutun. Später, als Rebecca eingeschlafen war, ließ sie sie da liegen, das Gesicht voller Sterne, und schlich sich leise hinaus.

Der letzte Sommer, ihr letzter Sommer, war ganz so verlaufen wie viele Sommer zuvor, aber in Swanns Erinnerung war er der schönste von allen. Sie wusste, sie würde nie wieder an den Sommer denken können, ohne an diesen Sommer zu denken. Rebecca und der Sommer, das würde immer eins sein. Sie waren aus der Schweiz gekommen. Bei Genua sahen sie das Ligurische Meer leuchten. Bei Monte-Carlo lag der anstrengende Abschnitt der waghalsig in die Landschaft gesetzten Autobahn hinter ihnen, wo sich in einem Gewitter aus Hell und Dunkel das gleißende Licht des Tages und die Dämmerung der Tunnel abwechselten. Von da an war das Land nur noch in das Blau des Himmels getaucht. Und als sie in Nizza ausstiegen, war die Hitze überall. Alles, was sie berührten, war warm. Jedes Treppengeländer, jeder Türgriff, jeder Stuhl, die Mauern, die Häuser selbst.

Unterwegs waren ihnen schon die Schilder mit den Warnungen aufgefallen, »Canicule«, das bedeutet Hitzewelle. Sie kannten den Begriff nicht. Das Wort »Hundstage« hatte

Swann schon gehört, wusste aber nicht, was es bedeutete. Rebecca las es ihr während der Fahrt vor: Es geht um Sirius, den hellsten Stern im Zeichen des Hundes, um die Nilschwemme und die Tage zwischen dem 24. Juli und dem 24. August. Dazu ein schönes Zitat von Plinius dem Älteren: »Wem ist nicht bekannt, dass beim Aufgange des Hundsgestirns die Hitze der Sonne zunimmt? … Bei seinem Aufgange schäumt das Meer, braust der Wein in den Kellern und bewegen sich die Sümpfe. Eine wilde Ziege, in Ägypten Oryx genannt, soll sich bei seinem Aufgange ihm entgegenstellen, ihn ansehen und durch Niesen gleichsam anbeten.«

»Durch Niesen?«

»Steht hier so.«

Swann hatte sie gefragt, ob sie sie auch durch Niesen anbeten solle, da sie doch ihre Sonne sei. Das hatte Rebecca gefallen.

Eigentlich waren sie auf dem Weg nach Montpellier, aber sie wollten vorher eine kleine Tour durch die Brocantes von Nizza und Cannes machen. Die mörderischen Temperaturen machten ihnen keine Angst, im Gegenteil. Sie liebten sie. Die Dinge verloren ihre Bedeutung, die Hitze war das letzte Gesetz, und alles war Schweiß und Auflösung. Es war berauschend. Vor allem die Nächte. Nie unter dreißig Grad. Nackt und regungslos lagen sie in ihrem luftlosen Hotelzimmer nebeneinander auf dem Bett und waren eins, ohne sich zu rühren. Alles war flüssig. Die Luft, die Zeit, ihre Körper. Sie schmolzen ineinander. Die Leute regen sich über die Klimakatastrophe auf. Swann kam sie gerade recht. Je heißer, desto besser.

Sie setzten sich ins Café de Turin, Rebecca bestellte sofort eine Flasche Domaines Ott und eine Garibaldi-Platte. Der Kellner brachte eine silberne Schüssel voller Austern, Samtmuscheln, Garnelen und Langustinen auf kleinen Eiswürfeln. »Eiweißschock! Chin-chin!«, rief Rebecca. Sie schob sich eine Garnele nach der anderen in den Mund und schüttete zwei Gläser Rosé hinterher. Es war ein bisschen verrückt bei den Temperaturen. Aber sie waren im Süden, sie waren zu zweit, sie waren glücklich, und Swann glaubte, Rebecca wollte ihre Liebe feiern. Sie liefen im Schatten der hohen Festungsmauer in Richtung Hafen und verschwanden in den Gassen des Antiquitätenviertels. Es hatte Swann immer Spaß gemacht, Rebecca im Trödelladen zu beobachten. Sie hatte eine ganz eigene Methode entwickelt, sich der Dinge dort anzunehmen: Sie bewegte sich nicht langsam mit prüfendem Blick wie die anderen Besucher, sondern huschte zwischen den Regalen, Tischen, Schubladen, Anrichten und Stellagen hin und her, verweilte einen Moment, schwirrte weiter, blieb kurz stehen, warf einen Blick auf irgendetwas, drehte sich um, schlug einen Haken, fand etwas Neues, und so ging es weiter, in einem wilden Zickzack. Meistens griff sie sich ein Stück nur, wenn sie es drei- oder viermal angesteuert hatte, weil sie sich seines Wertes erst durch wiederholte Annäherung versichern musste.

Swann hielt sich zurück, sprach mit der Besitzerin, las die Nachrichten oder guckte ihr einfach zu. Sie empfand die Überfülle der Gegenstände als anstrengend, das Unzusammenhängende. Gleich im ersten Geschäft ging es los: Da lagen mit Portraits berühmter Maitressen verzierte, in Silber gefasste Flaschenuntersetzer zwischen geschliffenen Gläsern; da standen gusseiserne Lampenfüße und solche, die mit Muscheln besetzt waren, neben Schachteln aus Holz, manche waren mit Intarsien versehen, andere mit Perlen, fein ziselierten Knochen oder bunt beklebtem Papier, es gab gläserne Döschen, Schalen aus bunt bemaltem Porzellan, kleine Schiffsmodelle; Schmuck aus Perlen, Silber, bunten Steinen; Gläser aus Biot; Keramik aus Vallauris; Leuchter aus Murano, echt und unecht; alte Stoffe, Taschen, Schuhe … Für Swann war es ein Durcheinander, in dem ihre Augen keinen Halt fanden, Rebecca bewegte sich darin so sicher und zielstrebig wie eine Ureinwohnerin in ihrem Urwald. Es war, als gäben die Dinge ihr Zeichen, als sähe sie verborgene Beziehungen, Verknüpfungen, die Swann entgingen. Rebecca sammelte alles. Und zu Hause machte es ihr Spaß, immer neue Ordnungen zu schaffen. Sie sortierte ihre Trouvaillen nach Farben, dann wieder nach Herkunft, nach Alter, nach Anfangsbuchstaben, nach der Dauer, die sie sich bereits in ihrem Besitz befanden. So bekam alles eine Bedeutung.

In Nizza hielt sie sich für ihre Verhältnisse zurück und kaufte nur ein abgegriffenes Mäppchen, in dem sich alle Utensilien befanden, die man zum Sticken brauchte, Swann wusste bis dahin nicht, dass sie das überhaupt konnte, sticken, und außerdem zwei ausgestopfte Eichhörnchen, die Karten spielten – die wollte sie ihrem Vater zum Geburtstag schenken. Und in Cannes fand sie in der Rue de la Miséricorde ein Geschäft, das nur mit alten Stoffen handelte. Am Ende stand sie fröhlich im Dämmerlicht des kleinen Ladens, hielt sechs Spulen mit alten Brokatbordüren in der Hand und hatte einen feinen, weißen Spitzenschleier um die Schultern. »Wie gefällt dir das?«, fragte sie, und Swann antwortete, die Brokatspulen seien sehr schön, obwohl sie keine Ahnung habe, was man damit anfangen könne, aber Rebecca solle besser die Finger von dem

Schleier lassen, sonst käme man noch auf die Idee, sie wolle heiraten. Also nahm sie nur die Spulen.

Diese sonderbaren Objekte fielen Swann dann wieder ein, als Rebecca ihre Freundin nach dem verunglückten Frühstück mit ihren Eltern in ihr Zimmer zog, um ihr das Brautkleid zu zeigen. Sie lagen auf dem alten Schminktisch mit dem ovalen Klappspiegel und sahen nicht aus, als habe Rebecca sie seit dem Sommer auch nur angerührt. Vielleicht warteten sie noch darauf, ihren Platz in Rebeccas Sammlung zu bekommen. Swann setzte sich wieder auf das große Bett mit der alten Steppdecke und blickte sich um. In der Nacht zuvor war der Raum eine Höhle gewesen, in der sich die beiden Frauen verkrochen hatten wie zwei Kinder, die sich vor den Erwachsenen verstecken. Jetzt, im hellen Licht des Vormittags, hatte er sich in ein Elfenreich verwandelt, überall standen Vasen und Dosen und Schachteln auf kleinen Tischen und Anrichten, die Wände waren voller Bilder, manche hatte Rebecca selber gemalt, Zeichenstudien von Händen und Gesichtern, Aquarelle mit Szenen aus der Umgebung, Bauernhäuser, Zypressen, Lavendelfelder, die Hügel der Sainte-Victoire, in denen sie früher gewandert waren, an Kerzenhaltern hingen Ketten und Armbänder aus bunten Steinen, getrocknete Blumen und Federn von bunten Vögeln steckten hinter den Spiegeln, und dazwischen huschte Rebecca hin und her und sah in ihrem hellen Sommerkleid mit ihren wilden schwarzen Haaren aus wie eine kleine, verrückte Fee.

Sie verschwand hinter einer Schranktür, und nur einen Moment später erschien sie in ihrem neuen Kleid. Es war ein langes weißes Bustierkleid, ganz und gar aus Spitze gewirkt. Während Rebecca die Arme ausbreitete und wie ein Vogel auf der Stelle hüpfte, ging Swann langsam um sie herum und strich mit der Hand vorsichtig über ihren Rücken. Sie fand das Gewebe so fein, als wäre es aus Korallen gemacht, nicht von Menschenhand. Rebecca sah wunderschön aus. Etwas an dem Kleid irritierte Swann, sie wusste nur nicht zu sagen, was. Da nahm Rebecca ihre Hände, legte sie sich um die Hüften und begann, sehr schnell zu reden: »Erinnerst du dich an den Spitzenschleier, den wir im letzten Sommer zusammen in Cannes gesehen haben, in der schönen Brocante?«, fragte sie. »Ich wollte ihn kaufen, aber du hast es mir verboten. Du hast gesagt, das sieht so aus, als ob ich heiraten wollte.«

Swann sagte kein Wort, und Rebecca redete weiter, es sprudelte aus ihr heraus, dass sie ein paar Wochen später, nachdem sie sich mit Gabriel auf die Hochzeit geeinigt hatte, noch einmal in das Geschäft gegangen sei, diesmal allein, und der Schleier sei noch da gewesen und sie habe ihn gekauft und sich daraus ein Kleid machen lassen.

»Kannst du es nicht sehen?«, fragte sie, »da ist noch ein anderer Stoff unter die Spitze genäht, das Kleid hatte mal Träger, die wurden entfernt, so wollte ich es, ich habe auch eine kleine Jacke dazu, ein richtiges kleines Dragonerjäckchen aus heller Seide, weil man in der Kirche nicht mit freien Schultern stehen darf, wie findest du das?« Sie war ganz außer Atem.

Sie holte auch noch das kleine Jäckchen hervor, schlüpfte hinein. Es war beinahe noch zarter als das Kleid und ließ ihre Schultern und ihren Hals nur noch feiner wirken. Swann dachte an die Bernini-Skulpturen, die sie zusammen in der Villa Borghese gesehen hatten, zart und flüchtig, wie Daphne oder Proserpina. Aber sie wusste nicht, was sie sagen sollte. Sie bekam den Gedanken nicht aus dem Kopf, dass Rebecca schon im letzten Sommer, in ihrem gemeinsamen Sommer, über diese Heirat nachgedacht haben musste und ihr kein Wort gesagt hatte.

»Ich finde es wunderbar, Bébé«, sagte sie.

»Bist du traurig, mein Schwan?«, fragte Rebecca plötzlich und setzte sich auch aufs Bett. Swann sagte, nein, warum sollte sie traurig sein, vielleicht ein bisschen müde wegen der langen Fahrt gestern.

»Du wirkst traurig«, sagte Rebecca, »aber du sagst mir ja nicht mehr, wie es dir geht. Schon lange nicht mehr.« Sie legte sich hin, und Swann spürte die gedankenlosen Bewegungen ihrer Hand an ihrem Rücken. Sie legte sich neben sie. Keine Sekunde glaubte sie daran, dass Rebecca wirklich gekränkt war. Sie war es einfach gewohnt, dass die Menschen ihrer Umgebung ihr zur Verfügung standen. Ihre Liebe war wie eine Fessel. Swann war dagegen immer machtlos gewesen. Aber plötzlich war sie froh, dass sie ihr nichts von der Kündigung erzählt hatte und auch alles andere nicht, was ihr in den vergangenen Wochen widerfahren war. Ja, Rebecca war eine Fee aus einem Märchen. Und im Märchen kann nur der Bewerber die verzauberte Prinzessin erlösen, der sie nicht liebt. Das macht das Schicksal der Prinzessin unheilbar, unabwendbar traurig.

Der folgende Sonntag war Palmsonntag, und man hatte beschlossen, dass Ira, Rebecca und Swann morgens nach Gignac fahren würden, um die Messe zu besuchen. Das Wetter war noch unstet, der Himmel war fahl, und es wehte ein unguter Wind. Swann stand vor dem Haus und wartete, sie betrachtete den Mimosenbaum, der mit kleinen pudrigen Quasten übersät war, die im matten Licht leuchteten wie Urin. Der ganze

Baum sah aus, als hätte ihn jemand vollgepinkelt. »Er hat spät geblüht in diesem Jahr«, sagte Rebecca. Swann hatte sie wieder einmal nicht kommen hören.

»Ich steh nicht so auf Gelb«, sagte sie.

»Sami sagt, ohne Gelb gibt es keinen Frühling.«

Sie setzten sich ins Auto, ließen die Türen offen und hörten die Ramones. Sie saßen einfach nebeneinander und machten ein bisschen Headbanging zu »Heidi is a headcase«:

»When I look into her big brown eyes
I'm so glad to know she's mine
My little headcase, yeah
Ooh, ooh, yeah
My little headcase, yeah
Ooh, ooh, yeah …«

Rebeccas Kopf war eine einzige schwarz lodernde Wucht. Swann war begeistert, ihre Laune besserte sich unmittelbar. Ira stieg hinten ein und bat darum, die Musik leiser zu stellen. »Am besten ausmachen«, sagte sie. Swann und Rebecca gehorchten sofort, sie sortierten mit noch glühenden Gesichtern ihre Haare, und Swann fuhr los. Ira machte keinen fröhlichen Eindruck. Sie holte mehrmals tief Luft, als wollte sie ansetzen, um etwas Wichtiges zu sagen. Es kam aber nichts. Als sie ein Stück auf der Landstraße gefahren waren, sagte sie nur, sie finde das Wetter ungewöhnlich, windig, aber nicht kalt.

»Das ist der Zephyr«, sagte Rebecca, »wusstet ihr, dass der Wind des Palmsonntags das ganze Jahr hindurch weht?« Woher sie das wisse, fragte Ira, und Swann antwortete: »Ich wette, das weiß sie von Sami.«

»Ah, Sami, der arme Sami«, sagte Ira und wiegte ihren Kopf hin und her, »noch einer, dem meine haltlose Tochter das Herz gebrochen hat, ist es nicht so?«

Rebecca guckte stur nach vorne und tat so, als habe sie nichts gehört. Swann war erstaunt. Sie wusste, dass die beiden mal was miteinander hatten. Aber sie wusste nicht, dass Ira es wusste. Es war hundert Jahre her. Es war sogar gut möglich, dass Rebecca es längst vergessen hatte, so wie sie alle Ereignisse und alle Menschen vergaß, die nicht mehr in ihr Leben passten.

Als sie in Gignac ankamen, war Ira auf dem Rücksitz eingeschlafen. Rebecca nahm Swanns Hand und lächelte ihr zu. Sie öffneten leise die hintere Wagentür und beobachteten Ira eine Weile. Sie sah im Schlaf älter und erschöpfter aus, als Swann sie vorher erlebt hatte, ihr Gesicht war eingefallen, ihre Haut grau, ihr Haar leblos, als wäre sie tot. So hatte Swanns Vater ausgesehen. Gar nicht mehr sich selber ähnlich. Und gleichzeitig wie ein Kind. Sie dachte, vielleicht weicht das ganze Übel, das ein Mensch in seinem Leben angesammelt hat, das sich auf seinem Antlitz niedergeschlagen hat, im letzten Augenblick von ihm, und am Ende ist da einfach ein Mensch, wie am Anfang. Rebecca kniete sich hin und rüttelte ihre Mutter an der Schulter. Ira fragte, ob es jetzt Zeit für die Kirche sei.

Swann beobachtete, wie Rebecca ihr aus dem Auto half und zur gleichen Zeit leise auf sie einredete und an ihr zerrte, mit jener ungeduldigen Fürsorge, die man manchmal kranken und schwachen Leuten zuteilwerden lässt, um ihnen zu demonstrieren, dass sie längst nicht so krank und schwach sind, als dass man wirklich Rücksicht auf sie nehmen müsste. Ira war müde. Sie bewegte sich so langsam, dass Swann schon fürchtete, man werde zu spät kommen. Sie hatten das Auto ein Stück entfernt abstellen müssen und folgten einer sanft ansteigenden Straße, die am Rand des Ortes zu einem kleinen Weinfeld führte, an dem die Kirche lag. Rebecca rief, dass sie Palmenzweige wolle, und lief voraus. Swann blieb bei Ira und reichte ihr den Arm. Dankbar hängte sie sich ein, Swann hatte beinahe das Gefühl, als ließe sie sich tragen, aber Ira war ganz leicht, und sie machte keine Mühe. Swann musste daran denken, wie sie kurz zuvor mit ihrer Mutter auf dem Friedhof gewesen war. Sie hatte sich auch so bei ihr eingehängt, als sie ihr das Grab zeigte, das sie sich gerade gekauft hatte. Noch so eine Erinnerung, auf die Swann gerne verzichtet hätte. Sie beneidete Rebecca um ihre Kunst des Vergessens.

Arm in Arm gingen Ira und Swann langsam den Weg bergan wie Mutter und Tochter. Der Himmel war klarer geworden, aber der Wind, den Rebecca Zephyr genannt hatte, ging neben ihnen. Sie schwiegen, und Swann dachte, dass sie viel besser zu Ira passte als Rebecca, dass Ira sie lieber mochte als ihre eigene Tochter, und zwar, weil sie in ihrem Land stand, wie man sagt, aber Rebecca in ihrem nur schwebte. Das hatte Swann schon immer geglaubt, und der Gedanke hatte sie immer zur gleichen Zeit mit Genugtuung erfüllt und mit schlechtem Gewissen. Plötzlich zog Ira sie dichter zu sich heran und sagte: »Ich bin so froh, dass sie jetzt in Sicherheit ist.« Sie gelangten an das Weinfeld. Es war nicht groß und lag zwischen der Straße und einer Reihe von Bäumen eingezwängt. Swann blickte sich um. Sie fand eigentlich nicht, dass es hier unbedingt eines Weinfelds bedurft hätte. Also dachte sie, dass man es nur wegen der Kirche hier angelegt hatte, als Erweiterung des spirituellen Raums in die Fläche, als Bestätigung jener intrinsischen Beziehung, die es seit jeher zwischen dem Weinbau und dem Christentum gegeben hatte und die ihr unmittelbar einleuchtete: Spiritualität lässt sich eben auch aus Flaschen ziehen. Neben ihnen erhob sich schon die sandsteinerne Wand des Kirchenschiffs, Notre-Dame-de-Grâce.

Immer wenn man in La Garrigue war und es einen Grund gab, in die Kirche zu gehen, kam man hierher – also in den vergangenen Jahren vielleicht dreimal. Es war ein großer Kasten, hoch, beinahe ohne Fenster, sehr alt, ziemlich verwittert, ganz prunklos, wie ein Kornspeicher, mit einem großen, steinernen Torbogen als Eingang, der in der Mitte von einer Säule gestützt war. Wenn man davorstand, dachte man, dass nur noch eine Drehtür fehlte. Wie bei einer Kuckucksuhr: Rechts geht einer rein, und links kommt einer raus. Und nächsten Samstag wird meine Rebecca rechts reingehen und links als verheiratete Frau herauskommen.

Der Platz vor der Kirche war schon voller Menschen. Obwohl Rebecca kleiner war als die meisten, fiel es nicht schwer, sie ausfindig zu machen: Man musste nur den schwarzen Haaren folgen, die aus der Menge ragten. Sie winkte stolz mit den großen Olivenbüscheln, die sie ergattert hatte – Palmzweige gab es nicht. Als man schon die Stimme des Offizianten hörte, mit der die Zeremonie begann, überreichte sie Ira und Swann feierlich ihre Zweige. Er sprach vom Beginn der heiligen Woche, von der großen Reise, die Jesus für die Menschen gemacht hatte, dass er bis ans Ende der Liebe gegangen sei und dass auch die hier Versammelten in den kommenden Tagen auf das österliche Licht zustreben würden. Ira fasste die beiden an den Händen, so standen sie da und hörten zu. Als die Gemeinde sang: »Hosanna au Fils de David, béni soit celui qui vient au nom du Seigneur«, sangen sie mit, und Swann fand, dass das ein schöner Moment war, und dachte, wir zu dritt, so sieht doch eigentlich das Glück aus.

Auf der Kirchentreppe erschien der Priester in sein rotes Pluviale gekleidet. Er verharrte einen Moment, erst als er sich vergewissert hatte, dass die Köpfe der Menschen ihm zugewandt waren wie die von Ertrinkenden, hob er die Hände und begann, mit einem in Weihwasser getauchten Olivenbüschel die Zweige zu segnen, die sich ihm entgegenreckten. Swann beobachtete die beseelten Gesichter. Aber sie ließ sich nicht täuschen: Heute beten sie zusammen, und morgen gehen sie sich gegenseitig an die Gurgel. Swann hatte immer Angst vor den Menschen gehabt. Man konnte ihnen einfach nicht trauen.

Noch mal Hosanna. Der Offiziant begann mit der Lesung aus dem Lukas-Evangelium. Der Einzug nach Jerusalem. Jesus auf dem Esel. »Geht hin in das Dorf gegenüber, und wenn ihr hineinkommt, werdet ihr ein Fohlen darin angebunden finden, auf dem kein Mensch je gesessen hat; bindet es los und führt es! Und wenn jemand euch fragt: Warum bindet ihr es los?, sprecht so zu ihm: Der Herr braucht es.« Sie hatte das so oft gehört, sie hätte es beinahe mitsprechen können. Als die Pharisäer am Ende sagten: »Meister, weise deine Jünger zurecht!« und Jesus erwiderte: »Ich sage euch: Wenn sie schweigen, werden die Steine schreien«, gab Ira ihr einen Stoß und sagte: »Ist das nicht schön: ›Dann werden die Steine schreien‹?« Und das fand Swann auch. Für sie war Religion ohnehin immer die reine Literatur gewesen. Dann begann die Prozession.

Alle folgten dem Weg, der vom Kirchplatz in sanften Schwüngen nach Südwesten führte. Es war ein schmaler, sandiger Pfad, nicht länger als dreihundert Meter, rechts und links gesäumt von vierzehn kleinen Kapellen, die sich glichen wie ein Ei dem anderen, jede mit Spitzbogen, Ziergiebel und Fialen, eine Reihe von hübschen Minikathedralen, Gothic to go, made im neunzehnten Jahrhundert, dazu sangen sie das Hosanna. Die drei Frauen waren ziemlich weit hinten in der Reihe, und weil der Weg eine Sackgasse war, mussten die Gläubigen am Ende kehrtmachen, um zur Kirche zurückzufinden, so dass ihnen auf halbem Weg die Spitze der Prozession entgegenkam. Es war ein großes Gedrängel, weil der Pfad, auf dem sie liefen, so schmal war. Rebecca fragte, ob man nicht einen U-Turn machen könnte, einfach schnell die Seiten wechseln, um schneller in der Kirche zu sein und noch einen guten Sitzplatz zu ergattern. Aber Ira sagte, das komme überhaupt nicht infrage, Jesus hätte auch keine Abkürzung genommen, also liefen sie den Weg bis zum bitteren Ende, wo man von einer Anhöhe aus auf eine Autobahn gucken konnte.

Als sie endlich in der Kirche ankamen, hatten die Glocken schon aufgehört zu läuten. Die Gemeinde sang das Ingrediente Domino, und der Priester war bereits dabei, das Pluviale gegen sein Messgewand zu tauschen. »Wir finden keinen Platz«, sagte Swann. »Das ist ungünstig«, sagte Rebecca, »Palmsonntagsgottesdienste sind endlos. Es wird immerhin die ganze Passionsgeschichte vorgetragen, und die ist ja nun keine Kleinigkeit.« Plötzlich sah Swann Rebecca ganz vorne auf der rechten Seite unter einer hölzernen Kanzel auf und nieder springen und winken, während sie sich gleichzeitig in einem offenbar kontroversen Gespräch mit einer älteren Dame befand, die in einen altmodischen grauen Mantel gekleidet war und ein buntes Bündel im Arm hatte. Swann fragte sich, wie Rebecca dorthin gelangt war, denn eben hatte sie noch neben Ira und ihr gestanden, und jetzt war sie da hinten, und zwischen ihnen befand sich eine Menge von Leuten, und es gab nirgendwo ein Durchkommen. Mit der einen Hand winkte sie die beiden zu sich, und mit der anderen wehrte sie die Frau mit dem grauen Mantel ab. Als Ira und Swann endlich bei ihr angekommen waren, war die Alte schon mit grimmigem Blick abgezogen, Rebecca strahlte über das ganze Gesicht und wies mit großer Geste auf drei freie Sitzplätze. Swann erkundigte sich nach der wütenden Alten.

»Oh, sie hat gesagt, es sind ihre Plätze, sie hatte schon ihre Sachen ausgebreitet. Ich habe sie davon überzeugt, dass sie sich irrt, und dann hat sie zu mir auf Deutsch gesagt: und morgen die ganze Welt …«

»Wie? Verstehe ich nicht.«

»Weil ich Deutsche bin – und morgen die ganze Welt.«

»Oh.«

»Ja, aber keine Sorge: Ich habe gesagt, mein Großvater war in der Résistance und sie könne mich mal.«

»Ah, verstehe, ihr habt einfach ein paar Liebenswürdigkeiten ausgetauscht, so unter Christinnen zum Palmsonntag, ist doch nett …«

Ira kümmerte sich nicht darum und ließ sich mit einem tiefen Seufzer auf die Bank fallen. Am Ende saß Swann in der Mitte zwischen Mutter und Tochter und fühlte sich dort wohl. Die Passionslesung begann wie üblich mit dem letzten Pessach-Mahl, das Jesus mit seinen Jüngern einnahm. Swann kannte das alles auswendig. Als die Stelle kam, wo Jesus den Kelch nimmt und sagt: »Ich werde von nun an nicht trinken von dem Gewächs des Weinstocks, bis das Reich Gottes kommt«, kniff sie Rebecca in die Seite, weil vom Wein die Rede war. Mal nahm Ira ihre Hand, mal Rebecca, einmal beide gleichzeitig, so dass sie alle drei Hand in Hand saßen und lauschten, einträchtig und friedvoll, ja, Swann war befriedet, zum ersten Mal seit langer Zeit. Sie gab sich der Geschichte hin, die Nacht im Garten Gethsemane, die bittere Prophezeiung des kommenden Verrats: »Und Petrus ging hinaus und weinte bitterlich.« Swann nahm sich das sehr zu Herzen und fand es unglaublich traurig, und ihre Augen wurden schon ganz wässrig. Aber plötzlich flüsterte Rebecca ihr ins Ohr: »Ich hätte dich niemals verraten.« Da erschrak Swann, weil das erstens blasphemisch war und zweitens gelogen. Es war völlig klar, dass Rebecca sie jederzeit verraten hätte. Auf Rebecca war nie Verlass gewesen, weil sie sich auf sich selbst nicht verlassen konnte. Sie bekam trotzdem immer alles, was sie wollte. So hatte Swann sie im Internat kennengelernt. Da hatte Rebecca sie sich einfach ausgesucht und dann auch bekommen. Ihre Gedanken schweiften ab. Sie dachte daran, wie alles angefangen hatte, mit Rebecca und ihr: Sie war damals gerade achtzehn geworden, Rebecca war zwei Klassen unter ihr, aber sie kam dennoch eines Morgens vor dem Gottesdienst zu Swann, nahm ihre Hand, küsste sie feierlich, machte dazu eine tiefe Verbeugung und sagte: »Ich bin Rebecca, ich weiß, wer du bist, und ich möchte, dass du meine Freundin wirst.« Das war am St.-Lioba-Tag, an dem die Mädchen sich Mühe gaben, festlich, aber nicht zu elegant gekleidet in der Kirche zu erscheinen.

Swann neigte sich zu Rebecca und flüsterte ihr ins Ohr: »Weißt du noch, was du anhattest, als du mich damals in der Kirche angesprochen hast?« Rebecca war kein bisschen überrascht und antwortete, als habe sie auf die Frage nur gewartet: »Natürlich, meinen weißen Hosenanzug und mein Hermès-Tuch.« »Ganz genau«, sagte Swann leise, »wir anderen sahen aus, als habe man uns eine Nacht lang durch Peek & Cloppenburg gejagt. Du nicht.« Rebecca kehrte wieder zur Lesung zurück, aber Swann blieb bei ihren Erinnerungen.

Rebecca hatte ihr damals die Freundschaft verfügt wie eine Anordnung, der zu widerstehen zwecklos gewesen wäre. Wie war ihr Blick dabei? Swann wusste es noch: Herausfordernd und zärtlich zugleich hatte Rebecca sie angesehen. Swann hatte nur gelacht, und dann hatte der Gottesdienst begonnen, und die ganze Zeit beobachtete sie das fremde Mädchen von hinten, deren schwarze Haare wie ein dunkles Gewitter über ihrem schmalen Körper hingen, der immer in Bewegung zu sein schien, wie das Meer, in der von lauter Rosa überquellenden, sich überall üppig wölbenden, beinahe wollüstigen Barockpracht der Internatskirche.

Jetzt saßen sie wieder nebeneinander in einer Kirchenbank, und Swann blickte zu ihr hinüber. Rebecca sah genauso aus wie damals. Sie hatte sich überhaupt nicht verändert. Es war beinahe unheimlich: jung und unberührt. Sie warf Swann einen fragenden Blick zu. Swann lächelte sie an und zuckte mit den Schultern. Vielleicht hatte sie sich doch verändert, dachte sie. Rebeccas Augen hatten sich inzwischen daran gewöhnt, über die Dinge hinwegzusehen.

Rebecca hatte sich damals an Swann gehängt. Swann wäre nie auf die Idee gekommen, dass es damit zu tun gehabt haben könnte, dass sie volljährig war und Rebecca noch nicht, dass die Ältere der Jüngeren also nützlich sein konnte. Das Kloster Wald trug seinen Namen nicht umsonst, es lag in einer sterbenslangweiligen Einöde, die nächsten Orte hießen Sauldorf und Pfullendorf, und weit und breit war nichts los. Aber Swann hatte gerade ein Auto bekommen, einen roten VW-Polo, aus dem sie die Rücksitze ausgebaut hatte, damit man darin schlafen konnte, und es machte ihnen nichts aus, weit zu fahren, um etwas zu erleben. Zwei Stunden nach Stuttgart, anderthalb nach Zürich – kein Problem.

Sie betranken sich, nahmen Drogen und ließen sich von

bescheuerten Typen vögeln. Vor allem Rebecca. Swann fragte sie hin und wieder, warum sie sich ausgerechnet den größten Idioten hingab, und sie sagte, sie wollte diese Männer in ihrer Schwäche nicht enttäuschen. Sie hatte dazu eine richtige Theorie entwickelt. Stolze, kluge Männer gab es nicht viele, sagte Rebecca. Mit denen ging man nicht ins Bett. Das würde sie stärker beeindrucken als alles andere. Und durch diesen Sieg würde man entschädigt für all die Zurückweisungen, die Frauen regelmäßig reichlich erdulden müssten.

Je länger die Lesung dauerte, desto mehr merkte Swann, dass ihr das nicht gut bekam. Sie versuchte, nicht an all das zu denken, was sie verloren hatte. Aber es gelang nicht. Als die Lesung in Golgatha angekommen war, fing sie an zu weinen. Ira drückte ihre Hand. Da musste Swann an ihren Vater denken, daran, wie sie ihn gefunden hatte, an seinem Schreibtisch, im Eckzimmer des alten Turmes, von dem aus man über das Echaztal hinüber zum Georgenberg gucken konnte. Er saß ganz gerade, mit dem Rücken zur Tür, auf seinem Stuhl, der Kopf hing nur ein bisschen schief. So war er gestorben. Swann merkte gar nicht, dass er tot war. Sie rief nach ihm, und als er nicht antwortete, fasste sie ihn an der Schulter, woraufhin er nach vorne kippte und mit einem grässlichen Geräusch auf der Tischplatte aufschlug. Wenn sie das später irgendwelchen Leuten erzählte, konnte sie ihnen ansehen, dass sie zwischen dem Grauen und der Komik der Situation hin- und hergerissen waren. Aber sie hatte es als Kind erlebt, und es war nicht komisch gewesen.

Sie war aus dem Zimmer gerannt und hatte nach ihrer Mutter gerufen. Das nächste Mal sah sie ihn auf seinem Bett wieder. Da hatte man ihn aufgebahrt, im Schlafzimmer der Eltern.

Sie erinnerte sich nicht daran, vorher jemals in diesem Raum gewesen zu sein. Eigentlich war das unmöglich. Aber sie hatte einfach keine einzige Erinnerung, die älter war als jene, die ihn ihr auf seinem Bett liegend zeigte, die Decke, faltenfrei wie ein weißes Brett, an seine Brust gezogen, aus der Brusttasche des beigefarbenen Morgenrocks schaute noch das bordeauxrote Einstecktuch hervor, um den Hals hatte er einen Seidenschal, und die Hände lagen gefaltet auf seinem Bauch. Swanns Mutter hörte nicht auf zu weinen. Nie in ihrem Leben hatte Swann so viel Tränen gesehen. Sie sprudelten ihrer Mutter aus den Augen und liefen ihr Gesicht hinunter, und es war, als würden sie wie in einem Brunnen irgendwo gesammelt und wieder emporgepumpt, damit sie ewig weiter fließen konnten. Kein Mensch konnte so viele Tränen haben. Allerdings hatte Swann sie danach auch nie wieder weinen sehen und war darum überzeugt, dass ihre Mutter an diesem Tag einfach alle Tränen aufgebraucht hatte, über die sie verfügte.

Swanns Vater war am Sonntagabend gestorben, und am Mittwoch früh wurde er abgeholt. Er lag einfach still und blass in dem kühlen Zimmer, die Tür stand offen. Man ging vorbei und warf einen Blick hinein. Oder man trat ein und setzte sich eine Weile neben ihn. In diesen drei Tagen gewöhnten sich alle an ihn. Auch Swanns Mutter. An seine stille Gegenwart. Er war zwar tot, aber immerhin da. Damit hätte sie sich vielleicht irgendwie abfinden können. Aber als er dann abgeholt wurde, brach sie zusammen, ganz buchstäblich. Swann saß mit ihr im Wohnzimmer, während die Männer oben den Körper ihres Vaters in einen schwarzen Plastiksack legten. Und als sie das Geräusch des Reißverschlusses hörten, mit dem sie ihn schlossen, ein schnelles, böses Reißen, wurde ihre Mutter ohnmächtig. Swann dachte, eigentlich sei sie danach nie mehr richtig aufgewacht.

Nach dem Tod des Vaters war alles anders. Im Internat war Swann plötzlich etwas Besonderes. Die Schwestern, die sie unterrichteten, behandelten sie, als hätte sie eine schlimme Krankheit. Und die Kinder sahen sie mit anderen Augen. Ihre Blicke waren beinahe ehrfürchtig. Ein toter Vater, das hatte sonst niemand. Alle hatten irgendeinen Vater. Es gab Väter, die nur zu Besuch kamen; Väter, die immer auf Reisen waren; desinteressierte Väter, die niemals Zeit hatten, Swann glaubte, sich daran zu erinnern, dass ein Mädchen sogar einen geschiedenen Vater hatte. Aber tote Väter gab es nicht. So einen hatte nur sie. Es kam ihr vor, als schenkten die Leute um sie herum dem Thema mehr Beachtung als sie selbst. Sie merkte erst, wie sehr ihr Vater ihr fehlte, als die anderen sich schon daran gewöhnt hatten. Im Tod spielte er eine größere Rolle, als er im Leben gespielt hatte. Es gab damals Zeiten, da konnte sie diese herausgehobene Position geradezu genießen. Sie war überzeugt, dass sie sich Übertretungen erlauben durfte, für die die anderen von der Schule geflogen wären. Tabletten zum Beispiel. Sie brachte immerzu jede Menge Tabletten mit ins Internat. Sie nahm sie ihrer Mutter weg, die so viele Schachteln auf ihrem Nachttisch liegen hatte, blaue, grüne, rosafarbene, dass sie gar nicht merkte, wenn eine oder zwei davon fehlten. Sie war offensichtlich abhängig von dem Zeug, hauptsächlich Schlaftabletten und Schmerzmittel, aber auch ein Stimmungsaufheller. Zweimal wurde sie damit erwischt – aber es passierte tatsächlich nichts. Wahrscheinlich dachte man, ein Arzt habe die Mittel gegen Depressionen verschrieben. Aber ihr kam es damals so vor, als habe der Tod ihres Vaters sie irgendwie unverwundbar gemacht. Und zwar überhaupt, im Ganzen: Sie spürte nichts mehr, und sie konnte auch nicht mehr verletzt werden.

»Nicht einschlafen«, sagte Rebecca und kniff Swann in den Arm. Da hatte der Priester schon seinen Segen gesprochen. Alle standen auf und bekreuzigten sich.

»Geht hin und wandelt in der Nachfolge Christi«, sagte der Offiziant. »Mit ihm werdet ihr vom Tod zum Leben gelangen.«

Sie verließen die Kirche, liefen die Treppe hinunter und nahmen den Weg, den sie gekommen waren, links neben ihnen lag das Weinfeld. Sie gingen nebeneinander, Ira in der Mitte, und hatten die Arme untergehakt. »Das war doch sehr schön«, sagte Rebecca. Niemand antwortete. Vom Tod zum Leben, dachte Swann und musste schon wieder weinen. Als sie den Kopf wandte, bemerkte sie, dass auch Ira Tränen in den Augen hatte. Und als Rebecca sah, dass Swann und ihre Mutter weinten, fing sie selber an und wusste nicht, warum. Also gingen die drei Frauen weinend Arm in Arm zu ihrem Auto und sprachen kein Wort.

Gabriel

Zita stand neben dem Auto und wurde ungeduldig. Sie hatte bereits zweimal gerufen, und nichts war geschehen. Sie griff durch das geöffnete Fenster ins Wageninnere und betätigte die Hupe. Es antwortete immer noch niemand. Vor wenigen Minuten war ihr großer, glänzend grauer Wagen mit Wucht auf den runden Platz vor dem Haus gefahren, einmal im Kreis um den alten Mimosenbaum und war vor der in der Sonne mattblau glänzenden Eingangstür zum Stehen gekommen. Seine riesigen Reifen hatten beim Bremsen eine kurze Spur auf den staubigen Steinen hinterlassen. Sie hatte im Wagen gesessen und sich umgesehen, von oben herab, als sei sie ein Feldherr und dieser Hof ein von ihr erobertes Terrain. Dann hatte sie gehupt und gewartet. Sie hatte die Tür aufgestoßen, war aus dem Wagen gesprungen und stand jetzt ungeduldig daneben, viel kleiner plötzlich, schmal, mit ihren kurzen, grauen Haaren und dem felsig verwitterten Gesicht, in einen khakifarbenen Hosenanzug gekleidet. Sie sah aus, als sei sie die Mechanikerin dieses großen Wagens, den sie ganz allein in zwei Tagen vom Oberrhein in den Süden Frankreichs gefahren hatte, mit den beiden Hunden im Kofferraum, die sie nicht hatte mitnehmen wollen, denen die Reise nicht gut bekommen war, die ihrer Schwester gehörten. Sie machte sich nichts aus Hunden.

Sie ging um das Auto herum und öffnete die Heckklappe. Die beiden Hunde hechelten ihr entgegen, begierig, dem engen Gefängnis des Kofferraums zu entkommen. Aber sie waren klein und fett, und der Weg nach unten war weit. Unschlüssig blickten sie in die Tiefe. Zita dachte nicht daran, ihnen zu Hilfe zu kommen. »Ihr wollt raus?«, sagte sie, »dann schafft ihr das schon …«

Endlich sprangen die Hunde heraus. Sie landeten mit einem unangenehmen Geräusch auf den steinernen Platten des Vorplatzes und erleichterten sich ohne Zögern an der Mimose.

»Cosimo und Piero, meine Lieblinge!«, rief Ira und lief an ihrer Schwester vorbei direkt auf die Möpse zu, die ihr so begeistert entgegenstürmten, wie es ihnen möglich war.

»Ja, war mir ein Vergnügen«, sagte Zita und beobachtete mit Widerwillen, wie das Gesicht ihrer Schwester zwischen zwei feucht glänzenden Mopsschnauzen verschwand. Sie trat sofort einen Schritt zurück, als Ira schließlich auf sie zukam, um sie zu umarmen: »Angucken ja, anfassen nein!« Trotzdem nahm Ira ihre Schwester in den Arm und sagte schnell hintereinander Sachen wie:

»Ich bin froh, dass du da bist;
hattest du eine gute Reise;
du musst müde sein;
danke, dass du das gemacht hast.«

Ira wollte den Koffer ihrer Schwester nehmen, aber Zita wehrte sich. Ira bestand darauf, aber Zita ließ den Koffer nicht los. Ira griff danach, und Zita zerrte daran. Die Schwestern blickten sich an. Ira dachte: Sie war so lange unterwegs und sieht gar nicht erschöpft aus. Und Zita dachte: Sie hängt die ganze Zeit im Süden herum und sieht trotzdem so alt und müde aus.

»Die haben mir alles vollgekotzt«, sagte Zita schließlich.

»Ja, das war bestimmt Cosimo, der Arme, er reist nicht so gerne. Sonst hätte ich ihn ja im Flugzeug mitgenommen.« Gemeinsam trugen sie das Gepäck zum Haus.

Auf der kleinen Treppe hielt Zita kurz inne und blickte sich um: der runde Platz, die alte Mimose, das weiß getünchte Haus mit den blauen Fensterläden, die Zypressen, die Ölbäume, all das gefiel ihr, und sie hatte nichts daran auszusetzen. Sie war schon eine Weile nicht hier gewesen, dabei kam sie gerne nach La Garrigue, sie selber besaß kein Haus im Süden, sie war immer der Meinung gewesen, für sie allein lohne sich das nicht.

»Heinz?«

»In der Stadt.«

»Rebecca?«

»Kommt gleich.«

»Swann?«

»Läuft irgendwo im Garten herum.«

»Stimmung?«

»Wunderbar.«

»Na, jetzt bin ich ja da.«

Dann blieb ihr Blick an den beiden großen Terracottatöpfen hängen, die rechts und links von der Treppe an der Hauswand standen: »Den Agaven geht es ja nicht so gut, oder?«, sagte sie und beugte sich von oben über eine der graugrünen Sukkulenten, deren dolchartige Blätter ihr spitz entgegenragten. Ira stand direkt hinter ihrer Schwester und dachte, falls diese jetzt ausrutschen oder aus einem anderen Grund nach vorne fallen sollte, würde sie regelrecht aufgespießt. »Den Agaven geht es glänzend, du verstehst nur nichts von Pflanzen«, sagte sie und verschwand im Haus.

»Ich verstehe nichts von Pflanzen?«, rief Zita hinterher, »… Du warst wohl lange nicht mehr bei mir in der Mühle, wie? Der ›Schweizer Garten‹ hat sogar einen Bericht über mich gemacht und ist dafür sogar outre-Rhin gegangen, und das machen sie ja nun nicht so gerne, die Schweizer, nicht wahr?«

Aber Ira antwortete nicht, also folgte Zita ihrer Schwester in die Eingangshalle.

Im Inneren des Hauses war die Luft kühl, und die weiß getünchten Wände atmeten noch die Feuchtigkeit des Winters. Der Raum war hoch und licht, auf seiner linken Seite führte eine geräumige Treppe empor zu einer mit einem dunklen Geländer bewehrten Galerie. Rechts befand sich ein hoher, offener Kamin, breit, aber nicht tief, bis zum Boden reichend, wie man ihn im Vestibül eines alten Herrenhauses findet oder im Wappensaal eines Schlosses, in dem ausladende Äste verbrannt werden konnten. Weiche, wild gemusterte Berberteppiche bedeckten die mächtigen Granitplatten des Bodens. »Ah, die sind neu«, sagte Zita, »was ist das? Boujad? Azilal?« Sie hatte vor fünfzwanzig Jahren als Einkäuferin für eine italienische Modefirma gearbeitet und stellte gern unter Beweis, dass sie immer noch etwas von Material, Stil und Farbe verstand, gerade gegenüber Ira, mit deren Mann Heinz, so nannte sie ihn auch, Heinz, sie bei jeder Gelegenheit Gespräche über Qualität, Herkunft und Herstellung von Textilien führte, an denen Ira, wie sie wusste, sich nicht beteiligen konnte. Plötzlich sah sie, dass Ira ihr Gepäck gleich neben den Kamin gestellt hatte, und rief: »Kannst du bitte sofort meine Charles-Jourdan-Koffer aus der Asche nehmen?«

Ira nahm die Koffer, durchquerte den Raum und stellte sie neben die Treppe. Sie setzte sich auf die unterste Stufe und schwieg. Sie war vier Jahre jünger als ihre Schwester, aber seit sie denken konnte, hatte sie sich älter gefühlt, und heute fühlte sie sich noch viel älter. Zita stellte sich mit in die Seiten gestemmten Armen vor ihr auf und legte den Kopf schief. »Machst du schlapp?«, fragte sie. »Jetzt schon? Es geht doch erst los, oder? Komm. Lass dich nicht hängen, immer wenn es ernst wird, lässt du dich hängen.« Ira sagte nichts. »Deine Tochter heiratet endlich. Wie du weißt, habe ich kein Kind, ich weiß nicht, wie sich das anfühlt. Aber ich finde, du solltest dich freuen. Damit hatte doch keiner mehr gerechnet, oder?«

»Oder?«, wiederholte Ira, Zitas Tonfall nachahmend, und rollte das R am Ende noch stärker und hob die Stimme ein bisschen, »bist du jetzt Schweizerin ehrenhalber, oder?«. Zita gab ihrer Schwester einen kleinen Tritt vors Schienbein, die schrie wie im Schmerz sofort auf, dabei war es nur ein sanfter Tritt gewesen, und Zita trug sowieso weiche Lederschuhe.

»Wo bin ich denn untergebracht, meine Gnädigste?«, fragte sie dann, »im Südflügel bei den Herrschaften oder in der Turmkammer, wo die alten Schreckschrauben versteckt werden?«

»Du hast dein Zimmer im Turm, wie üblich«, sagte Ira und erhob sich langsam, »es ist das schönste im Haus.«

»Ich trag meine Koffer auf keinen Fall allein hoch«, sagte Zita und gab ihrer Schwester, die nun vor ihr stand und ein bisschen größer war als sie, wieder einen kleinen Tritt: »Das soll Sami machen oder der Dingsbums von Rebecca.«

»Beide nicht hier«, sagte Ira, drehte sich um und rief nach ihrer Tochter. Sie sollte ihr beim Tragen helfen und sie gleichzeitig von Zita erlösen. Rebecca antwortete nicht. Ira wurde ungeduldig. »Rebecca?«

»Ja.« Ira hörte die Stimme ihrer Tochter, aber sie konnte nicht ausmachen, woher die Antwort gekommen war. Es klang, als sei sie irgendwo im Garten, vielleicht auf der Terrasse.

»Wo bist du?«

»Hier.«

Ira drehte sich um, und Rebecca stand direkt hinter ihr.

»Ich hasse es, wenn du das tust.«

»Was?«

»Egal. Zita ist da.«

»Wo?«

Ira drehte sich um, Zita war verschwunden.

»Was stimmt mit den Frauen in dieser Familie nicht?«, rief sie, »die eine taucht immer aus dem Nichts auf, die andere verschwindet einfach, ich bin die einzig Normale hier.«

»Mach dir nichts draus, die muss es auch geben«, sagte Zita, die gerade aus der Küche kam. Rebecca sprang auf ihre Tante zu und umarmte sie so fest, dass sie ihr beinahe das Weinglas aus der Hand geschlagen hätte. »Zita«, rief sie, »du bist da, wie schön – und schon vor zwölf Uhr ein Weinchen, toll!« »Ganz oder gar nicht, meine Liebe«, sagte Zita und drückte Rebecca von sich weg, um sie in Ruhe betrachten zu können. Schon vor vielen Jahren war in ihr das Gefühl gewachsen, dass sie ein Anrecht auf Rebecca habe, ja, dass Rebecca eigentlich mehr ihre Tochter sei als Iras. Rebecca war genauso groß wie sie, und wenn Zita ihr ins Gesicht blickte, meinte sie, sich selber darin wiederzufinden, obwohl ihr Rebecca mit ihrer Porzellanhaut und ihrer dunkelgelockten Flüchtigkeit überhaupt nicht ähnlich sah. Aber Zita sah in ihr das Kind, das sie nicht bekommen hatte.

»Ja, du bist eindeutig im heiratsfähigen Alter«, sagte sie, nachdem sie Rebecca eine Weile gemustert hatte. »Ich würde sagen: gerade noch«, sagte Ira, die immer mit Widerwillen beobachtete, wie ihre Schwester von ihrer Tochter Besitz ergriff. Aber Zita kehrte ihr den Rücken zu, legte den Arm um Rebecca und sagte: »Komm mal, mein Mädchen, vernünftige Unterhaltungen sind mit deiner Mutter nicht möglich.«

Die beiden ließen Ira einfach stehen und gingen in die Küche. Zita setzte sich ohne Weiteres an den alten Eichentisch, der in der Mitte des Raumes unter dem schwarzen, gusseisernen Leuchter stand, trank ein bisschen Weißwein und begann, auf Rebecca einzureden. Sie erzählte von ihrer Mühle am Oberrhein, wo das Hochwasser im Winter eine Terrasse unterspült habe, von dem Biber, der eine hundertjährige Weide, die unten am Wasser stand, einfach gefällt habe, gegen den sie sich aber nicht wehren dürfe, weil er unter dem Schutz des Umweltamts stehe, wobei sie sich frage, warum eigentlich ihre hundertjährige Weide diesen Schutz nicht verdient habe, von ihrer polnischen Köchin, die sie eingeladen habe, im Nebengelass auf der Wiese hinter dem Haus zu wohnen, mit Mann, wenn es sein musste, damit die beiden sich später um sie kümmern könnten, wenn sie mal alt sei, sie befinde sich ja auf gutem Weg in die zweite Lebenshälfte, habe keinen Mann und keine Kinder und müsse sich darum über solche Fragen Gedanken machen, sie berichtete von ihrer Fahrt hierher, die sie eigentlich an einem Tag hätte bewältigen können, gut achthundert Kilometer, das sei für sie gar kein Problem, dass aber die Hunde im Kofferraum die ganze Zeit gelärmt hätten, ja, einer von beiden habe sich eigentlich ununterbrochen übergeben, sie sei sich nicht einmal sicher gewesen, ob sie das Tier überhaupt lebend hierher bekommen würde, und frage sich jetzt mehr denn je, wie man auf die Idee kommen könne, sich einen Mops anzuschaffen, der ungefähr das hässlichste Tier der Welt sei. Sie erkundigte sich außerdem kurz, ob Rebecca sich auf ihre Hochzeit freue und ob alle ihre Freundinnen kommen würden, und obwohl sie die Antwort kannte, fragte sie, ob Swann auch schon da sei.

Rebecca kam jetzt das erste Mal zu Wort: »Natürlich freue ich mich. Ich heirate ja. Wenn du wissen willst, wer alles kommt, musst du Mama und Papa fragen, die haben die Liste gemacht. Und Swann hängt am Pool rum.«

»Arbeitet sie immer noch für diese Fernsehsendung, wie heißt das … Mumu, das Monatsmagazin?«

»Memo, das Wochenmagazin. Ich nehme an, ja, ich weiß jedenfalls nichts anderes.«

»Heißt es nicht Mumu?«

»Nein, Zita, Memo.«

»Egal. Diese Frau Rittmeister ist eine schreckliche Person, der beste Beweis dafür, dass zu viel Eitelkeit auch Frauen nicht bekommt, und außerdem ist sie eine Trinkerin.«

»Was?«

»Ja, natürlich, das sieht man doch auf den ersten Blick.«

Rebecca sagte, das sei ihr bisher nicht aufgefallen. Sie liebte Zita sehr. Aber sie hatte auch ein bisschen Angst vor ihr. Man musste sich vor ihr in Acht nehmen. Sie lebte allein in ihrer alten Mühle, eigentlich war es eher ein Schloss, und die Mühle stand daneben. Aber sie sprach lieber von ihrer Mühle. Als junge Frau hatte sie einen Schweizer Industriellen geheiratet. Er war nach der Hochzeit sehr schnell gestorben und hatte ein beträchtliches Vermögen hinterlassen, das sie sich mit seinem Sohn aus einer früheren Ehe und einigen entfernteren Verwandten teilen musste. Sie war damals, obschon immer noch eine junge Frau und in solchen Dingen unerfahren, mit viel Umsicht vorgegangen, hatte sich gegenüber den Verwandten ihres verstorbenen Mannes sogar großzügig gezeigt und jeden Konflikt vermieden, denn sie war nicht gierig, und der Geiz, der sie inzwischen auszeichnete, war erst später mit dem Alter gekommen.

Soweit Rebecca wusste, hatte Zita in ihrem Leben nur einen Mann geliebt, und das war nicht der Schweizer gewesen, sondern ein Römer, der Piero hieß und aus einem der drei Häuser der uralten Familie der Colonna stammte. Anders als die meisten Männer seines Geschlechts war er nicht hochgewachsen und hatte weder deren typisches längliches Gesicht noch ihre blasierten, hochgezogenen Augenbrauen. Er war im Gegenteil ein kleiner, rundlicher Mann mit Halbglatze und freundlichen Augen, der nicht stattlich war, dafür aber klug und liebevoll. Mit ihm hatte sie eine Affäre gehabt, die zwanzig Jahre währte und erst mit seinem Tod endete. Er war mit irgendeiner römischen Prinzessin verheiratet gewesen, mit der er auch drei Kinder hatte. Eine Scheidung kam schon deshalb nicht infrage, aber auch wegen seiner öffentlichen Stellung als prominentes Mitglied der Democrazia Cristiana und wegen seines Direktorenpostens in einer chemisch-pharmazeutischen Fabrik, die ein Ableger eines sehr konservativen amerikanischen Konzerns war. Also trafen sich die beiden zweimal im Jahr, im Frühjahr und im Herbst, für eine Woche in einem kleinen, aber sehr feinen Hotel bei Porto Ercole am Monte Argentario, das – wenn Rebecca sich richtig erinnerte – einmal einer reichen Amerikanerin und ihrem englischen Piloten-Geliebten gehört hatte. Natürlich war Don Piero dort wohlbekannt, aber die Angelegenheit wurde in all den Jahren vom Personal mit der Diskretion behandelt, die man bei einem Hotel mit dieser Vergangenheit erwarten durfte. Kinder bekamen die beiden nie. Ihre Mutter hatte Rebecca die Geschichte schon oft erzählt, und immer war sie ihr wie ein Märchen vorgekommen, und ihre Tante war für sie eine von einem traurigen Geheimnis umwitterte Prinzessin.

»Setz dich doch zu mir«, sagte Zita.

»Ich fahre jetzt nach Marseille, um Gabriel abzuholen.«

»Wie, du fährst nach Marseille, um ihn abzuholen?«

»Vom Flughafen, er landet dort, ich hole ihn ab, was ist daran so schwer zu verstehen?«

»Das sind zwei Stunden hin, zwei Stunden zurück. Warum nimmt er keinen Mietwagen?«

»Ich hole ihn gerne ab.«

Das war gelogen. Rebecca stand der Sinn gar nicht nach einer so langen Autofahrt. Sie hasste es, allein zu fahren. Es machte sie müde, und sie hatte keine gute Orientierung. Es war schon vorgekommen, dass sie einmal den Weg aus dem Parkhaus nicht gefunden hatte. Aber sie hatte am Abend zuvor mit Gabriel gesprochen und sich plötzlich verpflichtet gefühlt, ihm anzubieten, ihn abzuholen.

So hatte sich das angehört:

»Ja klar, wenn dir das nicht zu umständlich ist.«

»Es ist schon weit, aber du freust dich immer so, wenn man dich abholt.«

»Ja, das stimmt. Aber es stimmt auch, dass es weit ist.«

»Ja.«

Er hatte kurz geschwiegen und dann gesagt: »Wir heiraten am nächsten Wochenende.«

Sie verstand den Zusammenhang nicht. Sie dachte daran, dass manche Menschen hin und wieder das Bedürfnis haben, etwas auszusprechen, was als bekannt oder offensichtlich vorausgesetzt werden kann. So wie zwei Leute nebeneinander hergehen, und einer sagt: »Es regnet.« Als wolle er die Wirklichkeit bekräftigen. Sie fragte sich allerdings, warum die Wirklichkeit ihrer Heirat der Bekräftigung bedurfte. Eigentlich konnte es nur so zu verstehen sein, dass von ihr ohnehin zu erwarten war, ihn abzuholen, dass aber der Umstand ihrer bevorstehenden Hochzeit sie geradezu verpflichtete.

»Du holst ihn gern ab?«, fragte Zita.

»Wir heiraten am nächsten Wochenende«, sagte Rebecca, winkte und verschwand.

Zita blieb sitzen und füllte ihr Glas mit Weißwein, als Ira die Küche betrat und sich nach ihrer Tochter erkundigte.

»Sie will den Jugo vom Flughafen abholen«, sagte Zita. »Mein Gott, Zita«, rief ihre Schwester.

»Warum?«, sagte Zita ohne erkennbare Rührung, »die Wisner von Morgensterns stammen aus dem Komitat Agram, das heißt also aus Zagreb, also aus Jugoslawien, also ist er der Jugo. Punkt. Übrigens wurden sie von Franz II. erst kurz vor Schluss in den Adelsstand erhoben. Das nur so nebenbei.«

»Er war deine Idee. Du hast ihn angeschleppt.«

»Ich habe für sie keinen Besseren gefunden, und es war wirklich Zeit, oder? Für den Rest bin ich nicht mehr zuständig.«

Ira nahm ihrer Schwester wortlos das Weinglas weg und schüttete es in den Ausguss.

»Du hättest ihn von Stuttgart aus mitnehmen können.«

»Du kennst mich, ich reise mit leichtem Gepäck. Entweder die Hunde oder der Jugo.«

Zita nahm sich ein neues Glas aus dem Schrank, goss so viel Weißwein hinein, wie überhaupt nur möglich, und ging durch die Küchentür in den Garten. Ira lief ihr hinterher.

Währenddessen steuerte Rebecca den Citroën Kombi, der schon seit zwanzig Jahren zum Hausstand ihrer Eltern gehörte, durch die Ebenen des Vallée de l'Hérault. Sie dachte an nichts Besonderes. Nach einer guten halben Stunde durchquerte sie die trüben Vororte von Montpellier. Ein paar Kilometer vor dem Meer bog ihr Weg nach Nordwesten ab, in Richtung Nîmes. Als sie im Süden den Dunst über den vogelreichen und flachgründigen Lagunen der Étangs palavasiens sah, fragte sie sich: Was mache ich hier? Wie bin ich in diese Lage gekommen? Aber die Straße war so gerade und sauber in das flache Land geschnitten wie ein Kanal, und der Verkehr floss darauf in so ruhiger Gleichmäßigkeit dahin, dass ihr der Gedanke wieder abhandenkam. Kurz vor Nîmes wechselte sie auf die Autobahn nach Arles, Marseille und Aix-en-Provence. Was mache ich hier, fragte sie sich noch einmal.

In Aix hatte sie nach der Schule Französisch gelernt. Sie hatte bei einer Familie gewohnt, die aus dem Elsass stammte und von deutschen Autos schwärmte, und das Essen hatte ihr wegen des vielen Öls schwer im Magen gelegen. Damals glaubte sie, dass sie Musikerin werden wollte, also ging sie nach Paris und studierte dort zwei Jahre lang am Pariser Konservatorium Geige. Sie wohnte in der Nähe der Métro Ménilmontant in einem kleinen Studio, und zu spät fiel ihr auf, dass sie durch Fleiß hätte wettmachen können, was ihr an Begabung fehlte. Aber da hatte sie das Musikstudium schon abgebrochen und war zu Kunstgeschichte gewechselt. In München und in

Berlin hatte sie in Auktionshäusern als Expertin für die zeitgenössische Moderne gearbeitet. Sie hatte eine gewisse Begabung dafür, reichen Sammlerinnen bei der Entscheidung zu helfen, ob ein Bild besser im Haus in Kampen hing oder in den Hamptons, und außerdem passte sie mit ihren schwarzen Haaren und den dunklen Augen gut ins Diversity-Management der Galeristinnen. Als sie Mitte dreißig war, hatte sie das Gefühl, es geschehe nichts Neues mehr in ihrem Leben, und sie war von ihrem Beruf genauso gelangweilt wie von ihren Affären. Da zog sie nach Stuttgart, um in der Nähe ihrer Eltern zu sein. Und dann fiel ihr auf, dass ihr Leben schneller dahinlief als ihre Gedanken und dass sie im Begriff war zu altern, ohne einen Entschluss gefasst zu haben.

Also kam sie auf die Idee zu heiraten. Aus keinem anderen Bedürfnis heraus als jenem, ihrem Leben eine Wendung zu geben. Allerdings wusste sie nicht, wen sie heiraten sollte. Sie war wohl geliebt worden, hatte aber nie selber geliebt. Sie konnte sich an die Männer, die sie gekannt hatte, gar nicht richtig erinnern, sie waren einfach durch sie hindurchgegangen. Über all das hatte sie im vergangenen Frühjahr mit ihrer Tante gesprochen, nicht mit ihrer Mutter. Zita hatte gleich gesagt: »Mach dir keine Sorgen, ich finde dir einen passenden Mann.« Und anstatt sich darüber zu wundern, war Rebecca erleichtert und glaubte Zita aufs Wort, denn sie wusste, dass ihre Tante an Gefühlen weniger interessiert war als an Ergebnissen. Und so wie Zita früher als Einkäuferin für einen Auftraggeber auf der Suche nach dem richtigen Stoff zu einer Textilmesse gefahren war, hatte sie sich auf die Suche nach einem Mann für ihre Nichte gemacht. Und bald hatte sie etwas Passendes gefunden: freundlich, nicht zu alt, ohne Vermögen und ohne Ansprüche, aber adlig – Gabriel. Und nun war Rebecca auf dem Weg zum Flughafen, um ihn abzuholen.

Sie holte ihr Telefon hervor und sah sich ein Bild von ihm an. Sie hatte es im vergangenen Herbst aufgenommen: Gabriel, auf dem Boden kniend, der versucht, mit seinen Klavierspielerhänden etwas an seinem Fahrrad zu reparieren, er dreht ihr den Kopf zu, die langen Haare, die er sonst im Mittelscheitel trägt, fallen ihm in die hohe Stirn, er lächelt gequält. Sie konnte sich an den Moment nicht erinnern. Das tat ihr leid. Aber der Umstand, dass sie jetzt die Mühe der langen Fahrt auf sich genommen hatte, beruhigte ihr Gewissen: Wenn sie sich das zumutete, konnte ihr Gabriel nicht gleichgültig sein, dachte sie. Dieser selbstlose Akt des Abholens rechtfertigte ihre ganze gemeinsame Zukunft. Dieses gemeinsame Leben in der Stuttgarter Vierzimmerwohnung, Kornberg- / Ecke Schwabstraße, gleich am Hölderlinplatz, in die sie jetzt gemeinsam einziehen würden. Sie hatte sich das genau ausgemalt. Morgens würden sie gemeinsam mit dem Fahrrad zur Arbeit fahren, bis zum Schloss, da würden sich ihre Wege trennen, er würde den Weg zur Oper nehmen, sie zur Galerie am Tübinger Carré. Jeden Tag würden sie so beginnen, mit einer gemeinsamen Fahrradfahrt, darauf freute Rebecca sich sogar.

Am Wochenende würden sie ihre Eltern am Neckar besuchen, nicht seine, die wohnten glücklicherweise in Hamburg. Und hin und wieder würden sie mit dem Fahrrad auch einen Ausflug machen. Das konnte ihm auch nicht schaden. Sie waren im vergangenen Herbst schon einmal den Neckar entlanggeradelt. Gabriel war vorausgefahren und sie hinterher. Und immer wenn sie von ihrem Lenker aufblickte, hatte sie Gabriels dicken Hintern vor sich gesehen, wie er über seinen breiten Sattel quoll. Hob er sein rechtes Knie, schwappte sein Hintern nach links, hob er sein linkes Knie, schwappte er nach rechts. Stundenlang. Den Neckar hinauf bei der Hinfahrt und den Neckar hinunter bei der Rückfahrt hob und senkte sich Gabriels Hintern in einer regelmäßigen Wellenbewegung von links nach rechts, und weil sie immer hinter ihm fuhr, blieb ihr nichts übrig, als es stundenlang mit anzusehen.

Kurz hinter Plochingen war es ihr das erste Mal aufgefallen. Bei Wendlingen begann es, sie ernsthaft zu stören. Bei Unterensingen versuchte sie, ihn zu überholen, weil sie an nichts anderes mehr denken konnte. Aber er dachte gar nicht daran, sich überholen zu lassen, sie wolle wohl ein Rennen mit ihm fahren, rief er ihr fröhlich zu und trat noch schneller in die Pedale, was dazu führte, dass ihr Überholmanöver scheiterte und die weiche Masse seines Hinterns nur noch schneller hin und her geworfen wurde, so dass sie bei Oberensingen von ihrem Vorhaben abließ. Als sie auf der Höhe von Nürtingen waren, beschloss sie, ihm so bald wie möglich einen teuren, schlanken Ledersattel aus England zu schenken. Denn sie fuhr wirklich gerne mit dem Rad.

Und dann müssten bald die Kinder kommen, erst eins und dann ein zweites, und was danach aus ihnen würde, wusste kein Mensch. Vielleicht war das dann auch gleichgültig, dachte Rebecca. Sie befand sich nur noch ein paar Kilometer vor Arles und überquerte gerade die Petit Rhône. Neben der Straße wuchsen Ahorn und strauchige Buchen, dahinter reichte die grüne Ebene bis zum Horizont, und der blaue Himmel war von kalten Schlieren durchzogen. Und Swann? Was würde aus ihr und Swann? Sie beschloss, an Swann jetzt nicht zu denken.

Swann war immer da gewesen und würde immer da sein. Sie fuhr langsamer, um sich in dieser Weite zu verlieren, in der das Auge kein Ende fand und der Blick sich nirgends brach. Noch war das Land, das sie so liebte, in das blasse Blau des Frühlings getaucht, aber bald würde sich der Sommer darüberlegen wie ein langes Gebet, und die Sonne würde mit ihren Strahlen eine Kathedrale aus Licht, Feuer und Gold errichten. Plötzlich fiel ihr ein, dass sie mit Gabriel würde schlafen müssen. Aber das störte sie nicht. Es wäre ihr nur lieber gewesen, gar nicht über all diese Dinge nachdenken zu müssen.

Am Flughafen wartete Rebecca, und sie langweilte sich dabei. Sie setzte sich auf eine Bank und legte ein Bein über das andere. Die Zeit verging. Sie beobachtete die Leute, die aus den sich öffnenden Glastüren kamen. Der Direktflug aus Stuttgart war längst gelandet. Passagiere ohne Gepäck quollen aus der Sicherheitsschleuse hervor und stoben eilig auseinander wie Vögel, die man in die Freiheit entlassen hatte. Andere zogen langsam große Koffer hinter sich her, wie schwerfällige Insekten, die ihrer eintönigen Arbeit nachgehen. Sie sahen so hilflos aus. Das amüsierte Rebecca. Sie saß auf ihrer Bank und streckte hin und wieder ein Bein aus, damit ihr jemand ausweichen musste. Es kam ihr vor, als würde sie einen Fuß ins Wasser halten. Das machte ihr Spaß. Dann langweilte sie sich wieder. Dann dachte sie, dass Gesichter Bücher sind, die das Leben schreibt. Man muss sie nur lesen können. Sie freute sich über diesen Gedanken. Also versuchte sie, in den Gesichtern etwas zu lesen. Aber es gelang ihr nicht. Manche waren alt, manche müde, manche trugen komische Brillen, und andere mussten lachen. Es waren nur irgendwelche fremden Menschen, die ihr nichts sagten, die an ihr vorübergingen.

Plötzlich kam ihr die Idee, dass sie jetzt auch einfach gehen könnte. Niemand hier wusste, auf wen sie wartete. Niemandem würde es auffallen, wenn sie jetzt aufstünde und den Flughafen verließe. Sie könnte zum Parkautomaten gehen, ihr Ticket bezahlen, den Wagen nehmen, davonfahren, und es wäre das Alltäglichste von der ganzen Welt. Die Leute würden nicht rufen: He, Sie warten doch auf Ihren zukünftigen Mann, den können Sie doch nicht stehen lassen auf dem Flughafen in Marseille. Und keiner würde sagen: Schaut, da geht sie, die Frau, die ihren Mann noch vor der Hochzeit verlassen hat. Sie würde einfach in der Menge verschwinden. Und an diesem Flughafen ginge alles weiter, als wäre nichts geschehen, während doch in Wahrheit etwas ganz Bedeutendes geschehen wäre: nämlich, dass Rebecca davongelaufen wäre und ihr Leben von diesem Moment an eine andere Richtung nehmen würde als gedacht.

Sie wartete seit einer Stunde. Es kam schon niemand mehr durch die Glastür. Wenn sie jetzt nicht ging, dachte sie, dann blieb sie freiwillig. Und sie war ja auch freiwillig gekommen, Gabriel abzuholen. Wenn sie jetzt nicht ging, dachte sie, dann war es das, was sie wollte.

Sie stützte ihr Kinn in die Hände und schloss die Augen. Sie sah immer nur den rundlichen, verschlossenen jungen Mann vor sich, den sie kennengelernt hatte, als sie selber vielleicht sechzehn oder siebzehn Jahre alt gewesen war. Wenn der Klüngel sich traf, hatte Swann sie manchmal mitgenommen, auf ein Schloss, zu einem Fest, zu einer Rallye oder einer Landpartie. Und da war auch Gabriel. Seine dunklen Haare waren schon damals zu lang und hingen ihm glatt und strähnig ins Gesicht. Er wirkte müde und fehl am Platz. Damals hatte er gerade das

Musikstudium aufgenommen, und es gab in diesen Kreisen nicht viele Künstler, Musiker erst recht nicht oder Komponisten. Das gefiel ihr. Sie wusste noch, dass sie einmal mit ihm tanzen sollte. Er hatte, ohne zu zögern, ihre beiden Hände gepackt und ihr gesagt, sie müssten sich jetzt umeinander drehen und die Hände über die Köpfe führen. Er hatte gesagt, das sei ganz einfach, sie werde das im Handumdrehen lernen.

Dabei bog er ihr tatsächlich das Handgelenk nach oben und drehte ihren Arm auf den Rücken – es kam ihr vor wie ein Polizeigriff, und sie hätte sich daraus auch mit Mühe nicht befreien können. Sie sah ihn entsetzt an, er lächelte traurig und machte mit der freien Hand eine entschuldigende Geste. Dann drehte er sie in die eine Richtung um sich herum und sich selbst dabei in die andere. Sie blickte um sich und sah, dass alle im Saal es ebenso machten: Die Jungen führten die Mädchen, die Männer die Frauen, wie dressierte Tiere durch die Manege dieses Zirkus. Gabriel machte alles richtig, aber für sie fühlte es sich furchtbar an, und sie merkte, dass es ihm nicht anders ging, aber beide wussten nicht, wie sie sich voneinander lösen konnten, inmitten dieser ganzen gut gelaunten, gedankenlosen Paare, die um sie herumwirbelten.

Sie hatte Angst, dass er sie losließ und an einen anderen weitergab, sie wollte auf keinen Fall eine Puppe in den Händen dieser Männer sein, die fleischige Finger hatten und deren Gesichter blöd von Bier und Langeweile waren. Ihr schwindelte, und sie blickte sich Hilfe suchend nach Swann um, entdeckte am Rand der Tanzfläche aber nur Gabriels Mutter Karoline Wisner von Morgenstern, deren hohe Wangenknochen spitz aus der Menge ragten und die mit ihrem blassen, lippenlosen Mund sonderbar lächelte, als ihre Blicke sich trafen.

Aus den Leuten, die sie kannte, wurden im Lauf der Jahre Paare, und aus den Paaren wurden Familien, nur sie war übrig geblieben und er auch. Und nachdem sie ihre Tante im Mai auf die Suche geschickt hatte und diese im Juni anrief und sagte: »Geh doch mal mit Gabriel essen«, da kam ihr das vor wie das Normalste von der Welt, und sie dachte, dass sie auf diese Idee auch selber hätte kommen können. Aber sie meldete sich erst im August bei ihm, denn den Sommer wollte sie wie jedes Jahr mit Swann verbringen. Und im September trafen sie sich dann im Restaurant 5 in der Stuttgarter Innenstadt, da gab es lederne Sessel, und er saß schon an einem mit Nieten beschlagenen Tisch aus dunklem Holz und wartete. Als sie sich setzen wollte, stand er auf, umarmte sie kurz und sagte, hier sei es doch schön »urig« und außerdem liege das 5 unweit der Oper, das sei für ihn sehr praktisch, denn er sei ja Opernregisseur und Komponist. Dann sagte er eine ganze Weile nichts mehr. Er roch nach Zigaretten, das war ihr unangenehm. Swann rauchte auch. Aber das hatte sie nie gestört.

Gabriel trug auch damals seine schwarze Weste, die er eigentlich nie ablegte, an diesem Abend außerdem ein schwarzes Seidenhemd, das fiel ihr auf, denn sie hatte von ihrer Familie den Blick für Stoffe geerbt, und eine weite, schwarze Hose, er war also überhaupt ganz in Schwarz gekleidet. Sein Gesicht wirkte dadurch noch blasser und seine Haut noch fahler. Aber er missfiel ihr nicht. Nein, das nicht. Sie fand es ein bisschen sonderbar, dass er während ihres Gesprächs hin und wieder eine Sonnenbrille aufsetzte, abends, im Restaurant. Er erklärte das mit der besonderen Lichtempfindlichkeit seiner Augen, die ihn je nach seiner, wie er sagte, Tagesform mehr oder weniger behindere. Und außerdem schwieg er sehr viel. Das war für sie ungewohnt. Swann hatte immer so viel geredet. Also fragte sie ihn nach der Kunst und nach der Musik und erzählte, dass sie einmal Geigerin hatte werden wollen, es habe ihr aber der Mut gefehlt, vielleicht auch das Talent.

Er antwortete leise, man müsse eben zur Kunst geboren sein. Damit wollte er ihr das schlechte Gewissen nehmen, dass aus ihr keine Künstlerin geworden war. Er fragte, wofür sie sich jetzt interessiere, und sie antwortete, sie finde eigentlich alles spannend, was andere Leute machen. Sie aßen und tranken und schätzten beide den Spätburgunder, den das Restaurant servierte. Sie dachte dabei an Swann und ihre Reisen an die Côte d'Or, die sie für sich die Küste der goldenen Erinnerungen nannte. Ob er dabei an etwas dachte, wusste sie nicht, sie fragte ihn aber auch nicht. Sie beobachtete ihn vorsichtig beim Essen. Er war sehr konzentriert, saß leicht nach vorne gebeugt und hantierte umständlich mit dem Messer und reckte dabei den rechten Ellenbogen weit vom Körper, und die Gabel lag in seiner Hand wie ein schweres Werkzeug, das ihm im Weg war. Sie wunderte sich, dass es im Restaurant so dunkel war, aber dann stellte sie fest, dass nur um Gabriel herum das Licht fehlte. Es kam ihr vor, als mache es einen Bogen um ihn, so dass er gleichsam von einer dämmrigen Hülle umgeben war.

Als die zweite Flasche Wein auf dem Tisch stand, begann er zu reden. Er sprach immer noch leise und langsam, allerdings hörte er auch gar nicht mehr auf. Er habe, sagte er, bereits an Inszenierungen im Staatstheater Schwerin, im Landestheater Linz, im Musiktheater Essen und an der Oper Halle mitgewirkt, aber sein eigentliches Projekt sei seine eigene Oper, an der er schon lange arbeite.

Sie fragte, worum es da denn gehen sollte, und er sagte, ihm schwebe eine moderne Synthese des Orpheus-Mythos mit Dantes Göttlicher Komödie und Mozarts Zauberflöte vor. Das beeindruckte sie. »Ich möchte über die Zeit schreiben«, flüsterte er und öffnete dabei über dem Tisch seine Hände wie ein Zauberer, der den Blick des Publikums fesseln will, »eine Musik der Zeit. Sie fließt, transformiert sich, ist in steter Wandlung. Wie Zukunft zu Gegenwart wird und Gegenwart zu Vergangenheit. Musik ist ja nichts als geteilte Zeit, strukturierte Zeit. Karlheinz hat gesagt: Musik stellt Ordnungsverhältnisse in der Zeit dar, und da hatte er recht.«

»Karlheinz?«

»Stockhausen. Wir haben mal zusammen an einem Projekt gearbeitet.«

»Die Zauberflöte kenne ich natürlich«, sagte Rebecca, »Orpheus auch.« Sie hatte ihre Ellenbogen auf dem Tisch abgestützt und hielt ihre Schläfen mit den ausgestreckten Fingern ihrer Hände und machte dabei ein aufmerksames Gesicht. Dann löste sie sich von diesem Tisch, erhob sich langsam und schwebte durch den Raum. Sie drehte sich um und betrachtete sich selbst und den seltsamen, dunklen Mann, mit dem sie da saß, lächelte still und entfernte sich, während Gabriel einfach weiterredete: »Jeder kennt die Zauberflöte. Sie ist die erfolgreichste Oper aller Zeiten. Aber …«, sagte er und lehnte sich zurück. »Die Zauberflöte ist ein Machwerk. Und ohne Kenntnis des Orpheus-Motivs ist sie gar nicht zu verstehen.«

»Und Dante?«, rief Rebecca, da war sie aber schon so weit entfernt, dass sie seine Antwort gar nicht mehr vernahm: »Dante – Dante ist der größte aller Dichter, aber für uns Heutige schwer verständlich. Er muss nicht nur aus dem Italienischen übersetzt werden, sondern auch aus seiner Zeit.« Rebecca fuhr währenddessen schon die schattige Straße hinab zum Schlossplatz, am Königsbau hielt sie inne, der kam ihr gerade recht, war zwar nur eine Einkaufspassage, sah aber aus wie ein griechischer Tempel, und sie gehörte ja auch nicht hierher, in die Stadt ohne Pathos, wo man vor allem die Ordnung verstand, während sie selbst doch, fand sie, der Phantasie gehörte.

Also fort, fort, nach Süden, dachte sie und setzte sich da ganz oben auf den Giebel, den Blick schweifen lassend, über den weiten Platz und die Wipfel der Bäume, und sie sah die Menschen da unten im Dunkel und fühlte sich einsam über ihnen, so wie sie sich einsam unter ihnen fühlte, und sie dachte an Swann, wenn sie nebeneinandergelegen hatten und Swann vor ihr eingeschlafen war, da hatte Rebecca sie geweckt, und Swann hatte sie in den Arm genommen. Wie würde Gabriel in einem solchen Moment reagieren, fragte sie sich.

Ob sie einen Kaffee wolle, fragte Gabriel noch einmal, und weil sie wieder nicht antwortete, berührte er vorsichtig ihren Arm. Sie schüttelte den Kopf.

Rebecca fand sich auf dem Weg zum Parkplatz wieder, sie schüttelte den Kopf und hielt das bezahlte Ticket schon in der Hand. Aus dem Asphalt unter ihren Füßen stieg die Wärme der Sonne auf, aber die Luft war frisch und kühl und frei. Sie ging ohne Eile zu ihrem Auto. Zwei Kinder überholten sie. Sie fuhren auf dreirädrigen Rollern, solche hatte Rebecca noch nie gesehen, da ragte der Lenker aus einem kleinen Koffer heraus, an dem die Räder und das Trittbrett befestigt waren, ein schwarzer beim Jungen, ein roter beim Mädchen. Die Kinder umfuhren sie mit einem lässigen Schlenker, der Junge rechts, das Mädchen links, fanden vor ihr wieder zusammen, fuhren beiläufig weiter und blickten sich nicht um. Rebecca blieb stehen. Die Koffer glänzten so hübsch in der Sonne, und die Kinder waren so klein und schnell. Wie kann man so schnell sein, wenn man so klein ist, dachte Rebecca. Eine Hand berührte sie an der Schulter, und hinter sich hörte sie eine Stimme, die sich schon zum zweiten Mal entschuldigte. Den deutschen Akzent erkannte sie gleich. Sie drehte sich um, und vor ihr standen Viktoria und Sebastian.

Man war überrascht, sich hier zu treffen. Aber auch nicht zu sehr, denn immerhin waren die beiden wegen Rebeccas Hochzeit aus Frankfurt gekommen, sie waren allerdings schon ein paar Tage früher angereist, um zusammen mit den Kindern mal rauszukommen, wie sie sagten. Die Kinder benähmen sich ganz unmöglich mit ihren Rollkoffern oder Kofferrollern, je nachdem, wie man es betrachte, jedenfalls sei das eine sehr praktische Erfindung für die langen Wege auf den Flughäfen, da sei der Boden ja so glatt, das sei für diese Roller ideal, hier draußen auf dem Asphalt sehe das ganz anders aus, sie wundere sich, sagte Viktoria, dass man auf solchem Boden überhaupt so schnell mit den Dingern unterwegs sein könne, aber es sei nun einmal so, sagte sie, dass es den Kindern immer wieder gelinge, sie zu überraschen.

Viktoria war ein Jahr jünger als Rebecca und wurde Vicka genannt. Man hatte sich in Wald kennengelernt. Sie hatte später in London »Culture, Criticism and Curation« studiert und dort auch Sebastian kennengelernt und gleich geheiratet. Er war ein großer, stiller Mann, der aus Hamburg kam und mit hängenden Mundwinkeln lächelte. Schweigend stand er neben seiner Frau und guckte nur hin und wieder auf sein Telefon. Zur Begrüßung hatte er Rebecca, obwohl man sich schon lange kannte, nur kurz am Arm berührt und darauf verzichtet, ihr rechts und links einen Kuss zu geben, wofür sie ihm dankbar war.

Rebecca sagte wenig und sah Vicka interessiert beim Sprechen zu. Sie versuchte herauszufinden, was an Vickas Mund so auffallend war. Es war ein schöner Mund. Vickas Lippen waren fein, wie mit einem spitzen Bleistift gezeichnet und doch nicht schmal. Aber sie öffneten sich kaum, es war, als wollten sie die Worte nicht hergeben, sondern sie zurückhalten, Vickas Augen tanzten hin und her und brachten es nicht einmal fertig, für die Dauer eines Satzes bei Rebecca zu bleiben. Ihr ganzes Gesicht war angespannt, auch wenn sie lächelte. Rebecca dachte, dass sie aussah, als würde sie jederzeit mit etwas Dringendem rechnen. Parat, war ein Wort, das ihr einfiel, ja, Vicka machte einen ganz vorbereiteten Eindruck. Das verlieh ihrem Gesicht eine Härte, die Rebecca schon oft bei Frauen ihres Alters beobachtet hatte. Es war die Heiratshärte, dachte Rebecca. Verheiratet und verhärtet, dazwischen hatte sie einen Zusammenhang festgestellt, und sie fragte sich, ob das auch ihr Schicksal sein würde. Sie hatte noch am Morgen in ihrem Zimmer vor dem Spiegel gestanden und sich begutachtet. Es war ein großer runder Schminkspiegel aus Holz, Rebecca hatte sich davorgestellt und ihn so lange mit dem spitzen Zeigefinger gekippt, bis sie sich selber darin sehen konnte und Swann, die gerade in der Tür stand …

Sie hatte sich ausgiebig betrachtet und dann Swann gefragt, ob sie sich verändert habe. Swann hatte gesagt, sie sei derselbe Mensch wie früher, sie sehe aus wie früher, sie werde immer aussehen wie früher. Rebecca hatte noch einmal in den Spiegel gesehen und war einverstanden. Ihre Haut war glatt, ihre

Augen waren klar und offen. Wenn ihr Leben eine Geschichte wäre, würde man sie jedenfalls nicht in ihrem Gesicht lesen können, und das war ihr sehr recht.

»Wir freuen uns schon so«, sagte Vicka. »Worauf?«, fragte Rebecca. »Aufs Wochenende, Deine Hochzeit. Wo ist denn Gabriel?« »Gabriel«, sagte Rebecca und drehte sich um, als wollte sie Gabriel auf dem Parkplatz hinter sich suchen. Da sah sie wieder die Kinder, die kehrtgemacht hatten und zurückkamen. Mit dem stillen Ernst, der sich nur in den Gesichtern von Kindern finden lässt, standen sie aufrecht auf ihren Rollern, bewegten sich ganz mühelos, fliegend, schwebend, angezogen von der Kraft, die alle Kinder zu ihren Eltern zurückkommen lässt.

Vicka rief ihnen etwas zu, eine Mahnung, einen Tadel, Rebecca ärgerte sich darüber und hörte nicht hin, niemals hätte sie die Kinder jetzt getadelt, dachte sie, sondern wäre glücklich gewesen über ihren Anblick und hätte sie beneidet um ihre Schwerelosigkeit. Es waren zwei ganz normale Kinder, fünf, sechs Jahre alt. Sie unterschieden sich in nichts von anderen Kindern ihres Alters, und genau das machte sie schön. Rebecca fand, dass alle Kinder schön waren. Hässlich werden die Menschen erst später, dachte sie. Die Kinder hatten sie erreicht. Rebecca ging in die Knie und unterhielt sich mit ihnen. Die beiden erinnerten sich nicht an diese Frau mit den wilden schwarzen Haaren, aber das war egal. Vicka verstand kein Wort von dem, was die drei miteinander sprachen, sie hörte sie nur lachen. Ihr Mann machte ein ungeduldiges Geräusch. »Ist gut, Stabi«, sagte Vicka.

Rebecca stand auf. »Stabi?« Sie kannte Vickas Mann nicht besonders gut, aber dass er wie ein Hund gerufen wurde, fand sie lustig. »Ich konnte meinen Namen als Kind nicht richtig aussprechen, daher …«, sagte er, zog an den Ärmeln des hellblauen Kaschmirpullovers, den er um die Schultern gelegt hatte, und wischte sich auf diese Weise den Schweiß aus dem Nacken, denn obwohl die Sonne den Zenit schon eine Weile überschritten hatte, wurde es immer noch wärmer. »Unsinn. Der Name kommt daher, weil er sein ganzes Jurastudium in der Staatsbibliothek verbracht hat«, fiel ihm Vicka ins Wort, »er hat da praktisch übernachtet, weißt du? Er ist irre fleißig. Dabei hätte es das ›Summa‹ für sein Start-up gar nicht gebraucht, da hätte ›Vollbefriedigend‹ genügt.« Worauf er übernahm: »Dass ich vollbefriedigend bin, wollte ich mir lieber nicht von meinem Prof bestätigen lassen.« Rebecca begriff, dass es sich um eine eingeübte Szene handelte, und fragte sich, ob Gabriel und sie auch solche Szenen haben würden. Sie sah Vicka und Stabi an und dann die Kinder, nickte und sagte: »Gabriel kommt gleich an. Ich hole ihn ab.« Man verabschiedete sich – diesmal mit Küssen und Umarmungen – und wünschte sich bis zum Wochenende viel Spaß.

Als sie wieder im Terminal war, sah sie Gabriel schon von Weitem. Er stand ganz hinten in der leeren Ankunftshalle wie ein schwerfälliger, schwarzer Vogel und drehte ratlos Kreise um seinen Koffer. Ein schwerfälliger, schwarzer Vogel mit Sonnenbrille. Sie rief ihn mit dem Namen, den sie ihm gegeben hatte: »Gaby«, französisch ausgesprochen, mit der Betonung auf der letzten Silbe. Das hallte durch den weiten Raum. Und es war ihr ganz gleichgültig, dass die beiden Soldatinnen, die mit ihren gesenkten Sturmgewehren durch den Flughafen patrouillierten, sich nach ihr umdrehten. Gabriel lief auf sie zu und wollte sie umarmen. Aber sie rief ihm entgegen: »Dein Koffer. Lass deinen Koffer nicht stehen.« Also drehte er um und holte seinen Koffer. »Wenn du hier dein Gepäck unbeaufsichtigt zurücklässt, wird es erst gesprengt und dann durchsucht, und wer weiß, was man bei dir findet«, sagte sie, als er vor ihr stand. Sie umarmte ihn. Er roch nach Reise und altem Zigarettenrauch und stand dann vor ihr, leicht gebeugt, die Haare, die ihm schon wieder weit über die Ohren reichten, waren unordentlich an der Stirn geteilt, er war schwarz gekleidet, auf dem Kopf eine schwarze Fiddler Cap, mit der er aussah wie aus einer »Anatevka«-Inszenierung, und machte ein bekümmertes Gesicht, das konnte man trotz der dunklen Sonnenbrille erkennen, die er wegen seiner empfindlichen Augen auch hier in der Halle trug. »Ich bin praktisch schon verhaftet worden«, sagte er, »darum hat es so lange gedauert.«

Der Flug sei ohne besondere Vorkommnisse gewesen, er sei gut gelandet, sagte er, schon vor mehr als einer Stunde, auch sein Gepäck sei schnell gekommen, es habe alles tadellos funktioniert, bis er die Zollkontrolle passieren wollte. Er habe, sagte Gabriel, wie immer den grünen Ausgang gewählt, also den für die Reisenden ohne anmeldepflichtige Waren. Er sei dann aber von den dort wartenden Beamten angehalten und gefragt worden, ob er etwas zu verzollen habe. Das habe er verneint, allerdings hinzugefügt, er komme doch nur aus Stuttgart und nicht von der Elfenbeinküste. Im Nachhinein habe er festgestellt, sagte Gabriel, dass das vielleicht ein Fehler gewesen sei, denn einer der Zöllner sei ein Schwarzer gewesen, der Gabriels Bemerkung unter Umständen falsch verstanden haben könnte. Vielleicht war es auch unklug, mit der Sonnenbrille auf der Nase durch die Kontrolle zu gehen, überlegte Gabriel jetzt, aber seine Augen hätten nach dem Flug so gebrannt, dass er ohne eine gewisse Verdunkelung gar nichts hätte sehen können. Die Beamten hätten ihn also in ein Nebenzimmer geführt, sagte Gabriel, wo er seinen Koffer habe öffnen müssen. Der Schwarze habe sich dann mit vollkommen ausdruckslosem Gesicht sehr langsam Gummihandschuhe über seine riesigen Hände gezogen, riesig, sagte Gabriel und zeigte Rebecca, wie große die Hände des Schwarzen gewesen waren, und er erklärte, dass er schon das Schlimmste befürchtet habe, dass der Mann dann aber nur im Koffer herumgewühlt habe, bis er schließlich das kleine Goyard-Täschchen hervorgezogen habe, das Gabriel zum Geburtstag von Rebecca geschenkt bekommen habe, »die Tasche, du erinnerst dich?«, fragte Gabriel, und Rebecca nickte. Der Beamte habe Gabriel aufgefordert, den Inhalt des Täschchens vor sich auf dem Tisch zu entleeren, und Gabriel habe gehorcht. Es sei, sagte er, für ihn selbst erschreckend gewesen, wie bereitwillig er gehorcht habe, eine andere Möglichkeit, als zu gehorchen, habe es gar nicht gegeben, die zwei anderen Beamten hätten im Hintergrund gestanden und alles wortlos beobachtet, es sei überhaupt sehr wenig gesprochen worden, und wenn, dann sehr knapp und leise, und das sei ihm nur um so bedrohlicher vorgekommen. Der Beamte habe Gabriel dann gefragt, ob er die Tasche untersuchen dürfe, und natürlich habe Gabriel zugestimmt. Er habe also dem Mann die Tasche ausgehändigt, die dieser sehr sorgfältig untersuchte, tatsächlich sogar mit einer Lupe, sagte Gabriel, er habe gar nicht gewusst, dass Lupen in unserer Zeit noch zur Ausrüstung von Sicherheits- oder Ermittlungskräften gehörten. Daraufhin habe der Beamte gefragt, ob Gabriel eine Quittung für diese Tasche besitze. Das habe er natürlich verneint, denn die Tasche sei ja ein Geschenk der Frau, die er heiraten werde und die übrigens schon da draußen auf ihn warte, und damit habe Gabriel ein Zeichen hinter sich gemacht, in Richtung Ausgang. Der Beamte habe ihm zu verstehen gegeben, dass diese Untersuchungen genau so lange dauern würden, wie sie dauern müssten, und dass er, Gabriel, sie durch seine Kooperation beschleunigen oder verlangsamen könnte, wie es ihm beliebte, was ihm, dem Beamten, ganz gleich sei, denn er und seine Kollegen, damit zeigte er auf die wortlos hinter ihm stehenden Männer, hätten den ganzen Tag Zeit und die Ablösung, die in vier Stunden komme, auch die ganze Nacht. Nein, er habe keine Quittung, hatte Gabriel also noch einmal wiederholt. Ob ihm klar sei, dass es sich bei dieser Tasche um eine Fälschung handle, habe der Beamte dann gefragt, und dass Produktpiraterie nicht auf die leichte Schulter zu nehmen sei, schon gar nicht in Frankreich, wo die Volkswirtschaft zu einem guten Teil von der Kraft und Bedeutung der Marken lebe. Er sei, sagte Gabriel, verwundert gewesen, mit welcher Vehemenz dieser Schwarze sich für die französische Luxusgüterindustrie eingesetzt habe. »Na gut, es handelt sich da sozusagen um nationale Heiligtümer«, sagte Rebecca, »gesegnet sei Hermès und gebenedeit die Taschen von Vuitton.« Es war das erste Mal, dass sie Gabriel in seinem Redefluss unterbrach, dem sie die ganze Zeit mit mehr oder weniger interessierter Belustigung gefolgt war. Jedenfalls, fuhr Gabriel fort, habe er protestiert und gesagt, es handle sich hier absolut sicher um eine originale Goyard-Tasche, keinesfalls um ein Plagiat, und dass seine Freundin, die bald seine Frau werde, ihm niemals eine gefälschte Tasche schenken würde. »Da haben die Männer gelacht«, sagte Gabriel, »alle drei.« Und der Beamte mit den Gummihandschuhen, deren leuchtend blaue Farbe in einem bemerkenswerten Kontrast zu seiner olivschwarzen Hautfarbe gestanden habe, habe Gabriel die Tasche dicht vor die Nase gehalten, auf den Reißverschluss verwiesen, ihn auf Material und

Verlauf der Nähte aufmerksam gemacht und gesagt: »Es handelt sich ohne Frage um eine Fälschung. Und Sie, mein Herr, sind jetzt dafür verantwortlich, weil Sie diese Fälschung nach Frankreich einführen wollten.«

Rebecca sah auf die Uhr. Es war schon spät, und der lange Heimweg lag noch vor ihnen. Gabriel war einer, der wenig sprach, aber wenn er einmal damit angefangen hatte, fand er kein Ende. »Gaby«, sagte sie, »mon pauvre Gaby – wie ging die Geschichte denn aus?«

»Sie haben mir die Tasche weggenommen und eine Anzeige geschrieben«, sagte Gabriel. »Ich habe mir nachher überlegt, dass der Schwarze einfach Lust auf die Tasche hatte und dass das ein Trick ist, mit dem die sich schicke Sachen verschaffen.«

»Vielleicht«, sagte Rebecca und nahm ihn beim Arm. Gabriel nahm seinen Koffer und ließ sich führen. Dann blieb er stehen und sagte: »Sag mal, Rebecca, die Tasche war doch echt, oder?«

»Gaby«, sagte da Rebecca, »mein Gaby«, und zog ihn hinter sich her.

Er fuhr den Wagen über die Provinzstraße nach Norden. Rebecca saß neben ihm und schlief sofort ein. Links lag das trübgraue Wasser des Étang de Berre, rechts reihten sich armselige Häuser und Höfe an kleine Fabrikationsanlagen und Gewerbegebiete. Gabriel freute sich darauf, wieder nach La Garrigue zu kommen, das Anwesen, der Garten mit den Orangenbäumen, der Pool, es fühlte sich so an, als käme er nach Hause. Ja, tatsächlich, seit es eine beschlossene Sache war, dass Rebecca und er heiraten würden, war der Gedanke an La Garrigue wie der Gedanke an etwas Eigenes. Das gefiel ihm. Es war dort alles schon sehr schön. Die Anlage war klug durchdacht und das Haus mit Geschmack eingerichtet.

Aber es waren ihm während der letzten Wochen, die er mit Rebecca und ihren Eltern dort verbracht hatte, ein paar Sachen aufgefallen, die er verbessern wollte. Die Farbe des Pools zum Beispiel, die natürlich viel zu hell und zu knallig war. Statt dieses grellen Türkis schwebte ihm ein etwas zurückhaltenderes dunkles Graugrün vor. Oder die Wegführung im Park, die ja ganz absonderlich war, denn der große breite Weg endete irgendwo im Sumpf, während der schmale zum Haus führte, das war ihm gleich aufgefallen, er hatte es für sich behalten, weil er Heinz nicht vor den Kopf stoßen wollte. Aber da musste man schon was machen. Die Küche müsste mal renoviert werden, und bei der Gelegenheit könnte man den alten Herd samt Abzugshaube rausnehmen, der war zwar ganz urig, dachte Gabriel, aber unpraktisch. Außerdem wollte er bei der ersten Gelegenheit den weißen Teppich aus dem Wohnzimmer entfernen. Wenn es nach Ira gehen würde, durfte man den nur mit Socken betreten – und das fand Gabriel anstrengend.

Am meisten aber freute er sich darauf, sich im Nebengebäude ein Tonstudio einzurichten, mit Klavier und Mischpulten und einem kleinen, schallgeschützten Raum für Aufnahmen. Er war schon ein paar Mal um das kleine Haus, das am Rand des Grundstücks stand, herumgegangen und hatte es sorgfältig in Augenschein genommen. Die kräftigen Mauern, deren Stärke man an den tiefen Fensterlaibungen erkennen konnte, ruhten auf mächtigen Feldsteinen, die in allen Farben der Erde leuchteten, weil sie nicht wie der Rest des Hauses mit einer dicken Schicht aus ockerfarbenem Putz überzogen worden waren. Gabriel vermutete, dass das heutige Nebengebäude früher einmal das ursprüngliche Bauernhaus gewesen war, neben das man später, als die Stierzucht eingerichtet wurde, das große Farmgebäude gebaut hatte. Der Gärtner hatte Gabriel einmal dabei überrascht, Gabriel hatte freundlich gegrüßt und war weitergegangen, aber er hatte die Augen des Mannes in seinem Rücken gespürt, die ihn mit böser Neugier verfolgten.

Das Haus war klein und hatte zwei Stockwerke, war also für ihn ideal. Unten konnte er arbeiten, und oben konnte er sich einen Ort des Rückzugs einrichten. Er hatte sich das alles genau überlegt. Allerdings würde der Gärtner dann umziehen müssen. Gabriel machte sich darüber nicht viel Gedanken. Es würde sich für den Mann sicher eine andere Unterbringung finden lassen, nicht zu weit entfernt, irgendwo in der Nähe. Jedenfalls musste er nicht unbedingt auf dem Grundstück wohnen.

Gabriel merkte, dass er falsch gefahren war. Er hätte bei Rognac auf die Autobahn wechseln sollen, war aber geradeaus gefahren. Er blickte neben sich. Rebecca schlief immer noch, ihr Mund stand halb offen. Er würde den richtigen Weg finden, und sie würde nichts merken. Also fuhr er weiter geradeaus in Richtung Salon-de-Provence, um dort auf die Autobahn zu wechseln. Er überlegte, dass er mit der Gartenanlage und dem Häuschen vorsichtig vorgehen sollte. Heinz kümmerte sich wirklich sehr um den Garten, und zu dem Gärtner hatte er offenbar ein gutes Verhältnis. Es schien ihm gar nichts auszumachen, dass es sich um einen Araber handelte. Gabriel überlegte kurz. Heinz war 78. Vielleicht wäre es gut, mit den Verbesserungen noch zwei, drei Jahre zu warten, dann würde Heinz in einem Alter sein, in dem er sich sogar freuen würde, wenn

Gabriel ihm das eine oder andere aus den Händen nähme. Er blickte aus dem Fenster, die ereignislose Landschaft da draußen erinnerte ihn an das Umland von Hannover, wo er aufgewachsen war.

Er überlegte, ob er Angst vor Heinz hatte. Vielleicht ein bisschen. Aber so ist das eben, dachte Gabriel, alle Schwiegersöhne haben ein bisschen Angst vor ihren Schwiegervätern. Immerhin konnte er sich mit ihm über die Oper unterhalten. Dafür interessierte sich Heinz ja, wenn er auch nicht viel davon verstand. Jedenfalls war Gabriel überzeugt, dass sein künftiger Schwiegervater ihn schätzte. Und falls Heinz hin und wieder eine Spitze gegen ihn absetzte, dann dachte er sich nichts dabei. Dass sich Kunst und Geld in einem schwierigen, am Ende aber wechselseitig fruchtbaren Verhältnis befanden, war für Gabriel keine Überraschung. Im Gegenteil. Es war ja klar, dass die Welt des Geldes der Kunst bedurfte, um sich mit Inhalt und Bedeutung auszustatten, die ihr sonst fehlten, und die Kunst bedurfte des Geldes ohnehin: Fürsten, Fabrikanten, Fördertöpfe – irgendwer musste das Ganze ja bezahlen. Zumal Gabriels Kunst, die Oper, die kostspieligste von allen war. Und wenn ein gewisses Maß an Demütigung für einen Künstler ohnehin unvermeidlich sei, dachte Gabriel, um wie viel mehr traf das dann zu, wenn die eigene Kunst derart teuer war? Gabriel war es gewohnt, interne Berechnungen anzustellen, in denen er den Grad der jeweils erlittenen Kränkung in Beziehung setzte zum Nutzen, den er aus den mit ihr verknüpften Umständen zu ziehen hoffte. So gesehen hätte Rebeccas Vater ihn durchaus noch schlechter behandeln können, fand er.

Jetzt hätte er gerne eine Zigarette geraucht. Rebecca wusste nicht, dass er rauchte. Er tat es heimlich. Bevor er sie traf, wusch er sich immer gründlich die Hände. Manchmal wechselte er das Hemd. Am Flughafen hatte es keine Gelegenheit für eine Zigarette gegeben. Er überlegte, ob er einfach anhalten, aussteigen und sich eine anzünden sollte. Er könnte, dachte er, um sich vom Geruch des Rauchs zu reinigen, einen Pfefferminzbonbon essen und dann noch beide Hände unter die Achseln stecken und sich dann über Hals und Haare fahren. Dann würde Rebecca nichts riechen. So hatte er es früher schon gemacht, um seine Mutter zu täuschen. Die Frage war nur, ob Rebecca nicht aufwachen würde.

Er steuerte einen Rastplatz an, ließ den Wagen behutsam ausrollen und öffnete vorsichtig die Autotür. Von der feuchten Schwüle der brackigen Wasser, an deren Ufern er eben noch entlanggefahren war, war hier schon nichts mehr zu spüren. Warm und trocken war die Luft und roch nach Süden. Gabriel stieg aus und lehnte die Tür leise an. Rebecca schlief immer noch. Er entfernte sich langsam in Richtung der Toiletten. Um die Ecke war eine Bank, außer Sichtweite des Autos, da setzte er sich hin und steckte sich eine Zigarette in den Mund, ohne sie anzuzünden. Wenn er wollte, dachte er, konnte er die Zigarette in jedem Moment anzünden. Oder darauf verzichten. Es war seine Entscheidung. Nach der Hochzeit, dachte er, würden solche Entscheidungen schwieriger werden. Er würde mit Rebecca zusammenwohnen, sie würde ihm wahrscheinlich das Rauchen verbieten, also würde er versuchen, heimlich zu rauchen, und dann immer damit rechnen, entdeckt zu werden. Er rollte die Zigarette von einem Mundwinkel in den anderen und überlegte, ob er entdeckt werden wollte, ob er es aufs Entdecktwerden geradezu anlegte. Nein, er hatte tatsächlich Angst vor Rebecca – genau wie vor ihrem Vater. Er hatte ihrer Lebendigkeit nichts entgegenzusetzen. Vielleicht würde ihre Lebendigkeit ihn ersticken. Er musste, damit ihm nicht ganz das Licht abhandenkommen würde, seine Heimlichkeiten schützen und pflegen.

Er zündete die Zigarette immer noch nicht an. Plötzlich wusste er nicht mehr, ob er heimlich rauchte, weil er rauchen wollte, ohne sich Vorwürfe anhören zu müssen, oder weil er etwas zum Verheimlichen haben wollte. Es war möglich, dass es darum ging, etwas Eigenes zu haben, etwas, das er nicht mit Rebecca würde teilen müssen. Er hatte sich vorgenommen, Rebecca zu lieben, aber zu lieben bedeutete nicht, alles miteinander zu teilen. Das war ja eines der Themen, die er in seiner Oper abhandeln wollte, unbedingt, Liebe und Geheimnis.

Orpheus sucht seinen Weg aus der Unterwelt hinaus ans Licht. Also aus dem Dunkel des Alleinseins. Und auf diesem Weg darf er sich nicht umdrehen, sonst verliert er seine Liebe. Das bedeutet also, das Geheimnis ist eine Voraussetzung der Liebe, so verstand Gabriel den Mythos. Der Hades, das war für ihn die Einsamkeit. Er war fasziniert von der Idee, dass Mann und Frau nur dann zusammenbleiben können, wenn sie einander nicht sehen. Jedenfalls nicht von Angesicht zu Angesicht. Gabriel dachte weiter darüber nach, was es bedeuten könne, dass die Frau den Mann immerhin von hinten sehen konnte. Er kam zu keinem Ergebnis. Darum komponiert man ja, dachte er, dafür gibt es ja die Musik, darin liegt ihre Kraft, das zu offenbaren, was nicht gesagt werden kann, aber worüber zu schweigen nicht möglich ist. Jetzt zündete er die Zigarette an.

Als Student der Musik stand er einmal in Florenz auf der Piazza Santa Trinita unter der Justizia-Figur, die auf einer hohen, schmalen Säule in der Mitte des dreieckigen Platzes stand. Er suchte Schatten und betrat eine zwischen einem Patrizierpalast und einem Bürgerhaus liegende Kirche. Er erinnerte sich noch genau daran, wie die Stille ihn mit ihren kühlen Armen empfing. Die Stille ist die Mutter der Musik. Seine von der Sonne geblendeten Augen fanden Ruhe im grauen Dunkel des hohen Raumes, der von den durch die hoch liegenden Kirchenfenster fallenden Lichtstrahlen durchwirkt war wie ein Tuch von goldenen Fäden. So erinnerte er sich daran. Er lief ohne besonderes Interesse durch die Kirche und kam an ein schwarzes, schmiedeeisernes Gitter, das den Eintritt in eine schmale Kapelle versperrte. Er blieb stehen. Auf der Stirnseite der Kapelle stand ein großes Altarbild, eine »Anbetung der Hirten«, das ihm gut gefiel. Josef, den Bart und das Haar schlohweiß, wendet den Kopf vom Jesuskind ab, blickt zum Himmel und fasst sich an die Stirn. Gabriel folgte diesem Blick zu den darüber liegenden Fresken. Es waren zwei Szenen, deren Sinn er nicht verstand: ein Junge, aufgerichtet auf einer Liege, die mitten auf einem Marktplatz steht, hinter ihm eine Nonne, vor ihm kniende Mönche. Darüber ein in den Spitzbogen auslaufendes Fresko, das gar keinen für ihn erkennbaren Zusammenhang mit den anderen Bildern aufwies. Es zeigte einen knienden Mönch, der offenbar einem Papst ein Papier überreicht und dabei von einer Reihe von Edelleuten und Würdenträgern beobachtet wird. Er hätte das alles sofort wieder vergessen und sich nachher nicht mit der Sassetti-Kapelle beschäftigt und auch nicht mit Ghirlandaio und den Fresken, die dem Leben und Wirken des heiligen Franz von Assisi gewidmet waren, wenn er nicht plötzlich sein eigenes

Antlitz auf diesem Bild wiedergefunden hätte. Er war da abgebildet. Ganz ohne Zweifel und eindeutig war das sein Gesicht. Er kniete im Vordergrund des Bildes, sein Profil wurde von seiner großen, leicht gekrümmten schmalen Nase beherrscht, die über einen weichen, ein wenig abschätzigen, vielleicht sogar trotzigen Mund ragte. Seine Haare waren an der Stirn gescheitelt und hingen ihm in langen schwarzen Strähnen bis auf die Schultern, und um Wangen und Kinn spielten die schwarzen Schatten seines kaum zu bändigenden Bartwuchses. Das war Gabriel, so wie er da stand unter dem Bild und sich selbst betrachtete. Er war eher erfreut als verwundert. Immerhin war er noch jung und bereit, überall Zeichen der Hoffnung zu finden. Und dass sein Leben auf eine bedeutungsvolle Weise mit dem Rest des Universums verflochten sei, schien ihm alles andere als überraschend. Am nächsten Tag ging er in die Bibliothek und erfuhr, dass sein Gesicht einem Mann mit Namen Angelo Poliziano gehörte. Von dem hatte er nie gehört. Dieser Poliziano hatte am Ende des fünfzehnten Jahrhunderts in Florenz gelebt und war ein Dichter. Er hatte ein Drama über Orpheus geschrieben, und diese »Fabula di Orfeo« sei nicht nur das erste neuzeitliche europäische Drama gewesen, sondern habe auch an der Wiege der Gattung der Oper gestanden, ja, die Oper sei ohne dieses Werk gar nicht vorstellbar. Man wisse zwar über die Aufführungspraxis dieses Orfeo nur wenig, und es sei sicher ein guter Teil des Textes gesprochen worden – aber ein noch größerer wurde ohne Zweifel gesungen, und man könne der Musikgeschichte hier gleichsam zuschauen, wie sie sich auf den Schritt vom Singspiel zur Oper vorbereite, der dann von Peri und Caccini noch mit Vorsicht und endlich von Monteverdi mit aller Kraft vollzogen worden sei. Das las Gabriel alles in der Bibliothek, und es kam ihm so vor, als habe sich da über das Trennende der Zeit hinweg eine Begegnung ereignet. Und weil er überzeugt war, dass jeder Mensch eine Bestimmung brauche, hatte er beschlossen, dass es sich hier um einen Fingerzeig des Schicksals gehandelt habe: Er sollte eine Orpheus-Oper schreiben. Als er das kurz vor Abschluss des Kompositionsstudiums seinem Professor erzählte, lächelte der freundlich und sagte: »Gewiss, alle Oper ist Orpheus, das ist bekannt«, und Gabriel war so kühn, das als Ermutigung aufzufassen.

»Alle Oper ist Orpheus«, sagte Gabriel und trat die Zigarette aus. Er steckte sich die Hände unter die Arme, um den Geruch von den Fingern zu bekommen. Als er zurückkam, sah er, dass Rebecca in der Zwischenzeit das Fenster heruntergelassen hatte und ihre Füße heraushängen ließ. Sie telefonierte. »Da kommt mein zukünftiger Ehemann«, sagte sie, als Gabriel sich dem Wagen näherte, und beendete das Gespräch. »Wo warst du?«, fragte sie. »Du bist wach«, sagte er.

»Ich war bleiern müde, Gaby, bleiern ...«

»Du hättest mich nicht abholen müssen.«

»Natürlich hole ich meinen Mann vom Flughafen ab.«

»Noch bin ich nicht dein Mann«, sagte er und fuhr los.

Das klang unfreundlicher, als er gedacht hatte. Warum bin ich so unfreundlich, fragte er sich.

Und sie stellte sich dieselbe Frage. Vielleicht lag es an ihr? Sie beschloss, nett zu ihm zu sein.

»Hast du geraucht?«, fragte sie.

»Nein, ich war auf dem Klo.«

Sie schwieg. Ohne Zweifel hatte er geraucht. Er log also. Was sollte sie tun? Ihn auf seine Lüge ansprechen. Oder sie ignorieren? Was ist besser, fragte sie sich. Die Wahrheit zu wissen und sie auszusprechen? Oder sie zu wissen und für sich zu behalten? Vielleicht entscheidet sich gerade meine ganze Zukunft, dachte sie. Sie hatte immer ziemlich viel gelogen und es selten bereut. Ihre Erfahrung war, dass Lügen das Leben leichter machten. Und wenn man bedachte, dass das Leben irgendwann endet und dann ohnehin alles egal ist, dann sei es wohl das Wichtigste, fand sie, sich das Leben so leicht wie möglich zu machen. Andererseits gefiel ihr die Idee nicht, belogen zu werden. Sie wollte nicht, dass die Leute hinter ihrem Rücken sagen würden: Rebecca wird ja von ihrem Mann nach Strich und Faden belogen. Leute wie Vicka und Stabi. Allerdings, wer wusste, welche Lügen Stabi seiner Frau auftischte? Jemand, der so wenig mit ihr zu tun hatte wie sie mit Vicka und Stabi, würde also auch nichts von Gabriels Lügen erfahren. Sie zog es also vor zu schweigen. Viele Dinge sollte man weder besprechen noch verschweigen – sondern einfach übergehen und so schnell wie möglich vergessen.

Sie hielt das Schweigen gerade so lange durch, bis sie die Rhône überquert hatten. Die Stille machte sie schwermütig.

»Wie war Stuttgart? Du hast mir gar nicht geschrieben in den vergangenen Tagen.«

»Stuttgart war so, wie Stuttgart immer sein wird. Die Provinz ist unerträglich. Aber sie brauchen mich wieder in der Regie. Wir machen nach der Sommerpause die Zauberflöte. Wieder einmal die Zauberflöte. Und Berthold weiß, dass ich einer der wenigen bin, die das Stück wirklich verstehen.«

»Das ist ja toll«, sagte Rebecca, »du übernimmst endlich die Regie.«

Gabriel lächelte mild und schüttelte den Kopf: »Dafür habe ich doch gar keine Zeit. Nein, wir haben eine junge Regisseurin, eine Lettin oder Litauerin, keine Ahnung, Berthold hat gesagt, ich soll ihr helfen. Die Zauberflöte ist das Schwerste, was es für einen Regisseur gibt, weil es das Einfachste zu sein scheint.«

»Berthold weiß, was er an dir hat.«

»Er ist der Intendant, es ist sein Beruf zu wissen, was er an seinen Leuten hat«, sagte Gabriel, er drückte sich in den Sitz, indem er kurz die Arme ganz gerade machte, dann ließ er locker und sackte in sich zusammen.

»Doch nicht toll?«, fragte Rebecca.

»Keine Ahnung. Ich möchte mich so gerne ausdrücken. Und dann fühle ich mich plötzlich wieder so leer. Wenn ich in mich hineingucke, dann ist da gar nichts.«

»Gar nichts?«

»Gar nichts.«

»Nie?«

»Nur wenn ich mich ans Klavier setze und etwas aus meiner Oper spiele, das hilft. Sonst tut mir immer alles weh.«

»Ach, Gaby«, sagte Rebecca, »das ist ja irre traurig.« Sie schwieg, weil ihr mehr nicht einfiel. Sie bedauerte Gabriel, und ein bisschen beneidete sie ihn auch. Sie dachte, um eine Leere zu spüren, musste man immerhin wissen, was Fülle ist. Sie zum Beispiel fühlte sich gar nicht leer. Auch nicht voll. Sie fühlte sich gar nicht und hielt das für einen Mangel. Sie beneidete Gabriel um seine Empfindsamkeit. Mir fehlt leider die Tiefe, dachte sie und blickte aus dem Fenster.

»Ich will keine Geschichte erzählen«, sagte er »Orpheus ist der Mythos der Musik schlechthin. Da brauche ich keine Handlung mehr. Ich denke in Szenen. Ich will Momente zeigen. Orpheus und Tamino singen zusammen: ›Wie stark ist nicht dein Zauberton, weil, holde Flöte, durch dein Spielen selbst wilde

Tiere Freude fühlen.‹ Und an den Anfang stelle ich ein Gedicht von Johannes Bobrowski:

Der Tod
Über dir
In der Tage Gezweig hängt er.
Er hüllt sich mit Duft und mit Säften.
Du wirst ihm nicht wehren.
Einmal, als eine Frucht,
reif,
wird er dich nähren.«

»Eine Frage«, sagte sie und nahm seine Hand, die so warm war, dass sie sie gleich wieder losließ, »mal angenommen, ich wecke dich in der Nacht, weil du schon eingeschlafen bist und ich nicht, was würdest du dann machen?«

Gabriel sah sie überrascht an. Vielleicht, weil sie seine Hand genommen hatte, vielleicht, weil sie sie so schnell wieder hatte fallen lassen, vielleicht, weil er die Frage nicht verstand: »Ich würde dich fragen, was los ist, und dann wieder einschlafen, nehme ich an, oder? Schlaf ist das Wichtigste überhaupt, ich bin Künstler, und wie bei allen Künstlern kommen auch mir die besten Ideen im Schlaf.«

»Ist das so?«, fragte Rebecca.

»Doch, doch, nachts kommen die Musen.«

»Ich kenne auch ein Gedicht«, sagte Rebecca:

»Keiner wird mein Wegrand sein
Lass Deine Blüten nur verblühen.
Mein Weg flutet und geht allein.
Zwei Hände sind eine zu kleine Schale.
Ein Herz ist ein zu kleiner Hügel,

Um daran zu ruhn.«

»Auch schön«, sagte Gabriel, »von wem ist das?«

»Keine Ahnung, Swann hat es mir so oft aufgesagt, dass ich es auswendig kenne.«

»Swann«, sagte Gabriel ohne Ausdruck, »gut, es soll jedenfalls nicht zu traurig werden. Sondern auch lustig. Ich denke zum Beispiel, der Pianist sollte das Klavier wie ein Pferd behandeln und dann wie ein Sofa und am Ende wie Cape Canaveral, verstehst du, er sollte von seinem Klavier aus Raketen ins Weltall schicken.«

Rebecca verstand nicht alles, was er sagte, und sie war sich nicht sicher, ob er alles verstand.

Gabriel beobachtete sie von der Seite, es kam ihm vor, als zögen die Gefühle über ihr Gesicht wie Wolken über einen blauen Himmel. Aber vielleicht waren es auch nur die Schatten der Bäume, an denen sie vorbeifuhren.

»Wie geht es deinen Eltern?«, fragte er, »hat deine Mutter alles im Griff?«

»Sie ist alt und schwach, und ich habe den Eindruck, sie verschwindet langsam. Ich weiß nicht. Vielleicht ist sie krank und sagt es niemandem.«

»Das ist übertrieben, oder? Letzte Woche wirkte sie nicht so schwach, als sie die Leute zusammengestaucht hat, die die Lichterketten montieren wollten.«

»Da hatte sie aber recht. Die wollten die Kabel praktisch durch den Pool legen, und wir wären alle gestorben.«

»Nicht alle«, sagte Gabriel, »nur die Leute, die nachts baden gehen.«

»Jedenfalls ist sie danach weinend zusammengebrochen, das hast du nur nicht mitbekommen, weil du dich so auf meinen Vater konzentriert hast.«

»Er hat mir alles über Luftwebmaschinen, Projektilwebmaschinen und Greiferwebmaschinen erzählt, und ich habe zugehört, das war doch nett von mir.«

»Vielleicht kannst du versuchen, ihm ein bisschen auszuweichen.«

»Wieso? Dein Vater und ich verstehen uns sehr gut. Er hat eine empfindsame Seele und einen guten Humor, das schätze ich an ihm. Und er mag mich ja auch.«

Rebecca schwieg. Dann sagte sie: »Jedenfalls ist Zita heute gekommen, und ab jetzt brennt sowieso die Hütte.«

»Deine Mutter und ihre Schwester, das ist ein bisschen wie King Kong gegen Godzilla. Wusstest du, dass er im Metropol noch Marika Rökk hat tanzen sehen? Das war früher ein Varietétheater.«

»Ich weiß nicht mal, wer Marika Rökk ist«, sagte Rebecca.

»Ja, siehst du, sic transit und so weiter … Ich hatte die Idee, ob man vielleicht aus dem Kino wieder ein Theater machen kann. Stuttgart hat nicht so viele Bühnen, nicht? Ein kleines Opernhaus. Wenn sich eine Initiative von Stuttgarter Bürgern und Unternehmern zusammenfindet, die Druck auf die Politik macht und selber was dazugibt, ist das Geld ruckzuck da. Dafür ist dein Vater doch geradezu prädestiniert.«

»Und das hast du ihm vorgeschlagen?«

»Nein, so weit bin ich noch nicht.«

Rebecca überlegte, was Gabriel damit meinte.

Dann sagte sie: »Sami kommt heute oder morgen zurück. Hoffentlich. Es wäre schade, wenn er nicht dabei wäre.«

»Der Gärtner?«

»Der Gärtner. Aber eigentlich ist er mehr als nur Gärtner.«

»Das verstehe ich nicht«, sagte Gabriel.

Rebecca dachte eine Weile nach. Sie überlegte, ob es da etwas gab, was sie vergessen hatte, was sie Gabriel erzählen sollte. Dann schüttelte sie den Kopf und sagte: »Sami ist für jeden hier etwas anderes und für alle wichtig. Das reicht doch.«

»Dein Vater hat auf jeden Fall eine sonderbare Beziehung zu ihm.«

»Ich weiß nicht, ich kenne Sami seit Jahren, und vielleicht habe ich ihn sogar gern.«

»Ich find's komisch, dass er auf dem Grundstück wohnt«, sagte Gabriel, »so dicht dabei.«

»Wo soll er sonst wohnen?«

»Keine Ahnung, irgendwo anders.«

Rebecca schwieg wieder.

Sie blickte aus dem Fenster und sah, dass sie gerade die Petit Rhône überquerten. Der Horizont lag im nüchternen Licht des Nachmittags. Die Landschaft, der Ahorn, die Buchen, die Wiesen kamen ihr bekannt und vertraut vor. »Was mache ich hier«, dachte sie. Sie hatte mit jedem Baum da draußen mehr zu tun als mit dem Mann, den sie heiraten wollte. Nachher würde sich das ändern, dachte sie. Dann würde sich ein Vertrauen einstellen, eine Nähe, ein Verständnis. Jedenfalls Gewöhnung. Das würde unweigerlich geschehen, dachte sie. Vielleicht sogar Liebe oder Freundschaft.

Sie drehte sich zu Gabriel und sah ihn an.

»Kommt deine Mutter morgen?«, fragte sie.

»Meine Mutter kommt, mein Vater kommt nicht.«

Es ist ein ganz normaler Tag im Frühling, dachte sie und schloss die Augen. Dann griff sie ins Lenkrad und riss den Wagen herum. Das Auto durchschlug mit erstaunlich wenig Lärm die rostige Leitplanke, drehte sich einmal um die Längsachse, während es das Unterholz neben der Autobahn durchbrach, und landete tief in einem Feld auf dem Dach, schaukelte noch ein bisschen hin und her und kam dann zur Ruhe. Es herrschte wieder Stille.

Rebecca spürte Gabriels Hand auf ihrem Arm und merkte, dass sie mit ihren Gedanken anderswo gewesen war. »Entschuldige bitte«, sagte er, »ich weiß nicht, was mit mir los ist.«

»Wir sind beide aufgeregt«, sagte sie, »wir heiraten in dieser Woche.«

Das Feuer

Als Swann die Nachricht bekam, dass die Kathedrale Notre-Dame brannte, saß sie gerade auf dem Klo. Ältere Leute erzählen sich ja immer noch, wo sie waren, als sie von den Anschlägen des elften Septembers erfuhren. Sie sagen dann: Ich weiß es noch genau, ich saß damals im Licht der warmen Nachmittagssonne im El Greco in Rom, oder ich war gerade am Strand auf Sardinien oder mich hat die Nachricht am Großen Stern erreicht, unterwegs nach Hause. Swann war damals 23 Jahre alt gewesen, und sie hatte überhaupt keine Erinnerung an diesen Tag. Es hatte sie offenbar nicht so berührt in dieser Zeit. Sie war Studentin in München, es wurde viel gefeiert und getrunken, sie war nicht sehr politisch. Vielleicht kam sie gerade aus der Uni, als sie erfuhr, was sich auf der anderen Seite des Atlantiks ereignet hatte. Andererseits begann das Semester erst im Oktober. Als Notre-Dame brannte, saß sie jedenfalls auf dem Klo. Das würde sie nicht vergessen. Es war Viertel nach sieben, Rebecca und Gabriel waren eben gekommen, man bereitete sich aufs Abendessen vor, und sie bekam eine Push-Nachricht auf ihr Telefon. Die anderen waren noch ganz ahnungslos, als sie ihnen davon erzählte.

Swann hatte den ganzen Morgen am Pool gelegen, und bisher war der Höhepunkt des Tages der Moment gewesen, als zwei Möpse in den Garten gekeucht kamen, ob der ungewohnten Gerüche des Südens plötzlich innehielten und sich dann wie besinnungslos um eine am Boden liegende Orange zankten. Zita hatte die unförmigen Hunde mitgebracht und sich gleich nach ihrer Ankunft mit ihrer Schwester gestritten, das konnte Swann hören, sie hatte darum beschlossen, sich keinen Zentimeter von ihrer Liege wegzubewegen.

Es war Montag. Die Redaktion hatte ein paar Nachrichten geschickt. Eine war sogar von der Rittmeisterin persönlich. Swann hatte sie noch nicht gelesen. Das wollte sie sich für später aufbewahren. Bis dahin wollte sie einfach nur liegen. Aber sie fand keine Ruhe. Im Verlauf des Vormittags kam ein Wind auf, wie die Ahnung eines kommenden Unheils. In den Bäumen war ein Sausen, als wäre der Himmel ein Meer, und an den Ästen brachen sich die Böen wie Wellen. Im Haus und auf dem Grundstück machten sich die Vorbereitungen für die Hochzeit bemerkbar. Eine leise, langsam wachsende Unruhe hatte das gesamte Anwesen ergriffen, von der am Wochenende noch nichts zu spüren gewesen war. Weiter hinten im Garten waren Leute dabei, weiße Lampions in die Bäume zu hängen. Sie waren weiß gekleidet, zwei junge Frauen in kurzen Hosen und kurzärmligen Hemden und ein großer, dunkelhaariger Mann, auch er ganz in Weiß. Sie standen auf Leitern und hantierten in den Bäumen herum und sahen von Weitem selber aus wie die großen, mit Papier bespannten Laternen, die sie da aufhängen wollten. Es gelang nicht so richtig. Sie stritten miteinander und riefen sich Schimpfworte zu, aber dabei lachten sie. Einmal kam eine der Frauen zu Swann und fragte, ob sie eine Zigarette für sie habe.

Swann hatte keinen Bikini mitgebracht, sondern einen Badeanzug, der ihre Brüste zur Geltung brachte und ihren Bauch verdeckte, aber insgesamt nicht zu aufdringlich war, sie wollte hier ja keinen Eindruck schinden. Sie setzte sich auf und überlegte einen Moment, ob sie sich ein Tuch umlegen sollte. Aber sie verzichtete darauf, weil sie fand, dass sie es sich leisten konnte. Die Frau war halb so alt wie sie selbst, klein und fest, mit einem lustigen kleinen Mund und olivfarbener Haut. Swann gefiel das. Dann kamen Iras Möpse. Sie hatten Durst und versuchten, das Wasser aus dem Pool zu trinken. Aber ihre Beine waren zu kurz, und sie hatten gar keinen Hals. Es sah sehr komisch aus, und die junge Frau und Swann mussten lachen. Aber ein Mann rief nach ihr, sie stand auf, verabschiedete sich kaum und ging.

»Halt die Leute nicht von der Arbeit ab«, sagte Heinz.

Swann hatte ihn nicht kommen hören. Sie vermutete, dass der Mann ihn wohl gesehen hatte und der Frau darum ein Zeichen gegeben hatte.

»Du meinst, du bezahlst sie nicht fürs Rauchen?«

»Ganz genau.«

»Und was ist mit dem gewerkschaftlich verbrieften Recht auf eine Zigarettenpause?«

»Das wurde abgeschafft. Beten ja, rauchen nein!«

Swann hatte nur einen Scherz machen wollen, aber er meinte das ganz ernst. Offenbar hatte er sich mit dem Thema schon beschäftigt. »Du warst doch auf einer katholischen Schule. Also, wenn aus dir eine anständige Katholikin geworden wäre, würdest du achtmal am Tag beten, die Muslime beten fünfmal und wir Protestanten viermal. Du siehst, warum wir von allen am meisten auf die Beine gestellt haben.«

Er stand vor Swann, wo eben noch die hübsche junge Frau gestanden hatte, stemmte die Arme in die Hüften, drehte sich nach rechts und links und ließ seinen Blick über Haus, Pool und Garten streifen, als wollte er ihr zeigen, wozu man es als

Protestant bringen kann. Er hatte gute Laune und guckte ihr von oben in den Ausschnitt. Sie stand auf, wickelte sich in ihr blumenbuntes Hermès-Tuch und fragte ihn nach Ira.

»Sie macht das, was sie am liebsten macht und was sie übrigens auch am besten kann: Sie streitet sich mit ihrer Schwester.«

Jetzt bekam Swann doch ein schlechtes Gewissen, weil sie sich den ganzen Vormittag lang so absentiert hatte. »Ich sehe mal, ob ich Frieden stiften kann«, sagte sie und ging zum Haus.

»Sag niemandem, dass du mich gesehen hast, versprochen?«, rief Heinz ihr nach, sie winkte, ohne sich umzudrehen.

Ira und Zita standen sich auf der Terrasse gegenüber, Stirn an Stirn und Nase an Nase, und boten einen sonderbaren Anblick. Ira trug eine roséfarbene Bluse und einen bunten Rock, mit einem Muster aus tausend regenbogenfarbenen Rauten, Swann tippte auf Saint Laurent. Zita hatte eine seidenleichte knallgrüne Strickjacke über den Schultern und unten eine beigefarbene Steghose, die zweifellos von Givenchy war. Sie waren beide elegant und knallbunt angezogen und sahen aus wie zwei besonders schöne tropische Fische, die um ihr Revier kämpften. Ja, wie Guppys, die sich in einem Aquarium gegenüberstehen. Swann hatte solche Fische als Kind, und ihre Eltern hatten nicht aufgepasst, oder sie waren falsch beraten worden, jedenfalls hatten sie zwei Männchen gekauft, weil die so schön bunt sind. Das eine war schwarz-türkis gestreift, das andere orange-hellblau. Swann erinnerte sich, dass sie sich tagelang anstarrten und dann aufeinander losgingen. Am Ende war einer tot.

Ira hatte sich offenbar auf diese Auseinandersetzung vorbereitet. Bevor ihre Schwester gekommen war, hatte sie irgendwelche schönen, aber schlichten Frühsommerkleider angezogen, beige, weiß, hell und einfarbig. Es konnte kein Zufall sein, dass sie heute wie ein Kampffisch angezogen war und auch noch über Nacht ihre Fingernägel rot lackiert hatte.

Sie hatte Zita gerade ein Weinglas aus der Hand genommen, das diese wütend versuchte, ihr wieder abzunehmen und dabei schimpfte:

»Ich weiß überhaupt nicht, warum ich gekommen bin. Du hättest deine keuchenden Hunde auch selber abholen können. Und ich wäre in meiner Mühle geblieben. Da verpasse ich nämlich gerade die Apfelblüte, die hat bei uns vor zwei Tagen begonnen, und jetzt bin ich nicht da.«

»Du bist gekommen, weil deine einzige Nichte heiratet«, sagte Ira.

»Jedenfalls bin ich nicht deinetwegen gekommen.«

»Das musst du mir nicht noch extra aufs Brot schmieren. Das weiß ich schon lange.«

Swann hatte solche Szenen schon oft beobachtet, Zita ging immer ein bisschen weiter als Ira. Sie kämpfte immer ein bisschen rücksichtsloser. Sie riskierte mehr. So als habe sie weniger zu verlieren. Ja, Swann hatte den Eindruck, als spiele Zita mit der Selbstaufgabe, zu der Ira nicht bereit oder fähig war. Das machte sie stärker. Es dauerte eine Weile, bis Swann erfuhr, worum der Streit ging. Es hatte etwas mit dem Geschirr zu tun, mit dem Ira den Tisch decken wollte, das von den Eltern stammte und aus irgendeinem Grund bei Ira gelandet war und nicht bei Zita, das musste vor ungefähr dreißig oder vierzig Jahren gewesen sein, aber Zita nahm es offenbar immer noch übel und beklagte sich jetzt darüber, dass Ira mit dem Geschirr nicht behutsam genug umging. Andererseits hatte Ira offenbar ihre Schwester zurechtgewiesen, weil diese mit nackten, also möglicherweise schmutzigen Füßen über den feinen weißen Teppich gelaufen war, der im Wohnzimmer lag.

Worauf Zita sagte, niemand, der halbwegs bei Sinnen sei, komme auf die Idee, einen derart hellen Teppich im Süden in ein Wohnzimmer zu legen – außer vielleicht Leute, die auch auf die Idee kommen, Wedgwood in die Spülmaschine zu stellen.

»Dieses Wedgwood hat damit kein Problem«, hatte Ira geantwortet, »und warum du ein Problem damit hast, weißt nur du. Mein Teppich allerdings hat ein großes Problem mit deinen dreckigen Füßen.« Swann hatte das Gefühl, dass die beiden diesen Streit schon hundertmal ausgefochten hatten, er endete nie, er pausierte höchstens.

Ein paar der Teller, um die es offenbar ging, standen schon auf dem Tisch, wirklich schön, lilafarbene Krokusse, rote Leberblümchen und noch irgendwelche gelben Blüten, die Swann nicht identifizieren konnte, sie nahm einen in die Hand und drehte ihn um: »Etruria England« stand da. »Man dreht keine Teller um!«, riefen Ira und Zita gleichzeitig und guckten sie beide an. »Ich freue mich, dass ich euch helfen konnte«, sagte Swann. »Meiner Schwester ist nicht zu helfen«, sagte Zita und ging davon. Aber es war, als ließe sie eine Spur der Unzufriedenheit hinter sich zurück. Es konnte keinen Zweifel geben: Sie war in den vergangenen Jahren immer missmutiger geworden.

Swann kehrte zu ihrer Liege am Pool zurück und tat nichts. Am Nachmittag telefonierte sie kurz mit Rebecca, die auf einem Parkplatz im Auto saß und auf Gabriel wartete. Sie erzählte, dass er wegen der gefälschten Goyard-Tasche, die sie ihm geschenkt hatte, am Flughafen in Schwierigkeiten geraten war. Swann und Rebecca lachten sich halb tot bei der Vorstellung, wie er mit der Tasche im Zoll hängen geblieben war. Eigentlich war es Swanns Schuld. Sie hatte die Tasche zusammen mit Rebecca in Marokko gekauft – Raubkopien als Protest gegen den Markenwahn, das fanden die beiden damals lustig. Und dann hatte Rebecca festgestellt, dass sie kein Geburtstagsgeschenk für Gabriel hatte, und Swann hatte sie an die Tasche erinnert und gesagt, das würde Gabriel bestimmt gefallen, er mag doch teure Sachen. Als sie fertig gelacht hatten, zögerte Rebecca, ihre Stimme war auf einmal so flüchtig, sie sagte, sie wäre beinahe ohne ihn vom Flughafen zurückgekommen, haarscharf, sagte sie, es sei jetzt eigentlich einem Zufall zu verdanken, wenn sie ihn tatsächlich heirate, und dass Swann zu ihr halten müsse und sie nicht fallen lassen dürfe. Swann wusste nicht, was sie antworten sollte, denn es war ja Rebeccas eigene Entscheidung gewesen zu heiraten. Und da hatte sie Swann nicht um Rat gefragt.

Und dann bekam Swann die Nachricht, dass Notre-Dame brannte, während sie auf dem Klo war.

Rebecca saß schon am Tisch neben Gabriel. Sie beugten sich über irgendein Papier, es war ein langes Dokument, das aus mehreren aneinandergeklebten Zetteln bestand, mit dem sie umständlich hantierten, wahrscheinlich der Ablaufplan für das kommende Wochenende. So hatte Rebecca vor zwei Tagen auch mit ihrer Mutter über die Unterlagen gebeugt da gesessen. Sie hatten ausgesehen wie Strateginnen am Kartentisch ihres Lebens, und es kam Swann so vor, als habe Rebecca jetzt einen neuen Adjutanten für ihren Feldzug gewonnen. Ja, trotz ihres Puppengesichts und der wüsten Haare sah sie aus wie eine kleine Offizierin in einem sinnlosen Krieg.

Swann blieb in der Terrassentür stehen. Es war an ihr zu entscheiden, wann sie die Neuigkeiten verkünden wollte. Es hätte sie gefreut, wenn da die Rittmeisterin gesessen hätte. Dann hätte Swann sie so lange still angesehen, bis sie irgendwann gefragt hätte: »Frau von Achalm, um alles in der Welt, was ist denn los?« Und dann wäre es Swanns Sache gewesen, in einem ganz ruhigen, professionellen Ton zu sagen: Frau Rittmeister, Notre-Dame, das Wahrzeichen der Christenheit, steht in Flammen. Sie hätte gerne ihr Gesicht gesehen. Jetzt saß hier nur ihre Familie. Das waren diese Leute ja in Wahrheit, ihre Familie. Und sie wollte ihnen den Abend nicht verderben. Alle hatten gedacht, dass es der letzte ruhige Abend sein würde, ab morgen würde das Haus ganz und gar von der Catering-Firma und der Hochzeitsagentur übernommen werden und diese Heirat in ihrer ganzen Unausweichlichkeit alles andere verdrängen. Aber jetzt hatte Swann etwas zu sagen, das mindestens ebenso wichtig war.

Sie setzte sich also an den Tisch und sah Rebecca und Gabriel eine Weile zu. Dann sagte sie mit ganz ruhiger Stimme: »Notre-Dame brennt.« Nichts geschah. Rebecca und Gabriel guckten nicht von ihren Papieren auf, Zita hatte nichts gehört, weil sie gerade dabei war, in die Küche zu verschwinden, Heinz machte sich hinten im Garten noch an einem Baum zu schaffen, und Ira hatte ausgerechnet in diesem Moment die Salatschüssel abgestellt, und der Satz war im Klappern der schönen, mit Silbergriffen versehenen, olivenhölzernen Gabeln untergegangen. Also machte Swann einen neuen Anlauf: »Leute«, rief sie jetzt lauter, »wenn ich mal eure Aufmerksamkeit haben darf: Notre-Dame brennt. Das Wahrzeichen der Christenheit steht in Flammen.«

Jetzt hatten sie es begriffen.

Später hatte Swann oft versucht, sich zu vergegenwärtigen, wie jeder von ihnen in diesem ersten Moment reagierte: Wie hatte Zita geguckt, als sie aus der Küche angelaufen kam? Was hatte Ira gerufen? Welches Gesicht hatte Gabriel gemacht? Wer hatte Heinz von seinen Bäumen geholt? Aber ausgerechnet diese Erinnerung war verschwunden. Swann wusste nicht einmal mehr, wie ihre eigenen Empfindungen waren, als sie von dieser Katastrophe erfuhr. Sie hatte sich so sehr darauf konzentriert, wie sie den anderen die Nachricht mitteilen sollte, dass sie nicht darauf geachtet hatte, was sie selber empfand. Sie dachte, das sei vielleicht ihre Berufskrankheit, der journalistische Blick, ein Filter, der die Härte der Wirklichkeit linderte. Journalisten sind in Wahrheit Feiglinge, dass sie sich solcher Tricks bedienen, um sich die Sachen vom Leib zu halten.

Man zog ins Wohnzimmer um und versammelte sich vor dem Fernseher. Zwei dunkelrote Sessel wurden herangerückt, vorsichtig wegen des Teppichs, man machte sich gegenseitig Platz auf dem weißen Sofa, über das bunte Kissen gestreut waren. Alle setzten sich mit den Rotweingläsern in der Hand in einem Halbkreis vor den großen Bildschirm, wie es früher die Familien am Samstagabend getan hatten, als die großen Shows liefen. Zur Abwechslung mal wieder das Fernsehen als letztes Lagerfeuer, dachte Swann, während alle gebannt auf die brennende Kirche starrten. Immerhin stand der Fernseher ausgerechnet vor dem großen, mit einem mächtigen dunklen

Holzbalken bewehrten Kamin, und man konnte mit ein bisschen Phantasie auf die Idee kommen, Notre-Dame brenne irgendwie dortselbst.

Es war halb acht, sie wussten nichts, sie sagten nichts, sie tranken Wein und starrten nur auf den Bildschirm. Alles war auf diesen Brand ausgerichtet, die Strahlrohre der Pompiers, die Kameras der Fernsehteams, die Blicke der ganzen Welt. Alles lief in diesen Flammen zusammen. Dieses Feuer war der Mittelpunkt der Welt.

Sie sahen die Rauchsäule, die den Himmel über Paris verdunkelte. Wie klein die Stadt gegen diesen Rauch wurde. Die Nachrichtensprecher klärten sie darüber auf, dass die gelbe Farbe des Rauchs vom Blei der Dachplatten herrührte, die in der ungeheuren Hitze erst schmolzen und dann verdampften. Die Mauern konnten nicht brennen, aber der hölzerne Dachstuhl und das Blei, mit dem er gedeckt war, gingen buchstäblich in Rauch auf. Die Sender machten ihre Arbeit gut. In kurzer Zeit hatten sie unzählige Informationen über Notre-Dame zusammengestellt und aufbereitet. Das Publikum erfuhr alles über die ungeheure Dachkonstruktion, »den Wald«. Über die tausend alten Eichenstämme, die seit dem Mittelalter das Dach der Kirche trugen. Beinahe alles hatte man seither an diesem Bauwerk verändert, aber »der Wald« sollte ewig bleiben. Und nun zerlegte das Feuer dieses Material, das vor Hunderten von Jahren kunstvoll zusammengefügt worden war, um die Kirche zu errichten, in seine chemischen Bestandteile. Wie ein riesiges Tier machte es sich über die Kirche her, fraß sie auf und verdaute sie. Das Feuer war ein großer Vereinfacher: Es machte aus komplizierten Dingen einfache. Holz wird zu Asche, Blei wird zu Rauch. In hundert Jahren waren die Bäume des Dachstuhls gewachsen, und neunhundert Jahre lang hatten sie das Dach der Kirche getragen. Aber sie brauchten keine drei Stunden, um zu verbrennen. Ja, die kunstvolle Ordnung, mit der dieses Gebäude errichtet wurde, löste sich in wenigen Augenblicken auf, und die ganze Kraft, die darin gespeichert war, aufbewahrt über so lange Zeit, wurde auf einmal freigesetzt in einer chaotischen Entladung, in einer flammenden Eruption löste sich diese in der Arbeit von Hunderten und Tausenden von Menschen, Handwerkern, Künstlern gebundene Energie auf und wurde zurückgeschickt in den Himmel, von dem sie vielleicht gekommen war. All die Gebete, die Gesänge, die andächtige Konzentration, das gespannte Schweigen, auch das war reine Energie, die in der Kirche gespeichert war wie in einer ungeheuren Batterie des Glaubens, der Liebe, der Hoffnung, und nun entlud sich alles und fuhr zum Himmel. Swann trank noch mehr Wein und sah, dass Rebecca es auch so machte.

Gabriel war der Erste, der seine Sprache wiederfand: »Mich erinnert das an den Film ›Diva‹, kennt ihr den noch? Da sieht das Mädchen einen zerdepperten Rolls und sagt: ›Man kann sich gar nicht vorstellen, dass ein Rolls-Royce einen Unfall haben kann‹. So geht mir das mit dieser Kirche. Man denkt wirklich nicht, dass sie brennen kann. Aber sie brennt.«

Swann sah zu Rebecca hinüber, die erst sie ansah, dann Gabriel und dann den Blick wortlos senkte.

»Eigentlich ist es ein Opernfilm, darum erinnere ich mich auch so gut daran«, redete Gabriel sorglos weiter. »Er erzählt die Geschichte des Postboten Jules, der die Oper liebt und sich eine illegale Tonaufzeichnung seiner Lieblingssängerin macht. Eine schöne Geschichte. Wilhelminia Fernandez hat übrigens nie die Soprankarriere gemacht, die der Film nahelegt.«

Heinz machte ein unwilliges Geräusch und beugte sich weit aus seinem Sofa nach vorn zum Fernseher.

Um zehn vor acht neigte sich der Vierungsturm und verschwand in den Flammen. Das Feuer bäumte sich auf und machte einen Satz vor Freude über dieses neue Opfer und stieß noch mehr von diesem wollüstigen Rauch aus. Er quoll aus dem Inneren der Kirche wie aus dem Schlot eines Vulkans. Vor ihren Augen verwandelte sich Notre-Dame in einen Kessel voll brodelnden Feuers. Es war, als hätte die Kirche in all den Jahrhunderten ihrer Existenz den Eingang zur Hölle verschlossen, und nun hatte sich die Erde selber geöffnet, und das Tor der Verdammnis stand weit offen, und fauchend fuhr ihr Feuer hinaus in die Welt. Diese Welt war blau wie der Himmel und grau wie der Sandstein der Stadt. Aber das Feuer war orange und rot. Swann trank mehr Wein und erkannte, dass die Farben der Sonne auch die Farben der Hölle waren. Es gab eine Aufnahme, die sie an diesem Abend mehrmals sahen, von oben, nicht direkt über der Kirche, vielleicht war sie von einer Drohne aufgenommen worden oder einem Hubschrauber. Die Seitenschiffe, das Hauptschiff, der Chor, der gesamte Dachstuhl brannte. So war die Kirche jetzt ein Kreuz aus Feuer. Rotes, flüssiges Feuer. Eine offene, blutige, fleischige Wunde in der Form des Kreuzes.

»O Gott«, rief Rebecca, »es ist ein Flammenkreuz!«, und es sah aus, als würde sie sich selber gleich bekreuzigen.

»Ja, es sieht aus wie beim Ku-Klux-Klan«, sagte Heinz, der von nüchternem Wesen war und zwar gerne informiert werden wollte, aber alles dafür tat, sich nicht mitreißen zu lassen.

Der Einzige, den das Geschehen wirklich inspirierte, war Gabriel. Die Zerstörung, der sie beiwohnten, schien ihn nicht zu bedrücken, sie erregte ihn geradezu. Er war in seinem Eifer gar nicht zu stoppen. »Wie wird man diese Kirche wiederaufbauen?«, fragte er in die Runde. Niemand antwortete, weil alle damit beschäftigt waren, sie brennen zu sehen. »Ich bin sicher, man wird versuchen, sie originalgetreu zu rekonstruieren. Unsere geschwächte Gegenwart hat keine Kraft mehr zur Schöpfung. Natürlich bräuchten wir eine Revolution. Irgendeine. Schaut uns doch an! Uns alle!«

»Was ist denn mit uns?«, fragte Rebecca plötzlich neugierig. »Wir sind bewegungslos«, rief Gabriel, »erstarrt. Wir bräuchten eine Revolution – in jeder Hinsicht. Also auch in der Architektur. Aber bei uns reicht es nur zur Rekonstruktion. Für alles andere sind wir zu geschwächt.« Zita verdrehte die Augen. »Junge, wenn ich dir zuhöre, fühle ich mich auch geschwächt«, sagte sie, und Rebecca musste laut lachen. Aber Gabriel war fest entschlossen, sich nicht beirren zu lassen. »Nein, im Ernst«, fuhr er fort, »Notre-Dame ist ja nicht nur irgendeine Kirche, sie ist eine Fiktion, eine Stein gewordene Geschichte. Alle Bauwerke sind das irgendwie. Aber dieses mehr als alle anderen. Es ist ein Werk der Vorstellungskraft, der Imagination, eine mehrfach überschriebene Erinnerung, ein steinernes Palimpsest. Ihr müsst euch vorstellen, dass die Kirche jahrhundertelang mitten in Paris stand, aber sie war den Leuten egal geworden, man hat sie nicht beachtet, sie war schon dabei zu zerfallen, und dann hat Victor Hugo sie sozusagen wiederentdeckt und über sie geschrieben. Und danach hat der Architekt Viollet-le-Duc sie so umgebaut, wie die Leser des »Glöckners« es erwartet haben. Die Wirklichkeit steht Vorbild für die Literatur, die ihrerseits diese Wirklichkeit, der sie ihr Bestehen verdankt, verändert und neu schafft. Das ist die ganze Kraft der Kunst!« Gabriel lehnte sich in den Sessel zurück, den er gleich am Anfang für sich erobert hatte, und schwieg. Er war zufrieden mit seinen Worten.

Weil aber niemand reagierte, sprach er einfach weiter: »Da brennt also nicht Notre-Dame. Da brennt unser Bild von Notre-Dame. Wir können diese Kirche ja gar nicht mehr sehen. Oder anders: Was wir sehen, ist überlagert von unseren Vorstellungen. Von den Vorstellungen von Millionen von Menschen. Ein Gegenstand, der so oft abgelichtet wurde, der so oft gesehen wurde, der löst sich gleichsam auf, versteht ihr, den gibt es gar nicht mehr, der wird zur reinen Idee. Und gleichzeitig wird er über sich selbst hinaus erhöht.«

Im Fernsehen sah man gerade die Pariser Bürgermeisterin Anne Hidalgo, die erklärte, den Rauch der brennenden Kirche aus dem Fenster ihres Arbeitszimmers gesehen zu haben. Sie habe die Feuerwehr angerufen und sei dann selber gleich herübergekommen. Swann musste lachen. »Das ist ein bisschen wie beim Räuber Hotzenplotz«, sagte sie. Zita guckte sie an, als hätte sie einen Knall. »Na ja, ich meine, die Bürgermeisterin von Paris sitzt an ihrem Schreibtisch, guckt aus dem Fenster, die Kirche brennt, da ruft sie gleich beim Spritzenhaus an und kommt dann selber rüber, um nach dem Rechten zu sehen.« Außer Rebecca musste niemand lachen. Aber Rebecca lachte immer über Swanns Witze.

Madame Hidalgo sagte jedenfalls, sie werde sich jetzt vom Ort des Geschehens entfernen, weil sie die Löscharbeiten nicht stören wolle. Immerhin, Politiker haben es bei Katastrophen nicht leicht, dachte Swann. Sie müssen Interesse, Tatkraft und Empathie an den Tag legen, dürfen aber nicht den Verdacht erwecken, das Ereignis für ihre Popularität zu missbrauchen. Da bleibt nur noch ein schmaler Grat. Swann fand, dass Hidalgo diese schwierige Aufgabe ziemlich gut löste: Sie zog sich sozusagen demonstrativ zurück. Und sie fand, dass Gabriel gar keinen Unsinn redete. Sie war auch schon auf die Idee gekommen, dass der Brand eines solchen Wahrzeichens eine irgendwie übergeordnete Bedeutung hatte. Aber sie wäre nicht in der Lage gewesen, dass in diese Worte zu fassen. Sonst hielt sie Gabriel für eine mehr oder weniger lächerliche Figur, jetzt wunderte sie sich über ihn.

»So entsteht Kunst«, sprach er weiter. »Ja, die Kirche und alle Bilder, die je von ihr gemacht wurden, das alles ist ein Gesamtkunstwerk, und in gewisser Weise ist der Brand der Kirche die Fortsetzung dieses Kunstwerks, der Brand ist selber ein Kunstwerk.«

»Was?«, rief Heinz und kam aus der Tiefe seiner Sofapolster emporgeschossen. »Was redest du da?«

»Na ja, ihr glaubt doch nicht, dass diese Kirche von allein abbrennt? Da wird wohl jemand nachgeholfen haben.«

»Hört, hört«, rief Zita, »das denke ich auch die ganze Zeit und habe es nicht sagen wollen.«

»Das wäre das erste Mal, dass du etwas denkst und es nicht aussprichst«, sagte Ira.

»Natürlich waren das die Muslime, das ist wohl klar, oder?«, sagte Zita.

Heinz machte ein Gesicht, als habe ihm jemand auf den Fuß getreten, sagte aber nichts. Swann erinnerte Zita daran, dass man zum gegenwärtigen Zeitpunkt gar nichts wusste und dass bislang nicht einmal im Fernsehen über einen terroristischen Hintergrund des Feuers spekuliert worden sei.

»Hört auf, das macht mir Angst«, sagte Rebecca, und sie hatte sogar Tränen in den Augen.

»Ihr habt wohl eben nicht zugehört«, sagte Zita. »Am

17. März hat es in Saint-Sulpice gebrannt – ihr glaubt doch nicht, dass das alles Zufälle sind.«

»Ich habe zugehört«, sagte Swann, »und es war ein Obdachloser, ein SDF, sans domicile fixe.«

Zita machte ein theatralisches Gesicht und hob mit einer dramatischen Geste die Hände: »Ein Obdachloser?! Wer's glaubt, wird selig!«

»Ja, das ergibt doch Sinn, dass ein solches Feuer nicht von selbst ausbricht. Wie das brennt!«, rief Gabriel und wies auf den Bildschirm, auf dem das Feuer warm leuchtete und mit täuschender Gemütlichkeit das Gespräch in schauriges orangefarbenes Licht tauchte. »Und nun überlegt mal bitte, also ich bitte euch, kurz euer Gehirn umzustellen: Dann ist der Brand selber ein Kunstwerk. Eines von solchen Ausmaßen, wie wir Künstler es uns nur erträumen können.«

»Du hast einen Knall«, sagte Heinz zu Gabriel. »Er hat einen Knall«, wiederholte er an alle gerichtet.

»Karlheinz hatte diesen Gedanken nach 9/11 geäußert. Er hatte gesagt: Dagegen sind wir als Komponisten gar nichts.«

»Karlheinz?«, fragte Zita.

»Das ist ein Komponist, mit dem Gabriel zusammengearbeitet hat«, sagte Rebecca.

»Der hieß Karlheinz?«, fragte Zita.

»Ich weiß schon, was er meint«, sagte Heinz. »Der Mann hatte bekanntlich auch einen Knall, und darum passten die beiden gut zusammen«, er wandte sich Gabriel zu und sagte: »Jetzt bitte ich dich, die Klappe zu halten. Und nimm endlich die Sonnenbrille ab! So hell brennt die Kirche nun auch nicht.«

Gabriel schwieg. Er stand auf, nahm sein Rotweinglas und verließ den Raum. Rebecca sah ihm nach und sagte: »Er leidet so unter seiner Hässlichkeit.«

Ira schüttelte plötzlich heftig den Kopf und rief in einem Ton der Klage: »Ich finde es alles so unsagbar traurig«, und sie zeigte auf den Bildschirm, auf dem von allen Seiten die inzwischen aus der Dunkelheit des Abends herausleuchtende rot glühende Karkasse der Kirche gezeigt wurde. »Sie war immer da, und jetzt vergeht sie einfach.« Swann nahm ihre Hand, um sie zu trösten. Sie hatte das Gefühl, dass es Rebeccas Mutter nicht nur um die Kirche ging. Sie hielt die kleine leichte Hand der alten Frau, die so leicht war wie ein welkes Blatt, und dachte an Gabriels Idee von der Kathedrale als Erfindung. Das gefiel ihr. Sie hatte es so nie gesehen, aber es klang einleuchtend: Ein Architekt richtet die Kirche so her, wie die Leser eines Romans es erwarten, die Wirklichkeit imitiert die Literatur.

»Aber die Kirche spielt doch selbst in Frankreich keine große Rolle mehr, also als Institution, meine ich«, sagte Swann, »da brennt ein historisches Denkmal, eine Touristenattraktion, mehr nicht.« Sie spürte, dass das Feuer sie so sehr ergriff, dass sie versuchte, es sich kleinzureden.

»Alles löst sich auf, die Kirche, die Religion, die Familie, es gibt keinen Halt mehr«, sagte Ira verzweifelt.

»Na ja, Rebecca wird in der Kirche heiraten und eine Familie gründen, immerhin, ganz so schlimm sind die Dinge nun nicht«, sagte Heinz, und Swann war sich nicht sicher, ob er Ira damit Mut machen wollte oder sich selbst.

»Wenn das die Muslime waren, gibt es wieder Krieg«, sagte Zita, »und es ist wohl klar, dass es die Muslime waren, die Frage ist nur: Saint-Ouen, Bobigny, Molenbeek, Syrien? Aber eigentlich spielt es auch keine Rolle. Es kommen einfach zu viele her.«

Diesmal bekam Heinz einen ganz roten Kopf. »Nun lass mal, Zita, ja?«

»Wieso?«, sagte sie ungerührt. »Der politischen Korrektheit wäre es natürlich lieber, es handelte sich um einen Unfall. Ich bin gespannt, wie lange sich die wahren Hintergründe verbergen lassen werden.«

»Die wahren Hintergründe?«, rief Heinz, sprang auf und machte einen Satz auf Zita zu. Sie zuckte vor Schreck zusammen und blieb kerzengerade sitzen, während er sich vor ihr aufstellte und sie anbrüllte, sie solle endlich damit aufhören. Er wurde so laut, dass Swann vor Schreck Iras Hand losließ, die ganz schlaff auf ihr Knie zurückfiel. »Dein unangenehmer Islamhass ist hier wohlbekannt, aber nicht wohlgelitten«, rief er.

»Islamhass«, äffte Zita ihn nach, und dann noch mal: »Islamhass.«

Swann hatte das Gefühl, sie ging gerade wirklich das Risiko ein, von ihm eine Ohrfeige zu kassieren.

»Wenn ich Islamhass habe, dann hast du Islamliebe. Du kannst ja mal deinen Freund Sami fragen, was er davon hält – wenn er wieder da ist.«

Heinz drehte sich um und sank auf das Sofa. »Lass Sami aus dem Spiel«, sagte er viel leiser als vorher, »der ist nun wirklich einer der feinsten Menschen, die ich kenne. Es ist mir komplett egal, ob er Muslim ist oder Jude oder sonst was.«

Zita dachte nicht daran, sich geschlagen zu geben. Sie suchte kurz etwas in ihrem Telefon und gab es Heinz mit den Worten: »Und was ist das hier?« Heinz nahm das Telefon, setzte sich wieder auf und studierte eine Weile, was es da zu sehen gab. Mit den Worten: »Ich weiß nicht, was ich dazu sagen soll«, gab er es ihr zurück. Schweigend und mit bedeutungsvoller Miene reichte sie es weiter. Swann stellte fest, dass Zita offenbar Mitglied in einer rechten Telegram-Gruppe war, in der migrationskritische Nachrichten geteilt wurden und dass sie selber mit großem Eifer mitmachte. Zitas Islamophobie war bekannt, aber dass sie sich in einem Medium für Verschwörungstheoretiker tummelte, überraschte Swann. In diesem Fall hatte jemand, der sich DerWahreJakob nannte, ein Bild gepostet, das zwei junge Männer zeigte, einen Schwarzen und einen Nordafrikaner, die sich mit lachendem Gesicht vor der brennenden Kathedrale fotografiert hatten, einer von beiden hebt ein rot-weißes Absperrband in die Höhe, um irgendeine Polizeilinie zu überqueren. Titel des Bildes: »Muslime lachen, während Notre-Dame brennt.« Die Kommentare darunter waren entsprechend: »Sie haben Paris übernommen«, »Der Islam stinkt!«, »Brennen sollt ihr«.

»Twitterst du auch?«, fragte Swann. »Twitter? Da werden doch nur Lügen verbreitet«, sagte Zita. »Was ist denn mit den Muslimen?«, fragte Rebecca. Obwohl Swann sie schon so lange kannte, wusste sie manchmal nicht, wann Rebecca ihre Unschuld nur spielte. »Was mit denen ist?«, rief Zita, »die bekommen ein Kind nach dem anderen, und bald sind wir überrannt, das kann jeder wissen, der es wissen will. Außerdem hassen sie uns. Vielleicht zu Recht. Aber das spielt dann auch keine Rolle mehr. Soumission, sage ich nur, Soumission.« Die anderen schwiegen. Keinem stand jetzt der Sinn nach Streit. Zita hatte wieder einmal gewonnen.

Der Wind hatte zugenommen, er zerrte am Haus und brachte die Bäume durcheinander. Swann beobachtete die ermattete Runde. Für jeden von ihnen bedeutete dieses Ereignis etwas anderes. Der Brand dieser Kirche erschütterte sie alle. Aber die Erschütterung bewirkte bei ihnen nicht dasselbe. Kein Glas bricht genau wie das andere, dachte Swann, selbst wenn am Ende alles in Scherben liegt. Genau in diesem Moment kam Gabriel zurück, den sie schon ganz vergessen hatte. Er stellte sich am Rand des Zimmers zwischen Sofa und Terrassentür mitten auf den weißen Teppich, sein halb gefülltes Glas noch in der Hand. Er zögerte einen Moment. Dann fiel es ihm aus der Hand. Ob das Absicht war oder ein Versehen, hatte Swann nicht erkennen können.

Ira wollte aufspringen, aber es gelang ihr nicht. Sie sackte wieder in den Sessel zurück, nahm ihre Kraft zusammen und stand auf. Zita machte nur den Rücken gerade, legte die Hände auf die Knie und starrte nach vorne, ohne sich zu bewegen, sie sah aus, als stellte sie sich tot, um einer Gefahr zu entkommen. Heinz stieß einen langen Fluch aus, in dem Gabriels Namen mehrmals erwähnt wurde. Rebecca fing an zu lachen, und Swann begab sich sofort auf die Knie, um zu helfen. Direkt unter ihr leuchtete der rote Wein auf dem hellen Teppich wie Blut. Ein großer ovaler, an den Rändern gezackter Fleck, umgeben von mehreren kleineren Flecken, dunkelrot, in der Mitte die Glasscherben, wie abgestorbenes Gewebe, eine glänzende, rote Masse, unter ihr. Sie setzte sich auf den Boden und lehnte sich mit dem Rücken an das Sofa. Rebecca, die sie am besten kannte, war schon neben ihr. Sie umarmten sich, und Swann flüsterte ihr ins Ohr, dass ihr alles sehr, sehr leidtue. Rebecca fragte nicht, was sie meinte. Dann fing sie furchtbar an zu weinen.

Gabriel sagte ohne viel Überzeugung, dass ihm sein Missgeschick peinlich sei, und wollte helfen, den Fleck zu beseitigen. Inzwischen war auch Ira am Tatort angekommen. Sie schob ihn beiseite und wollte sich auf die Knie lassen, schaffte es aber nicht. Rebecca versuchte, ihr zu helfen. Ira winkte ab und sagte nur: »Da ist nichts mehr zu machen.«

Als das Fernsehen gegen halb neun mitteilte, dass das Feuer nachließ, beschloss man, etwas zu essen. Aber als sie um neun die Nachricht erreichte, dass der Brand aufs Neue an Kraft gewinne und nun auch der Nordturm Feuer fange, setzten sich alle wieder vor den Bildschirm. Die neueste Nachricht lautete, dass im Vierungsturm offenbar elektrische Glocken installiert waren, die dort nicht hätten hängen dürfen. Und dass die kostbarste Reliquie der Kirche die Heilige Dornenkrone war, die nach der Plünderung Konstantinopels von Ludwig dem Heiligen gekauft und dann barfuß in die Sainte-Chapelle getragen worden war. Dass die Heiligenfiguren, die am Vierungsturm gestanden hatten, wegen der Renovierungsarbeiten in der Woche vor dem Feuer abtransportiert worden waren und sich darum in Sicherheit befanden, das wusste Swann schon. Mit diesem günstigen Zusammentreffen, hinter dem ein gläubiger Mensch vielleicht die Vorsehung vermutet hätte, hielt sie sich nicht lange auf. Als Journalistin war sie es gewohnt, darauf zu achten, den Ereignissen nicht im Nachhinein einen Sinn zuzuschreiben, den sie nicht hatten.

Swann war schon vor längerer Zeit aus dem Nachrichtengeschäft ausgestiegen, aber in dieser Nacht wäre sie gerne selber als Reporterin am Ort des Geschehens gewesen. Ob mit oder ohne Kamera. Übrigens aus reinem Voyeurismus. Sie bildete sich nicht ein, dass sie etwas gesehen hätte, was den Kolleginnen entging. Sie dachte kurz darüber nach, in der Redaktion anzurufen, ob man ihre Hilfe brauche. Aber sie verzichtete darauf, weil sie sich die Antwort ja denken konnte. Die TV-Kollegen waren längst vor Ort. Dann überlegte sie, ob sie vielleicht eine Reportage darüber schreiben sollte: der Brand von Notre-Dame, ein Augenzeugenbericht. Sie hatte von früher noch gute Kontakte zur »Zeit«, vielleicht hätte sie da ein Stück unterbringen können. Aber dann hätte sie jetzt nach Paris fahren müssen. Sie prüfte die Route: 700 Kilometer, sieben Stunden. Um fünf Uhr morgens hätte sie da sein können. Paris im Morgengrauen, der Geruch des Rauchs über der Stadt, die Schaulustigen, die leuchtenden Helme der Feuerwehrleute. Sie sah das alles vor sich, besonders die Feuerwehrleute, die Brigade der Sapeurs Pompiers. Sie würden die Helden des Tages sein, auf jeden Fall, das kannte man ja schon von New York. Dafür musste die Kathedrale nicht einmal stehen bleiben. Selbst wenn da am Morgen nur noch Schutt und Asche übrig wäre, man würde ihre Geschichten als Heldengeschichten schreiben. Sie hätte das übrigens auch von hier machen können, dachte sie. Warum nicht. Egon Erwin Kisch hat sich seine Reportage über den Brand der Schittkauer Mühlen auch ausgedacht. Nein, das war nicht die Wahrheit. Er war da und hat dann Szenen dazuerfunden, die es nicht gab, die es aber hätte geben können. Dafür hätte man ihm heute allerdings den nach ihm benannten Preis aberkannt. Swann suchte vergeblich Rebeccas Blick.

Zita kam mit zwei Tellern in der Hand aus der Küche. Sie hatte noch aufgeräumt. Der eine Teller war voller Kartoffeln, der andere voll von aufgeschnittenem Weißbrot. Sie blieb in der Tür stehen und hielt die Teller vor sich wie Justizia ihre Waage, und dazu machte sie eine passende Miene: streng und vorwurfsvoll. Sie stand da, ganz still, die Teller in der Hand, und sah mit ihrer dünnen, grünen Strickjacke, der beigefarbenen Hose und den kurzen, grauen Haaren aus wie ein schlecht gelaunter alter Papagei. Ein schlecht gelaunter Justiz-Papagei, der gekommen war, um zu richten. Denn das wollte sie. Aber sie wartete mit ihrem Urteil. Sie blieb starr und still stehen, ein Monument des Vorwurfs, bis Ira sie nach einer ganzen Weile endlich erlöste und fragte: »Ja, Zita, was kann ich denn für dich tun?« Zita, der schon die Teller in der Hand zu zittern begannen, sagte mit erleichtertem Zorn: »Es ist unglaublich, wie ihr mit dem Essen umgeht, dieses ganze Brot wurde von euch geschnitten und wird jetzt vertrocknen, denn ich glaube nicht, dass ihr es heute Abend noch essen werdet, in dieser Menge – zumal ihr auch noch etwa genau so viel Kartoffeln gemacht habt, die auch niemand gegessen hat.« Und dabei hob sie erst den einen Teller in die Höhe, Beweisstück A: Brot, dann den anderen, Beweisstück B: Kartoffeln.

»Es ist doch schön, wenn viel zu essen auf dem Tisch steht«, sagte Swann.

»Schick es doch nach Afrika«, sagte Rebecca – aber so leise, dass nur Swann es hören sollte.

Zita aber zischte sie an: »Was soll das? Bist du zwölf oder was?«

»Wenn du jetzt so vernünftig wärst, wie Rebecca mit zwölf war, wäre uns allen geholfen«, sagte Ira. Das war ziemlich schlagfertig, man hätte ihr das gar nicht zugetraut.

»Ihr seid allesamt Verschwender, weil ihr nie für euer Geld arbeiten musstet«, sagte Zita.

Heinz drehte sich halb zu ihr um und antwortete: »Für Swann gilt das jedenfalls nicht.« Auf diese Verteidigung hätte sie gerne verzichtet. Aus irgendeinem Grund hatte er sie in der Auseinandersetzung mit seiner Familie als Verbündete auserkoren, eine Rolle, für die sie sich ungeeignet fand. Rebecca stand auf und nahm ihrer Tante die Teller ab, so dass diese sich endlich wieder hinsetzen konnte.

Zita starrte eine Weile schweigend auf den Bildschirm. Dort lief gerade ein Interview mit einem Andenkenhändler aus der Rue d'Arcole, einem traurigen alten Mann mit Halbglatze und weinroter Strickjacke, der offenbar fürchtete, der Brand könne auf das ganze Viertel übergreifen und seinen Laden zerstören, der sich, so erklärte er, seit hundertfünzig Jahren im Besitz der Familie befinde und sogar die Zeit der deutschen Besatzung überstanden habe, aber dieser Brand sei doch noch mal etwas anderes. Ira war jetzt sehr müde, sie hatte sich in ihrem Sessel zurückgelehnt und hielt sich an ihrem Rotweinglas fest. Aber Zita saß nach vorne gebeugt, wippte mit den Knien und nickte immer mit dem Kopf, wenn der Reporter dem besorgten Händler eine neue, verständnisvolle Frage stellte. Da war ein Unmut in ihr, der sie nicht zur Ruhe kommen ließ und nach einem neuen Ziel suchte. Nach fünf Minuten war es gefunden: »Findet ihr es nicht auch absurd, dass die Pariser Feuerwehr mit ihren Leitern nur bis 32 Meter kommt?«, rief Zita. Da nun niemand der Anwesenden für die Pariser Feuerwehr zuständig war, konnte sie sich wieder gefahrlos an sie wenden und um Zustimmung werben. Heinz tat ihr den Gefallen und bemerkte: »Wenn man so hohe Kirchen in der Stadt hat, ist das natürlich ungünstig.« Rebecca sagte: »Ich weiß nicht, ist 32 Meter viel?«

Zita war sehr zufrieden, dass sie da einen wunden Punkt erwischt hatte, und sei es auch nur in der Pariser Stadtverwaltung. »Zumal das ja nicht das erste Feuer in Notre-Dame ist, oder? Ja, ha, wisst ihr nicht, dass Notre-Dame auch bei Hugo schon brannte? Ich habe das Buch gelesen. Alle glauben, sie kennen die Geschichte. ›Der Glöckner von Notre-Dame‹. Das taugt zum Disney-Film. Aber sie ist in Wahrheit unerhört verworren und vielschichtig. Ich glaube nicht, dass das Buch heute noch gelesen wird. Ich aber erinnere mich genau. Der Glöckner zündet aus Liebe zu Esmeralda Notre-Dame an.« Es war schon wieder ein typischer Zita-Satz, sie bestand darauf, recht zu haben, noch bevor jemand Gelegenheit hatte zu widersprechen. Und gleichzeitig klang ihre Stimme überraschend traurig.

»Notre-Dame brennt bei Hugo?«, fragte Gabriel, »um die Wahrheit zu sagen: Ich habe das Buch nie gelesen.«

Swann war nicht sicher, ob er sich wirklich interessierte oder nur versuchte, nach der Sache mit dem Rotweinglas wieder ins Spiel zu kommen.

»Na ja, nicht richtig«, sagte Zita: »Er zündet ein Feuer auf dem Dach an, und die Bleiplatten schmelzen, und unten versuchen irgendwelche Leute, die Türen der Kirche einzurennen, und die bekommen das flüssige Blei auf den Kopf. Also da schießen tödliche Fontänen aus den Wasserspeiern hervor, und jeder, der darunter steht, wird verbrannt, geschmolzen, stirbt einen schrecklichen Tod.« »Das ist ja furchtbar«, sagte Rebecca.

»Nein, das ist großartig«, sagte Gabriel, »da kann man mal sehen, wie sehr die Kunst der Wirklichkeit überlegen ist – in der Kunst entsteht sofort das eindringliche Bild vom flüssigen Blei, das sich aus diesen phantastischen Wasserspeiern ergießt, den Drachen und Monstren, die hier also wirklich Tod und Verderben spucken – und in der Wirklichkeit verdampft das Blei einfach als gelbe Wolke.«

»Ich gehe ins Bett«, sagte Heinz, »ich habe heute mehr über die Kunst gelernt, als ich wissen wollte. Gute Nacht.« Als Heinz das Wohnzimmer verlassen hatte, legte Rebecca ihre Hand auf Gabriels. Mehr nicht. Er guckte sie gar nicht an. Die beiden hatten den ganzen Abend kaum ein Wort miteinander gewechselt, und jetzt legte sie die Hand auf seinen Arm. Dann saßen sie einfach nebeneinander auf dem Sofa und guckten vor sich hin, und Swann dachte, dass sie aussahen wie zwei Kinder, die ohne ihre Eltern auf den Bus warteten.

Endlich, später am Abend, besann sich derjenige, dessen Heimstatt die Kathedrale war, eines Besseren und beschloss, den Flammendämon nicht länger in seinen vier Wänden zu dulden. Das Feuer zog sich zurück, um zehn vor elf kam die Nachricht, dass der Nordturm außer Gefahr sei, und um zwanzig nach elf las Swann bei Twitter, dass der Militärkaplan der Pariser Feuerwehr die Dornenkrone gerettet hatte. Militärkaplan deshalb, weil die Sapeurs Pompiers eine Pioniereinheit des Heeres sind. Bitte schön, das wusste sie bis dahin auch nicht. Um halb zwölf tauchte endlich der Präsident der Republik selbst auf dem Bildschirm auf und hielt eine kurze Rede. »Wir haben diese Kathedrale errichtet, wir haben sie zu ihrer ganzen Größe gebracht, wir haben sie zu ihrer ganzen Schönheit gebracht. Wir werden sie alle gemeinsam wiederaufbauen, weil sie ein Teil der französischen Bestimmung ist.« Im Hintergrund tanzten die Wasserstrahlen der Feuerwehrlanzen im schmutzigen Licht des Infernos.

»Das hat er hübsch gesagt«, sagte Ira.

»Er sieht wirklich gut aus«, sagte Zita.

Und Gabriel sagte: »Er ist Prinz. Noch mehr – er ist Mensch! Ich sag doch – immer wieder die Zauberflöte.«

Das Meer

In dieser Nacht fand Rebecca lange keinen Schlaf. Es bekümmerte sie weniger das Schicksal von Notre-Dame als ihr eigenes. Ihr war aufgefallen, dass Gabriel ein paar kluge Dinge gesagt hatte und dass er dabei sogar redegewandt gewirkt haben musste, vielleicht sogar geistreich. Das irritierte sie. Denn wenn sie allein mit ihm war, kam er ihr gar nicht so vor. Es beschäftigte sie nun, dass ihre Familie Gabriel für eloquenter und interessanter halten könnte, als er tatsächlich war. Diese Vorstellung missfiel ihr. Sie wollte nicht, dass ihre Familie auf die Idee kam, sie könne sich, alles in allem, über ihren künftigen Mann nicht beklagen.

Am liebsten wäre es ihr sowieso gewesen, wenn sie mit Gabriel bereits verheiratet wäre. Wenn also die Hochzeit schon hinter ihr läge. Und nicht nur die Hochzeit, dachte sie, während sie neben ihm im Bett lag. Ihr wäre es am liebsten, sie würde am nächsten Morgen neben ihm aufwachen, nicht hier, in La Garrigue, sondern in einem Haus in Stuttgart oder Frankfurt, sie würden zwei Kinder bekommen haben, und zehn Jahre würden vergangen sein. Sie wollte alles, was sie jetzt noch vor sich hatte, bereits hinter sich gebracht haben. Sie konnte nicht nach vorne sehen, ohne schon zurückzuschauen. Sie betrachtete die Dinge, die vor ihr lagen, immer bereits in der Rückschau. Nicht was geschehen würde, kümmerte sie, sondern was geschehen sein würde. Ja mehr noch, ihr eigentliches Interesse galt den Dingen, die eines künftigen Tages nicht geschehen waren, aber hätten geschehen sein können. Eigentlich war ihre liebste Zeit eine, die es gar nicht gab: eine vollendete, aber unerfüllte Zukunft. Es gab also eine große Sehnsucht in Rebecca, die aber auf kein besonderes Ziel gerichtet war. Ich bin ein sehnsüchtiger Mensch, dachte sie, und vielleicht spürt Gabriel diese Sehnsucht und hält sie für Liebe? Das würde erklären, warum er mit so wenig zufrieden war. Sie schlief ein.

»Du hast gestern viel geredet«, sagte sie zu ihm, als sie nebeneinander im Auto in Richtung Meer saßen.

»Es war ein besonderer Moment, ein künstlerischer Moment«, sagte er mit seiner kaum hörbaren Stimme. Dann sagte er lange Zeit nichts mehr, während sie eine karge Landschaft durchquerten, Gestrüpp und Geröll, so weit das Auge reichte, und kaum ein Baum weit und breit. Aber Rebecca sah zwischen den Steinen die roten Beeren des Rutenstrauchs leuchten, sie erkannte die gelben Strohblumen an ihrem Duft und wusste das Weiß der Hundskamillen von dem der Kalkfelsen zu unterscheiden. Sie öffnete das Fenster, so weit es ging, und atmete die von Wacholder und Kermeseichen gewürzte Luft tief ein.

Rebecca hatte den Ausflug vorgeschlagen. Gabriel hatte gefragt, ob das nicht ein bisschen viel Hin-und-her-Fahrerei sei, gestern Marseille, heute das Meer, und man könne doch auch den Tag am Pool verbringen. Aber Rebecca hatte gesagt, sie wolle an den Strand gehen und prüfen, welche Temperatur das Wasser habe, und im günstigen Falle wolle sie schwimmen gehen. Sie war sich nicht sicher, ob das wirklich der Grund war. Vielleicht wollte sie nur ihrer Familie und den Vorbereitungen für das Fest entfliehen. Gabriel hatte zugestimmt und noch gesagt: »Wir machen es so, wie du möchtest.« Und Rebecca hatte geantwortet: »Ich würde gerne an den Strand und dann mittags nach Aigues-Mortes zum Essen.«

»Gut, und sonst?«

»Reservier das doch erst mal, dann sehen wir weiter.«

»Aber es ist nicht gut, nur so von Tag zu Tag zu planen, bald ist Ostern, es ist jetzt schon alles sehr voll.«

»Mach es doch einfach erst mal.«

Gabriel hatte in einem Restaurant in Aigues-Mortes angerufen, das sie beide kannten, war dann zu Rebecca gegangen und hatte ihr gesagt: »Sie sind zum Essen voll.«

»Hast du den Strand gebucht?«

»Nein, du wolltest essen und Strand – wenn essen nicht geht, muss ich den Strand nicht buchen.«

»Aber wir hätten an den Strand gehen können und dann woanders etwas essen.«

»Das hast du mir aber nicht so gesagt. Ich dachte, wenn wir in Aigues-Mortes nicht essen können, ist dieser Plan hinfällig, und wir müssen einen anderen machen.«

»Mir wäre der Strand wichtiger gewesen als das Restaurant.«

»Warum rufst du dann nicht selber an, wenn du im Grunde genau weißt, was du willst, und es mir eigentlich egal ist?«

»Ich denke nicht daran, da selber anzurufen.«

Dann saßen sie plötzlich im Auto nach Aigues-Mortes. Rebecca schloss das Fenster, holte ihr Telefon heraus und begann, Bilder von Gabriel zu machen. Sie machte mindestens zwanzig Bilder, bis er, der eigentlich geschmeichelt war und gerne fotografiert wurde, vor allem im Profil, auf das er wegen seiner großen Nase, seiner Poliziano-Nase, stolz war, schließlich sagte, jetzt reiche es doch mit den Bildern, er könne sich aufs

Fahren gar nicht konzentrieren, der alte Citroën sei ohnehin eine Zumutung und er wolle ein neues Auto für das Haus in Frankreich kaufen, nicht jetzt sofort, aber bald, und es gebe da vielleicht noch ein paar andere Sachen, die man an dem Haus ändern könnte, aber darüber müssten sie nicht jetzt sprechen, das habe Zeit. Sie schaute sich die Bilder an, die überhaupt nicht ihren Erwartungen entsprachen, so dass sie begann, an ihren Erwartungen zu zweifeln.

Sie waren längst in der Camargue, jener eigenartigen Landschaft aus Sümpfen und Seen, Schwemmwiesen und Salinen, Lagunen und Brackwasserkanälen, die sich nicht entscheiden konnte, ob sie dem Meer zugehörig war oder dem Land, und in der Rebecca sich seit ihrer Kindheit genau deshalb immer so wohlgefühlt hatte. Sie liebte es, wenn Himmel, Erde und Meer sich ineinander auflösten und der silbrige Horizont nicht mehr als Grenze taugte, denn oben und unten, fest und flüssig, das war alles einerlei, und man konnte dem Boden unter den Füßen nicht mehr trauen. Wenn die Natur sich hier so unschlüssig zeigte, dachte Rebecca, durfte sie das wohl auch.

Sie schwieg.

»Vielleicht hat deine Tante recht, dass es die Muslime waren«, sagte Gabriel plötzlich.

»Hast du was Neues gelesen?«

»Nein. Ich meine nur so.«

»Vielleicht. Vielleicht auch nicht. Ich glaube aber nicht, dass es ihr um die Muslime ging oder um die Kirche.«

»Das glaube ich auch nicht«, sagte Gabriel, »sie ist ein sehr unglücklicher Mensch.«

»Ja, das ist sie.«

»Warum denn?«

»Ich weiß es nicht. Seit Piero gestorben ist, ist sie ganz allein. Sie ist allein und reich. Das ist keine gute Kombination.«

»Das ist ein Satz, den man sich leisten können muss.«

»Wie meinst du?«

»Waren sie lange zusammen?«

»Sie waren zwanzig Jahre lang ein heimliches Paar«, sagte Rebecca. Sie wusste, dass sie Gabriel diese Geschichte schon erzählt hatte, aber er hatte sie vergessen.

»Das klingt sehr romantisch.«

»Vielleicht war meine Tante einmal ein romantischer Mensch, jetzt ist sie nur noch unglücklich, und unglückliche Menschen machen andere Menschen unglücklich. Ich hoffe, mir passiert das nicht. Ich will niemanden unglücklich machen. Eigentlich will ich überhaupt keine Verantwortung für jemanden tragen.«

»O nein«, rief Gabriel aus, »wir müssen glücklich sein, hörst du? Als Mozart die Zauberflöte komponierte, war er glücklich, jedenfalls als er den ersten Aufzug komponierte, da muss er alles um sich herum vergessen haben, so glücklich muss er gewesen sein. Und so glücklich muss ich auch sein.«

»Weil du dann besser komponieren kannst?«

»Ja.«

»Was ich meine«, sagte Gabriel, »ist, dass ich mich der Musik würdig erweisen muss, verstehst du? Nur dann kommt sie zu mir. Ich glaube, nicht wir verstehen die Musik, sie versteht uns.«

»Ja, ich weiß, was du meinst«, sagte Rebecca. »Ich glaube, das gilt auch für die Sprache. Sie spricht auch für sich selbst.«

»Ah ja, tut sie das?« Gabriel hörte tatsächlich interessiert zu.

»Ja, als ich auf dich gewartet habe, am Flughafen, ist mir das aufgefallen. Ich hatte ein bisschen Zeit, und dann habe ich Vicka und Stabi getroffen.«

»Das hast du mir gar nicht erzählt.«

»Es war nicht wichtig, und du warst so beschäftigt mit deinem Zollabenteuer, da habe ich es selber vergessen.

Also, ich habe sie gesehen, und dann ist mir das hier in den Kopf geschossen, pass auf …« – sie machte eine dramatische Pause – »… verheiratet und verhärtet.«

»Verheiratet und verhärtet?«

»Ja.«

Gabriel wusste nicht, was er damit anfangen sollte.

»Und dann habe ich weiter überlegt. Hör mal: gemeinsam und einsam.«

»Ich bin nicht sicher, worauf du hinauswillst«, sagte Gabriel, »meinst du vielleicht, dass die Sachen immer auch ihr Gegenteil beinhalten?«

»Ja und nein und noch mehr als das. Sie beinhalten ihr Gegen-Teil und alle anderen Teile auch. In einem Wort sind alle Worte geborgen.«

»Ah ja.«

»Gebären und begehren. Siehst du? Das ist ja kein Zufall.«

»Ich weiß nicht. Hast du Angst?«

»Ja, vielleicht habe ich Angst«, sagte Rebecca, »vielleicht auch nicht. Ich wäre froh, wenn wir das schon alles hinter uns hätten.«

»Was jetzt?«

»Na, alles.«

Sie berührte Gabriel am Arm, und obwohl sie es nicht wusste, hoffte sie, dass er jetzt etwas Liebevolles zu ihr sagen würde.

»Halt mal an, bitte«, rief sie. Er stoppte an einer staubigen Stelle, sie sprang hinaus und lief um den Wagen herum. Das Land war so flach, dass sie es kaum glauben konnte. Weil sie hier eine Riesin war, riss sie die Arme nach oben und sprang in die Höhe und rief dreimal: »Ich bin so groß wie nichts anderes hier.« Dann legte sie sich flach auf den Boden, streckte alle Gliedmaßen von sich und rief in den blauen Himmel: »Und jetzt bin ich flach, flach, flach, wie das ganze Land.« Gabriel stieg aus, lehnte die Arme auf das Wagendach und blickte in die andere Richtung. Sie setzte sich in den Staub und rief ihm zu: »Gabriel, man kann bis zum Ende der Welt gucken. Wenn ich jetzt da hinten wäre und mich umdrehen würde, könnte ich alles sehen, was jetzt noch vor mir liegt.« Aber er hörte sie gar nicht, weil sie sich hinter ihm befand und der Wind ihre Worte von ihm wegtrug.

Sie dachte: »Wenn er sich nicht umdreht, bevor ich bei ihm bin, werden wir glücklich.« Langsam stand sie auf, streckte die Arme vor sich und ging behutsam auf ihn zu. »Wenn er sich nicht umdreht, bevor ich bei ihm bin, werden wir glücklich.« Noch zehn Schritte. Sie blieb stehen. Sie wartete. »Was hast du gesagt«, fragte Gabriel, während er sich umdrehte, »ich habe dich nicht gehört, der Wind hat deine Stimme weggetragen, aber es klang wie ein Lied.«

Hinter La Grande-Motte erreichten sie das Meer. Zwischen dem Étang de l'Or und dem offenen Wasser lag eine schmale Nehrung, langgekrümmt wie eine Sichel. Ein sandiger Pfad führte durch das Dünengras zum Strand. Sie breiteten ihre Tücher in den Sand und ließen sich nieder. Gabriel trennte sich zwar von seinem schwarzen Hemd, behielt aber seine schwarze Hose an. Sie sah ihn an. Seine Füße und sein Bauch waren so weiß wie der Sand, und seine Arme und sein Nacken waren ganz rot. Beinahe so rot wie das Blut, das am Morgen des anderen Tages Swanns linkes Bein hinuntergelaufen war. Ein schmaler roter Faden, der sich am Knie in einen Tropfen verwandelt hatte, einen einzigen Tropfen, der auf den von der Sonne schon gewärmten steinernen Boden in Rebeccas Schlafzimmer gefallen und dort in wenigen Augenblicken zu einem kleinen, dunklen Häuflein geronnen war.

Sie hatten die Hunde mitgenommen, die sich jetzt freuten, endlich ins Offene springen zu dürfen. Ihre Schatten liefen über den welligen Sand wie Wolken. Sie machte sich Vorwürfe, dass sie nichts zu essen für die Tiere dabeihatte. Aber Gabriel holte aus seiner Tasche etwas, das er ihnen hinwarf. Es waren irgendwelche schwarzen Krümel, und sie musste lachen, weil es von Weitem so aussah, als verfüttere Gabriel seine Noten an die Tiere. Sie fraßen wie wild.

Rebecca entledigte sich umständlich ihres gelben Kleides, während sie gleichzeitig ihren lilafarbenen Badeanzug anzog. Gabriel blickte gar nicht auf. Er hatte ein kleines Aufnahmegerät aus der Tasche geholt und sprach hinein: »16. April 2019, 12.15 Uhr, La Grande-Motte, Plage du Grand Travers«, dann hielt er das Gerät über seinen Kopf in die Luft. Nach einer Weile hielt er es mit einer Hand vor sich und ließ mit der anderen Sand davor zu Boden rieseln. Es war ein digitales Gerät, mit dem er Geräusche und Töne aufnahm, die er dann in umfangreichen, mit lexikographischer Sorgfalt geordneten Datenbanken auf seinem Rechner aufbewahrte, um sie eines Tages in seinen Kompositionen zu verwenden. Er sammelte Töne wie andere Menschen Muscheln am Strand.

Ein Ordner hieß »Stille«, den hatte Gabriel ihr einmal vorgespielt: Er hatte da an verschiedenen Orten oder zu verschiedenen Tageszeiten am selben Ort mit seinem feinen Mikrophon die Abwesenheit jedes Geräuschs registriert, weil er wusste, dass keine Stille wie die andere war. Ein anderer Ordner hieß »Lärm«. Darin befand sich alles, was sich nicht mehr unterscheiden ließ. Gabriel besaß ein Paar überaus sensibler Kopfhörer, die setzte er gerne auf und verbrachte viel Zeit damit, in seine unzähligen Varianten des Lärms hineinzuhorchen. Manchmal gelang es ihm, den Lärm zu durchdringen, die Überlagerungen voneinander zu lösen, das Vermischte zu trennen, es in seine Bestandteile zu zerlegen, zu sortieren und zu ordnen, so dass sich in seinem Kopf der Lärm in eine Sammlung von Geräuschen verwandelte und die Geräusche zu einer noch größeren Anzahl von Tönen wurden.

Gabriel besaß diese Fähigkeit, weil er mit der Gabe des absoluten Gehörs geboren worden war. Wo die anderen Menschen nur ein ununterscheidbares Rauschen hörten, war Gabriel imstande, Muster zu erkennen, er sah gleichsam ein Geflecht aus Tönen, das sich vor ihm erstreckte, und er vermochte es, den Tönen zu ihrem Ursprung zu folgen, als seien es Fäden. Manchmal entdeckte er im Wispern der Bäume eine Melodie oder im Lachen einer Frau in einem Restaurant eine doppelte Kadenz, die ihn an den ersten Abschnitt aus Beethovens Mondscheinsonate erinnerte.

Rebecca setzte sich neben ihn und streichelte mit beiden Händen die hechelnden Möpse. »Erinnerst du dich an unseren Ausflug nach Sanary im letzten Herbst, als wir im Provençal Mittag gegessen haben?«, fragte sie.

»Ja, natürlich erinnere ich mich an diesen Tag. Ich habe dich da gefragt, ob wir heiraten wollen.«

»Am Nebentisch saßen doch drei Frauen in Uniform, weißt du noch? Wir haben uns damals darüber gewundert, die eine war Polizistin, die beiden anderen konnten wir nicht zuordnen, vielleicht Gendarmerie oder eine besondere Art von Justizbediensteten. Die Polizistin bekam dann einen Anruf, machte ein ernstes Gesicht, verabschiedete sich von ihren Freundinnen und ging. Weißt du noch?«

»Ja, das war ungewöhnlich. Aber warum erzählst du es mir jetzt?«

»Ich hatte die Polizistin schon am Vormittag am Strand gesehen. Sie war die kleine Treppe heraufgegangen, die vom Meer auf die Promenade führt, sie war direkt an uns vorbeigegangen, als wir da im Schatten auf unseren Handtüchern saßen. Sie hatte mich flüchtig gemustert, aber erst ein paar Stufen höher blieb sie stehen, wandte sich nach mir um, und unsere Blicke begegneten sich. Sie lächelte nicht, aber ihre Augen schienen mir zu sagen: komm mit. Ich war wie erstarrt und blickte ihr hinterher, und ich bin sicher, dass sie es wusste. Wir verbrachten den Vormittag am Strand, und es war ein schöner Tag, wir waren uns nahe, und du hast mich gefragt, ob ich dich heiraten wolle, und ich habe Ja gesagt und dabei die ganze Zeit an die Polizistin gedacht.

Wenn sie plötzlich vor mir gestanden und gesagt hätte: komm mit, dann wäre ich aufgestanden und mitgegangen, verstehst du? Ich hätte dich da sitzen lassen. Und gleichzeitig warst du mir lieber und näher als jemals zuvor. Und vielleicht habe ich dich in diesem Moment überhaupt das erste Mal geliebt. Als wir in unser Hotel gingen, um uns zum Essen umzuziehen, saß sie in ihrem Wagen, der direkt vor unserem Eingang stand. Ich glaube nicht, dass sie mich in diesem Moment gesehen hat, aber ich war froh, dass sie da war, und als ich dich oben im Zimmer geküsst habe, habe ich das aus Mitleid getan, mit dir und mit uns. Wir sind dann kurz eingeschlafen, ich weiß es noch genau, und ich bin wie aus einer Angst aufgeschreckt und wusste nicht, ob ich hoffen sollte, sie wiederzusehen oder nicht. Und dann gingen wir in das Restaurant, und da saß sie und bemerkte mich gar nicht. Aber ich spielte mit dem Gedanken, an ihren Tisch zu treten und zu sagen: Hier bin ich, nimm mich mit. Dann kam der Anruf, und ihr trauriger Blick streifte mich, als sie ging.«

»Und?«, fragte Gabriel.

»Nichts weiter. Das ist alles. Ich dachte nur, du sollst das wissen. Ich würde jetzt gerne schwimmen gehen.«

»Schau, da ist eine Wolke«, sagte er, »ohne die Sonne ist es bestimmt zu kalt.«

Sie blieb tatsächlich sitzen und blickte nach oben und überlegte, wie viel Zeit sie haben würde, bis die Wolke an der Sonne vorbeigezogen wäre und sie aufstehen und ihm den Rücken kehren müsste.

Dann stand sie auf und ging zum Meer. Die Dünung brach sich in langen Wellen am Ufer. Sie wusste, dass Gabriel ihr nachsah, aber sie drehte sich nicht um. Sie glitt in das noch frühlingskalte Wasser und spürte, wie ihr Körper sich zusammenzog. Sobald sie kein Land mehr unter den Füßen spürte, tauchte sie unter und ließ sich zu Boden sinken. Es war kühl und dunkel, sie war nur von Stille umgeben und spürte gar kein Gewicht mehr. Es tat ihr leid, dass sie zum Luftholen auftauchen musste. Als sie aus dem Wasser kam, stand Gabriel mit den Füßen im Wellensaum, die Hose notdürftig über die Knöchel gekrempelt, und hielt ihr ein Handtuch entgegen. Sie setzten sich nebeneinander in den Sand, Schulter an Schulter,

Rebecca fest in das Handtuch gewickelt. Die Hunde machten grunzende Geräusche, also fütterte er sie wieder. Aber es kam ihr so vor, als ob sie umso hungriger wurden, je mehr sie fraßen.

In Aigues-Mortes gingen sie in ein Restaurant, später machten sie einen Spaziergang auf der alten Festungsanlage. Beim Essen hatten sie über die Hochzeit gesprochen, über die Gäste, die sie erwarteten, und den Fortschritt der Vorbereitungen, von denen Gabriel kaum etwas wusste, da Rebeccas Mutter die Hand auf allem hatte. Sie blickten von der Stadtmauer hinab auf die roten Salzfelder, die nach Südwesten zum Meer hin lagen. Plötzlich sagte sie:

»Du willst am Samstag etwas spielen, oder?«

»Ja, wenn das Klavier rechtzeitig kommt, möchte ich das gerne.«

»Was willst du spielen?«

»Aus meiner Oper«, sagte Gabriel, »Eurydikes Lamento.«

Sie nahm seine Hand. »Du hast doch keine Oper.«

»In meinem Kopf ist sie fertig, ich muss sie nur noch aufschreiben«, sagte er leise, »und Eurydikes Lamento habe ich bereits aufgeschrieben.«

»Aber Gaby«, flüsterte Rebecca und streichelte seine Hand, die immer noch in ihrer lag, »wie lange schreibst du schon an dieser Oper? Zehn Jahre? Zwanzig?«

»Das ist nichts. Ich habe eben wenig Zeit, weil ich dauernd arbeiten muss. Vielleicht ändert sich das ja bald.«

Rebecca setzte sich auf die von Jahrhunderten zermürbte Mauer und überlegte, wie sie das, was sie sagen wollte, sagen könnte, ohne unfreundlich zu klingen. Dann sagte sie es einfach: »Vielleicht willst du zu viel.«

Aber Gabriel war ganz ungerührt. »Ich will über Orpheus schreiben, der mit seinem Gesang das Meer besänftigen konnte und die Tiere zähmte.«

»Ja, und über die Zauberflöte und Dante, ich weiß«, sagte Rebecca, »das ist sehr anspruchsvoll, oder?«

»Anspruch ist doch gar kein Konzept mehr«, sagte Gabriel.

Auf dem Weg zum Parkplatz brach sie einen großen Ast aus einem blühenden Mimosenstrauch und achtete im Auto sehr auf seine Zweige. Gabriel öffnete ein Fenster, so dass die feuchte Luft der Tiefebene hereinkam. »Ich lehne das Erhabene ab. Und die Erregung. Kennst du Beethovens Kreutzersonate? Tolstoi hat geschrieben, sie sei eine einzige erotische Aufstachelung, sie mache die Leute wahnsinnig, bringe sie um den Verstand. Ich will das genaue Gegenteil erreichen. Ich will zurück zur Harmonie, zum Einfachen und Gesunden. Ja, zur Heiterkeit, das ist doch das Wesen der italienischen Musik, leggerezza.«

»Du willst die Menschen unterhalten, Gaby, und glücklich machen«, sagte Rebecca und küsste ihn. Sie war sich nicht sicher, ob seine Lippen salzig schmeckten. Aber das konnte ja gar nicht sein, weil er sie nicht ins Meer begleitet hatte.

»Willst du irgendetwas Bestimmtes hören?«

»Ja, kannst du die Ramones anmachen?«

Gabriel fingerte am CD-Spieler herum, und aus den alten Lautsprechern kam »Smooth operator«.

Das ist auch okay, dachte Rebecca. Swann wollte zu den Ramones entjungfert werden, aber dann lief stattdessen Sade.

Zu Hause ging Rebecca in die Eingangshalle. Sie nahm den Mimosenzweig, stellte ihn in die große, geblümte Steingutvase neben dem Kamin und sagte sich, sie dürfe nicht vergessen, noch Wasser hineinzugießen. Sie rief nach ihrer Mutter, aber es kam keine Antwort.

Sami

In Montpellier hatte Sami am frühen Morgen die Linie 662 bis La Boissière – Mas d'Alhen genommen. Außer ihm stieg hier niemand aus. Er wartete, bis der Bus außer Sichtweite war. Dann war er ganz allein. Vor ihm lag die Route Nationale, rechts und links säumten niedrige Steineichen den Weg. Das Licht des frühen Nachmittags schimmerte graugrün im dichten Laub. In der Luft machte sich schon der kommende Wind bemerkbar. Sami wusste, dass sich bald der Mistral erheben würde. Zwischen den noch milden Böen, die wie träge Wellen durch die Büsche gingen, hörte er den klatschenden Warnruf der Grasmücke, die spitzen Schreie der Sperlinge und hin und wieder das rollende Gackern eines Häherkuckuckweibchens. Das freute ihn, denn diese Vögel waren selten.

Am Abend zuvor hatte er die Baustelle der großen Kirche verlassen, ohne sich noch einmal umzudrehen. Und am Morgen hatte er die Tür der kleinen Wohnung in der Rue des Rosiers das letzte Mal hinter sich geschlossen. Eine Woche hatte er in Paris verbracht. Alles, was dort geschehen war, lag jetzt hinter ihm. Für die Zeit, die vor ihm lag, wollte er das hier festhalten, das Licht in den Eichen, den Gesang der Vögel, den Geruch von Thymian und Rosmarin, den der Wind ihm zutrug. Am Wegrand grub er ein kleines Loch, holte sein Telefon aus der Tasche und verscharrte es in der Erde. Die Nachrichten seines Bruders hatte er nicht gelesen und nicht beantwortet.

Nachdem er eine Weile gegangen war, wichen die Bäume niedrigen Büschen und Sträuchern. Die weiße Zistrose blühte in den Kalksteinfelsen. Sein Blick öffnete sich endlich über die Weite der Hochebene, und seine Augen folgten den sanften Wogen der grünen Hügel am Horizont. Sein Weg führte durch ein karges Land, aber er wusste, dass am Ende sein Garten auf ihn wartete. Heinz Bächle hatte ihm angeboten, ihn am Bahnhof abzuholen. Aber Sami hatte abgelehnt. Es dauerte eine Stunde, bis die Route Nationale zur Landstraße wurde, und noch einmal eine halbe, bis er das alte Steinkreuz erreichte, dort verließ er die Landstraße und folgte dem schmalen Feldweg. Er blickte auf die Uhr. Es waren noch mehr als zwei Stunden bis zum Zuhrgebet.

»Wie finden Sie es denn, dass Notre-Dame abgebrannt ist?« Das war das Erste, was Zita zu Sami sagte, als sie ihn mit Heinz auf dem Hof stehen sah. Sie war mit ihrem riesigen grauen Wagen die Platanenallee heraufgedonnert und wieder viel zu schnell um die Kurve gefahren, so dass sie mit voller Wucht hatte bremsen müssen, um die beiden Männer nicht zu überfahren, die sich dort eben getroffen hatten und sich freuten, einander wiederzusehen. Auf dem Hof stand außerdem noch ein kleiner schwarzer Wagen mit Mannheimer Kennzeichen, den Zita nicht kannte. Sami war zurückgekehrt, ein fremdes schwarzes Auto war gekommen. So viel war passiert, dabei war sie nur eine Stunde weg gewesen. Und warum hatte Heinz dieses riesige Bündel rosablühender Äste im Arm?

Heinz machte wieder das gequälte Gesicht, mit dem er oft auf Zitas Einlassungen reagierte, Sami schlug seine traurigen Augen nieder. Die Betonung, mit der sie »Notre« gesagt hatte, war allen aufgefallen, als wolle sie gleich klarmachen, wer dazugehörte und wer nicht.

»Es ist ein großes Unglück, und oft gebiert ein Unglück zehn weitere«, sagte der Gärtner.

»Ich hoffe nur, man erwischt die Leute, die dafür verantwortlich sind«, sagte Zita, kniff ihre kleinen, ledrigen Augen zusammen und blickte ihn scharf an.

»Man wird sie erwischen«, sagte Sami, »in schā'a 'llāh.«

»Meinen Sie, Allah hat damit etwas zu tun?«, fragte sie.

»Zita, das reicht jetzt«, sagte Heinz mit einem Seufzen. »Wo warst du denn?«, fragte er.

»Ich habe etwas organisiert«, sagte sie, »eine Überraschung, aber ausnahmsweise nicht für Rebecca, sondern für meine Schwester. Wenn ihr am Donnerstag zum Stierkampf geht, gehe ich mit ihr in ein besonderes Restaurant.«

»Das ist nett von dir«, sagte Heinz, »ungewöhnlich nett.«

»Ich bin viel netter, als die meisten Menschen glauben – und wer hat dir Blumen geschenkt?«, sagte sie, zupfte zwei Blüten aus den Ästen und versuchte, sie sich hinter die Ohren zu stecken.

Heinz wich zurück, damit Zita nicht zu viel Schaden anrichten konnte, und informierte sie darüber, dass Gabriels Mutter Karoline eben eingetroffen sei und diese wirklich schönen Blutpflaumen mitgebracht habe. Zitas Augen öffneten sich weit, ihr Gesicht strahlte, und während sie ins Haus ging, sagte sie: »Schön, schön, sie ist tatsächlich eine sehr gute Freundin von mir.«

Heinz sah ihr nach. Als Sami seine Tasche nehmen wollte, die er neben sich gestellt hatte, machte Heinz ein Zeichen, dass er noch warten solle.

»Es ist schön, dass du wieder da bist, wir werden in dieser

Woche viel zu tun haben. Gibt es etwas, das wir heute noch besprechen sollten?« Sami zögerte. »Nur, wenn es jetzt passt«, sagte Heinz, »wir können auch morgen reden.«

»Nein, Monsieur«, sagte Sami, »lassen Sie uns gerne jetzt in den Garten gehen.«

Heinz Bächle hatte ihm früher oft gesagt, er möge ihn doch bei seinem Vornamen nennen. Aber Sami konnte den nicht aussprechen, und außerdem wäre ihm eine solche Vertraulichkeit seinem Chef gegenüber sehr schwergefallen. Also sagte er seit beinahe einem Vierteljahrhundert »Monsieur«.

»Geh vor«, sagte Heinz, »ich bin gleich bei dir.« Er trat in die Eingangshalle, schloss die Tür und stellte die Äste, die Gabriels Mutter mitgebracht hatte, in die große Tonvase neben dem Kamin. Die Hunde kamen ihm entgegen und rieben sich an seinen Beinen. Heinz machte sich nichts aus den beiden Möpsen. Immerzu keuchten oder kotzten sie. Aber jetzt hechelten sie erbärmlich und waren durstig und ausgehungert. Also nahm er sie mit in die Küche. Sie waren offenbar den ganzen Tag noch nicht gefüttert worden, so gierig stürzten sie sich auf ihr Fressen. Als Heinz die Küche verließ, vergaß er das Wasser für die Vase, weil er so schnell wie möglich in den Garten wollte.

Sami war nicht über die Terrasse und die Wiese am Pool vorbei zu den Orangenbäumen gegangen. Er hatte den schmalen, schattigen Weg um den Turm herum genommen, zwischen der kühlen Nordmauer und dem kleinen Korkeichenwäldchen. Er sah Rebecca schon von Weitem. Sie saß unter den Bäumen auf der Bank, die im durch das dichte Laub gebrochenen Licht der Mittagssonne lag. Rebeccas Haar war schwer und schwarz, als sei sie im Meer geschwommen. Er überlegte, wie lange es wohl dauern würde, bis ihr Vater käme, um mit ihm zu sprechen. Wie viel Zeit er jetzt mit ihr allein verbringen durfte.

Als sie ihn sah, stand sie langsam auf, ging ihm entgegen. »Da bist du ja«, sagte sie. »Mademoiselle Rebecca«, sagte er, sich aus ihrer Umarmung lösend, und gab ihr die Hand.

»Freuen Sie sich auf Ihre Hochzeit?«

Sie lächelte über diese ungewohnte Förmlichkeit. »Wo warst du?«, fragte sie.

»Ich habe meinem Bruder geholfen, er hatte ein Problem, ich bin für ihn eingesprungen. Es ist erledigt.«

»In Bayonne?«, fragte sie.

»Nein, in Paris.«

»Ah, dann warst du in Paris, als Notre-Dame brannte.«

»Ja, aber meine Wohnung war ganz im Nordwesten, vom Feuer habe ich nichts mitbekommen.«

»Es ist schrecklich.«

»Ja, es ist schrecklich. Man wird den Schuldigen finden, da bin ich ganz sicher.«

»Den Schuldigen?«

»Wenn die wichtigste Kirche Frankreichs brennt, wird wohl jemand schuld sein, oder?«

Sami hob unschlüssig seine großen Gärtnerhände, wie es seine Art war, und sie betrachtete interessiert seine kräftigen Finger.

»Habe ich Sie eben gestört, Fräulein Rebecca?«

»Nein, ich bin schon den ganzen Tag hier, ich tue einfach nichts.«

Er wandte ihr den Rücken zu und ging ein paar Schritte zu dem Baum, der ihm seit seiner Abwesenheit von La Garrigue Sorgen gemacht hatte. Äußerlich unterschied er sich in nichts von den anderen, aber Sami wusste es besser. Langsam umrundete er den Stamm und betrachtete die Früchte. Endlich fand er, wonach er suchte. Die Unterseite einer Orange war von einer dünnen, schleimigen Schicht überzogen. Er legte eine Hand an den Stamm. Er konnte nicht mehr ausmachen, ob die Krankheit durch die Spaltöffnung der Blattzellen eingedrungen war oder ob der Baum selber eine Verletzung aufwies, einen gebrochenen Ast, eine Abschabung an der Rinde, eine geplatzte Frucht. Aber er spürte, dass sie sich ausbreiten würde, dass sie sich anschickte, diesen Baum zu töten, sie war dabei, Besitz von seinen Blättern zu ergreifen, sie von innen heraus zu zerstören, das Mesophyll aufzulösen, sie würde sich die in seinem Zytoplasma gespeicherte Energie nutzbar machen, ein anderes Leben vernichten, um das eigene zu befördern. Es war ein winziges Lebewesen, ein Bakterium, dessen Namen Sami nicht kannte, aber als er die Augen schloss, war es ihm, als könne er es sehen, ein Stäbchen, das an einem Ende eine kleine Geißel trug, die der Fortbewegung diente. Ganz gleich, in welcher Gestalt das Leben sich zeigt, ob in einer Pflanze oder in einem Tier, ob es sich zu überwältigender Größe aufschwingt oder sich in Winzigkeit verbirgt, es will sich immer ausbreiten, es sehnt sich nach Nahrung und Fortpflanzung und Zukunft, nach noch mehr Leben, und das Leben des einen bedeutete oft den Tod des anderen. Sami wusste, dass er diesen Baum nicht würde retten können.

»Ich habe eine Nachtschwalbe gehört«, sagte Rebecca plötzlich neben ihm. Er hatte sie nicht kommen hören, aber er war nicht überrascht. »Und ein Rothuhn und alles in das Vogelbuch eingetragen, das du mir geschenkt hast.«

»Das ist gut«, sagte Sami, »du hast viel gelernt.«

»Du hast mir viel beigebracht«, sagte sie und freute sich über die wiedergefundene Nähe zwischen ihnen.

»Auf dem Weg habe ich einen Häherkuckuck gehört, das kommt beinahe nie vor, also schreib das auch in dein Buch. Und ich glaube, das Wiedehopfpärchen, das wir im vergangenen Jahr gesehen haben, hat hier überwintert. Vielleicht ist es schon so warm, dass diese Vögel jetzt das ganze Jahr über bei uns bleiben.«

»Südfrankreich wird wie Nordafrika.«

»Ich verstehe von Nordafrika viel weniger, als du glaubst. Meine Eltern kommen aus Algerien, also hältst du mich für einen Algerier. Eure Phantasie ist aber nicht meine Wirklichkeit.« Er hielt sie bei den Händen. Da war eine Ernsthaftigkeit in seiner Stimme, die ihr unangenehm war. Sie konnte damit nichts anfangen und begann, sich zu langweilen. Weil er sie aber nicht gehen ließ, blieb sie stehen, sah an ihm vorbei in das Blattwerk der Bäume und wartete geduldig, dass dieser Moment vorüberging, wie ein Kind auf das Ende einer väterlichen Standpauke wartete.

»Erinnerst du dich, dass du mich einmal nach der Wüste gefragt hast?«

»Habe ich das?«

»Ja, und ich habe dich belogen. Ich habe dir von der Wüste erzählt, aber ich kenne sie gar nicht, ich bin nie da gewesen.«

»Warum hast du das gemacht?«

»Weil du es hören wolltest. Du hattest mich gefragt, wie es da ist, woher ich komme. Aber ich komme aus Bayonne.«

Rebecca sah die Gelegenheit, die Situation zu ihren Gunsten aufzulösen.

»Dann erzähl mir von Bayonne«, sagte sie und entwand sich seinem Griff.

Sami setzte sich auf die Bank, und Rebecca blieb vor ihm stehen.

»Avenue de Sainte-Croix, Nummer 13«, sagte er, »eine elende Gegend. Aber anders als die Banlieu von Paris. Dort, wo ich herkomme, gibt es keine riesigen Hochhäuser, die einem das Licht nehmen, und keine stickigen Hinterhöfe oder feuchte Gassen, nein, im Gegenteil, der Himmel ist hoch und weit, überall wächst grüner Rasen, da sind breite Straßen und Kreuzungen, und dazwischen liegen die Häuser, halb hoch, rechteckig, Quader, manche wie zufällig verstreut, andere sorgfältig in Reih und Glied gestellt, wie Bausteine von einem Kind. Wenn man da nur durchfährt, fällt einem nichts auf. Aber wenn man da lebt, dann merkt man, dass es von allem zu wenig gibt: Lehrer, Ärzte, Bushaltestellen, Postämter, Supermärkte, sogar Polizisten. Es ist einfach eine große Leere.«

Rebecca hörte Sami aufmerksam zu, aber vor ihren Augen entstanden keine Bilder. Sie wusste nicht, wovon er sprach. »Leere«, wiederholte sie darum nur.

»Das Einzige, was die Leere füllt, ist die Angst«, sagte er. »Eigentlich haben alle immer und überall Angst, in der Schule, auf der Straße, vor dem Supermarkt, im Bus.«

»Angst«, sagte Rebecca.

»Ja. Vor der Gegenwart, vor der Zukunft. Ich weiß nicht. Wahrscheinlich auch vor der Vergangenheit. Die alten Leute haben Angst vor den jungen, und die jungen haben Angst vor der Polizei, und die Polizei hat Angst vor ihnen. Mal bringt ein Arab einen Busfahrer um, mal verübt ein Nazi einen Anschlag auf eine Moschee. Wer kann, der geht weg – aber es kann eben niemand weggehen, und sie sind alle verurteilt, zu bleiben und gemeinsam zu verfaulen. Wie Früchte, die man irgendwo liegen gelassen und vergessen hat.«

»Du bist weggegangen«, sagte Rebecca.

»Ja, das stimmt, ich hatte Glück.«

»Und hattest du nie Sehnsucht nach dem Land deiner Eltern?«

»Algerien? Die Kabylei? Sie wollen schon wieder, dass ich Ihnen Märchen erzähle, nicht wahr?«

»Nein, im Ernst. Wie ist es dort? Ich weiß es ja nicht«, sagte sie und setzte sich doch neben ihn.

Also erzählte Sami ihr doch noch von den Bergen der Kabylei. Von den Orangen, die dort in den niedrigen Lagen wuchsen, und von den Walnussbäumen in den Hochtälern. Er erzählte von den Feigenbäumen und den Oliven, mit denen die Bauern ihre Gärten begrenzten, und von den Mandelbäumen, deren Blüte die trockenen Berge am Ende des Winters erleuchteten. Er beschrieb die schmalen Terrassen, die sich die steilen Hänge entlangschlängelten und die von hohen, kunstvoll geschichteten Mauern gestützt sind, die aber niemand mehr richtet, wenn sie zerfallen. Denn die Menschen haben die Dörfer verlassen und sind in die Städte gezogen. Längst schon liegen in den engen Tälern die alten gepflasterten Landstraßen verlassen, die Haine sind verwaist, die Bäume vernachlässigt und verwachsen, weil niemand mehr da ist, sie zu schneiden und zu ernten, und die Äcker sind vertrocknet, weil das Wasser aus den Quellen, das einst auch die Gärten der Familien fruchtbar gemacht hatte, längst für die Versorgung der Städte umgeleitet worden ist.

Während er Rebecca das erzählte, spürte er eine Sehnsucht, die ihn überraschte. Die Erinnerungen, von denen er sprach, waren nicht seine, und er fragte sich, woher ihm diese Bilder kamen. Es fühlte sich an, als sei ihm etwas abhandengekommen, das er nie besessen hatte. Er schwieg eine Weile und sagte dann: »Wenn die Leute wegziehen aus den Tälern und Dörfern, dann bleibt einfach alles verlassen zurück. Dann sieht man ihre Spuren noch nach Jahrzehnten, vielleicht nach Jahrhunderten, verstehst du? Hier ist das anders. Wenn sich die Dinge hier ändern, wird alles abgerissen, zerstört, das Alte weicht dem Neuen.«

»Vielleicht hätten die Menschen einfach nicht weggehen sollen«, sagte sie.

»Ja, das haben sie zu spät gemerkt. Sie dachten, sie hätten keine Wahl. Manche gehen zurück.«

»Und du?«

»Ich? Ich gehöre doch da nicht hin.«

»Wohin gehörst du denn?«, fragte Rebecca.

»In diesen Garten«, sagte Sami.

Rebecca war froh, als sie ihren Vater kommen sah. Sie stand auf und verabschiedete sich von Sami, der sich auch erhob. Heinz war müde, er setzte sich auf die steinerne Bank und blickte sich um. Überall blühten die Lupinen, die Sami zur Düngung des Bodens zwischen die Bäume gepflanzt hatte, und ihre Schatten tanzten im weichen Licht des Nachmittags, das durch das lockere Blattwerk fiel. An den Ästen über ihnen leuchteten die orangefarbenen, gelben oder noch grünen Früchte, die kleinen Mandarinen und Limonen, die lustigen Zitronen, die knorrigen Bergamotten, die zurückhaltenden Bitterorangen, die in Frankreich Bigaradier genannt werden, natürlich verschiedene Arten süßer und saurer Orangen. Es gab hier sogar eine Zedrat-Zitrone, die extravaganteste Frucht von allen, weil sie wie ein lebendiges Tier aussah, das seine Fühler ausstreckt, um den Boden zu erreichen.

»Dieser Garten ist der schönste Ort, den ich kenne«, sagte Heinz, »setz dich doch neben mich, dann können wir reden.« Aber Sami blieb stehen, in einigem Abstand, um nicht auf seinen Chef herabblicken zu müssen.

»Ja«, sagte er, »es ist ein Paradies. Es ist ein irdisches Abbild des Paradieses. Hier wird jeder Sinn mit Schönheit erfüllt: Wir sehen die warmen Farben der Früchte, wir spüren ihre feste, nachgiebige Oberfläche, wir nehmen den Geruch ihrer Blüten wahr, wir hören den Gesang der Vögel in den Ästen und das Geräusch des Wassers, das zu Füßen der Bäume fließt. So stelle ich mir das Paradies vor.«

»Es waren die Muslime, die die Zitrusfrüchte im Mittelmeerraum verbreitet haben«, sagte Heinz.

»Ja, natürlich. Wir haben sie euch gebracht und euch auch ihre Namen gelehrt. Narandj und Laymun sind arabische Worte, die über Al-Andalus in eure Sprachen kamen. Die meisten von euch wissen das nicht mehr.«

»Ich weiß es«, sagte Heinz. »Was wolltest du denn mit mir besprechen?«

»Monsieur«, sagte Sami, »ich würde gerne auf meinen Vorschlag zurückkommen, im unteren Bereich des Gartens eine Dattelpalme zu pflanzen.«

Heinz wiegte den Kopf langsam hin und her. Er hatte sich sehr auf die Rückkehr seines Gärtners gefreut, und ohne es zu wissen, hatte er geradezu darauf gehofft, ein Gespräch wie dieses mit ihm führen zu können. Jetzt war er überglücklich, dass Sami ihn so schnell damit beschenkte, und wollte jeden Moment auskosten.

»Ja, ich weiß, dass du das vorhast«, sagte er mit großem Ernst, »aber das ist eine Angelegenheit, die gut überlegt werden muss, oder?«

»Ja, das muss sie«, sagte Sami.

»Ich habe dazu zwei Fragen«, sagte Heinz im gleichen Tonfall, in dem er mit einem Abteilungsleiter seiner Fabrik über die Wartung einer wertvollen Webmaschine beraten hätte. Er ahmte, ohne es zu merken, die etwas umständliche Ausdrucksweise des Gärtners nach und fühlte sich dabei sehr wohl.

»Erstens, warum? Also, was würde es dir bedeuten, wenn wir hier eine Dattelpalme pflanzten. Und zweitens, funktioniert das überhaupt, würde sie hier gedeihen? Und drittens – du siehst, ich habe sogar mehr als nur zwei Fragen: Ist der untere Bereich des Gartens wirklich der beste Ort, oder finden wir noch einen anderen? Erst wenn wir das alles geklärt haben, sollten wir eine Entscheidung treffen. Stimmst du dem zu?«

»Absolut, Monsieur«, sagte Sami. »Vielleicht fangen wir damit an, dass ich Ihnen etwas Wichtiges über die Dattelpalme erzähle, Monsieur?«

»Ja, Sami, unbedingt«, sagte Heinz.

Sami machte eine Pause, um sich zu sammeln, und fing dann an: »Es handelt sich um eine Überlieferung von Umar – möge Allah ihm gnädig sein. Sie wissen, wer das ist, Monsieur?«

Heinz schüttelte den Kopf und sagte kein Wort. »Er war nicht nur der Gefährte, sondern auch der Schwiegervater des Propheten, Allahs Segen und Heil seien auf ihnen beiden«, sagte Sami. »Sie waren auf einer Reise, und es begegnete ihnen ein Nomade. Den fragten sie, wohin er gehe, und er antwortete: Zu meinem Stamm. Da fragte ihn der Prophet – Allahs Segen und Heil seien auf ihm –: ›Willst Du bezeugen, dass es keinen Gott außer Allah gibt, der keinen hat, der ihm gleicht, und Muhammad sein Diener und sein Gesandter ist?‹ Der Nomade fragte: ›Wer kann bezeugen, was du sagst?‹ Muhammad zeigte auf eine Palme, die im Tal stand, und sprach: ›Diese Palme!‹ Er rief die Palme, und die Palme sprang herbei, bis sie Allahs Propheten – Allahs Segen und Heil seien auf ihm – erreichte. Muhammad forderte die Palme auf, die Wahrheit seines Prophetentums dreimal zu bezeugen. Die Palme bezeugte dies dreimal. Anschließend bewegte sie sich zurück an ihre ursprüngliche Stelle. Da sagte der Nomade: ›Falls mein Stamm mir folgt, bringe ich ihn mit. Falls mein Stamm mir nicht folgt, komme ich alleine zu dir zurück und werde dir folgen.‹«

Die Geschichte war zu Ende, und Sami schwieg.

»Ich nehme an, der Stamm ist ihm gefolgt, oder?«, sagte Heinz.

»Ja, das nehme ich auch an«, sagte Sami. »Sie sehen, Monsieur, die Dattelpalme ist kein Baum wie jeder andere.« »Ja, das sehe ich jetzt«, sagte Heinz, »aber ich hoffe, die Palmen würden bei uns an Ort und Stelle bleiben, oder?«

»Monsieur«, sagte Sami und hob beide Hände.

»Schon gut, es war ein Scherz«, sagte Heinz, »jetzt sag mir noch, ob du wirklich glaubst, dass sie bei uns wachsen würden.«

»Es gibt schon lange schwarze Datteln in Nizza«, sagte Sami. »Aber dort war es immer sehr warm. Die Stadt liegt nach Süden hin und hat die Berge im Rücken. Bei uns fühlen sie sich erst seit ein paar Jahren wohl, seit es überall wärmer wird. Wenn die Dattelpalme genug Wasser hat, wächst sie schnell. Ich würde tatsächlich vorschlagen, eine schwarze Dattel zu setzen, so wie sie in Tozeur in Tunesien wächst und in Zagora in Marokko.«

»Und in Nizza«, sagte Heinz, der sich wünschte, dieses Gespräch würde nie enden.

»Ja, in Nizza. Dort werden auch Früchte geerntet, sie sind erst gelb, dann rot und am Ende glänzend schwarz. Wir werden sehen, ob unser Garten auch so gesegnet sein wird.«

»Also bist du nicht sicher?«

»Ich bin sicher, dass die Dattelpalme bei uns wachsen wird. Ich bin sicher, dass sie Früchte tragen wird. Ob diese Früchte essbar sind, wird man sehen. Wenn es warm genug ist.«

»Und wird dann der Süden Frankreichs so sein wie der Norden Afrikas?«, sagte Heinz.

»Das hat Ihre Tochter auch eben gesagt. Aber ich weiß vom Norden Afrikas nicht viel, Monsieur. Ich komme aus Bayonne.«

»Ja, natürlich«, sagte Heinz. »Komm, wir sehen uns die Bäume an. Als du weg warst, ist ein Ast gebrochen, ich habe ihn versorgt, ich bin gespannt, wie du es findest.«

Er zeigte ihm den gebrochenen Ast, den er mit einem Verband aus Hanf gerichtet hatte. Sami nickte, dann trat er ein paar Schritte zur Seite und sagte: »Dieser Baum ist krank.«

Heinz ging zweimal um den Baum herum, dessen Äste voller Laub und Früchte hingen. Er betrachtete aufmerksam die Rinde und fand nichts. Er zog prüfend einen Ast zu sich herab und konnte nichts Auffälliges entdecken. Er untersuchte vorsichtig zwei seiner Früchte, ohne sie zu pflücken, aber da war nichts.

»Sami, als du das letzte Mal gesagt hast, dass ein Baum krank ist, starb er tatsächlich kurz darauf, und wir mussten ihn fällen.«

»Ja, das ist bisher zweimal vorgekommen, eine Zitrone und eine Platane.«

»Genau, zweimal, also glaube ich dir, wenn du sagst, dass dieser Baum krank ist, aber ich muss sagen, ich sehe nichts, und ein bisschen Erfahrung habe ich auch.«

»Es ist eine Bitterorange«, sagte Sami, »wissen Sie, dass die Bittere Orange ein Symbol der Ewigkeit ist, weil ihre Früchte nicht von selbst abfallen, so dass sich an ein und demselben Zweig reife und unreife Früchte finden?«

»Nein, das wiederum wusste ich nicht. Aber was hat denn dieser Baum?«

»Er hat eine Krankheit, die sich nicht heilen lässt«, sagte Sami, »so wie Ihre Frau.«

»Meine Frau?«, sagte Heinz.

»Es tut mir leid«, sagte Sami.

Als Sami gegangen war, blieb Heinz Bächle noch lange auf der Bank sitzen. Er zweifelte keine Sekunde an den Worten des Gärtners. Aber er hatte es immer als sicher vorausgesetzt, vor seiner Frau zu sterben. Etwas anderes wäre ihm gar nicht in den Sinn gekommen. Obwohl er nur acht Jahre älter war. Die Männer meiner Generation sterben immer vor ihren Frauen, dachte er. Warum soll das bei mir nun anders sein? Er empfand kein besonderes Mitleid mit sich selbst. Er wunderte sich nur, dass ihn ein unwahrscheinliches und unerwartetes Schicksal ereilen sollte.

Er dachte an Ira, die sterben würde wie dieser Baum. Ausgerechnet ein alter Bigaradier. Wer weiß, wer den gepflanzt hatte, dachte Heinz. Wie viele Jahre der hier schon stand. Er überlegte, ob er die Lücke füllen sollte. Wie das aussähe. Wie lange es dauerte, bis ein neuer Baum Früchte tragen würde. Ob er das noch erleben würde. Wie lange würde er noch leben? Keine Frage, diese Bäume würden blühen und Früchte tragen, wenn er längst nicht mehr sein würde. Das tröstete ihn kein bisschen. Es machte ihn auch nicht bitter.

Er fragte sich, ob er allein überhaupt immer noch hierherkommen würde. Mit dem Auto konnte er die Strecke jedenfalls nicht mehr fahren. Siebenhundert Kilometer, und dann der Ärger mit den Hunden. Nein danke. Was würde überhaupt mit den Hunden geschehen, dachte Heinz, mit diesen furchtbaren Möpsen, die ihn schon seit acht Jahren begleiteten. Ira hatte sich die Hunde selber zu seinem siebzigsten Geburtstag geschenkt.

Ira würde sterben. Als er sie kennenlernte, war ihm zuerst ihre elegante Erscheinung aufgefallen, wie sie ihren Kopf hielt, ein bisschen stolz, ein bisschen traurig, ihre große, jungenhafte Gestalt. Das war bei der Party des Golfclubs. Es wurde Charade gespielt, und Ira war an der Reihe, die Aufgabe zu bestimmen. Sie saß da mit ihren kühlen, distanzierten Augen und ihrem feinen, spöttischen Mund und sah ihn an, dann stand sie auf, kam zu ihm, der immerhin neben seiner ersten Frau saß, auf dem weißen Ledersofa, beugte sich zu ihm hinab und flüsterte ihm ins Ohr: »Du spielst mir jetzt Scheidung vor.«

Sie hatte ihn damals gleich an die Schauspielerin aus einem Film erinnert, den er als junger Mann gesehen hatte. Er hatte die Handlung längst vergessen, es ging um eine Familie in Österreich, in der viel gesungen wird und die vor den Nazis nach Amerika flieht, wo sie dann ihr Glück macht. Der Name der Schauspielerin fiel ihm erst nach einiger Überlegung ein: Ruth Leuwerik. Sie war vor zwei oder drei Jahren gestorben. Aber auf den Namen des Films kam er nicht. So sehr er sich auch anstrengte. Er hatte ihn vor langer Zeit in Stuttgart im Metropol gesehen, dem alten Varietétheater an der Bolzstraße, das man zu einem Kino umgebaut hatte, nachdem die Leute keine Lust mehr hatten, Marika Rökk beim Tanzen und dem Großen Kalanag beim Zaubern zuzusehen. Stattdessen wollten sie »Die Trapp-Familie« sehen – so hieß der Film.

Niemand kennt das heute noch, dachte Heinz. Wenn er Rebecca danach fragen würde, sie hätte davon noch nie gehört. Was früher wichtig war, spielte jetzt gar keine Rolle mehr. Und was jetzt eine Rolle spielt, wird morgen vergessen sein. Es war alles gleichgültig. So viel verlorene Zeit, dachte Heinz. Nicht verloren. Verbraucht. Verbrauchte, abgenutzte, fadenscheinige Zeit. Das Alter macht alles fadenscheinig. Der Lebensfaden wird immer dünner, und dann reißt er, dachte Heinz. Man kann weben und weben und weben, und die Zeit macht hinten alles zunichte. Selbst die modernste Greiferwebmaschine kam dagegen nicht an. Als Heinz aufstand, um ins Haus zu gehen, beschloss er, die Frage mit dem Baum offenzulassen.

Es war schon ganz dunkel. Von Weitem hörte er die Stimmen der anderen. Im Schein der Kerzen sah er ihre Schemen unter den Glyzinienblüten, sie warteten auf der Terrasse mit dem Essen auf ihn. Er machte einen Bogen und gelangte unbemerkt zum Kücheneingang. Leise ging er über die schmale steinerne Treppe nach oben. Er blieb vor Iras Zimmer stehen und öffnete langsam die Tür.

Aus ihrem Bad fiel Licht in den sonst dunklen Raum. Auf dem Bett sah er den gelben Morgenrock liegen, den sie immer trug, davor waren ein paar Zeitschriften und Bücher auf dem Boden verstreut. Es war nichts Ungewöhnliches an dem Anblick, aber er hielt inne und trat vorsichtig näher. Im Halbdunkel des Schlafzimmers blieb er stehen und blickte sich um. Er wollte kein Licht machen, damit ihn von unten niemand bemerkte.

Auf dem Nachttisch standen ein paar Fotos, eines zeigte Rebecca mit Anfang zwanzig, ihr Gesicht verschwand in ihren wüsten schwarzen Haaren, und ihr Kopf war zur Hälfte von ihrem Geigenkasten verdeckt, den sie mit beiden Händen umklammert hielt, ihr Vater stand neben ihr, lachend, und machte mit den Armen eine entschuldigende Geste. Natürlich erinnerte sich Heinz. Damals hatten sie beide zusammen Rebecca nach Paris zum Konservatorium gebracht, und beinahe hätte er ihre Geige fallen lassen, die sie zum Vorspielen dringend brauchte.

Hinter einem großen Klappspiegel steckten Postkarten, die er Ira aus Mailand und Shanghai geschickt hatte.

Auf der Kommode stand ein silberbeschlagenes Kästchen, das er ihr in Andalusien gekauft hatte, dort hatten sie mehrere Sommer verbracht, bevor sie La Garrigue gekauft hatten. Er öffnete es und fand darin angestoßene Visitenkarten von Antiquitätenhändlern in Marseille und L'Isle-sur-la-Sorgue, Museumstickets für den Papstpalast in Avignon und das Musée Granet in Aix, Opernbillets aus Paris, München und Bayreuth. Da waren auch die Eintrittskarten vom »Ring«, den sie im Jahr 2000 gesehen hatten, Alberich mit Alditüte, Placido Domingo als Siegmund, das hatte ihnen beiden Spaß gemacht. Da war auch ein Stück Koralle, ein kleiner warmer Ast, der sich zweimal verzweigte, den hatte er 1979 auf Korsika am Strand gefunden und ihr geschenkt. Danach hatte er nie wieder eine Koralle am Strand gefunden.

Er schloss das Kästchen. Plötzlich wurde ihm klar, dass er jahrelang nicht in diesem Zimmer gewesen war. Es lag direkt neben seinem, beide hatten denselben weiten Blick nach Westen, in die sanften, mit Korkeichen bestandenen Hänge, über denen man die Sonne untergehen sehen konnte. Aber wann hatte er hier das letzte Mal gestanden? Auf ihrem Bett gesessen? Sie im Badezimmer beobachtet? Er hatte es vergessen. Sie hatte hier alles aufbewahrt, ihre ganze gemeinsame Vergangenheit. So viele Jahre. Sie war die Hüterin ihrer gemeinsamen Geschichte. Mit ihr würde alles verschwinden.

Er ließ die Tür offen stehen und ging nach nebenan, um sich umzuziehen. Unschlüssig stand er vor seinem Kleiderschrank. Schließlich nahm er sich Hemd und Hose aus festem Leinen, dazu einen schweren dunkelblauen Pullover aus Baumwolle, und an die Füße zog er die bordeauxfarbenen Samtpantoffeln, die er sich regelmäßig von Gallo aus Rom schicken ließ, alle zwei Jahre ein neues Paar, und ging nach unten zu den anderen.

Die Familie

Alle saßen am Tisch, nur Ira war noch in der Küche beschäftigt. Rebecca flüsterte Swann irgendetwas ins Ohr, während sie die leeren Gläser füllte, beide waren auf dem Weg in den Rausch schon ein gutes Stück vorangekommen. Gabriel langweilte sich. Er ließ seine Finger beiläufig über den Rand seines Tellers gleiten und betrachtete gedankenversunken das Paradiesvogelmuster. Dann hob er den Teller an und blickte darunter, weil er die Marke herausfinden wollte.

»Man dreht keinen Teller um«, zischten Zita und Rebecca gleichzeitig, und dem armen Gabriel wäre das gute Stück vor Schreck beinahe aus der Hand gefallen. Gabriels Mutter, die am anderen Ende des Tisches saß, lachte hysterisch, als habe ihr Sohn gerade einen wahnsinnig gelungenen Scherz gemacht. Sie saß ganz gerade auf ihrem Stuhl, und offenbar hatte sie auch schon ein paar Gläser getrunken, jedenfalls leuchteten ihre spitzen Wangenknochen in der Farbe des örtlichen Rosés, und sie bewegte ihren hageren Kopf hektisch hin und her wie ein nervöser Vogel.

Karoline Wisner von Morgenstern war am späten Nachmittag angekommen, während Gabriel und Rebecca noch am Strand gewesen waren. Sie hatte von Ira ein Zimmer im Turm zugeteilt bekommen, unter dem von Zita und mit Blick auf den Parkplatz, und sich seitdem mehrmals darüber beklagt, dass sie als Mutter des Bräutigams schlechter behandelt werde als die Tante der Braut. Sie hatte sogar in sich hineingemurmelt, dass das nicht passiert wäre, wenn Johann dabei gewesen wäre, ihr Mann. Swann hatte sie gefragt, warum er nicht mitgekommen sei, und sie hatte gesundheitliche Gründe angeführt, aber das glaubte Swann nicht, sie kannte Gabriels Vater, er war ein alter Griesgram, und außerdem hielt er die Bächles für vulgär.

Karoline war dennoch erstaunlich guter Dinge, da sie sich schon den ganzen Tag mit Heinz' Anwalt Nandor Nowalski getröstet hatte. Am Vormittag war sie in Mannheim in seinen kleinen schwarzen Porsche gestiegen, und er war mit ihr in einem Rutsch hierhergebraust. Davon schwirrte ihr immer noch der Kopf. Und der Wein tat auch seine Wirkung.

»Du trägst ja Pantoffeln wie der Gänswein«, flötete Karoline, als Enzo die Terrasse betrat.

»Ich habe auch Sneaker von Giesswein«, sagte Nandor, »die sind aus Wolle, einfach die geilsten Schuhe ohne Socken.«

Swann hatte ihn bislang nicht sehr beachtet, aber nach dieser sagenhaft blöden Bemerkung nahm sie ihn genauer in Augenschein. Er trug einen leuchtend blauen Sommeranzug und ein rosafarbenes Hemd, das über dem Bauch spannte, die Haare waren im Nacken ein bisschen zu lang und wurden an den Schläfen grau. Er war ein Mann Ende fünfzig, in der ganzen, weiten Bedeutung des Wortes. Swann wettete mit sich selbst, dass er teure Schuhe ohne Socken trug. »Gänswein, nicht Giesswein«, sagte sie. »Ich glaube, Karoline will uns sagen, dass sie eine Audienz beim Papst hatte und weiß, welche Schuhe sein Sekretär trägt.«

»Nicht nur sein Sekretär«, sagte Zita.

»Was willst du sagen«, fragte Swann, »dass auch der Papst solche Pantoffeln trägt oder dass Gänswein mehr ist als nur der Sekretär?«

»Natürlich beides«, sagte Zita.

»Es war in der Tat wunderbar im Vatikan«, sagte Karoline.

»Das ist heute Abend schon das zweite Mal, dass Sie mich korrigieren«, sagte Nandor zu Swann und prostete ihr mit dem Rosé zu. Sie erwiderte den Gruß mit einem leichten Nicken, erinnerte sich aber nicht an das erste Mal.

»Ah, Sie kennen sie nicht«, sagte Rebecca, »das macht sie nur mit Männern, die ihr sympathisch sind.«

»Ich sehe, ihr habt euch schon bekannt gemacht«, sagte Heinz und setzte sich auf den letzten freien Platz, der zufälligerweise neben Karoline lag.

»Absolut«, sagte Rebecca. »Wir haben uns eben bekannt gemacht, und ich habe schon gesagt, dass ich gar nicht wusste, dass er zu meiner Hochzeit kommt.«

»Und ich habe bereits geantwortet, dass Sie sich keine Sorgen machen müssen, so lange bleibe ich nicht«, sagte Nandor. »Ich muss am Donnerstag schon wieder zurück. Es sei denn, Sie laden mich ein.«

»Mannheim-Montpellier-Mannheim in zwei Tagen, das ist viel, oder?«, fragte Swann.

»Oh, Nandor hat einen Porsche und kann wirklich sehr schnell fahren«, sagte Karoline mit träumerischer Stimme. Das kam nun nicht nur Swann ein bisschen absurd vor. Die Einzige, die starr nach vorne sah, war Zita, die sich grundsätzlich unwohl fühlte, wenn die Menschen um sie herum sich gerade einmal nicht stritten.

»Nandor kommt von Ernst & Redlich aus Mannheim und hilft mir beim Verkauf der Firma, es gibt da einiges zu besprechen«, sagte Heinz.

»Du willst die Firma verkaufen?«, fragte Rebecca.

»Die Bächle Feine Textilien GmbH & Co KG stellt in der

dritten Generation Stoffe her, es sieht nicht so aus, als ob sich die vierte Generation dafür interessieren würde, das Geschäft fortzusetzen, ich bin beinahe achtzig Ja, ich verkaufe die Firma.«

»Wie heißt die Kanzlei?«, fragte Swann, aber niemand beachtete sie.

»Da endet dann wirklich eine Tradition«, sagte Rebecca und trank ihr Glas aus. »Ihr habt doch im Krieg Uniformen und Verbandsmaterial hergestellt.«

»Moment. Da habe ich mir nichts vorzuwerfen. Ich habe sogar einen Historiker dafür bezahlt, unsere Verstrickung in das Nazi-Regime restlos aufzuklären.«

»Verstrickung, ha!«

Alle schwiegen, bis Gabriel sagte: »Ich glaube, das ist die Entscheidung deines Vaters.«

»Hört, hört«, rief Heinz, »der Schwiegersohn hat gesprochen.«

»Befassen Sie sich auch mit Textilien?«, fragte Nandor und lächelte freundlich.

Gabriel schwieg, weil er sich nicht vorstellen konnte, dass die Frage ihm gegolten hatte. Der Anwalt blickte ihn einfach weiter an und wartete und lächelte, und obwohl Swann ihn aufmerksam studierte, war sie sich nicht sicher, ob es sich um ein vorgefertigtes Lächeln handelte, das er immer parat hatte, oder ob sich da ein bisschen Spott hineinmischte.

»Er ist Künstler«, sagte Rebecca.

»Ah, was für eine Kunst denn?«

»Komponist. Er schreibt eine Oper.«

»Das ist ja toll«, sagte Nandor.

Gabriel begriff jetzt, dass von ihm die Rede war, er nickte und sagte: »Ich interessiere mich aber auch für Textilien. Heinz hier hat mir erklärt, dass man bald digitale Gewebe herstellen kann. Das finde ich faszinierend.«

»Sie meinen, mit der Unterhose ins Internet?«, fragte Nandor und lachte, und Swann stellte fest, dass er keine schönen Zähne hatte. Das Problem war nur, dass Gabriel überhaupt keinen Sinn für Ironie hatte und den Witz gar nicht verstand. Also nickte er wieder und sagte: »Ja, vielleicht sogar das, warum nicht. Da gibt es sicher Anwendungen. Aber von Technik verstehe ich nichts. Ich sehe das mehr unter dem künstlerischen Aspekt ...«

Swann konnte genau sehen, wie Rebecca in sich zusammensank.

»... also ein besonderes Material, mit bewegten Bildern, ich kann mir zum Beispiel spirituelle Bademoden vorstellen. Verstehen Sie?«

»Nein«, sagte Nandor, und das war gewiss nicht gelogen.

»Zum Beispiel ein Badeanzug, und wenn man aus dem Wasser kommt, steigen aus dem Schritt Quallen nach oben auf ...«

»Quallen? Meinen Sie, dass die Leute auf ihrem Badeanzug ausgerechnet Quallen haben wollen«, fragte Nandor, während Heinz ein ungläubiges Gesicht machte.

»Quallen repräsentieren das kosmische Gleichgewicht«, sagte Gabriel.

Nandor hatte offenbar das Gefühl, es sei jetzt der richtige Moment, das Thema zu wechseln. Er wandte sich also zu Karoline und fragte: »Sie waren beim Papst? Das haben Sie mir gar nicht erzählt.« Dabei legte er tatsächlich seine Hand auf ihre.

Mit großem Ernst antwortete sie: »Ja, im Vatikan war es einfach wunderbar. Eine so spirituelle Atmosphäre. Der Papst war unheimlich beeindruckend, sehr freundlich, ganz natürlich, und zum Abschied hat er gesagt, wir sollen das schöne Bayernland von ihm grüßen.«

»Johannes Paul I. oder II.?«, fragte Zita.

Karoline guckte sie überrascht an und sagte knapp: »Benedikt natürlich. Der einzige deutsche Papst – leider.«

Swann gab Rebecca unter dem Tisch einen Tritt.

»Einen zweiten wird es wohl nicht geben, wenn das so weitergeht«, sagte Heinz.

»Wie meinst du das, lieber Enzo«, fragte Karoline, die sich nur unwillig von ihrem Nachbarn abwandte, aber den Eindruck hatte, ihr Einsatz für den rechten Glauben sei jetzt unerlässlich.

»Ich glaube, das muss ich nicht erklären, oder?«, sagte Heinz und lehnte sich zufrieden in seinen Stuhl zurück.«

»Doch«, sagte Ira, die eben aus der Küche kam, ein intarsienverziertes Holztablett in der Hand, darauf eine alte Steingutplatte, auf der wiederum ein riesiges gebratenes Huhn lag, dem rechts und links zwei Reihen von gedünsteten Tomaten und mit Schafskäse gefüllten Oliven das letzte Geleit gaben. Heinz sah Ira lange an. Dann sagte er: »Meine Frau hält mich für gottlos. Das stimmt aber nicht. Hört mal: Wache auf, der du schläfst, und stehe auf von den Toten, so wird dich Christus erleuchten. Paulus, Epheser.«

»Sehr schön«, sagte Nandor.

»Ja, nicht wahr? Ich habe übrigens noch einen guten Witz …«

»Keinen Witz«, sagte Ira.

»Doch«, sagte Heinz. »Unterhalten sich zwei katholische Pfarrer. Fragt der eine seinen Kollegen: Meinst du, wir erleben es noch, dass Pfarrer heiraten dürfen? Sagt der andere: Wir nicht, aber vielleicht unsere Kinder.«

Ira setzte sich wortlos und begann, das Huhn zu zerteilen.

Irgendwie war die Stimmung plötzlich dahin. Und weil Swann schon beinahe eine Flasche Rosé getrunken hatte, beugte sie sich zu Nandor von Ernst & Redlich und flüsterte ihm ins Ohr: »Sie müssen sich nicht so um Gabriels Mutter kümmern. Die Familie hat gar kein Geld. Darum heiratet er ja Rebecca.«

Die Wirkung war beachtlich. Nandor gab ihr mit der flachen Hand einen kleinen Schlag auf den Hinterkopf, das hatte sie auch schon lange nicht mehr erlebt, und Karoline, die Swanns Worte offenbar gehört hatte, verstummte schlagartig und verabschiedete sich früh.

Am nächsten Morgen fehlte sie dann beim Frühstück. Sie ließ sich wegen Unpässlichkeit entschuldigen. Ein bisschen tat sie Swann leid, aber nicht sehr.

Alle hatten sich wieder um den Tisch versammelt, als man Zita in der Küche schimpfen hörte. Es war die Sorte von demonstrativem Zetern, das an niemanden gerichtet war, das sie sicher auch von sich gab, wenn sie allein war, das ihr aber jetzt erkennbar mehr Spaß machte, da sie ein Publikum hatte, dem sie damit auf die Nerven fallen konnte. Heinz tat so, als hörte er nichts, und zog den »Midi Libre« noch ein bisschen dichter vor sein Gesicht.

»Ist euch schon mal aufgefallen, dass man sich hinter einem Telefon nicht verstecken kann«, fragte Swann in die Runde, »und dass für viele Leute eine der wesentlichen Funktionen der gedruckten Zeitung darin besteht, sie als Zuflucht zu benutzen?« Rebecca ließ ihren Kopf leise hin und her schwanken wie eine Boje in bewegter See, aber sie sagte nichts, und auch sonst antwortete keiner. Swann war unzufrieden und blickte sich um. Der Garten war jetzt fest in den Händen der Partyfirma, überall liefen Leute herum, bauten Tische auf, verlegten Kabel, trugen Stapel von Stühlen hin und her, richteten Scheinwerfer und Musikboxen aus. Der Pool war gesperrt, die Wiese belegt, der Orangengarten eingezäunt. Und dann hing noch der Himmel bleigrau über ihnen. Alles war beklemmend. Von oben drückte der Himmel, von den Seiten das kommende Fest. Sie waren zusammengedrängt. In einer steigenden Flut war die Terrasse das letzte Eiland der Ruhe. Aber die Wahrheit war, Swann wollte gar keine Ruhe. Sie war inzwischen sicher, dass sich die letzten Menschen nach der Sintflut noch gegenseitig an die Gurgel gehen würden. Und sie würde einer von ihnen sein.

»Der Hahn ist wiedergefunden worden, der Wetterhahn von Notre-Dame, also, was davon übrig ist …«, sagte Heinz, »… hier ist ein Bild …«, und er drehte seine Zeitung, so dass sie alle das armselige, gerupfte Kupferhuhn sehen konnten, es war wirklich ein trauriger Anblick. »Er sieht ein bisschen aus wie ein Grillhähnchen«, sagte Heinz, »erstaunlich, dass der nicht ganz geschmolzen ist, oder?«

»Und die Reliquien?«, fragte Rebecca. »Warte, steht hier: Genoveva, Dionysius und das Stück aus der Dornenkrone … ist noch unklar … das Ding ist so verbogen, dass man ihm nicht in die Eingeweide gucken will. Aber ich würde mich da auch weiterhin ganz auf die göttliche Fügung verlassen.« »Sonst nichts Neues?«, fragte Nandor, der bis dahin nur in sein Telefon geguckt hatte. Bevor Heinz antworten konnte, war aus der Küche plötzlich wieder Zita zu hören. »Ihr kauft einfach zu viel ein. Immer zu viel«, rief sie, »aber man hat ja, man hat ja …«

Ira machte ein bekümmertes Gesicht, aber sie war offenbar zu müde, um sich mit ihrer Schwester anzulegen. Sie sah erschöpft aus. »Heute wäre noch Zeit, Zelte zu bestellen«, sagte sie und guckte in den grauen Himmel.

»Keine Zelte«, sagte Rebecca, »das hatten wir ja schon.«

»Und wenn es regnet?«, fragte Swann.

»Dann regnet es«, sagte sie, und es klang gar nicht so, als würde sie das bedauern.

»Nichts Neues?«, fragte Nandor noch mal, der sich offenbar langweilte.

Ira fühlte sich angesprochen und sagte: »Gleich kommt der Pfarrer zum Vorgespräch. Sonst nichts.«

»Darf ich da dabei sein?«, sagte Swann, »ich will um nichts auf der Welt verpassen, wenn Rebeccas Glauben getestet wird …«

Da überraschte Nandor sie und die anderen, indem er sich Swann zuwandte und sagte: »Ich hatte mich darauf gefreut, dass Sie einen kleinen Ausflug mit mir machen und mir die Gegend zeigen. Der Patron hat erst am frühen Abend Zeit für unser Gespräch, es steht unserem Glück also nichts im Wege.«

Swann war ehrlich verblüfft, weil er das so selbstverständlich sagte, als handle es sich um eine abgemachte Sache. Jedenfalls verstand Rebecca es so. »Ah, hattest du das vorgeschlagen? Wie nett«, sagte sie und guckte Swann so beiläufig an, als hätten sie sich gerade kennengelernt.

»Wenn du mit deinem Pfarrer und deinem künftigen Mann deine Hochzeit besprichst, brauchst du mich also nicht«, antwortete Swann.

»Gar nicht. Gar nicht. Gar nicht. Also zeig ihm ruhig die Gegend. Fahrt doch zum Lac du Salagou. Ihr könntet schwimmen gehen. Ab heute Mittag soll auch wieder die Sonne scheinen.«

Eifersüchtig. Rebecca war eifersüchtig, dachte Swann, obwohl sie dazu gar keine Veranlassung hatte und kein Recht sowieso. Aber sie und Nandor zum Lac du Salagou zu schicken, das war wirklich gemein. Da waren Swann und Rebecca früher oft schwimmen gewesen. Eine sonderbare, unwirkliche Landschaft auf einer Hochebene aus rotem Sand und spitzen Hügeln, in deren Mitte eine riesige Wasserfläche liegt, aus der wiederum kleine Inseln ragen. Swann erinnerte sich daran, dass sie sich vorkamen wie in Lummerland, wenn sie da im Sommer im flachen Wasser lagen, und dass sie Witze darüber machten, dass Rebecca die größeren Brüste hatte und Swann die größere Nase. Swann dachte, dass Rebecca einfach keine Gelegenheit auslassen konnte, die Dinge schlimmer zu machen, und ihr selbst stand heute der Sinn überhaupt nicht danach, klein beizugeben. Also warf sie Nandor einen kurzen Blick zu, ein bisschen abschätzig, aber nicht zu sehr, und sagte: »Halbe Stunde. Badehose nicht vergessen.«

Sie ging nach oben in ihr Zimmer, um ihre Sachen zu holen. Es war alles ein bisschen abwegig. Aber sie freute sich tatsächlich aufs Schwimmen. Sie war immer eine gute Schwimmerin gewesen, kaltes Wasser hatte ihr nie etwas ausgemacht. Nicht unterzugehen, aber von der Tiefe zu wissen, das fühlte sich an wie die Unsterblichkeit, Meer, Sonne, Ewigkeit, tatsächlich. Gestern hatten ihre Blutungen aufgehört, und die Schmerzen waren auch weg. Sie legte sich aufs Bett und weinte. Plötzlich war beinahe eine Stunde vergangen, sie musste eingeschlafen sein. Als sie wieder nach unten ging, war der Pfarrer schon da.

Wenn man ihn nicht so vorgestellt hätte – voilà, Monsieur le Curé Gousset –, dann hätte Swann ihn nicht erkannt. Er war ein kleiner schmaler Mann mit einem müden Gesicht und dünnem Haar, das ihm dicht am Kopf klebte. Alles in allem, fand Swann, sah er aus wie ein Gehilfe ihres Obsthändlers in Köln, der den ganzen Tag vor dem Laden im Belgischen Viertel steht, in sein Handy glotzt und dabei einen kalten Zigarillostummel von einem Mundwinkel in den anderen rollt. Sie saßen in der hohen, kühlen Küche am dunklen Tisch, Ira hatte türkisfarbene Biot-Gläser und eine dazu passende Karaffe mit Wasser hingestellt. Swann kam genau rechtzeitig, denn der Pfarrer war gerade dabei, seine Thesen zum Brand von Notre-Dame zu präsentieren. »Bis man diese Balken zum Brennen bringt, da muss schon was passieren, ich sage es Ihnen, alle Achtung, die brennen nicht so einfach, nein, meine Dame, die waren hart wie Stein, verstehen Sie? Wie Stein«, und dabei schlug er mit der flachen Hand auf den schwarzen Holztisch. Dann fiel ihm etwas ein: »Warten Sie«, rief er, holte ein Feuerzeug aus der Tasche und hielt die Flamme tatsächlich an den Tisch. »Sehen Sie!«, rief er. »Brennt nicht, altes Holz, keine Chance.«

Ira machte ein verblüfftes Gesicht, aber bevor sie protestieren konnte, hatte Monsieur le Curé sein Feuerzeug schon wieder weggesteckt.

»Worauf wollen Sie denn hinaus?«, fragte Ira, sichtlich erschöpft, aber erleichtert darüber, dass ihrem Tisch das Schicksal von Notre-Dame erspart geblieben war. »Wie, worauf ich hinauswill? Das versteht sich doch von selbst. Attentat. Es war ein Attentat. Das war unser elfter September, meine Dame, und ich sage nicht zu viel, wenn ich behaupte, es können nur die Muslime gewesen sein – oder Macron selber, wegen der Gelbwesten.«

»Wie, Macron?«, fragte Gabriel, der bislang wie üblich nichts gesagt hatte.

»Ja, Macron oder Muslime, ich sage doch, unser elfter September«, sagte der Pfarrer, hob die Schultern und breitete die Arme aus, als sei es die selbstverständlichste Sache der Welt. Swann sah, dass er an beiden Handgelenken, die aus seinen viel zu weiten Manschetten herausragten, kleine Goldkettchen trug. Sie hatte ihm gegenüber Platz genommen, hielt das Kinn auf die Hände gestützt und beobachtete, wie dem Kirchenmann der Schweiß die Schläfen herablief und sich in seinen dünnen Koteletten verfing. So warm war es gar nicht, aber er ereiferte sich ganz schön.

»Sie wissen doch, dass man in New York auch immer noch nicht weiß, ob das Ganze nicht vielleicht doch der amerikanische Geheimdienst war. Vielleicht in Zusammenarbeit mit den Muslimen. Auch denkbar.«

Es war einfach toll, dachte Swann, man konnte den galoppierenden Wahnsinn in jeder Gestalt antreffen, in jeder Verkleidung, überall, jederzeit. Aber auf Dauer bekam sie davon schlechte Laune. Jetzt, da sie diesen Unsinn mit eigenen Ohren gehört hatte, fühlte sie sich verpflichtet, sich dazu zu äußern, sozusagen aus hygienischen Gründen.

»Gehen Sie nicht ein bisschen weit mit Ihren Vermutungen?«, sagte sie also, »der arme Macron, machen Sie es sich da nicht ein bisschen einfach?«

Der Pfarrer war kein bisschen überrascht. »Ah, ja, die Deutschen lieben unseren Präsidenten, das ist bekannt. Aber sie kennen ihn nicht. Genauso wenig, wie sie unsere Muslime kennen. Wir sind hier nicht bei »Monsieur Claude und seine Töchter«, wissen Sie …«

»Sondern?«

»Fragen Sie mal Jacques Hamel«, sagte der Pfarrer, und sein Kopf wurde so rot, dass Swann ein bisschen fürchtete, er würde ihr gleich um die Ohren fliegen. Sie guckte ihn fragend an.

»Jacques Hamel, Gott hab ihn selig, war der Priester, dem zwei Fundamentalisten in Rouen die Kehle durchgeschnitten haben. Ich wäre ganz froh, wenn mir dieses Schicksal erspart bliebe.« Er schwieg, und der Schweiß floss ihm in Strömen die Kinnladen hinunter. Er knetete seine dünnen Hände, um seine ganze Wut zu zermahlen.

»Bei Ihnen ist das anders, Sie haben die Türken, die schneiden niemandem den Hals durch. Aber bei uns ist es eine Katastrophe.«

Swann war schon klar, dass er sich Mühe gab, wieder die Fassung zu gewinnen, aber sie sah keinen Grund, auf den alten Rassisten Rücksicht zu nehmen.

»Ich habe immer noch nicht verstanden, was Macron damit zu tun hat.«

Plötzlich war Rebecca neben ihr, sie saß auf einmal einfach da. »Wolltest du nicht schwimmen gehen?«, fragte sie.

»Ja, das mache ich tatsächlich gleich«, sagte Swann.

»Ja, also, dann los, geh schwimmen, wir reden jetzt hier über den Glauben. Das ist doch so, Monsieur le Curé, oder?«, fragte sie, an den Pfarrer gewandt.

»Ja, ganz richtig, das machen wir«, sagte Pfarrer Gousset erleichtert. »Du glaubst doch an Gott, meine Tochter?«

Swann stand auf und verließ den Raum, ohne sich zu verabschieden. In der Tür blieb sie noch kurz stehen, weil sie die Antwort hören wollte. Rebecca zögerte keinen Moment und sagte: »Ich glaube, dass wir eine Seele haben, die Gottes Ebenbild ist, und dass wir Anteil haben an seiner höchsten Seinsform. Ich glaube, dass alles Gewordene den Drang verspürt, zum Urgeist zurückzukehren, und dass diese Sehnsucht auch in uns wohnt und dass das Ziel allen Weltgeschehens darin besteht, uns von den Fesseln der sinnlichen Welt zu befreien und Wiederaufnahme im Geist des Ganzen zu finden. Zuvor müssen wir aber Buße tun für die Sünden, die wir auf uns geladen haben und deren größte in der Vereinzelung besteht, dem Abfall aus dem Ganzen.«

Dann schwieg sie. Der Pfarrer machte ein erstauntes Gesicht. »Das ist doch schon mal gut, meine Tochter«, sagte er dann mit einem leichten Schulterzucken, »das genügt auf jeden Fall.«

Swann lächelte, während sie das Haus verließ. Sie konnte einen wirklich fertigmachen, die gute Bébé.

Der Porschefahrer Nandor Nowalski von der Kanzlei Ernst & Redlich wartete schon eine Weile. Ihr Date. So weit war es gekommen. Am Abend zuvor, als sie allein in ihrem Bett lag, weil Rebecca nicht bei ihr war, hatte sie kurz überlegt, ob sie sich seinen Instagram-Account ansehen sollte. Um mehr über ihn zu erfahren. Aber sie ließ es bleiben. Es lohnte sich nie. Es war ohnehin immer das gleiche: Füße im Sand, Selfies im Skilift – »Woo hoo, ob das bei euch genauso gerade ist? I doubt it!« – zwischendurch Bilder vom Essen und von Autos, ein Fuß im Pool, eine Hand mit einem Drink, ein Blick aus dem Flugzeugfenster. Diese komplett bescheuerte, rastlos gelangweilte Sinnentleertheit der globalen Bourgeoisie langweilte Swann ungeheuer. In ihrer Lust zur Entäußerung waren die Menschen ebenso maßlos wie berechenbar. Geschlecht und Alter spielten dabei keine Rolle. Männer, Frauen, jung, alt, ganz gleich, was den Exhibitionismus anging, nahmen sich die Leute nichts. Männer waren höchstens noch peinlicher als Frauen, das war schon alles. Die Leute enthüllten in diesen

Dossiers der digitalisierten Einsamkeit ihre traurige Existenz als Avatare des eigenen Lebens, dachte Swann. Sie war auch einsam. Aber sie wäre nie auf die Idee gekommen, die ganze Welt an ihrer Einsamkeit teilhaben zu lassen.

Swann ging noch zum Pool, um ihr Handtuch zu holen. Sie schlängelte sich durch die Leute vom Partyservice, deren Zahl offenbar von Stunde zu Stunde größer wurde. Das Gelände wimmelte von jungen Leuten in knappen, weißen Outfits. Alle waren unheimlich beschäftigt, und niemand hatte einen Blick für Swann. Aber es war wirklich viel zu tun. Denn Rebecca hatte sich gewünscht, dass das ganze Grundstück mit weißen Lampions vollgehängt werde. Es sollte aussehen, als sei der Sternenhimmel auf die Erde gefallen, oder so ähnlich. Ganz einfach war das nicht, weil Rebecca sich außerdem gewünscht hatte, dass die Lichter alle auf einmal ein- und auszuschalten seien. Vom Eingangstor, den Windungen der Platanenallee folgend bis zum Platz vor dem Haus, über die Terrasse, am Pool vorbei, bis zu den Orangenbäumen und den Korkeichen, und selbst zu in den Zypressen führten also kleine Kabel, die kunstvoll versteckt und kaschiert werden mussten, damit niemand darüber stolperte und sie für den Fall, dass es regnen sollte, auch niemanden durch einen Kurzschluss in den Tod reißen würden. Und verheddern durften sie sich natürlich auch nicht.

Swann stellte sich dicht an den Rand des Pools und blickte hinab. Das vom Wind nur leicht bewegte Wasser leuchtete unter dem grauschweren Himmel wie ein flüssiger Stein.

»Keine Sorge. So wird es nicht bleiben«, sagte plötzlich eine Stimme dicht an ihrem Ohr. Sie drehte sich um, und da stand Sami, der Gärtner. Seine weichen, traurigen Augen, die ihr schon früher aufgefallen waren, sahen an diesem Tag noch düsterer aus als üblich und bildeten einen eigentümlichen Gegensatz zu seinem schmalen, harten Mund. Er stand so dicht vor ihr, dass sie fürchtete, er werde sie einfach ins Wasser stoßen. Nach hinten konnte sie nicht ausweichen, also glitt sie in einer Vierteldrehung nach rechts, so dass sie wieder voreinander standen, ihr aber mehr Raum zum Manövrieren blieb. Sie war nicht sicher, ob er lächelte. »Das Wetter. Es wird nicht so bleiben. Nachher wird die Sonne scheinen, und später kommt der Wind.«

Swann bedankte sich für die Wettervorhersage, um die sie nicht gebeten hatte. Der Mann war ihr unheimlich. Sie erinnerte sich, dass Ira gesagt hatte, Rebecca habe ihm das Herz gebrochen. Vielleicht war er schon seit Langem eifersüchtig auf sie, dachte sie. Wie er sie immer ansah.

»Darf ich noch eine Frage stellen?«, sagte er, wobei sein Ton und sein Gesichtsausdruck seine Höflichkeit Lügen straften. Ohne eine Antwort abzuwarten, fuhr er fort: »Hat der Pfarrer gesagt, dass die Muslime schuld sind?«

»Sie kennen ihn?«, sagte Swann und machte ein paar Schritte, nur um den Abstand zu vergrößern.

»Natürlich kenne ich ihn. Jeder hier kennt ihn. Er ist der Pfarrer. Und jeder weiß, dass er uns hasst.«

»Er hat gesagt, Notre-Dame, das sei der elfte September für Frankreich.«

»Glauben Sie das auch?«

Diese Frage überraschte Swann. Aber es fiel ihr nicht schwer, sich aus der Affäre zu ziehen. »Ich bin Journalistin, ich glaube gar nichts, bis ich es weiß.«

»Sie lügen«, sagte er mit einem bösen Lächeln und trat einen Schritt auf sie zu. »In Wahrheit glauben Sie alle, dass es einer von uns war. Und wissen Sie was: Weil das so ist, spielt es schon gar keine Rolle mehr, ob tatsächlich ein Muslim Notre-Dame angezündet hat oder nicht.«

Swann fürchtete sich nicht vor diesem Mann, der ganz offensichtlich einen Dachschaden hatte, aber diese Unterhaltung war unnötig, und außerdem wartete der Porschefahrer auf sie. Also nickte sie Sami freundlich zu und ging einfach weg. Sie hörte noch, wie er hinter ihr herrief: »Es ist wirklich schade drum. Ich war mal da. Ich kenne die Kirche ein bisschen. Man hatte einen schönen Blick vom Dach aus.«

Nandor stand mit der ganzen lächerlichen Lässigkeit seines überbordenden Selbstbewusstseins an seinen Porsche gelehnt, das rechte Bein und über dem linken, die Hose war zu eng, wie Swann mit einem Blick zwischen seine Beine feststellte. Das sah lustig aus, wie bei einem kleinen Jungen. Mit einer theatralischen Geste öffnete er die Tür und hieß Swann einzusteigen. Als sie um den Wagen herumging, fiel ihr Blick auf das Nummernschild: MA-NN69. Sie hätte sich beinahe verschluckt vor Lachen. Es reicht den Leuten einfach nicht, auf eine alltägliche, zurückhaltende Art lächerlich zu sein. Sie müssen es immer übertreiben und zu ihrer eigenen Karikatur werden. Swann dachte unwillkürlich an die Rittmeisterin. Die beiden wären ein Traumpaar gewesen, keine Frage. Sie war sicher, dass ihre frühere Chefin ihren aufdringlich understateten Kindersitzvolvo in Wahrheit gerne gegen so eine kleine Potenzbeule eingetauscht hätte. Denn man musste ja sagen, besonders groß ist so ein Porsche nicht.

Als sie sich durch die Platanenallee schlängelten und langsam über die Auffahrt zum Tor fuhren, das ganz von selbst seine hellblauen Flügel für sie öffnete, fragte er nach ihrem Ziel. Sie nannte ihm den Namen ihres Ziels: Lac du Salagou. »Warst du da schon?«, fragte er, und sie sagte, oft, und dass es dort sehr schön sei, aber sie sagte nicht, welche Erinnerungen sie mit dem Ort verband. Dass er sie geduzt hatte, fiel ihr erst danach auf. Er wollte sein Navigationsgerät anstellen, aber sie sagte, entweder er vertraue ihr jetzt oder sie könnten es gleich ganz lassen. Und dann ließ sie ihn den Umweg über die kargen Hügel von La Boissière nehmen. Sie fuhren über die schmale Straße, die an niedrigen Bäumen und Sträuchern vorbeiführte, deren dunkelgrün ledriges Laub unter dem bleiernen Himmel lila leuchtete, und sie sprachen wenig. Hinter Saint-Hilaire, als sie schon im Tal des Hérault waren und das karstige Land von weiten Weinbergen abgelöst wurde, begann der Himmel, langsam aufzuklaren, wie Sami es vorausgesagt hatte.

»Ich kenne dich natürlich aus dem Fernsehen. Du machst das wirklich gut«, sagte er plötzlich, »souverän, cool.« »Ich bin da raus«, sagte sie, »das ist vorbei. Ich mache jetzt Radio.« Er schwieg eine Weile und sagte dann: »Lass mich raten, man hat dich abgesägt. Oder?«

»Wie kommst du darauf?«

»Ich mach viel M&A, Firmenverkäufe und so. HR ist mein täglich Brot. Also: Ja! Warum? Bist du müde geworden und hast schlappgemacht? Bist du jemandem auf den Schlips getreten?«

»Ja, man hat mich abgesägt, Scheiße, aber wahr.« Er war der Erste, dem sie davon erzählte. Verrückt. Manchmal war es beim Reden wie beim Sex, dachte Swann, am besten ging es mit Fremden. Und dieser Nandor-MA-NN69-Nowalski war zwar lächerlich, aber nicht dumm.

»Oder bist du an die gläserne Decke gestoßen?«, sagte er und grinste.

»Du glaubst nicht, dass es so was gibt?«

»Natürlich gibt es das, zum Glück, es ist ein Schutzwall, ihr seid schon zu weit gekommen.«

»Vorsicht, alter weißer Mann, du spielst mit deinem Leben.«

»Egal, tut mir jedenfalls leid für dich. Erst Fernsehen, dann Radio, das muss man erst mal verkraften, nehme ich an. Vielleicht gibt es ja ein Zurück. Am Äußeren kann es jedenfalls nicht liegen.«

»Sehr charmant. Was ist mit dir? Verheiratet?«

»Die Ehe? Ich sage immer: später, später, Sanitäter, oder?«

»Warum machen so viele Juristen eigentlich immer so schlechte Witze?«

»Wer viel Geld verdient, braucht keinen Humor, meine Süße.«

»Noch mal Süße, Herr Porsche, und ich steig aus.«

»Magst du mein Auto nicht?«

»Bisschen klein, oder?«

»Aber schnell.«

»Irre. Du bist echt wie aus einem Museum für Männer von Gestern, so Väter-der-Klamotte-mäßig …«

Sie wusste nicht, warum sie sich von diesem Vollidioten so provozieren ließ. Dann erinnerte sie sich: Rebecca war schuld. Sie fuhren durch Gignac, die kleine, felsige Stadt, wo Swann mit Ira und Rebecca am Palmsonntag in der Kirche gewesen war und wo sich tags darauf die Hochzeitsgäste zum Drink versammeln sollten. Sie war dankbar für die Abwechslung. Es war kein besonders schöner Ort, das konnte man wirklich nicht sagen, schlicht, sandsteinfarben, ein bisschen arm, ein bisschen heruntergekommen. Aber in der Mitte war ein platanenumstandener Platz, der sie an die Place des Lices in Saint-Tropez erinnerte, wo sie mit Rebecca viel Zeit verbracht hatte, ihre Nächte im Caves waren legendär.

»Schau«, sagte sie, »selbst hier, in dieser ziemlich durchschnittlichen südfranzösischen Kleinstadt, zeigt sich die Überlegenheit der französischen Zivilisation. Ich meine, es gibt Tausende solcher Nester im ganzen Land, und jedes einzelne verfügt über mehr Kultur, Schönheit und Geschmack als irgendeine Stadt in Deutschland.«

Nandor schwieg.

Also legte Swann noch einmal nach: »Überhaupt geht mir unsere ganze schlecht gelaunte Selbstgerechtigkeit unglaublich auf die Nerven.«

»Ja, geschenkt«, sagte Nandor, »aber so richtig fröhlich und mediterran-heiter bist du auch nicht gerade.«

Dazu fiel ihr nichts ein.

»Das Leben ist zu kurz zum Heiraten, finde ich«, sagte Nandor plötzlich. »Und außerdem sage ich immer, wer länger als zehn Jahre mit seiner Frau verheiratet ist, muss schwul sein.«

Swann erinnerte ihn daran, dass Heinz und Ira deutlich länger zusammen waren.

»Ah, ja, Heinz.« Er schwieg und lächelte, dann sagte er: »Wobei, bitte, mir soll es recht sein. Ist halt für die Frau blöd. Obwohl manche vielleicht ganz froh ist, wenn ihr Mann sie in Ruhe lässt, oder?«

Swann fiel auf, dass Nandor hier in seinem Porsche ganz bei sich war, nicht mehr zurückhaltend und höflich, sondern ein bisschen vulgär.

Hinter Gignac ging es wieder bergauf, die Straße hatte sich in einen schmalen Pfad verwandelt, und auch die Landschaft war eine andere geworden, grün, lebendig, lieblich. Plötzlich bog Nandor in eine Einfahrt, die zu einem kleinen Waldstück führte, und hielt den Wagen an.

»Und nun?«, fragte Swann.

»Wollen wir eine kleine Pause machen?«, sagte er und legte eine Hand auf ihr Bein und griff mit der anderen nach hinten, um eine Decke hervorzuholen, die dort bereitlag. Swann war es egal. Wenn er unbedingt wollte, dachte sie, bitte. Die Decke gefiel ihr, ein rosa-grünes Tartanmuster, aus Kaschmir, sehr geschmackvoll. Sie fragte sich, wie oft sie schon zum Einsatz gekommen war.

»Sag mal, Nandor, du mit deinem Porsche«, wollte sie fragen, »ist das nur deine Kaschmir-Vögel-Decke – oder machst du damit auch andere Sachen? Würdest du damit auch einen Rentner zudecken, der vom Rad gefallen ist? Oder würdest du ein Picknick darauf machen, mit einer Frau, die du liebst? Oder ist das nur deine Schnellficker-Decke, die freundlicherweise aus Kaschmir ist, damit die Mädels sich nicht die Knie wundscheuern?«

Hätte sie fragen können. Machte sie aber nicht. Keine Lust.

Er breitete also seine Decke dicht neben dem Auto aus, er schob ihr Kleid hoch, sie zog sich die Unterhose aus, kniete sich hin, man tut ja, was man kann, dachte sie, und er vögelte sie von hinten. Zwischendurch, während er sich in ihr abarbeitete, rief er immer wieder: »Ich fick dich, ich fick dich.«

Wenn sie den Kopf nach rechts drehte, sah sie über das grüne Tal des Hérault hinweg die Kalkfelsen der Garrigue, den blauen Himmel und den Höhenzug am Horizont, wenn sie den Kopf nach links drehte, sah sie sich selbst und Nandor Nowalski in der konvexen Spiegelung der gewölbten Flanke seines Autos, ihr Körper war grotesk verkrümmt, ihr Kopf hatte seine Form verloren, und ihr Gesicht war eine lächerliche

Maske – das fand sie ganz angemessen, sie sah aus, wie sie sich fühlte, und hinter ihr war dieses kleine, verzwergte Männchen, das wie wild in ihr herumrammelte. Als er bemerkte, dass sie ihn in seinem Porsche beobachtete, stachelte ihn das nur noch mehr an, und er rief noch lauter: »Ich fick dich, ich fick dich.«

Es war wirklich eine tolle Idee gewesen, diesen Ausflug zu machen. Selber schuld, dachte sie. Das hatte Rebecca nun davon, dachte sie.

Sie waren dann noch schwimmen, wie sie es geplant hatten, in dem schönen See mit dem roten Ufer. Swann zeigte Nandor die Stelle, die sie schon kannte, wo man mit dem Auto ganz dicht ans Wasser fahren konnte und allein war, während sich die Touristen in der Nähe des Campingplatzes tummelten. Nandor wollte im Wasser gleich weitermachen, aber sie sagte ihm, sie sei für heute bedient und noch eine Berührung, und sie würde ihn wegen Vergewaltigung belangen. Das war zwar ein Scherz, aber es machte offenbar Eindruck auf ihn, denn er ließ sofort von ihr ab. Tatsächlich hatte sie auch wieder ein bisschen Schmerzen.

Am Nachmittag waren sie wieder zu Hause, gerade so rechtzeitig, dass Nandor sich zu seinem Gespräch mit Heinz treffen konnte. Swann hatte im Auto versucht, ihn dazu auszufragen, aber er war professionell genug, kein Wort über die Sache zu verlieren. Als sie in die Küche kam, war sie wieder einmal Zeugin einer jener Szenen, für die sie diese Familie fürchtete. Liebte und fürchtete.

Es ging schon wieder um das Wedgwood-Geschirr. Zita war in ihrem Vortrag gerade beim Thema Temperatur angekommen, ganz genau konnte Swann sie nicht verstehen, denn sie sprach sehr laut und sehr schnell, es ging irgendwie um Brennöfen und Geschirrspülmaschinen. Sie stand klein und hager vor der Spüle, leicht nach vorne gebeugt, und fuchtelte mit beiden Händen in der Luft, und ihre grauen Haare hingen ihr wie Bindfäden vom Kopf. Sie war das Schreckensbild der schlechten Laune, die sie in Jahrzehnten sorgfältig gepflegt und genährt hatte. Ein Denkmal der Unversöhnlichkeit. Mit einem geradezu biblischen Zorn zeigte sie auf die Spülmaschine, die randvoll mit dem kostbaren Geschirr war, und überhäufte die wortlos am Tisch sitzende Ira mit Vorwürfen, die in dem Ausruf gipfelten: »Wenn das die Mutti und der Vati gewusst hätten, hätten sie es mir vererbt, nicht dir.«

Ira, die Swann sehr blass vorkam, sagte: »Dann vererbe ich es eben dir.«

Aber das hörte Zita gar nicht.

»Du kommst jetzt hierher und räumst die Maschine aus, und dann waschen wir das Geschirr mit der Hand ab«, sagte sie.

»Was?«

»Du räumst sie jetzt aus. Ich will nicht, dass das Geschirr unserer Eltern so behandelt wird. Räum sie jetzt aus!«

Ira schwieg. Sie stand auf und bückte sich, um die Maschine auszuräumen. Swann sagte kein Wort. Das warf sie sich nachher vor. Sie hätte Ira zu Hilfe kommen müssen. Aber als sie sich die Situation später noch einmal vor Augen führte, musste sie zugeben, dass diese Machtausübung sie fasziniert hatte. Was Zita mit ihrer Schwester machte, war der reine Sadismus, und Swann sah gerne dabei zu.

Aber genau in diesem Moment platzte Heinz in die Küche. Er hatte offenbar die Situation aus dem Wohnzimmer verfolgt.

Er schrie Zita an und überhäufte sie mit Schimpfworten, und auf seinem Gesicht lag ein Ausdruck, den Swann bei ihm nicht kannte, es sah aus, als werde er Zita schlagen, jedenfalls wich sie erschrocken zurück und ging buchstäblich in Deckung, während er ihr Dinge an den Kopf warf, die sie vermutlich auch noch nie gehört hatte: Sie überschätze sich maßlos, sie sei in Wahrheit nur eine böse alte Frau, die es liebe, andere Menschen zu quälen, sie sei selber unglücklich und wolle darum andere unglücklich machen, sie solle Ira in Ruhe lassen, die schon ein Leben lang unter ihr gelitten habe, und es sei jetzt genug damit.

Zita zog sich zurück wie ein überraschtes Tier, schweigsam und mit gesenktem Kopf, und Ira ließ sich wortlos auf ihrem Küchenstuhl nieder, ganz so, als sei sie Heinz nicht einmal dankbar.

Stiere

Osterwoche, Gründonnerstag, Stierkampf – die Stadt platzte aus allen Nähten. Die Straßen waren überfüllt. Swann war nervös. Vielleicht war es doch der Stierkampf, der sie beunruhigte. Oder der Umstand, dass dies ihr letzter Tag mit Rebecca war. Am Freitag würden die Gäste kommen, am Samstag würde geheiratet, und dann würde das Leben, das sie mit ihrer Freundin geführt hatten, vorüber sein. Sie war Gabriel sehr dankbar, dass er nicht mitgekommen war. Er hatte gesagt, er wolle sich heute lieber noch einmal auf seine Arbeit konzentrieren, dafür würde in den kommenden Tagen wenig Zeit sein. Vielleicht hatte er einfach Angst.

Sie fanden keinen Parkplatz und mussten ein Stück zu Fuß gehen, über den Boulevard des Lices und durch den Jardin d'Été. Sie gingen Hand in Hand, so wie sie es gewohnt waren. Bei den Treppen hingen ein paar Jungs herum, keine Maghrébins, eher Araber. Sie waren nicht älter als zwölf Jahre. Gerade als Swann und Rebecca an ihnen vorbei waren, rief einer hinter ihnen her: »Was seid ihr denn für Lesben, ihr verkackten Pädos.«

Swann drehte sich um und ging ein paar Schritte zurück, direkt auf den Typen zu: »Wir sind keine Pädos – und selbst wenn, dann wärt ihr sicher, ihr dicken Tunten.«

Sie fand sich ziemlich schlagfertig, und die Wirkung war auch entsprechend: Die Jungs riefen den beiden Frauen noch ein paar Flüche hinterher, aber sie zogen ab. Rebecca gab Swann einen Kuss. Dann lief sie voraus. Sie war vollkommen unbeschwert. Sie schwebte durch den weiten Raum der grünen Kathedrale, zu der sich die hohen Äste der alten Linden und Platanen über ihnen zusammenschlossen. Swann beobachtete, wie sie in eine schmale, von hellen, zweistöckigen Häusern gesäumte Straße der Altstadt von Arles einbog, und fragte sich, ob man jemandem das Glück von hinten ansehen könne. Sie kam ihr glücklich vor. Also nahm sie sich vor, heute auch glücklich zu sein. Das wollte sie ihr noch schenken. Einen glücklichen Tag.

Die meisten Leute sind überrascht, wenn sie erfahren, dass in Frankreich Stierkämpfe stattfinden. Und wenn sie sich damit abgefunden haben, meinen sie, dass man den Stieren dabei höchstens Blumen aufsetzt. Swann ging es jedenfalls so, bis sie sich informierte. Tatsächlich gab es nicht nur den unblutigen Stierkampf, den Course landaise und den Course camarguaise. Bei der einen Variante vollführen junge Männer artistische Kunststücke und springen über Kühe, die auf sie zustürmen – Kühe, keine Stiere. Bei der anderen wird der Stier mit Bändern, Tüchern und Quasten geschmückt in die Arena geführt, die ihm dann im Verlauf des Raset abgenommen werden müssen. In beiden Fällen wird dem Stier also kein Haar gekrümmt, und beim Course camarguaise kann er sogar als Sieger vom Platz gehen: Wenn es dem Raseteur nach fünfzehn Minuten nicht gelingt, dem Stier etwas abzunehmen, hat der Stier gewonnen. Er verlässt die Arena unter dem Jubel der Zuschauer und kehrt auf seine Weide zurück – bis zu seinem nächsten Auftritt. Der blutige Stierkampf, die Corrida, war etwas ganz anderes. Bei der Corrida geht es um den Tod. Und der Stier verliert immer. Er verlässt die Arena nie lebendig. Als Rebecca und Swann nach Arles zum Stierkampf fuhren, wussten beide, was sie erwartete.

Die sinnlose Quälerei von Tieren war Swann immer zuwider. So geht es wohl den meisten Leuten. Andererseits – was ist schon sinnlos? Im Süden Frankreichs und in Teilen Spaniens gehörte der Stierkampf zum sogenannten kulturellen Erbe. Und Kultur ist keine Frage des Sinns. Als Swann sich am Tag zuvor vorstellte, dass sie zum Stierkampf gehen würde, konnte sie bei sich kein besonderes Mitleid mit den Tieren feststellen. Sie war bereit, den Stierkampf als kulturelles Phänomen zu verstehen, als Ausprägung einer ihr fremden Zivilisation, ja, als Kunst. Und wenn der Stierkampf eine Kunst war und der Torero ein Künstler, dachte sie, dann musste sie mit dem Stier nicht mehr Mitleid haben als mit der Leinwand eines Bildes oder dem Marmor einer Statue. Je näher sie der Arena kam, desto mehr zweifelte sie daran, dass sie das wirklich glaubte.

Während sie der Straße folgten, teilten immer mehr Menschen ihren Weg, und je näher sie ihrem Ziel kamen, desto dichter wurde die Menge, bis hinten über vielen Köpfen die kalkweiß in der Sonne leuchtende Arena erschien. Sie sahen zunächst nur die zweite Galerie und einen schmalen Rand der ersten, denn die Römer hatten die Arena in einen Hügel hineingebaut, der vielleicht einmal die Stadt überragt hatte, und nur die nördlichen, ihnen gegenüberliegenden Zugänge, lagen auf dem Niveau der umliegenden Häuser. Sie aber näherten sich von der höher gelegenen, südlichen Seite und sahen, wie sich der Strom der Menschen, der Form des Amphitheaters folgend, in eine sanfte Linkskurve begab und bergab lief, bis er unten vor den Eingangsportalen angekommen war und sich dort zu einem See aus Köpfen staute. Sie stellten sich ans Geländer und blickten staunend hinab.

Swann hatte gelesen, dass die Arena zehn- oder zwölftausend Plätze hatte. Die würden alle belegt sein, keine Frage. Sie war überrascht. Am Rand der Altstadt hatten sie ein kleines Grüppchen von Leuten gesehen, die sich da versammelt hatten, um gegen die Stierkämpfe zu protestieren. Sie waren mit schwarzen T-Shirts bekleidet, auf denen »No Corrida« stand. Eine Frau, die Stoffhörner vor der Stirn trug, lag auf dem Bürgersteig und hatte vier mit rot-gelben Fransen geschmückte Spielzeug-Banderillas unter den Arm geklemmt, damit sie wie ein getöteter Stier aussah. Andere hatten sich damit begnügt, Schilder in die Höhe zu halten, auf denen verlangt wurde, dass wenigstens keine Kinder zum Stierkampf mitgenommen würden. Swann und Rebecca hatten das für keine besonders radikale Forderung gehalten. Jedenfalls war das eine traurige Handvoll von Demonstranten, die da auf ganz und gar verlorenem Posten standen und lagen, denn dass die guten Bürgerinnen und Bürger von Arles plötzlich ihr Mitleid mit den Stieren entdeckten, war ausgeschlossen. Und dass irgendeine französische Regierung sich in naher Zukunft des Themas ernsthaft annehmen würde, war auch nicht sehr wahrscheinlich. Die wackeren Tierschützer mussten also wohl oder übel auf Europa hoffen. Es gab in Strasbourg bestimmt längst ein paar grüne Initiativen zum Verbot des Stierkampfes, und Swann konnte sich gut vorstellen, wie holländische, dänische und vor allem deutsche Tierschutzverbände die Europa-Abgeordneten mit Petitionen bombardierten, »Tortur statt Kultur« wäre zum Beispiel ein gutes Motto, dachte sie.

Swann blickte wieder auf die Masse der hüpfenden und sich umeinander drehenden Köpfe. Eigentlich waren es vor allem Strohhüte, überall Strohhüte, beigefarbene, weiße und gelbe. Dabei war es vier Uhr am Nachmittag, die Sonne stand schon tief, die engen Straßen der Stadt lagen im Schatten, und noch lag eine Stunde vor ihnen, bevor die Kämpfe beginnen sollten. Aber offenbar musste man damit rechnen, dass sich auch jetzt im Frühjahr und selbst zu dieser Tageszeit die steinerne Höhlung der Arena in einen Brennspiegel aus gleißendem Kalk verwandeln würde. Also kauften auch Swann und Rebecca Strohhüte, sie entschieden sich für zwei helle, breitkrempige Exemplare mit schwarzen Hutbändern. Rebecca sagte, der Hut stehe Swann sehr gut, sie sehe aus wie ein argentinischer *Guajiro*. Und weil ihre dichten schwarzen Haare sich von dem Hut nicht bändigen lassen wollten und überall hervorquollen, sagte Swann ihr, sie sehe aus wie eine Zigeunerin. »Dann bin ich ja richtig angezogen«, antwortete sie. »Und jetzt gehen wir und gucken, wie Mann und Bestie aufeinander losgehen«, und dazu gab sie ein teuflisches Lachen zum Besten, das Swann ziemlich überzeugend fand.

Ihre Plätze waren in der ersten Reihe. Rebecca sagte, auf diese Weise würde ihnen nichts entgehen. Swann fragte, ob man von weiter oben nicht einen besseren Überblick hätte, aber Rebecca schüttelte den Kopf: Wenn man den Schweiß der Toreros und das Blut des Stiers sehen und riechen wolle, sagte sie, müsse man nah dran sein. Swann wollte es. Sie waren spät und verliefen sich dann noch ein bisschen in den Gängen und Treppen der Arena. Sie fanden einfach den Weg nicht. Rebecca machte ein ganz bestürztes Gesicht. Es war das erste Mal, seit Swann hier war, dass sie Rebecca wenigstens ein bisschen außer sich erlebte. Sie liefen ungefähr dreimal um die ganze Arena herum, so kam es Swann vor, überall versperrten große eiserne Gitter den Weg, brüchige Steintreppen führten ins Nichts, große Torbögen waren vermauert, es war ein regelrechtes Labyrinth, diese Gänge des Amphitheaters. Außer ihnen war da schon niemand mehr. Irgendwann kamen sie an einen großen Tordurchgang, breiter als die anderen, der war zur Arena hin mit einer riesigen Plastikplane verhängt, da standen nervöse Männer, die lachten, als sie die beiden Frauen kommen sahen, und machten mit den Zeigefingern über dem Kopf Zeichen, dass der Stier hier gleich durchkommen werde. Da begriffen Swann und Rebecca, dass nun wirklich keine Zeit mehr war. Sie fanden endlich den Zugang zu ihrer Reihe und drängelten sich zu ihren Plätzen, weil die anderen Zuschauer sich schon hingesetzt hatten.

Die Tribune Centrale 1 lag auf der westlichen Seite der Arena, die Sonne schien ihnen noch ins Gesicht. Vielleicht glühten Rebeccas Wangen deshalb so.

»Freust du dich?«, fragte sie Swann.

»Ich freue mich darüber, dass wir zusammen hier sind.«

»Nein, ich meine, auf den Stierkampf.«

»Ich habe noch nie einen gesehen. Und Hemingway hat gesagt, man soll sich über den Stierkampf kein Urteil erlauben, wenn man ihn noch nie erlebt hat.«

»Hemingway war ein schwuler alter Sack, der nicht aus dem Closet gekommen ist und sich dann erschossen hat. Also?«

»Ich freue mich auf den Stierkampf«, sagte Swann.

Rechts von ihnen, am südlichen Ende der Arena, nahm das Präsidium Platz, drei ältere Herren, die sich viel Zeit ließen auf dem Weg zu ihren Stühlen, hier noch stehen blieben, sich dort noch umdrehten, miteinander redeten, jemandem etwas zuriefen. Ohne sie, so viel war klar, würde diese Veranstaltung nicht beginnen. Mit ihren hellen Anzügen und dem weißlichen Haarkranz um ihre in der Sonne leuchtenden Halbglatzen sahen sie aus wie drei sonderbare Mönche, von einer höheren Stelle damit betraut, hier eine grässliche Liturgie zu feiern, denn so kam Swann das vor, was sie erwartete, wie eine mysteriöse Messe, feierlich und schauerlich zugleich, so kurz vor Ostern.

Eigentlich waren es sechs Kämpfe, drei Toreros, zwei Stiere für jeden Mann, sechs Stiere, sechs Kämpfe, sechsmal Blut. Swann las Rebecca vor, wen sie zu erwarten hatten: Enrique Ponce, 48 Jahre alt, das war ziemlich alt für einen Stierkämpfer; José María Dolls Samper, genannt Manzanares, auch schon 37, Sohn eines Stierkämpfers, der vor ihm denselben Beinamen trug; und dann Andrés Roca Rey, der Jüngling, 23, auf den Swann sich tatsächlich freute, seit sie auf der Fahrt von Köln in den Süden von ihm gehört hatte. Sie hatte sich so viele Bilder angesehen und so viel gelesen, dass sie den Eindruck hatte, ihn schon lange zu kennen. Dabei hatte sie den Namen bis vor einer Woche noch nie gehört. Aber sie hatte beschlossen, sich einer schwärmerischen Anbetung hinzugeben. Eigentlich machte sie sich immer weniger aus Männern, je älter sie wurde. Sie waren einfach alle solche Idioten. Es war ihre Bedürftigkeit, die sie so langweilig machte. Aber die Schönheit dieser Stierkämpfer überwältigte sie. Als die Männer und ihre Pferde in die Arena einzogen und die Marseillaise gespielt wurde, war sie ungeduldig, sie wollte, dass es endlich losging. Aber Rebecca stand neben ihr, nahm ihre Hand und sang ganz laut mit beim Lied von den blutigen Stiefeln, sie nahm dafür sogar ihren Strohhut ab und rollte theatralisch mit den Augen, und ihre schwarzen Haare standen in alle Richtungen – sie sah wirklich aus wie ein furchterregendes revolutionäres Flintenweib, und man hätte sie mindestens in die französische Ehrenlegion aufnehmen müssen. Während des Defilees wurde Swanns Unruhe beinahe unerträglich. Sie setzte sich auf die äußerste Kante der schmalen Bank und machte sich so groß sie konnte, um einen freien Blick auf die drei Stierkämpfer zu erlangen.

Die Kostüme entschädigten fürs Warten: Ponce war in Braun gekleidet, Manzanares trug Gold und Roca Rey Blau, »Trajes de luces« heißen diese Anzüge, Gewand aus Licht, was poetisch klingt, aber eigentlich nur »Paillettenanzug« bedeutet. Die kurzen Jacken mit den breiten Schulterklappen waren über und über mit glitzerndem Schmuck bestickt, unter den eng anliegenden und knapp unter dem Knie endenden Hosen zeichneten sich ihre muskulösen Oberschenkel und ihre durchtrainierten Hintern ab. Da kam Swann schon mal auf ihre Kosten und dachte sich, dass der Stierkampf am Ende einfach ein tolles Spektakel für Frauen und Schwule ist.

»Die Musik passt nicht«, sagte Rebecca.

Swann war gar nicht aufgefallen, dass schon die ganze Zeit eine besondere spanische Musik aus den Stadionlautsprechern zu hören war, kein beiläufiges Radiogedudel, sondern ein eigenartig lauter, harter Tanz.

»Nein?«

»Nein. Sie ist zu fröhlich. Der Stierkampf ist eine traurige Geschichte, eine Tragödie. Ich finde ihn schön. Versteh mich nicht falsch. Aber die Musik klingt ein bisschen wie im Zirkus, oder?«

»Ich glaube, das ist der Paso doble.«

»Ja, es ist zu pompös, zu viele Pauken und Trompeten und Tschingderassassa ...«

Swann hörte noch einmal hin und fand nicht, dass Rebecca recht hatte. Sie entdeckte die Melancholie zwischen den Fanfaren und Wirbeln. Gerade, als Swann ihr antworten wollte, gab der Präsident ein Zeichen, aus dem rechten Tor brach ein schwarzer Stier hervor, raste mit gesenktem Kopf mitten in die Arena, kam in einer Staubwolke zum Stehen, wandte den Kopf, fand kein Ziel, drehte sich hin und her und stürzte auf eine der Holzwände zu, hinter denen sich die Männer mit ihren Tüchern versteckten, die auf ihn gewartet hatten. Sein Fell glänzte, als wäre es eingeölt. Sein Kopf war klein, beinahe zu klein für den langen, gedrungenen Körper, aus dem er direkt herauszuwachsen schien. Dafür war seine Stirn um so breiter, deren Daseinszweck darin zu bestehen schien, die zwei Hörner zu tragen, die rechts und links aus den Schläfen traten. Ja, der ganze Körper des Tieres war in den Dienst dieser Hörner gestellt – genauer, ihrer Spitzen, winzige Punkte, beinahe nicht vorhanden, so klein, hinter denen sich diese in konturloser Schwärze gebündelte schiere Kraft zusammengeballt hatte, immer bereit, nach vorne zu schnellen und dabei jedes Hindernis nicht nur aus dem Weg zu räumen, sondern es zu durchstoßen, zu zersplittern, zu vernichten.

Damit begann der Stierkampf, eine Tragödie in drei Teilen, an deren Ende der Tod des Stiers so sicher war wie das Amen in der Kirche. Der Tod des Stiers war das Amen dieser komplizierten Liturgie, ein heidnischer Gottesdienst, in dem nicht der Glaube gefeiert wurde, sondern der Stolz, und nicht die Auferstehung, sondern der Tod. Hier in der Arena nahm

Swann das alles viel ernster, als sie es sich vorher hatte vorstellen können. An Tierschutz und Tourismus dachte sie jedenfalls nicht mehr. Mit dem Einbruch des Stiers in die feierliche Ordnung der Arena änderte sich alles. Von da an war es schwer auseinanderzuhalten, ob sie fühlte, was sie glaubte, fühlen zu sollen, oder ob sie fühlte, was sie fühlte. Sie traute ihrer Wahrnehmung nicht mehr.

Das Blut floss von Anfang an. Denn im ersten Teil des Dramas kam ein Reiter auf einem Pferd angeritten und stach dem Stier seine Lanze in den Nacken. Das Pferd war mit gepolsterten Matten gegen die Hörner des Stiers gewappnet, andernfalls hätte er es gewiss getötet, aufgespießt, ihm den Unterleib zerrissen, aber so wie die Dinge für den Stier lagen, konnte er nicht mal das Pferd zur Rechenschaft ziehen, vergeblich rammte er dem großen Tier seinen Kopf in die Seite, und in dem Moment stach der Reiter, der einen schönen, breitkrempigen Hut trug, mit seiner langen Lanze von oben zu. Der Stier hielt verwirrt inne.

Die erschütterndste Erfahrung dieses Nachmittags war überhaupt die andauernde Verwirrung des Stiers. Sie endete erst mit seinem Tod. Die Leute jubelten. Sie hätten auch schweigen können. Aber hier waren zehn-, zwölftausend Menschen zusammengekommen, die der Auffassung waren, dass es in Ordnung war, Stiere in der Arena zu töten. Also waren sie auch nicht schockiert. Die Leute können sich auf alles Mögliche einigen, dachte Swann: alles nur eine Frage der Überzeugung. Mitleid ist auch nichts anderes als eine Konvention. Wenn sie sich nur lange genug daran gewöhnt haben, verstehen sie gar nicht mehr, wie jemand sich daran stören kann. Natürlich. Stiere, Hühner, Menschen, am Ende spielt es gar keine Rolle, wer oder was massakriert wird, Hauptsache, alle haben ihren Spaß dabei.

Im zweiten Teil des Stierkampfes wäre sie beinahe aufgestanden und weggegangen. Drei Männer umringten den Stier, und jedesmal, wenn er sich drehte, sprang einer vor und rammte ihm von oben zwei Banderillas in den Rücken, jene bunt geschmückten Spieße, die sie schon draußen bei der Demonstration gesehen hatte. Die Männer sprangen in die Höhe, reckten ihre Arme nach oben hinter ihren Kopf, streckten ihre Rücken durch und schnellten dann nach vorne wie ein böses Insekt, das seine Stacheln tief in sein Opfer rammt. Das Blut floss dem großen Tier jetzt in Strömen über den Rücken, und Swann war froh, dass der Stier schwarzes Fell hatte, so sah sie das Blut nur nass in der Sonne glänzen, aber seine schauerliche Farbe blieb ihr erspart. Ekel überkam sie und zur gleichen Zeit die Faszination des Ekels. Sie waren so nah am Geschehen, dass sie meinte, das klebrige Blut des Stiers riechen zu können. Sie musste etwas zwischen sich und diese Wahrnehmung schieben, sonst wäre sie verrückt geworden. Also begann sie damit, Rebecca irgendwelche Sachen zu erzählen, die sie vor dem Stierkampf gelesen hatte.

»Wusstest du, dass man Roca Rey früher den schlechtesten Torero der Welt genannt hat?«

»Ich dachte, er ist ein Star?«

»Ja, jetzt – aber am Anfang nicht.«

»Der ist doch erst 23?«

Der Stier nahm einen neuen Anlauf gegen das Pferd und kassierte dafür unter dem Beifall des Publikums noch einen Stich mit der Lanze.

»Stierkämpfer brennen eben von beiden Seiten – hell und kurz: Also hör zu …« Und dann las sie ihr alle Verletzungen vor, die der junge Mann bereits erduldet hatte: »In einem Herbst hat er ein Horn in den Mund bekommen und zwei Zähne verloren. Im Frühjahr darauf traf ihn ein Stier an der rechten Flanke und hob ihn mit den Hörnern in die Luft. In seinen ersten fünf Kämpfen soll er fünfmal verwundet worden sein, vor allem am Hintern und zwischen den Beinen.«

»Wie, zwischen den Beinen?«

»Na ja, wo eben die Hörner des Stiers zuerst treffen, wenn er mit gesenktem Kopf auf einen Mann zuläuft.«

Rebecca zog Swanns Hand zu sich herüber, erhob sich ein bisschen und setzte sich dann wortlos drauf. Swann guckte sie an. Aber Rebecca gab ihr ein Zeichen zu schweigen. Also begann der dritte und letzte Teil des Dramas damit, dass Rebecca mit ihrem Hintern auf Swanns Hand saß.

Es gab an diesem Nachmittag Momente von erschreckender Schönheit. Es war ein Ballett. Der Torero führte den Stier wie eine Frau beim Tanz um sich herum, immer im Kreis. Der Stier lief auf ihn zu, er drehte sich nach links und ließ das Tier unter dem roten Tuch hindurchlaufen, das er mit der rechten führte, seinen linken Arm warf er über dem Rücken des Stieres in die Luft. Der Stier drehte sich auf der Stelle nach links um, der Torero nach rechts, der Stier setzte zu einem neuen Angriff an, diesmal von der anderen Seite, der Torero wechselte das Tuch in die linke Hand, behielt aber den Degen in der rechten, der Stier lief in einem etwas größeren Bogen als zuvor um ihn herum, senkte den Kopf und griff erneut an, er folgte dem roten Tuch immer weiter, das der Torero vor ihn hielt und der sich dabei auf der Stelle drehte, so dass auch der Stier immer im Kreis lief. Und wenn der Stier zögerte, hielt der Torero ihm das Tuch am ausgestreckten Arm entgegen. Ein paar Mal entfernte sich der Torero vom Stier, ließ ihn einfach stehen, kehrte ihm den Rücken zu, hielt dabei aber immer noch den Degen auf ihn gerichtet, über die Schulter nach hinten weisend. Der Stier stand einfach da und blickte dem Mann nach. Hätte er jetzt angegriffen, der Torero hätte keine Chance gehabt. Aber der Stier stand nur da in seiner ganzen Verwirrung.

Swann hatte gelesen, warum der Stier die Arena nicht lebend verlassen durfte. Die Stiere werden so aufgezogen, dass sie möglichst wenig Kontakt mit Menschen haben. Die Stierkämpfer in der Arena sind mehr oder weniger die ersten Menschen, mit denen sie zu tun haben. Sie kennen also die Menschen nicht und wissen nicht, was von ihnen zu erwarten ist. Aber im Lauf des Stierkampfes lernt der Stier sehr schnell dazu. Er lernt, dass nicht das Tuch das Ziel seiner Wut ist, sondern der Mensch, der es hält. Wenn der Kampf vorüber ist, hat er es begriffen. Für einen nächsten Kampf wäre er zu gefährlich, darum muss er sterben. Selbst wenn der Torero ihn nicht besiegen würde. Aber an diesem Tag in Arles machten die Toreros ihre Sache gut. Das Publikum wusste ihre Leistung zu würdigen. An den richtigen Stellen winkten die Leute mit ihren weißen Taschentüchern. Alle hatten solche Taschentücher dabei, nur Swann und Rebecca nicht.

»Es sieht aus wie ein großer Schwarm von Tauben«, sagte Rebecca, als wieder einmal alle winkten, Tausende von Menschen, in den Reihen der Arena. Die Banderillas, die dem Stier auf beiden Seiten in den Schultern hingen, wippten mit einer grausamen Fröhlichkeit, sie waren inzwischen blutgetränkt. Der ganze Rücken des großen Tieres glänzte von seinem Blut. Der Stier näherte sich von rechts, der Torero ließ ihn auf der linken Seite hinter seinem Rücken passieren, Stier und Torero machten beide eine halbe Drehung nach rechts, so dass sie einander wieder gegenüberstanden. Ja, es war ein Tanz, ein schöner, ungleicher Tanz. Und dann tötete der Mann den Stier über dem rechten Horn. Er machte kleine, trippelnde Schritte, hielt den Rücken durchgedrückt und die Schultern hochgezogen, er bog das Becken nach vorne, spannte die Gesäßmuskeln an, kniff den Hintern eng zusammen – und stach den Degen bis zum Heft in den Rücken des Stiers, gerade zwischen die Schulterblätter.

Der Torero hob die Arme im Triumph und wandte sich seinem jubelnden Publikum zu, das ihn mit weißen Taschentüchern grüßte. Aber der Stier war nicht tot. Er lief weiter im Kreis. Einer der Gehilfen des Toreros kam und gab dem Tier den Rest. Er stieß ihm seinen Dolch in den Nacken. Das war dann wirklich das Ende.

Roca Rey, auf den Swann sich so gefreut hatte, den sie mit Ungeduld erwartet hatte, für den sie das ganze Gemetzel überhaupt ertragen hatte, kam als Letzter. Er war ihnen ganz nah. Swann konnte sein Gesicht deutlich erkennen: ein schmaler, schüchterner junger Mann mit zerzaustem Haar und konzentriertem Blick. Das Blau seines Anzugs stand ihm gut. Er war so unerschrocken. Mut, das bedeutet, die möglichen Konsequenzen des eigenen Handelns zu ignorieren. Swann dachte an all seine Verletzungen. Sie kam einfach nicht damit zurecht, dass er so mädchenhaft aussah und ein solches Balletkostümchen trug und dass der Tod sein Geschäft war. Sie versuchte, das Rebecca zu erklären. Aber die wollte nichts davon hören.

»Du denkst zu viel«, sagte sie. Also versuchte Swann, weniger zu denken. Was zog diese Männer in den Kampf? Wollten sie gegen den Tod rebellieren, indem sie töteten? Swann zweifelte nicht daran, dass sie die Stiere liebten, und sie beneidete sie darum, dass sie töten durften, was sie liebten. Was man tötet, besitzt man, dachte Swann, und dass sie vielleicht Rebecca gerne getötet hätte.

Roca Rey hatte seinen zweiten Stier hinter sich, und die Leute applaudierten im Stehen und wedelten wie verrückt mit den Taschentüchern. Der Stier sah nach seinem Tod größer aus. Ein mächtiges schwarzes Ungetüm, geradezu biblisch. Tot rührte er Swann noch mehr als lebend.

In diesem Augenblick wollte sie Rebecca sagen, dass sie ein Kind gehabt hatte. Sie wollte ihr sagen, sie hatte ein Kind und hat es verloren. Es war gestorben. Aber sie schwieg. Alle blickten zur Tribüne des Präsidenten. Auch er zog sein Taschentuch. Auf dieses Zeichen hatten die Männer in der Arena gewartet. Einer trat auf den am Boden liegenden Stier zu und bückte sich, nach einer kurzen Weile erhob er sich wieder, lief hinüber zu Roca Rey, der geduldig wartete und keine Anstalten machte, sich in Bewegung zu setzen, und gab ihm etwas in die Hand. Die Menge jubelte noch lauter, und der junge Mann ging mit einem stillen Lächeln einmal im Kreis in der Arena herum und hob dabei beide Hände in die Luft. Erst als er direkt bei ihnen war, erkannte Swann, dass es sich um die Ohren des Stiers handelte.

Zwei riesige Pferde kamen, Männer banden seine Füße zusammen, und die Pferde zogen den Stier aus der Arena. Auf der rechten Seite war er hereingestürzt und auf der linken wurde er hinausgezogen. Swann fing an zu weinen. Sie hätte Rebecca gerne gesagt, dass ihr Kind gestorben war. Es war in ihr gestorben. Ohne Grund. Einfach, weil es nicht leben sollte.

Und als es tot war, hatte man ihr ein Medikament gegeben, mit dem sonst Magengeschwüre behandelt werden, die gehen dann weg, und ihr totes Kind war damit auch weggegangen. Es hatte so wehgetan, wie sich Swann eine Geburt vorstellte, ein Reißen und Zerren, als wollte es sich festklammern in ihr, aber dabei war es ja schon tot, und dann war es aus ihr herausgekommen, als kleiner blutiger Klumpen. Das wollte Swann Rebecca sagen. Auf dem Klo. Ein blutiger Klumpen im Klo, den sie weggespült hat, weil es schon tot war. Aber sie sagte es nicht. Weil sie sich das Versprechen gegeben hatte, dass es ein glücklicher Tag sein sollte.

Noch bevor die Kämpfe beendet waren, verließen sie die Arena. Sie kamen an einem Gewölbe vorbei, in dem waren drei Männer damit beschäftigt, die getöteten Stiere zu zerlegen. Die Männer trugen weiße Plastikschürzen und hohe weiße Gummistiefel, in ihrem Gürtel hingen lange Messer und ein großer Wetzstahl, und alles war voller Blut. Draußen warteten große Lastwagen, die mit geöffneter Ladeklappe rückwärts an die steinernen Torbögen herangefahren waren, und in ihrem Inneren lag schon der Kadaver eines getöteten Stiers, dem jetzt unförmigen Körper waren die Gliedmaßen abgetrennt worden, eine schwarz-rote Masse, aber da, wo die Beine gewesen waren, sah man das Weiß der Sehnen und Knochen leuchten.

Swann blieb stehen und starrte in den Wagen hinein. Rebecca ließ ihre Hand los und las die Inschrift auf der Seite vor: »Taureau Saveurs du Delta. Siehst du«, sagte sie, »hier verkommt nichts.« Und dann wollte sie ein paar Bilder machen. Als die Männer die beiden Frauen sahen, riefen sie: »No photo, no photo«, und scheuchten sie davon.

Swann sagte immer noch nichts. Da umarmte Rebecca sie und führte sie davon. »Der Tod ist offenbar nichts für dich, mein lieber Schwan.«

Ortolan

Das Restaurant Les Maraîchers lag eine Stunde nördlich von La Garrigue etwas außerhalb eines kleinen Ortes auf einer Hochebene, am Ende eines schmalen, mit niedrigem Buschwerk gesäumten Weges, der von der Hauptstraße abzweigte. Wer hierherkam, hatte kein anderes Ziel als das lang gestreckte, zweistöckige Gebäude, dessen linker Teil wie ein kleines französisches Herrenhaus aussah, mit hellem Putz und strengen Fenstern, dessen rechter Teil aber an eine mexikanische Hazienda erinnerte, mit einer offenen Galerie im ersten Stock und dunklen Holzbalken, die ein rotes Ziegeldach trugen. Durch die großen, bogenförmigen Fenster im Erdgeschoss leuchtete die in orangefarbenes Licht getauchte Gaststube.

Ira und Zita hatten ihre Plätze an einem schmalen alten Holztisch eingenommen, der dicht an dem großen Kamin stand und die Stirnseite des Raumes beherrschte. So dicht, dass Ira nach einigen Minuten aufgestanden war, um mit ihrem Stuhl auf die andere Seite des Tisches zu wechseln, denn das Feuer brannte heiß in ihrem Rücken. Zita war bester Dinge. Sie trug einen beigefarbenen Hosenanzug, einen jener Overalls, die sie in verschiedenen Farben hatte, dazu ein großes Hermèstuch aus den achtziger Jahren mit einem üppigen rot-weiß-goldenen Muster. Der Streit vom Vorabend war vergessen. Ira hatte den ganzen Tag kein Wort darüber verloren. Sie hatte überhaupt nicht viel gesagt, sondern die meiste Zeit schweigend neben Zita auf dem Beifahrersitz gesessen, während diese den großen, grauen Wagen über schmale Feldwege und einsame Landstraßen von La Garrigue zum Maraîchers steuerte. Für Freitag wurden die Gäste erwartet, und dann würde sich alles um die Braut drehen. Aber heute hatte Zita die Regie übernommen und ihrer Schwester ein Geschenk gemacht. Ein Essen, ein besonderes Essen in einem besonderen Restaurant, das sich seit drei Jahrzehnten zweier Sterne im Guide Michelin rühmen durfte und seit fünfzehn Jahren noch zweier Kochmützen des Gault-Millau, das also über eine Küche verfügte, wie es sie selbst in Frankreich nicht oft gab.

Allen Gästen war also, wie es im Michelin heißt, der Besuch im Maraîchers einen Umweg wert gewesen. Da waren stille Paare aus Belgien und Deutschland, die es gewohnt waren, in guten Hotels zu übernachten und in noch besseren Restaurants zu essen, die viel reisten und wenig sprachen, außerdem eine Gruppe von Schweizer Freunden, die sich immerzu lächelnd zuprosteten, und zwei französische Familien, die darum wetteiferten, wer seine Kinder besser im Griff hatte. Der Maître hatte sie schon an den äußersten Rand des Raumes gesetzt, aber Zita bemerkte unwillig, dass eines der Kinder nicht nur besonders hässlich war, sondern auch dauernd in Bewegung.

Ihre Schwester hatte darum schon, bevor sie wegen der Hitze des Feuers die Tischseite gewechselt hatte, mehrmals ihren Stuhl hin und her rücken müssen, weil sich der dicke Junge für das gusseiserne Gerät interessierte, das vor der Feuerstelle in schweren niedrigen Gerüsten hing. Ira hatte ein leidendes Gesicht gemacht, und Zita hatte gesagt: »Jetzt stell dich nicht so an, ich denke, du magst Kinder?« Aber sie hatte dennoch einem Kellner ein Zeichen gegeben und dann mit Genugtuung verfolgt, wie erst der Kellner, dann der Vater und schließlich das Kind sich ihrem Willen fügten. »Die sind auf Zack hier«, hatte sie zu Ira gesagt, »siehst du, die sind auf Zack.«

Befriedigt sah sie den Kellnern bei der Arbeit zu und bewegte dabei ihren ledrigen Kopf langsam hin und her wie eine alte Eidechse. Sie genoss die verschwiegene Hierarchie und die strenge Disziplin, die zwischen den Kellnern herrschten. Es machte ihr Spaß zu beobachten, wer die Bestellung aufnehmen durfte, wer den Wein empfahl, wer kam, ihn einzuschenken, wer Brot und Öl brachte, wer das Essen auftrug und wer die leeren Teller abräumte. Jede Funktion entsprach einem Rang, und jeder Rang hatte seine eigene Uniform, die eleganteste war dem Maître d'Hôtel vorbehalten, der einen schwarzen Anzug mit Fliege trug.

Einer der unteren Kellner trat näher und brachte auf einem silbernen Tablett ein aus Silber geflochtenes Körbchen mit warmem Brot und eine kleine grüne Steingutamphore mit Olivenöl. Er goss das Öl in ein grob gebranntes safrangelbes Schälchen, das auf dem Tisch stand, und ging seiner Arbeit mit konzentrierter Andacht nach, als sei er selber ein Messdiener, das Öl kostbares Chrisam und dies hier Teil einer heiligen Liturgie. Zita rollte bedeutungsvoll mit den Augen. »Morgen kommt das Klavier«, sagte Ira. »Es ist sogar ein Flügel.« Es gab für diesen Satz keinen Anlass, der Gedanke war ihr einfach in den Kopf gekommen. Sie versuchte, sich vorzustellen, wie ein Flügel zu ihnen ins Haus gebracht wurde, aber es gelang ihr nicht. Zita zog ihre Augenbrauen hoch: »Ein Flügel?« »Ja, Gabriel will etwas spielen und wohl auch singen.«

»Au, warte!«, rief Zita und lachte laut. Sie hatte den Bräutigam zwar ausgesucht, aber sie nutzte jede Gelegenheit, deutlich zu machen, dass sie sich für das Gelingen dieser Ehe nicht verantwortlich fühlte. Es entsprach ihrem Instinkt, sich rechtzeitig in Sicherheit zu bringen, bevor eine Gefahr überhaupt entstanden war. Die Schwestern stellten fest, dass keine von ihnen Gabriel jemals Klavier spielen, geschweige denn singen gehört hatte. Dass man also auf alles Mögliche gefasst sein müsse.

Zita saß am Ende des Tisches und hatte Ira erst auf ihrer rechten Seite gehabt und nun auf ihrer linken, sie hatte ihre Schwester also von beiden Seiten in Ruhe betrachten können und fand, dass Ira blass und müde aussah. Vielleicht lag es an ihrem schwarzen Rollkragenpullover und an der grauen Perlenkette, die sie darüber trug. Die großen, dunklen Augen, um die Zita ihre Schwester immer beneidet hatte, weil sie ihre eigenen klein fand, wie die eines Schweins, hatten sich in ihre Höhlen zurückgezogen, das dichte Haar, das schon vor langer Zeit seine schwarze Farbe gegen ein metallenes Grau eingetauscht hatte, war dünner geworden und lag wie brüchiger Raureif um das schmale, blasse Gesicht mit dem auberginefarbenen Mund. Sie schob den Brotkorb auf Iras Seite des Tisches, aber die schüttelte den Kopf.

»Du bist zu dünn, du musst mehr essen.«

»Gerad' nicht.«

»Iss.«

»Nein.«

»Du bist zu dünn.«

»Immerhin hat Mami mir gesagt, dass ich zu dick bin und nie einen Mann abbekommen werde, und nicht dir.«

»Sie hat dich trotzdem lieber gemocht, das weißt du genau.«

»Hast du mich zum Essen eingeladen, um in Ruhe mit mir streiten zu können?«

»Du hast recht. Wir wollen nicht streiten.«

»Ich streite mich ja gar nicht.«

»Gut. Gut.«

Sie schwiegen. Sie bestellten Wasser. Zita erinnerte einen Kellner daran, ihnen die Speisekarte zu bringen. Sie tauschten Neuigkeiten aus. Pippas Mann hatte im Golfclub Hausverbot erteilt bekommen. Gaby erheiterte immer noch die Bridgerunde mit ihren Sexgeschichten. Heinz hatte hoffentlich die richtige Entscheidung getroffen, die Firma zu verkaufen. Wolfgang hatte den Tod seiner Frau nicht gut verkraftet. Karoline hatte schon wieder was machen lassen, diesmal am Mund, aber offenbar hatte sie Geld sparen wollen. Gisela war inkontinent und musste Windeln tragen. Das freute beide, weil sie früher immer so mit ihren roten Haaren angegeben hatte und allen Freundinnen die Männer ausspannen wollte. Heinz auch? Nein, Heinz natürlich nicht. Zita bestellte, ohne zu fragen, das Menü für beide.

Mit bedeutungsvoller Stimme trug sie vor:

»Fraîcheur de Tourteau, Les Tomates de Chez Beatrice, Le Corail Crémeux; Civet de Homard Bleu Doré au Sautoir, Pêches de Vigne Rôties et en Mousseux, Jus de Presse au Jerez; Foie gras de Canard des Landes au Poêlon, Nectarines en Confit Acidulé, Craquant aux Amandes …«

»Bist du fertig?«, fragte Ira.

»Noch lange nicht«, sagte Zita. »Jetzt kommt erst das Hauptgericht: Filet de Pigeonneau de Chez Auriol Rôti à l'Os, Les Cuisses Laquées au Jus de Truffe, Petits Pois à la Française et Champignons Sauvages. Und als Pré-Dessert gibt es Melon Confit, Mousseux Calisson et sa Fine Glace Royale.«

Ira schüttelte heftig den Kopf: »Das kann ich auf keinen Fall alles essen.« »Das musst du auf jeden Fall alles essen«, sagte Zita, »ich bin die Ältere und befehle es dir, und außerdem zahle ich die Rechnung.« »Freiwillig?«, fragte Ira. »Freiwillig«, sagte Zita, »aber das Beste kommt ganz zum Schluss, das Dessert, der eigentliche Grund, warum wir hier sind. Es ist die Spezialität des Hauses. Mehr verrate ich dir aber nicht.«

»Ich kann in der Karte nichts Besonderes finden«, sagte Ira.

»Ja, der Name dieses Gerichts wird nur ausgesprochen, nicht geschrieben. Du wirst schon sehen …«

Da betrat der Chef den Raum, und es wurde ein bisschen stiller. Er ging von Tisch zu Tisch und begrüßte die Gäste. Er war eine Berühmtheit. Es kam vor, dass ein Gast sich erhob, um ihm die Hand zu geben. Calixte Bayrou führte das Les Maraîchers in der dritten Generation. Sein Name verriet seine aquitanische Herkunft. Aber sein Urgroßvater, der aus einer Familie von Landwirten stammte, hatte das eintönige Vorland der Pyrenäen verlassen, um sich in den sanften Hügeln des Hérault als Gärtner niederzulassen, und sein Großvater hatte beschlossen, ein Wirt zu werden, und schon damals die besondere Tradition des Hauses begründet, das sich von Anfang an in allen Variationen der französischen Küche hervortat, aber unübertroffen war in der Zubereitung von Geflügel.

Bayrou hatte keine bemerkenswerte Statur, er war weder groß noch klein, weder dick noch dünn, seine Haare waren von unordentlichem Grau und fielen ihm in Stirn und Nacken, wie es ihnen gerade passte. Er konnte auf den flüchtigen

Beobachter einen unauffälligen, vielleicht sogar einen nachlässigen Eindruck machen. Aber wer ihn näher betrachtete, dem musste auffallen, wie stark und zugleich feingliedrig seine Hände waren, wie ungewöhnlich groß und kräftig seine Nase, wie weich und geschwungen sein Mund, und dass seine Augen streng und klar waren. Alle Organe und Körperteile, so schien es, die der Ausübung seiner Berufung dienten, waren auf besondere Weise ausgeprägt und verfeinert, so dass jeder einzelne seiner Sinne, seine Nase und seine Augen, das Gefühl in seinen Fingerspitzen, sein Geschmackssinn natürlich ohnehin, und selbst das Gehör bis aufs Äußerste gesteigert waren.

Das war das Ergebnis einer von Generation zu Generation mit Fleiß und Begabung betriebenen Perfektion. Vom Bauern zum Gärtner, vom Gärtner zum Wirt, vom Wirt zum Chef war die Linie seiner Väter dem Weg der Verfeinerung gefolgt, jeder hatte dem Erreichten etwas Eigenes hinzugefügt und es an den Nachkommen weitergegeben, damit der das Werk der Vervollkommnung fortsetzen möge. Seit mehr als einhundert Jahren gruben die Hände der Bayrous in der kupferfarbenen Erde dieser Hügel, prüften ihre Augen das fluoreszierende Grün des Salats und das pochende Rot der Tomaten, fühlten ihre Finger das feste Fleisch der Tauben und wogen die zarten Körper der Singvögel, spürten sie das Gewicht des schwarzen Gusseisens der Geräte, rochen sie den Duft des geschmolzenen Fetts, brannte ihnen die Hitze des Feuers im Gesicht, hörten sie den Schrei der Schweine, atmeten sie die tausend Düfte des Weins und der harzigen Kräuter.

Namen und Vermögen werden leicht vererbt, dass sich aber eine so besondere Begabung zunächst vom Vater auf den Sohn erhalten hatte und dann nicht nur fest in der Familie Wurzeln fasste, sondern von Generation zu Generation wuchs, sich immer weiter entfaltete und ausprägte, das war eine Seltenheit. Auf Dauer duldet die Natur aber keine Ungleichgewichte, und wo etwas nach oben strebt, muss auch etwas nach unten weisen. Darum war es nicht nur eine Frage der Gerechtigkeit, sondern eine der Symmetrie, dass die Söhne der Familie Bayrou nicht nur mit den besonders erwünschten und für die Ausübung ihres Berufes vorteilhaften Merkmalen gesegnet waren. Bei ihnen verfestigten sich auch andere, weniger erwünschte Charakterzüge. Ihre Sinne waren immer feiner geworden, aber ihr Wesen immer wunderlicher. Und während sich die willkommenen Eigenschaften bei ihnen immer weiter ausprägten, trieben auch die weniger willkommenen jede für sich zum Äußersten. Es bestand kein Zweifel daran, dass in dieser Familie in näherer Zukunft – vielleicht noch nicht bei den Kindern des Monsieur Bayrou, aber womöglich schon bei seinen Enkeln – das für einen Menschen noch erträgliche Maß an Ungleichgewicht überschritten sein würde. Und auf die eine oder andere Weise würde sich dann das Übermaß an Talent, mit dem das Schicksal die Bayrous gesegnet – oder verflucht – hatte, verflüchtigen und sich wieder in einer gleichmäßigen Verteilung auflösen, wie es sich gehörte. Die andere Möglichkeit war natürlich, dass die Familie einfach ausgelöscht würde, egal ob in einer plötzlichen Katastrophe oder nach einem langen Siechtum.

Bei Calixte Bayrou hatte sich das Verhängnis schon vor Jahren dadurch angekündigt, dass er es von einem Tag auf den anderen nicht mehr ertrug, wenn man ihm in die Augen schaute. Er hatte diese Eigenschaft von den Vögeln übernommen, denen er sein Leben gewidmet hatte. Niemand vermochte ja so wie er, Tauben, Fasane, Rebhühner und Enten zuzubereiten.

Niemand kannte sich also mit dem Körper des Geflügels so aus wie er, den er liebte und studierte, immer auf der Suche nach einem neuen Weg, ihn zu verspeisen. Und es ist allgemein bekannt, dass man Vögeln nicht in die Augen schauen soll. Sie wollen es nicht. Und Calixte Bayrou war wirklich der liebenswürdigste und sanfteste Mensch, der sich denken ließ, aber jeder wusste, dass man sich ihm nur mit gesenktem Blick nähern durfte. Er hatte schon mehr als einen seiner Köche vom Herd gejagt und fristlos entlassen, nur weil sie ihm in die Augen geguckt hatten.

Er schwebte auf einer Wolke der Liebenswürdigkeit geradezu durch den Raum. Seine Füße berührten kaum den Boden, er lächelte milde, sprach wenig, und weil seine Augen halb geschlossen waren, wirkte es eigentlich, als schlafwandle er.

Als er bei Zita und Ira angekommen war, erkundigte er sich zunächst auf Französisch nach dem Befinden der Damen und wechselte, als er ihre Herkunft erraten hatte, in ein beinahe akzentfreies Deutsch. Zita setzte sich kerzengerade hin, und sie klang wie ein kleines Mädchen, als sie sagte: »Ich bin Zita von Erzingen, das ist meine Schwester Ira, ich war schon bei Ihnen, sie ist das erste Mal hier, obwohl sie nicht weit von hier wohnt. Meine Schwester möchte Ihre Spezialität kosten.« Bei den letzten Worten senkte sie ihre Stimme ein wenig und riss dafür ihre Augen umso weiter auf. Monsieur Bayrou, der natürlich jeden Blickkontakt vermied, hob beide Hände, murmelte lächelnd etwas Unverständliches, nickte mit dem Kopf und verließ die beiden Damen.

»Du warst schon mal hier?«, fragte Ira. »Das hast du mir nicht erzählt.«

»Ich war mit Piero hier … lange her … wir haben damals viele Reisen gemacht.«

»Das wusste ich nicht.«

»Du hast es nur vergessen. Ich aber nicht. Ich weiß noch genau, was wir hier gegessen haben.«

»Sag?«

»Drosseln.«

»Drosseln?«

»Drosseln mit Gänseleber gestopft, mit Schnabel und allem, sie waren hinten mit einem Bindfaden zusammengebunden und in eine Scheibe Speck eingewickelt, mit Weintrauben, in Weißwein gebraten, ich glaube, es war ein Sauternes.«

»Drosseln. Piero war schon sehr speziell.«

»Vierzig Jahre«, sagte Zita in einem sonderbaren Tonfall.

»So lange?«, fragte Ira.

»So lange, wie Rebecca alt ist.«

Ira schwieg.

»Ich glaube immer noch, dass die Mafia ihn umgebracht hat«, sagte Zita.

»Er hatte einen Autounfall.«

»Ja, eben.«

Hinter ihnen machte sich ein Koch am Kamin zu schaffen. Eines der langen Geräte stellte sich als schmales gusseisernes Gefäß heraus, das am Ende einer langen eisernen Stange befestigt war. Es hatte die ganze Zeit im Feuer gelegen und war nun glühend heiß. Der Koch holte es aus der Glut, legte es in einem dafür vorgesehenen Gerüst ab und griff in einen kleinen kupfernen Topf, der auf einem Servierwagen bereitstand, den ein Kellner neben ihn gestellt hatte. Er holte ein Stück Speck hervor und ließ es zischend in den heißen Eisenbecher fallen.

Sofort begann der Speck zu schmelzen. Ira und Zita sahen, dass der Becher unten ein Loch hatte und das flüssige Fett daraus hervorspritzte. Der Koch schwenkte mit einer gekonnten Bewegung die Stange über das Feuer, und sofort entzündete sich das Fett. Brennende Tropfen schossen aus dem Becher, Flammen quollen über seinen Rand. Ira und Zita verstanden erst jetzt den Sinn der Prozedur: Denn der Kellner hielt am ausgestreckten Arm die Teller mit den Täubchenschenkeln unter das flüssige Feuer, und erst wenn jeder Schenkel ganz und gar in das brennende Fett eingetaucht war, reichte er den Teller an den nächsten Kellner weiter, der ihn sogleich an einen der Tische brachte und einem Gast servierte. Es war ein großes Spektakel, und das ganze Restaurant hatte sich dem Kamin zugewandt. Ira drehte sich um und sah die ganzen schweigenden Gesichter mit den aufmerksamen Augen, die in ihre Richtung blickten.

»Ich wusste nicht, dass du etwas für Erlebnisgastronomie übrighast«, sagte Ira.

»Kultur«, sagte Zita, »es geht um Kultur. Das habe ich von Piero gelernt. Wir weisen den Sinnen unterschiedliche Werte zu. Aber warum eigentlich? Warum sollen sehen und hören wertvoller sein als schmecken oder riechen? Musik zu hören oder bildende Kunst zu betrachten, gilt als kulturell wertvolle, hochstehende Tätigkeit – für gutes Essen sollte das auch gelten. Geschmack ist eine Frage der Bildung, der Erziehung, sowohl was den Gaumen als auch was das Auge angeht.«

»Jetzt dozierst du«, sagte Ira und legte ihre Hand auf Zitas Arm.

»Das sagst du immer dann, wenn ich mehr von einer Sache verstehe als du. Aber egal. Wo wir uns gerade so gut verstehen, worüber haben wir uns gestern gestritten? Ich habe es vergessen.«

»Das ist nicht dein Ernst?«

»Absolut«, sagte Zita ganz selbstverständlich.

Ira schüttelte den Kopf. »Es ging um Mamis Geschirr. Wieder mal.«

Das vermaledeite Geschirr. Das gute Geschirr. Die Mutter hatte es in großen hölzernen Kisten auf der Flucht vom Peipussee mitgebracht, ohne dass ein einziges Stück zu Schaden gekommen war. »Das müsst ihr euch vorstellen«, hatte die Mutter gesagt, »vom Peipussee bis Stuttgart, Pferdewagen, Lastwagen, Eisenbahn, alles heil geblieben.«

Und dann, als sie sechs Jahre alt war und das Geschirr ausnahmsweise einmal benutzt wurde, hatte Zita eine Tasse fallen lassen. Ira war sofort nach oben in ihr Zimmer gerannt, um sich vorsorglich zu verstecken. Sie hatte sich neben ihr Bett auf den Boden gekauert und darauf gewartet, dass unten über ihrer Schwester der Zornesausbruch der Mutter niederregnen würde. Aber es blieb ganz still. Also war Ira auf allen vieren zur Treppe gekrochen und hatte durch das Geländer nach unten geschaut. Da saß die Mutter auf dem Treppenabsatz mit Zita auf dem Schoß, die in Tränen ausgebrochen war, als Vorsichtsmaßnahme gegen die erwartete mütterliche Wut und aus Erschrecken über das eigene Versagen, und erklärte ihr, dass sie ihr das Missgeschick nicht übel nehme, aber dass sie ihr nun, in diesem Moment, und damit für alle Zeit, die Verantwortung für dieses Geschirr übertrage. Das klang ziemlich schwerwiegend für Iras Ohren, und sie war sich nicht sicher, ob es sich da nicht vielleicht um eine besonders schlimme Form der Strafe handelte. Als die Mutter starb, hatte sie jedoch nicht Zita das Geschirr vermacht, sondern Ira, und Zita hatte das ohne Murren hingenommen. Vielleicht, weil sie erleichtert war, die Last der Verantwortung endlich abgeben zu dürfen.

Aber je länger es zurücklag, desto übler nahm Zita diese Entscheidung der Mutter ihrer Schwester. Und längst wünschte Ira, dass ihre Mutter es nicht ihr vermacht hätte, sondern Zita. Oder, nein, sie wünschte es eben nicht.

»Ja, es ist ein Wahnsinn, Geschirr aus dem 19. Jahrhundert in die Spülmaschine zu stellen.«

»Du spinnst doch.«

»Nein, ich spinne nicht. Ich mache mir Gedanken. Du denkst, du hast nichts nötig. Du musst dich nach nichts richten. Du kommst immer durch. Aber ich sage dir, da hätte die Baltin es besser im Peipussee versenken sollen.«

»O Gott«, sagte Ira, »ja, meinetwegen, vielleicht wäre das wirklich besser gewesen.«

Sie schwiegen. Der Kellner erlöste sie voneinander, indem er ihnen ihre Täubchen brachte, die in brennendem Fett gebadet hatten, bevor sie mit dem Saft von schwarzen Trüffeln aus dem Périgord eingerieben worden waren. Sie lagen mit geöffneten Schenkeln auf dem Rücken in einem Bett aus jungen Erbsen. »Hm, Huhn mit Erbsen«, sagte Ira, aber als sie Zitas verzweifeltes Gesicht sah, bereute sie es. Langsam und schweigend aßen sie, und Ira lobte den Geschmack und die liebevolle Zubereitung, und Zita trank viel vom guten roten Wein. Sie sprachen über den Brand der Kirche und den Wettlauf zwischen den Industriellen Pinault und Arnault, die gerade dabei waren, sich an Freigiebigkeit zu überbieten, um den Wiederaufbau zu bezahlen. Ira sagte, Pinault habe, noch während die Kirche brannte, gesagt, er werde hundert Millionen spenden. Und Zita sagte, nein, es sei Arnault gewesen, der hundert Millionen geboten habe und dann von Pinault mit einer Summe von zweihundert Millionen überboten worden sei. Das mache doch keinen

Sinn, sagte Ira, weil Arnault der reichere von beiden sei. Erstens heiße es nicht »Sinn machen«, das sei ein hässlicher Anglizismus, sagte Zita, und zweitens ergebe das überhaupt nur deshalb Sinn, weil der Ärmere versuche, den Reicheren auszustechen. Ärmer, lachte Ira. Sie war daran gewöhnt, dass sie Zita wenig entgegenzusetzen hatte. Sie hatte früh gelernt, wie schwierig es ist, gegen jemanden zu bestehen, der auf sich selbst ebenso wenig Rücksicht nahm wie auf andere.

Es war drei Uhr nachmittags. Das Menü war beinahe vollendet, Gang für Gang war durchlaufen. Die Gäste hatten gegessen. Die Familien mit Kindern hatten das Restaurant verlassen. Die übrigen Gäste blieben sitzen. Ihre Gespräche waren erst leiser geworden, dann beinahe ganz erstorben. Eine gespannte Aufmerksamkeit hatte sich über den Raum gelegt. Alle warteten auf das Dessert nach dem Dessert. Den Höhepunkt dieses Essens. Es war der Grund, der sie hierhergeführt hatte. Das Gericht, für das dieses Restaurant berühmt war. Der Ortolan.

Bis eben schien es so, als seien diese Menschen nur Gäste eines Restaurants gewesen, die der Zufall zusammengeführt hatte. Aber jetzt war es plötzlich, als wüssten sie voneinander, jetzt waren sie miteinander verbunden, sie teilten einen gemeinsamen Zweck, aber nicht wie Verschworene oder Komplizen – obwohl sie vorhatten, an einer illegalen Handlung teilzunehmen –, sie waren Mitglieder einer Gemeinde, Anhänger einer Überzeugung. Der Verzehr des Ortolans war verboten. Dafür ließen sich Argumente des Tierschutzes anführen. Aber in Wahrheit hatte das Verbot einen anderen Grund. Denn wer einmal Ortolan gegessen hatte, der konnte diese Erfahrung nicht mehr vergessen, der war davon verändert und geprägt für den Rest seines Lebens. Nichts kam diesem Genuss gleich. Es war dieser Genuss, der verboten werden sollte, verboten werden musste. Und gleichzeitig bestand zwischen dem Genuss und dem Verbot ein tiefer Zusammenhang. Die Übertretung des Verbots ermöglichte erst den Genuss.

Natürlich wussten alle Gäste um das Verbot, ja, sie hießen es ausdrücklich gut. Sie übertraten das Verbot, aber sie wollten es keinesfalls beseitigen oder infrage stellen. Indem sie das Verbot übertraten, achteten sie es. In dem Moment, da sie es übertraten, spürten sie es. Das Verbot war notwendig, es war ein Schutz, aber in Wahrheit schützte es nicht die Vögel, sondern den Verzehr der Vögel. Ohne das Verbot hätte dieser Genuss jedem offengestanden. Das Verbot sorgte dafür, dass nur die Auserwählten, die Eingeweihten, mit einem Wort die Würdigen dieser Offenbarung beiwohnten. Denn das war ja der Verzehr eines Ortolans, eine Offenbarung. Ja, auch wenn sie davon vielleicht keine klare Vorstellung hatten, befanden sich die Gäste des Restaurants im Bereich des Religiösen. Es war eine Sünde, den Ortolan zu essen. Und das Verlangen nach dem Genuss, der darin bestand, den Ortolan zu essen, war das Verlangen nach der Sünde.

»Was geschieht jetzt?«, fragte Ira, der ob der eigentümlich sakralen Stimmung, in die plötzlich alles getaucht war, ein bisschen mulmig wurde. »Jetzt essen wir Ortolan«, sagte Zita feierlich. Davon hatte Ira noch nie gehört. »Es ist ein kleiner Vogel«, sagte Zita, »eine Ammer, vielleicht fünfzig Gramm, nicht mehr, er kommt aus Afrika, stell dir vor, den ganzen weiten Weg, aus Guinea und Sierra Leone, über Mali, er überquert die große Wüste, die Sahara, und fliegt über Spanien nach Frankreich. Fünfzig Gramm, mehr nicht. Hier lässt er sich dann fangen, in einem Netz oder in einer kleinen Kiste, in einer Vogelfalle.«

»Schön ist das nicht gerade, oder?«, sagte Ira.

»Warte, es geht erst los.« Zitas Gesicht glühte. »Der Ortolan wird drei Wochen in Dunkelheit gehalten und bekommt in dieser Zeit nur Wasser und Hafer, sonst nichts. Und dann frisst er.«

»Ich verstehe nicht.«

»Weil es dunkel ist, er verliert das Zeitgefühl und hört nicht auf zu fressen. Der Ortolan ist der einzige Vogel, der sich selber mästet. Das macht sonst keiner.«

»Zita, das ist ja grauenhaft.«

»Nein. Das ist Kultur. Aber vielleicht ist Kultur grauenhaft, ich weiß nicht. Jedenfalls wird der Ortolan nach drei Wochen mit Armagnac ertränkt – man öffnet seinen Schnabel und füllt ihn mit Armagnac, bis er tot ist.« Sie hielt inne. »Das ist ein schöner Tod, stelle ich mir vor. Wenn man ihn dann rupft, also die Federn wegmacht, dann ist er dick und rund und gelb von dem ganzen Fett. Er besteht eigentlich nur noch aus Fett.«

»Zita!«

»Ja. Die Zubereitung ist dann nicht schwierig: Ein bisschen Salz, ein bisschen Pfeffer, das ist alles, sieben Minuten in den Ofen und fertig.«

»Und das wollen wir essen?«, fragte Ira. Sie konnte der Geschichte ihrer Schwester noch nicht ganz folgen.

»Das werden wir essen. Du und ich. Und zwar ganz und gar. Es bleibt nichts übrig, verstehst du?«

Ira blickte sich um. Die Leute um sie herum sahen ganz normal aus. »Und die wissen das alle? Und die sind alle deswegen hier?«, fragte sie sicherheitshalber. Als ihre Schwester nickte, rückte Ira mit ihrem Stuhl ein bisschen vom Tisch ab. »Trink einfach noch ein bisschen«, sagte Zita und bestellte noch eine Flasche Rosé.

Also trank Ira. Sie wusste, dass sie das nicht durfte und dass es ihr nicht bekommen würde. Die Medikamente, die sie seit einem halben Jahr nehmen musste, vertrugen sich nicht mit dem Wein. Aber es war ihr gleichgültig. Der Raum um sie herum wurde wärmer, und ihr war, als würde er auch enger. Draußen war die Sonne verschwunden. Sie hatte beschlossen, sich in die Hände ihrer Schwester zu geben, komme, was wolle. Ira war müde. Sie starrte in die Glut des Kamins. Die schwarzeisernen Stangen hingen wieder in ihren Gerüsten. Die Steine glänzten von Fett. Ein schwerer Geruch hing in der warmen Luft. Ira blickte auf ihre Hände. Alte Hände. Sie war alt geworden. Wann war das geschehen? Sie konnte sich an sich selbst nicht mehr erinnern. Aber sie wusste noch, dass sie früher schön war. Sie war begehrt, und sie konnte wählen. Warum hatte sie sich für Heinz entschieden? Es hätte andere Möglichkeiten gegeben. Aber er war so lebendig, und seine Begeisterung für das Schöne hatte ihr gefallen. Außerdem ließ er sie in Ruhe. Sie brauchte nicht einmal die Finger einer Hand, um die Male aufzuzählen, da sie mit ihrem Mann geschlafen hatte. War das möglich? Oder hatte sie es vergessen? Sie konnte sich auch daran nicht mehr erinnern. Sie glaubte aber, mit ihm glücklich gewesen zu sein. Es tat ihr leid, dass sie ihn allein lassen musste. Für ihn tat es ihr leid.

»Warum schüttelst du den Kopf?«, fragte Zita.

»Ich kann keinen kleinen Vogel essen«, sagte Ira.

»Unsinn. Du kannst große Vögel essen, also auch kleine.«

»Einen ganzen Vogel?«

»Ja.«

»Mit Kopf und Flügeln und allem?«

»Ja. Piero hat gesagt, es sei ein Missverständnis zu glauben, es liege ein zivilisatorischer Fortschritt darin, das Essen so lange zu bearbeiten, bis sein Ursprung nicht mehr erkennbar ist. Also das Fleisch eines Rindes von den Knochen zu schneiden, den Fisch zu filetieren, dem Hähnchen vor dem Grillen Kopf und Krallen abzutrennen.«

Ira sah ihre Schwester lange an.

»Du redest heute viel von Piero.«

»Ich war mit ihm hier, wir haben hier gesessen, so wie wir beide jetzt, und auch an dem Abend damals gab es Ortolan. Es war das erste Mal, dass ich das gegessen habe. Ich habe alles genau in meiner Erinnerung behalten. Ich habe überhaupt alles genau in meiner Erinnerung behalten, was geschehen ist. Du hast vieles vergessen, oder? Weil in deinem Leben so viel passiert ist, hast du vieles vergessen. Wenn die Wogen hochschlagen, geht manches unter, oder, Ira?«

Die Tür öffnete sich, Monsieur Bayrou erschien, er machte ein feierliches Gesicht und betrat mit langsamen Schritten den Raum. Hinter ihm erschienen seine Kellner. Sie bildeten eine lange Reihe, sie guckten starr nach vorne, jeder hielt ein kleines silbernes Tablett vor sich, das mit einer kleinen silbernen Cloche bedeckt war, eine regelrechte Prozession war das. In der Mitte des Raums blieb Monsieur Bayrou stehen wie eine Säule, während die Reihe der Kellner sich einfach weiterbewegte und an ihm in alle Richtungen zerstieb und erst haltmachte, als vor jedem Tisch ein Kellner stand. Sie standen einfach da und guckten nach vorne. Im Raum herrschte andächtige Stille. Ira hätte beinahe angefangen zu lachen. Sie blickte sich noch rechtzeitig um. Aber alle machten ein ganz ergriffenes Gesicht, selbst Zita. Monsieur Bayrou klatschte einmal kurz in die Hände, die Kellner zogen mit einem schnellen Griff die Kuppel von ihren Tabletts und servierten endlich das Dessert: ein Ortolan für jeden Gast.

Ira stieß einen kleinen Schrei aus. Er ging glücklicherweise im Geräusch der Kellnerabsätze unter, die auf der Stelle kehrtgemacht hatten und sich rasch entfernten. Vor ihr stand eine kleine gläserne Schüssel, darin lag das traurigste Etwas, das sie je gesehen hatte: Nicht größer als ihr Zeigefinger, aber von ovaler Form, vor lauter Fett glänzend, gelb und dampfend, und über den Rand hing ein kleiner Kopf, die Augen geschlossen, mit einem Schnabel.

»Um Gottes willen, Zita, warum sollte ich das essen?«

»Weil es nichts Besseres auf der Welt gibt«, sagte Ira und nahm das Schälchen mit dem toten Vogel und hielt es sich dicht vor die Nase. »Weil es der höchste Gipfel des Geschmacks ist und der tiefste Abgrund des Erlebens. Ja, weil es um das Leben geht und um den Tod.«

Ira sah ihre Schwester an und fand, sie sei schon nicht mehr ganz bei sich. Sie trank noch einen Schluck Wein. Indem sie ihr Glas abstellte, vorsichtig, damit sie der kleinen gläsernen Schüssel nicht zu nahe kam, strich ihre Hand durch einen Hauch des Dufts, der von dem, was darin lag, aufstieg, und als sie sie zurückzog, brachte sie diesen Duft in Bewegung und nahm etwas davon mit, es war nicht viel, ein paar Tausendstel Mikrogramm, oder Millionstel Milligramm, oder Milliardstel

Gramm, aber einige dieser wenigen in der warmen, nach oben strebenden Luft treibenden Moleküle fanden ihren Weg in Iras Nasenlöcher und wurden von dort über ihre Nasenmuscheln zum Geruchsorgan geleitet, um dort auf die Rezeptoren der Riechzellen zu treffen, und dann geschah etwas Unerwartetes.

Iras Augen öffneten sich, und sie blickte auf das aus tausend feinen Fäden gewebte Muster im Schal ihrer Schwester, hätte auch nur ein Faden gefehlt, ihr wäre es nicht entgangen. Sie schloss die Augen, horchte auf das Flüstern der anderen Gäste und verstand jedes Wort. Für einen Moment war ihr, als wüsste sie, was jeder im Raum gerade dachte, und die Empfindungen der anderen waren ihre. Aber das war im Nu vorbei, und sie wusste gar nicht, was geschehen war. Sie wusste auch nicht, was sie tat, als sie die Schüssel mit beiden Händen fasste und vor die Nase hielt. Sie atmete tief ein. Das Erlebnis wiederholte sich nicht. Stattdessen widerfuhr ihr etwas anderes. So wie man sagt, dass die Menschen, kurz bevor sie sterben, in einem einzigen Augenblick ihr ganzes Leben an sich vorüberziehen sehen, so sah Ira in diesem Moment das Leben dieses kleinen Vogels vor sich: die Wüste, das Meer, die Ebenen, die Berge, den Wald, das Gras, die Felder, die Blumen. Ihr wurde schwindlig. Sie stellte die Schüssel wieder auf den Tisch. Zita musste es ähnlich ergangen sein wie ihr.

Sie betrachtete den Vogel und wollte jetzt nichts lieber, als ihn zu essen, ihn in den Mund zu stecken, mit den Lippen zu umschließen, mit der Zunge zu schmecken, mit den Zähnen zu zerteilen, ihn zu schlucken und in sich aufzunehmen. Was ihr eben noch ganz unvorstellbar war, würde nun ihre größte Sehnsucht befriedigen. Das war das Paradox der Abneigung: der besondere Reiz, der entsteht, wenn Furcht oder Widerwillen, die von einem Gegenstand ausgehen, sich auf einmal in die Erfahrung der Schönheit verwandeln. Denn ebenso wie das Grauen einen ästhetischen Genuss vermitteln kann, vermag sich auch der Ekel in Entzücken zu verwandeln. Ja, es ist eine bekannte Tatsache, dass die Lust, die aus einem Schmerz entsteht, und das Glück, das aus der Furcht erwächst, mit nichts zu vergleichen sind und an Tiefe und Intensität jede andere Empfindung übertreffen, dass man also, um ein Gefühl wirklich bis zu seinem tiefsten Grund auszuschöpfen, vorher sein Gegenteil erfahren haben muss.

»Was muss ich jetzt machen?«, fragte Ira leise.

»Du musst den Ortolan am Kopf anfassen und ihn gegen die Wange halten«, sagte Zita und machte es ihrer Schwester vor. »Er soll warm sein, aber nicht zu heiß. Spürst du es?«

Ira nahm den kleinen Körper vorsichtig in die Hand und näherte ihn ihrem Gesicht. Ein Hauch des Armagnac, in dem das Tier den Tod gefunden hatte, fuhr ihr entgegen wie sein letzter Atem. Sie spürte, wie ihr das warme Fett die Hand und den Arm hinablief.

»Das ist egal«, sagte Zita, als Ira innehielt.

»Und nun?«, fragte Ira.

»Jetzt nimmst du die Serviette«, sagte Zita und machte es ihr vor. Sie nahm die Serviette, die die Kellner eigens für diesen Zweck gebracht hatten und die größer war als üblich, und legte sie sich über den Kopf, so dass ihr Gesicht ganz und gar verborgen war. Bevor Ira es ihr nachtat, sah sie, dass die anderen Gäste bereits alle ebenfalls ihre Servietten über den Kopf gezogen hatten. Eine Menge Leute in einem Restaurant, schweigend mit einer weißen Serviette über dem Kopf, wie bei einer Osterprozession in Sevilla, dachte Ira. Sie befanden sich ja mitten in der Karwoche, es war Gründonnerstag, der Tag des letzten Abendmahls, Tag der Buße und der Vergebung, und das hier war eine Madrugá-Prozession, nur im Sitzen, lauter Sünder, die im Verzehr eines Vogels um Vergebung bitten. Ira folgte schweigend dem Vorbild ihrer Schwester, sie legte den Vogel vorsichtig in seine Schale zurück, nahm mit spitzen Fingern das weiße Tuch und legte es sich über Kopf und Gesicht, dann fasste sie den Vogel wieder mit zwei Fingern und hielt ihn sich unter der Serviette vors Gesicht.

Der Dunst des Armagnac überschwemmte ihre Sinne. Sie war jetzt ganz und gar eingetaucht in das Aroma des Ortolans, in dem der Geruch Afrikas gelöst war, die küstennahen Mangrovenwälder Guineas, der metallische Geschmack der roten Lateritfelder, die endlosen, mit Riedgras bewachsenen Ebenen, aus denen nach Norden die Wüste erwächst, Koriander aus Marokko, Majoran aus Algerien, das Salz des Mittelmeers. Sie verstand, warum die Serviette so groß war. Nichts von diesem Geruch sollte verloren gehen, er sollte gehalten und verdichtet werden. Aber auch weil man beim Essen eines Ortolans allein sein soll, weil der Sünder nicht beobachtet werden will, wenn er sündigt. Denn natürlich war der Verzehr dieses Vogels eine Sünde, und hier ging es offensichtlich nicht ums Essen, sondern darum, den Tod in der Gegenwart des Lebens zu feiern. Ira suchte nach Zitas Hand, fand sie aber nicht. Dann führte sie das hintere Ende des Vogels zu ihren geöffneten Lippen. Sie schauderte. Erst ganz vorsichtig, dann kräftiger, um den kleinen Widerstand zu brechen, den das Tier ihr noch bot, ein letzter vergeblicher Versuch, seine Integrität zu bewahren, saugte sie an dem Vogel. Das Fett, das aus dem Tier entwich, überschwemmte ihren Mund, trat ihr rechts und links aus den halb geöffneten Lippen und lief ihr Kinn herab.

Sie hielt inne und linste unter der Serviette hervor.

»Nicht gucken«, rief Zita, die wusste, was Ira gerade tat, obwohl sie selber immer noch unter ihrer Serviette verborgen war, »du musst ihn in den Mund stecken und essen, Ira, jetzt tust du, was ich dir sage, jetzt vernichtest du diesen kleinen Vogel, so wie ich damals mein kleines Kind vernichtet habe – deinetwegen.«

Ira sagte kein Wort und rührte sich nicht. Sie schwebte im betäubenden Dunst des Ortolans, da war nichts mehr, was ihr Halt gab, der Boden unter ihren Füßen war so weit entfernt, als sei sie selber einer der kleinen Zugvögel, die sich auf den Weg nach Norden machten und dabei Kontinente überquerten. Der Kontinent ist das eigene Leben, dachte sie, und wenn man an sein Ende gekommen ist und sich ein Bild machen kann, ist alles schon vorüber. Man sieht die ganzen Verwüstungen, aber man lernt nichts. Darum war sie also hier. Um sich ein Bild zu machen. Die Schuld ist das Einzige, was bleibt, dachte sie. Die Schuld geht nicht weg, sie wird größer, je weiter man sich von ihr entfernt, desto höher wächst sie, und dann verschlingt sie dich.

»Es tut mir leid.«

»Es tut dir leid? Du hast mir damals gesagt, ich muss das Kind abtreiben. Du hast gesagt, dass ich Piero das nicht antun kann. Der Skandal. Seine Frau. Seine Stellung. Unser Name. Und als ich nicht auf dich gehört habe, hast du es ihm gesagt. Du hast mich verraten. Du hast mein Kind verraten. Mein Kind wäre heute so alt wie Rebecca. Weißt du das? Denkst du manchmal an mein Kind, das nie geboren wurde? Wie es ausgesehen hätte? War es ein Junge oder ein Mächen? Ich werde das nie wissen. Aber ich denke jeden Tag daran. Hörst du. Jeden Tag. Du hast es auf dem Gewissen. Ich bin sicher, dass es ein Junge war. Ein kleiner Junge, den ich getötet habe. Mein Baby. Der jetzt ein Mann wäre. Er hätte eine Frau, er hätte selber Kinder. Hörst du mich. Aber auch diese Kinder sind nie geboren worden. Es gibt sie nur in meiner Phantasie. Ich denke an sie. Jeden Tag. An meinen Sohn, den ich getötet habe, deinetwegen. Hörst du mich?«

Ira bekam keine Luft mehr. Sie wollte sich die Serviette vom Kopf reißen. Aber Zita befahl ihr: »Du bleibst genauso sitzen.«

Mit großer Anstrengung sagte Ira: »Ich wollte nicht, dass du sein Leben zerstörst und deins. Es war eine andere Zeit.« Sie stockte. »Die Schande …«

»Ja, die Schande«, sagte Zita leise, »die Schande hat Piero auch gefürchtet. Aber er hätte es gar nicht erfahren müssen. Nicht gleich. Vielleicht später. Vielleicht gar nicht. Das hätte man sehen können. Aber dazu hast du es nicht kommen lassen, weil du eifersüchtig warst, einfach so, weil ich ein Kind bekommen sollte. Und dabei warst du damals selber schon schwanger mit Rebecca. Aber das habe ich mir erst später selber zusammengerechnet, nach ihrer Geburt.«

»Ich wusste es damals nicht.«

»Du lügst.«

»Ja, ich wusste es. Aber ich hatte Angst.«

»Du lügst schon wieder. Ich habe Piero auf eine Weise geliebt, wie du Heinz nie geliebt hast. Das hast du mir übelgenommen. Ich sollte das Kind des Mannes bekommen, den ich liebte, und du warst schwanger von Heinz. Du hast mir meine Liebe nicht gegönnt. Du hast sie mir genommen. Und jetzt isst du.«

»Aber du warst immer frei«, sagte Ira. Dann öffnete sie den Mund und nahm den Körper des Tieres in sich auf, der sich weich und warm der Form ihres Gaumens anpasste, langsam presste sie den Ortolan in ihrem Mund zusammen, alles, was in ihm war, entleerte sich in ihre Mundhöhle, und sie schluckte es hinunter, dann begann sie zu kauen, langsam und mühelos, denn die Knochen des Ortolans waren fein und zart wie die eines Kindes, sie hörte, wie sie zwischen ihren Zähnen zerbarsten. Sie hielt inne. Von überallher aus dem Raum drang jetzt dieses dünne Knirschen zu ihren Ohren. Das waren die Knochen all der kleinen Vögel, die jetzt gerade von den Kiefern der Gäste des Maraîchers zermahlen wurden.

»Es ist so furchtbar«, sagte Ira, »es ist alles so furchtbar. Alles ist furchtbar.« Die Tränen, die ihre Wangen hinabliefen, vermischten sich mit dem Fett des Vogels.

»Nimm dich zusammen«, sagte Zita. »Wir sind im Maraîchers, wir essen Ortolan, Rebecca wird heiraten und Kinder bekommen, nimm dich zusammen.«

»Und ich werde sterben«, sagte Ira.

Zita antwortete nicht.

»Ich habe Krebs. Ich werde sterben. Das ist nicht mehr zu ändern.«

Zita nahm sich die Serviette vom Gesicht.

»Wer weiß davon?«

»Nur du.«

»Es war richtig, es niemandem zu sagen«, sagte sie und nahm auch Ira das weiße Tuch ab. »Bis nach der Hochzeit sollte es niemand erfahren.«

Die Schwestern sahen einander an.

»Ich werde sterben, Zita.«

Es ärgerte Zita, das zu hören. Ira hatte es immer besser gehabt. Sie war immer schöner gewesen und fröhlicher. Sie hatte einfach zugegriffen und sich alles genommen, bis nichts mehr übrig war. Die Aufmerksamkeit ihrer Mutter und der Männer, die Schönheit, das Glück. Es kam Zita vor, als habe es von all dem eine für beide Schwestern vorgesehene, bestimmte, begrenzte Menge gegeben und Ira habe sich ihr ganzes Leben lang davon auf ihre Kosten bedient. Und jetzt eroberte sie selbst diesen Moment, der Zita gehören sollte. Jetzt setzte sie sogar ihr Sterben ein, um sie zu überholen. Wir waren uns immer fremd, dachte sie. Wir waren immer anders. Aber wenn sie stirbt und wenn ich ihre Todesanzeige lese, werde ich weinen wie nie zuvor in meinem Leben.

Zita nahm eine saubere Serviette und wischte sich das Fett aus dem Gesicht. Dann machte sie dasselbe bei Ira, die ganz still hielt, wie ein Kind, dem seine Mutter den Mund abwischt. Sie strich ihrer Schwester auch eine Strähne aus der Stirn. »Wir sterben alle. Ein paar Jahre mehr oder weniger … dein Leben war doch schön. Du hast eine Tochter. Du wirst Enkelkinder haben. Man wird dich nicht vergessen. Ich werde dich nicht vergessen.«

»Aber ich habe Angst«, sagte Ira.

»Ich werde auf dich aufpassen.«

Die Gäste

Am Freitagmorgen rollten zwei Männer am Stadtrand von Montpellier ein Klavier aus einem zweistöckigen Gebäude, das zwischen einer Reinigung und einer Karaoke-Bar mit Billard-Club lag. Im ersten Stock war ein Fitnessstudio untergebracht, und gegenüber konnte man Spezialitäten aus La Réunion essen. Das Klavier stand hochkant auf einem flachen Wagen, und für seinen Transport hätte sicher ein Mitarbeiter genügt. Aber Monsieur Azéma, Geschäftsführer und Inhaber des kleinen Unternehmens für den Handel mit und die Vermietung von gebrauchten Klavieren, hatte beschlossen, diesen Auftrag persönlich zu begleiten, nachdem er in den vergangenen vierzehn Tagen mehrere Telefongespräche geführt hatte, in denen er seine Auftraggeberin zunehmend nervöser, ja unbeherrschter erlebt hatte. Ihr waren immer neue Fragen und Besorgnisse eingefallen, die er nach bestem Wissen und Gewissen zu beantworten beziehungsweise zu zerstreuen suchte, aber am Ende war es ihr tatsächlich gelungen, ihre Unruhe auf ihn zu übertragen.

Es hatte mit der Wahl des Klaviers angefangen. Die Kundin hatte gesagt, es drehe sich um die Hochzeit ihrer einzigen Tochter, deren künftiger Ehemann Pianist sei und zum Vermählungsfest selber etwas spielen wolle, unter Umständen sogar etwas von ihm selbst Komponiertes, und darum komme nur das Beste vom Besten infrage, nämlich ein Flügel der Marke Steinway, und zwar das Modell D-274, das, wie Monsieur Azéma – so nannte sie ihn gleich und mehrfach am Telefon – sicher wisse, der beste Konzertflügel der Welt sei, und darunter wollte weder sie noch ihre Tochter noch ihr künftiger Schwiegersohn es machen. Monsieur Azéma hatte bei diesen Worten lächeln müssen, weil sie bestätigten, was ihm schon häufiger aufgefallen war: Sobald die Menschen nur ein bisschen von einer Sache verstehen, halten sie sich schon für Experten. Er hatte also der Dame, deren Namen er nicht verstanden hatte, zugestimmt, sie zu ihren Kenntnissen und ihrem Geschmack beglückwünscht, allerdings eingewendet, dass es unmöglich sein werde, in Montpellier einen solchen Flügel aufzutreiben, dass er nicht einmal sicher sei, ob man in Marseille fündig würde und ob Madame die Suche wirklich bis nach Nizza ausdehnen wolle oder sich vielleicht auch mit einem sehr guten Stück der Marke Yamaha zufriedengeben könne. Das wollte sie aber auf keinen Fall, sondern bestand darauf, wenn schon der D-274 nicht zu haben sei, dann bitte wenigstens der C-227, auf jeden Fall aber ein Steinway. Monsieur Azéma hatte um Bedenkzeit gebeten und sich ein bisschen umgehört. In Avignon hatte er den kleineren der gesuchten Flügel gefunden. Der Preis war vernünftig, und er beschloss, ihn seiner Kundin in doppelter Höhe in Rechnung zu stellen, zuzüglich seiner Unkosten aus Transport, Verwaltung und Steuer. Als er sie tags darauf unterrichtete, war sie nur kurz erfreut und gab dann gleich ihrer Sorge Ausdruck, ob der Flügel sicher vom Parkplatz hinter das Haus gebracht werden könne, zwischen den Büschen hindurch, dann am Pool vorbei über den Rasen auf eine kleine Bühne, die dort unter den Bäumen aufgestellt worden sei.

Monsieur Azéma erkannte erst jetzt, dass es sich bei der Anruferin offensichtlich um eine Ausländerin handelte, die aber beinahe ohne Akzent sprach und sogar das örtliche Idiom beherrschte. Es war da ein bestimmter Tonfall, mit dem er nichts anfangen konnte, darum hatte er zunächst beschlossen, sie für eine lange im Süden ansässige Belgierin zu halten, also beinahe eine Französin – eine Annahme, an der er noch festhielt, während sie ihren Nachnamen buchstabierte – denn das machte sie wirklich gut: »Berthe, Anatole, Eugène, Célestin, Henri, Louis, Eugène.« Als er den Namen dann aber im Ganzen las, wurde ihm klar, dass die Frau einfach eine Deutsche war, und das verdarb ihm die Laune. Er mochte es nicht, wenn man die Ausländer nicht mehr also solche erkannte – bei den Arabs musste man sich keine Sorgen machen, die konnte man um Mitternacht auf einen Kilometer gegen den Wind riechen, aber die anderen, die mehr oder weniger so aussahen wie Franzosen, die sollten sich schon weiterhin durch ihren Akzent erkennbar machen, fand er.

Er beruhigte sie, mit einer Transpalette werde es gar kein Problem sein, das gute Stück genau dorthin zu bringen, wo es gebraucht werde, darin bestehe geradezu seine Arbeit. Er freute sich, dass sie dieses Wort nicht kannte und er es ihr erklären musste: »Das ist ein Wagen zum Anheben und Absenken schwerer Lasten, Madame, sehr praktisch, denn auch Ihr C-227 bringt noch seine 425 Kilo auf die Waage. Und stellt nebenbei einen erheblichen Wert dar.« Ums Geld solle er sich keine Sorgen machen, hatte die Deutsche da gesagt, es handle sich um die erste und hoffentlich letzte Hochzeit ihrer Tochter, das raube ihr alles den letzten Nerv, und die Kosten spielten wirklich eine untergeordnete Rolle. Das wiederum hörte Monsieur Azéma gerne, und er beschloss, ihr das Dreifache der Miete des Flügels in Rechnung zu stellen.

Dann war da noch das Thema Klavierstimmung, das der Deutschen Kummer machte. Sie war wirklich beunruhigt und wollte ganz genau wissen, ob der Flügel in gestimmtem Zustand zu ihnen gebracht werde, ob er sich beim Transport nicht verstimme und ob es ein Problem sei, wenn er nachts draußen stehe: »Verzieht sich da nichts?«, hatte sie gefragt, »wegen der Feuchtigkeit.« Monsieur Azéma versicherte ihr, genau das seien ja Steinways große Pluspunkte: Klangtreue und Tonfestigkeit, er sei gelernter Klavierbauer und übernehme das Stimmen seiner Klaviere immer selber, er wisse also, wovon er rede, wenn er ihr garantiere, solange sie den Flügel nicht unmittelbar in den Regen stellte – wovon er dringend abraten wolle –, müsse sie sich keine Sorgen machen. Dies Letzte meinte er eher als Scherz. Sie aber hatte mit fahriger Stimme geantwortet, auf ausdrücklichen Wunsch ihrer Tochter werde es keine Zelte geben und der Flügel stehe tatsächlich im Freien auf der kleinen Bühne und ob das ein Problem darstelle. Das tue es in der Tat, hatte Monsieur Azéma geantwortet und vorgeschlagen, wenigstens über dem Flügel ein kleines Zelt aufzuspannen, damit dieser geschützt sei.

Die Fahrt nach La Garrigue dauerte eine Stunde, viel länger als erwartet, es war Karfreitag, zwar kein richtiger Feiertag, aber das Osterwochenende machte sich bemerkbar. Monsieur Azéma war in Eile, und als er das Tor durchquerte, bemerkte er nur kurz die besondere Schönheit dieses Ortes. Eigentlich war er für das Anmutige sehr empfänglich und hielt sich selber für einen empfindsamen Menschen. So erklärte er es sich auch, dass er sich nach vielen Jahren vom Klavierspielen abgewandt hatte. Es war ihm plötzlich zu mathematisch vorgekommen, zu viel Technik, zu wenig Intonation, er fand, er könne seine

Gefühle nicht angemessen ausdrücken, das Klavier wurde seinen eigenen Stimmungen nicht gerecht, darum hatte er sich dem Gesang zugewendet. Dieses Tor, die gewundene Platanenallee, das strahlend weiße Haus, der kreisrunde Platz aus alten Steinen – das hätte ihn an einem anderen Tag alles sehr für die Besitzer eingenommen, heute aber war er dafür zu ungeduldig. Außerdem hielt er nicht viel von den Deutschen: zu viel Geld, zu wenig Geschmack, zu grobschlächtig, und sie tranken zu viel.

Er beeilte sich, mit seinem Gehilfen alles für die Entladung des Flügels vorzubereiten. Genau in dem Moment trat Sami aus dem Schatten des Hauses und kam ihm entgegen, aber Azéma rief schnell: »Geht schon, geht schon«, und drehte dem Gärtner den Rücken zu. Ein Bougnoule würde sicher nicht seine Hände auf diesen Steinway legen. Sami grinste ihn an, dachte aber gar nicht daran, sich zu entfernen. »O doch, Monsieur brauchen meine Hilfe«, sagte er, »Monsieur kennen sich hier nicht aus. Ich werde Monsieur den Weg zeigen.« Dazu machte er eine leichte Verbeugung, stellte sich in einigem Abstand auf und beobachtete die Männer beim Verladen. Azéma steckte in der Klemme: Eigentlich war er in Eile und wollte die Sache schnell erledigen, gleichzeitig wollte er aber nicht, dass ein Arab Zeuge seiner Anstrengung wurde. Er bereitete also langsamer, als ihm lieb war, die beiden Schienen vor, auf denen der Flügel aus dem Wagen gerollt wurde. Sorgfältig legte er zwei weitere Schienen bereit, damit das schwere Instrument nicht auf den unebenen Steinplatten ins Stocken käme. »Ah«, rief Sami mit echtem Interesse, »das ist ja eine kluge Lösung.«

»Ja, das ist eine kluge Lösung«, sagte Monsieur Azéma, schob den Flügel ein Stück vorwärts, ließ seinen Gehilfen die Schienen aufheben und neu positionieren und schob wieder. »Wie eine kleine Eisenbahn«, sagte Sami fröhlich. »Ja, wie eine Eisenbahn«, sagte Monsieur Azéma, ohne sich umzusehen. So arbeiteten sie sich behutsam über den Hof, am Haus vorbei durch den Garten. Zwischen ihnen, hinter ihnen, vor ihnen liefen die Angestellten der Festfirma hin und her und brachten Stühle, immer mehr Stühle, sie luden sie in ganzen Stapeln von den Lieferwagen, mit denen beinahe der ganze Hof vollgestellt war, trugen schwankende Türme von Stühlen in den Garten und kamen mit leeren Händen zurück, um noch mehr zu holen und sie um die beiden langen Tafeln zu sortieren, die sie am Morgen im hinteren Teil des Gartens parallel zum Pool aufgestellt hatten. Durch diese ganze Bewegung hindurch zogen langsam und vorsichtig Sami und die beiden Klaviertransporteure mit ihrer schweren Last. Der Gärtner lief voraus, blieb hier und da stehen, drehte sich um und ging dann weiter und lächelte, während die beiden Männer hinter ihm arbeiteten und sich von ihm nicht helfen lassen wollten. Als sie endlich im hinteren Teil des Gartens angekommen waren, schickte Monsieur Azéma seinen Gehilfen, den Hubwagen zu holen, mit dem der Flügel auf die Bühne gebracht werden sollte, die dort unter den Orangenbäumen aufgebaut worden war. Einmal musste Sami den Flügel stützen, der schon ins Rutschen gekommen war, aber Monsieur Azéma sagte kein Wort. Es war einfach so, dass überall zu viele Ausländer waren, und wenn sich das schon nicht vermeiden ließ, musste klar sein, wer Herr ist und wer Diener, und auf keinen Fall durfte man Schwäche zeigen.

Gabriel stand schon eine Weile an seinem Schlafzimmerfenster und blickte in den Garten hinab. Rebecca hatte die Nacht nicht bei ihm verbracht. Am Morgen hatte er einen Zettel gefunden, den sie ihm unter der Tür durchgeschoben hatte, auf dem stand, dass sie nach dem Stierkampf noch mit Swann essen gegangen war und abends so spät nach Haus gekommen sei, dass sie ihn nicht hatte stören wollen. Er verschwendete keinen Gedanken daran. Stattdessen verfolgte er mit den Augen den Weg des Flügels. Als würde es schweben, so bewegte sich das große, schwarze Instrument durch das hin und her wogende Gewimmel der weiß gekleideten Leute, die dabei waren, eine Hochzeit vorzubereiten. Meine Hochzeit, dachte Gabriel. Er ging in die Küche und holte sich einen Kaffee. Mit der Tasse in der Hand lief er ohne Hast barfuß durch den Morgen und näherte sich langsam dem Flügel, den zwei Männer mit Samis Hilfe gerade auf die Bühne bugsierten, die seit gestern Nachmittag unter den Orangenbäumen stand.

Gabriel ging um die Bühne herum und suchte die kleine Treppe, die nach oben führte. Monsieur Azéma und sein Gehilfe schraubten die Beine an den Flügel und kippten ihn über eine spezielle Vorrichtung in die ihm gemäße Lage. Gabriel beobachtete sie beinahe andächtig, während sie ihn gar nicht beachteten, und weil er Sami nicht mochte, der seinerseits keine Anstalten machte, sich zu entfernen, blieb er ganz am Rand des hölzernen Podests stehen. Als die Arbeit erledigt war, trat er, ohne ein Wort zu sagen, an das Instrument, das jetzt schwarz und gebieterisch in der Mitte der Bühne thronte, und weil er in der rechten Hand noch die Kaffeetasse hielt, spielte er im Stehen die Chaconne von Bach für die linke Hand allein, da musste er den Kaffee nicht abstellen. Es waren nur die ersten fünf Takte bis zur Wiederkehr der beiden d-Moll-Akkorde, die Gabriel spielte, weil er neugierig war auf diesen Flügel, den er noch nicht kannte, mit dem er sich vertraut machen wollte, dessen Stimme und Wesen er kennenlernen wollte. Er lächelte, während ihm im vierten Takt die Arpeggios aus den Fingern perlten, und ihm fiel gar nicht die Verwandlung auf, die mit seinen Zuhörern vor sich ging. Denn als Monsieur Azéma, sein Gehilfe und Sami vom Klang des Flügels berührt wurden, da öffnete Gabriels Spiel in ihren Herzen für einen kurzen Augenblick das Tor zu einer Welt von tiefen Gedanken und gewaltigen Empfindungen.

Und aus einem Grund, den er selber nicht verstand, tat Monsieur Azéma das, was er am wenigsten wollte: Er trat auf Sami zu, hielt ihm die Hand entgegen und murmelte einen Dank für die Hilfe. Und Sami nahm die Hand und bedankte sich seinerseits und wusste gar nicht, wofür. Als sie weggingen, jeder in seine Richtung, schüttelten sie beide den Kopf und wussten immer noch nicht, warum.

Gabriel war zufrieden mit dem Flügel. Er ging zurück ins Haus und traf in der Küche auf Rebecca. Sie trug einen weißen Schlafanzug und hüpfte von einem Bein aufs andere, weil ihre nackten Füße auf dem Steinboden froren. Gabriel schlug ihr vor, sich etwas anzuziehen. Aber sie sagte, ihr sei gar nicht kalt und ob er noch gar nicht bemerkt habe, dass sie so schnell laufe, dass ihre Füße kaum den Boden berührten.

»Wie war der Stierkampf?«, fragte er und gab ihr einen Kuss auf die Stirn.

»Zu viel für Swann«, sagte Rebecca und setzte sich auf den Esstisch.

Gabriel schnalzte befriedigt mit der Zunge.

»Das ist neu«, sagte er, »ich hatte sie für eine echte Kriegsberichterstatterin gehalten … wettergegerbt, hart wie Kruppstahl und so …«

»Sie hat sich nichts anmerken lassen. Aber sie hat es gehasst.«

»Und du?«, fragte er und betrachtete seine Hände.

»Ich hänge an meinem blutrünstigen Hobby«, sagte sie, ohne ihn anzusehen. Sie hatte schon gespürt, dass ihn ihre Antwort gar nicht interessierte. Aber das störte sie nicht. Gabriel erwartete nichts von ihr. Also würde sie sich nie von ihm unter Druck gesetzt fühlen und ihn auch niemals enttäuschen.

»Vielleicht gehen wir mal zusammen?«, fragte sie ihn. »Haben wir hier Handcreme?«, fragte er, »meine Hände sind so trocken. Das ist mir eben beim Spielen aufgefallen.«

»Du hast gespielt?«, fragte sie und versuchte, ihre kalten Füße in die Hände zu nehmen.

»Nur ein bisschen, um das Instrument kennenzulernen. Flügel sind wie Menschen, jeder ist anders.«

»Und man muss sie kennen, um mit ihnen zu spielen«, sagte sie und pulte an ihren Zehen herum.

»Wie?« Er sah sie an.

»Keine Ahnung. Es war eine Metapher.«

»Egal, wir müssen uns anziehen.« Sie hüpfte vom Tisch und ging, ohne sich umzusehen, nach oben, und er lief ihr schweigend nach.

Mittags fuhren alle nach Gignac. Swann nahm Rebecca und Gabriel in ihrem Wagen mit, Sami chauffierte Heinz und Ira, Zita bestand darauf, unabhängig zu sein, und fuhr selber, und Gabriels Mutter fand wieder einen Platz an Nandors Seite. Es war also eine echte kleine Kolonne, die sich vorsichtig über den gewundenen Weg zum Tor schlängelte, dann zur Landstraße aufbrach, um sich in das felsige Städtchen auf der anderen Seite der Hügel zu begeben.

Der alte Citroën führte die Kolonne an. Ira und Heinz redeten nicht viel, aber weil Heinz, anders als sonst, nicht neben Sami auf dem Beifahrersitz saß, sondern hinten bei seiner Frau eingestiegen war, konnte sich Ira an die Schulter ihres Mannes lehnen. Es folgte der Audi, in dem Zita weit nach vorne gelehnt saß, ihre blaue Baskenmütze nach hinten geschoben, das Lenkrad fest in beiden Händen, während sie laut auf den vor ihr fahrenden Sami schimpfte, weil der so trödelte, und auf den hinter ihr fahrenden Nandor, weil der sie so bedrängte. Im Porsche wiederum war die Stimmung heiter, weil Karoline indiskrete Anekdoten aus dem Liebesleben ihres Sohnes zum Besten gab, die Nandor nichts angingen, wie er selber mehrmals betonte. Der weiße Mercedes hatte als Letzter den Hof verlassen. Swann ließ es zu, dass sie die anderen aus den Augen verlor.

»Was wollt ihr hören?«, fragte sie nach hinten. Im Rückspiegel konnte sie sehen, wie Gabriel mit den Schultern zuckte.

»Mach doch mal die Elena-Ferrante-Playlist«, rief Rebecca, fasste von hinten an Swanns Lehne und zog sich nach vorne, so dass sie ihrem Hinterkopf ganz nahe kam. »Spotify, mach mal!«

»Gibt es so was? Ferrante-Playlist?«

»Ja, klar«, sagte Rebecca, »sie hat die Liste selber zusammengestellt, damit sie zu ihren Büchern passt. Ist doch super.«

»Sie?«, sagte Swann, »soweit ich weiß, könnte sie auch er sein oder sie und er oder sonstwer. Aber Elena Ferrante verkauft sich eben besser als Günther Schlonz oder so. Das Büchergeschäft ist ein Frauengeschäft. Warum auch nicht. Wenn sonst alles in Männerhand ist.«

»Ja, ja«, sagte Rebecca, »mach einfach an.«

Swann fing Gabriels Blick im Rückspiegel auf. Er grinste.

»Findest du die Benachteiligung von Frauen lustig?«, fragte sie, »kannst du ruhig sagen, kein Problem, dann musst du nur zu Fuß nach Gignac laufen.«

»Nein, entschuldige, gar nicht«, sagte Gabriel, »ich finde es nur irre, dass es Playlists zu Büchern gibt, ihr nicht?«

»Wieso«, sagte Rebecca, »ich lese das Buch, dazu höre ich die passende Musik, wenn alles stimmt, stimmt die Stimmung.«

Swann suchte mit einer Hand in ihrem Telefon und überflog die Ferrante-Liste. »Okay, ich glaube, das check ich nicht«, sagte sie. »Velvet Underground, Bikini Kill, Anna Magnani, Dean Martin und Morrissey?«

»Ja, sie ist eben eine widersprüchliche Frau«, sagte Rebecca verträumt, »genau wie ich.«

»Das ist nicht widersprüchlich, das ist split personality disorder. Außerdem finde ich die Idee Liste plus Buch schwachsinnig.«

»Nein«, sagte Gabriel, »gar nicht, mir leuchtet das ein, wenn Victor Hugo heute leben würde, hätte er für den Glöckner auch eine Playlist gemacht.«

»Jeder sagt einen Titel, schnell«, rief Rebecca.

»Hells Bells«, rief Swann, »AC/DC!«

»Jingle Bells«, rief Gabriel.

»Ganz Paris träumt von der Liebe von Caterina Valente«, sagte Rebecca.

Im Auto machte sich für einen kurzen Moment eine Form der ausgelassenen Fröhlichkeit breit, die für alle unerwartet war, denn sie waren es nicht gewohnt, zu dritt Zeit miteinander zu verbringen. Aber da keiner von ihnen vorhatte, diese Erfahrung zu vertiefen, nutzten sie die Gelegenheit nicht, und sie verstrich. Im Rückspiegel sah Swann, wie Gabriel Rebeccas Hand nahm, aber sie zog sie unter dem Vorwand, sich die

Sonnenbrille ins Haar zu schieben, weg. Er legte seine Hand auf ihr Knie, sie richtete sich kurz in ihrem Sitz auf und rückte ein Stück nach rechts und entkam so seiner Berührung. Swann achtete darauf, dass die beiden ihre Augen im Spiegel nicht sahen. Sie machte Caterina Valente an, sagte: »Wir wollen die anderen nicht ganz verlieren«, beschleunigte den schweren weißen Wagen und sang laut mit:

»Ganz Paris träumt von der Liebe
Denn dort ist sie ja zu Haus
Ganz Paris träumt dieses Märchen
Wenn es wahr wird
Ganz Paris grüßt dann das Pärchen
Das ein Paar wird ...«

Noch vor Aniane hatte Swann die anderen eingeholt. Nachdem die Kolonne den kleinen Ort hinter sich gelassen hatte – die Straßen waren dort so schmal, dass neben einem Auto kein Fußgänger mehr Platz hatte –, gelangten sie wieder auf die Landstraße, die schnurgerade durch eine freundliche Ebene führte und rechts und links von ordentlichen Reihen von Weinstöcken gesäumt war. Hier beschloss Swann, Nandor vor sich herzujagen. Sie hatte die ganze letzte Viertelstunde die obszön geschwollenen Kotflügel des Porsches vor sich gesehen, in denen sich Nandor gespiegelt hatte, während er sie von hinten vögelte. Am liebsten hätte sie ihren 390-PS-Mercedes von hinten in seinen fetten Porsche-Arsch gerammt. Darauf verzichtete sie. Aber sie gab dem Gaspedal einen Tritt, der Sechs-Zylinder-Motor grollte dunkel, sie liebte dieses Geräusch, der weiße Wagen machte einen Sprung nach vorne und setzte dem Porsche nach, wie ein wildes Tier. Kurz vor dem Zusammenprall bremste Swann, ließ sich zurückfallen und wiederholte ihr Manöver. Nach dem dritten Mal ließ Nandor das Fenster herunter und machte mit dem linken Arm eine vulgäre Geste. Aber Swann dachte gar nicht daran aufzuhören. Da bekam Nandor es plötzlich mit der Angst zu tun. Es war immerhin möglich, dass die Frau hinter ihm, die er ja kaum kannte, von der er in Wahrheit wenig wusste, einfach irre war. Vielleicht hatte sie deshalb ihren Job verloren? Er nahm den Fuß vom Gas und ließ seinen Wagen langsamer werden, dadurch zwang er auch Swann zu bremsen. Sie lachte, als sie ihn überholte.

»Feige, aber wirksam«, rief sie ihm zu, als sie in Gignac nebeneinander aus ihren Autos stiegen. Er zuckte mit den Schultern, warf ihr eine Kusshand zu und half Gabriels Mutter beim Aussteigen.

Alle gemeinsam schlugen sie den Weg zu dem kleinen Platz in der Mitte des Orts ein, wo sie ihre Gäste treffen wollten. Als sie in die Allee aus alten Platanen einbogen, an deren Ende man schon auf sie wartete, hängte sich Swann bei Rebecca ein. Aber sie entwand sich ihr und lief allein weiter. Da tauchte Gabriel an ihrer Seite auf, um neben ihr zu gehen. Als Swann das sah, beschleunigte sie ihren Schritt und nahm Rebeccas andere Seite ein, so liefen sie zu dritt weiter. »Siehst du, die sind alle unseretwegen hier«, sagte Gabriel. »Ja, Gaby«, sagte sie, »jetzt werden sie gleich alle über uns herfallen«, und hakte sich doch wieder bei ihm ein.

»Was macht Sami eigentlich hier?«, fragte Gabriel.

Rebecca antwortete: »Er gehört zur Familie.«

Da hatten sie die Gäste schon erreicht, und als man ihrer gewahr wurde, begannen die ersten zu klatschen, und bald applaudierten alle, und es bildete sich eine kleine Gasse, durch die sie gemeinsam gehen mussten: Rebecca zwischen Swann und Gabriel, aus dessen Arm sie sich schon wieder gelöst hatte, dahinter Ira zwischen Heinz und Sami, gefolgt von Gabriels Mutter, die sich würdevoll gab, und Nandor, dem Anwalt, dem der kleine Auftritt sichtlich Spaß machte, denn er lächelte, hob huldvoll die freie Hand und verneigte sich leicht nach allen Seiten. Nur Zita war nicht dabei. Als sie begriffen hatte, dass sie jetzt durch ein Spalier von fröhlichen Menschen laufen sollte, hatte sie sich unwillkürlich noch kleiner gemacht, als sie ohnehin schon war, ihre Augen zu zwei schmalen Schlitzen zusammengekniffen und war mit einem Satz zwischen den Bäumen verschwunden.

Je weiter die kleine Gruppe der Neuankömmlinge vorwärtskam, desto mehr löste sie sich in der Menge der Gäste auf, jeder blieb irgendwo in einer Umarmung oder an einer hingehaltenen Hand hängen. Man umarmte und begrüßte sich, das dauerte eine Weile, denn da waren schon sechzig oder siebzig Leute zusammengekommen. Am nächsten Tag, bei der Hochzeit, würden es noch einmal so viele sein. Nur Heinz und der immer hinter ihm gehende Sami schafften es direkt bis zur Tür des Roxana, wo Heinz den Wirt, der auf dem Platz vor seinem Restaurant Tische und Stühle aufgestellt hatte und gerade dabei war, die Gläser zu füllen, wie einen alten Freund begrüßte. Die beiden Männer hatten sich für diesen Tag auf drei Bronzinelles aus dem bei Montagnac gelegenen Château Saint Martin geeinigt, rot, weiß und rosé, die im Namen noch die Ortsmarke »de la Garrigue« trugen.

Rebecca trank schon das zweite Glas von dem Roten und fragte nach dem dritten. Sie war umringt von ihren Hochzeitsgästen, ihren Freunden, Leuten, die ihre Eltern eingeladen hatten, Gabriels Freunden, irgendwelchen Verwandten, mit denen keiner viel zu tun hatte, denen man aber den Anspruch zugestand, eingeladen zu werden, sie alle waren eingerahmt von den grauen Stämmen der Platanen, die schon in dichtem Laub standen, aber noch nicht so dicht, dass sie die Sonne daran hätten hindern können, die Menschen, die sich da versammelt hatten, mit kleinen, goldenen Tupfen zu versehen. Sie standen in kleinen Runden zu viert oder fünft und unterhielten sich, sie saßen an den kleinen Tischen und tranken, jemand stand rauchend daneben und beugte sich im Gespräch hinunter, ein anderer hatte sich auf den Boden gehockt, die Arme um die Knie geschlungen, und lachte, dazwischen balancierten zwei Kellner Tabletts mit vollen Weingläsern. Rebecca drehte sich auf der Stelle. Sie sah die Umrisse der Figuren, aber sie konnte keine Gesichter ausmachen, es waren lauter Flecken aus Licht und Schatten und Farbe, so dass ihr die ganze Szene vorkam wie ein Bild von Renoir. Sie erkannte nur Sami, der etwas abseits stand und sie die ganze Zeit anstarrte, und Swann, die mit mehreren Leuten gleichzeitig sprach, laut und lustig, aber sie dabei nicht aus den Augen ließ, und Gabriel, der neben ihr stand und dauernd versuchte, sie bei der Hand zu halten, was ihm aber nicht gelang, da sie sich um sich selbst drehte und sich ihm wieder und wieder entwand. Er versuchte, nach der anderen Hand zu greifen, und sie erinnerte sich, wie er ihr beim Tanzen das Handgelenk nach oben gebogen hatte, so dass sie wehrlos war und sich von ihm führen lassen musste. Sie erinnerte sich auch an den Stier, der von seinem Torero im Kreis geführt wurde wie eine Frau beim Tanz, nur um am Ende mit einem Degen in der Aorta zu enden. Das würde Gabriel nicht noch einmal gelingen, dachte sie, nicht mit ihr und nicht heute.

Sie schloss die Augen und sah Swann. Swann wusste, was sie dachte. Swann verstand sie. Swann kam und nahm sie bei der Hand und führte sie aus der Menge. Niemand schöpfte Verdacht. Niemand bemerkte sie. Hand in Hand liefen sie zu ihrem Auto, dem schnellen, weißen Mercedes, der sie weit weg bringen würde. Sie stiegen ein und lächelten, weil sie entkommen waren, weil sie sich gerettet hatten. Swann startete den röhrenden Motor und fuhr los, langsam erst, weil die Straßen noch schmal waren, aber als sie im Freien waren, wurden sie schneller und immer schneller, und sie sprachen noch immer kein Wort. Der Wind rauschte, und durch das Fenster flutete die Freiheit. Sie öffnete die Augen. Und alles war vorbei. Jemand hatte angefangen zu rufen: »Speech! Speech! Speech!« Es war Stabi, der schon ein bisschen betrunkener war als die anderen, eines seiner Kinder auf den Schultern hatte und immer lauter rief »Speech! Speech! Speech!« und dazu auf und ab hüpfte, bis alle skandierten: »Speech! Speech! Speech!« Da brachte der Wirt eine Weinkiste, auf die sollte Heinz sich stellen, damit man ihn besser sehen und hören konnte. Die Kiste war ein bisschen wacklig, und als Heinz Mühe hatte, hinaufzusteigen und das Gleichgewicht zu halten, wollte der Wirt helfen. Aber Sami drängte ihn beiseite. Also stützte sich Heinz auf die Schulter seines Gärtners, während er sprach.

»Ich werde euch nicht lange aufhalten«, sagte Heinz, »jedenfalls nicht heute. Morgen müsst ihr euch auf einiges gefasst machen, da wird es eine richtige Hochzeitsrede geben.« Die Gäste applaudierten. »Rebecca heiratet. Sie ist meine einzige Tochter, ich nehme also an – ich hoffe –, dass ich so eine Rede nur einmal in meinem Leben halten werde.« Die Gäste lachten und applaudierten noch einmal. Erst jetzt drehte Rebecca sich in die Richtung, aus der die Stimme ihres Vaters kam. Sie stellte sich auf eine Bank und konnte dann seinen Kopf ausmachen, der nur knapp aus der Menge ragte. Die Leute hatten eine kleine Lichtung um ihn herum gebildet. Da stand er auf seiner Kiste in einer der festen blauen Leinenjacken, von denen er in La Garrigue den ganzen Schrank voll hatte, dazu trug er eine weiße Hose und zur Feier des Tages ein hellblaues Einstecktuch.

»Morgen werde ich darüber reden, was es für mich bedeutet, dass meine Tochter nun wieder in den Hochadel zurückkehrt, dem meine bedauernswerte bürgerliche Herkunft sie gewissermaßen kurzzeitig entrissen hat.«

Wieder Gelächter und Applaus.

»Und natürlich werde ich morgen auch ein paar Worte zu meinem künftigen Schwiegersohn sagen – zum lieben Gabriel – und darüber sprechen, was es für einen schwäbischen Mittelständler wie mich bedeutet, dass wir nun einen Künstler in der Familie haben werden.«

Noch mehr Gelächter und Applaus.

»Ich sage heute nur so viel: Er liebt die Oper so wie ich, und ich halte es für möglich, dass er sogar mehr davon versteht als ich. Wie dem auch sei: Hauptsache, er sorgt für ein Enkelkind.«

Noch mehr Gelächter, das hier und da in Gejohle überging. Aufmunternd lächelten die Leute in Rebeccas Richtung und gaben ihr Signale der Zustimmung, aber sie machte ein Gesicht, als wohne sie einer Gerichtsverhandlung bei, und zwar als Angeklagte.

»Ihr werdet es mir nachsehen«, fuhr Heinz fort, »dass ich euch auch ein paar grundsätzliche Gedanken zur Ehe nicht erspare, und zwar was ihren Zweck und Nutzen angeht. Als seit Jahrzehnten mehr oder weniger glücklich Verheirateter bin ich befugt, mich dazu zu äußern.«

Diesmal kam nur vereinzelter Applaus, denn unter den schlichteren Gemütern begannen schon die ersten, sich zu langweilen, und die Aufmerksameren fragten sich im Stillen, was der Redner mit dieser Formulierung sagen wollte.

Er schwieg und faltete die Hände und blickte zum Himmel. Alle Welt dachte, er sei jetzt fertig mit seiner Kurzansprache, und die Leute wollten ihm gerade applaudieren, da hub er erneut an.

»Die Ehe …«, sagte er, »das ganze Leben eigentlich … es geht so schnell vorüber. Eigentlich geht es um das Paar … das Ehepaar. Denn wenn die Kinder aus dem Haus sind – oder das Kind, Ira und ich haben nur eines –, dann bleibt das Ehepaar übrig. Es gab das Ehepaar vor dem Kind, und es wird das Ehepaar auch danach noch geben. Das vergisst man manchmal, während die Zeit vergeht, während man älter wird. Man vergisst, was man verloren hat, während man älter wird.«

Er zögerte. Aus dem Fenster eines gegenüberliegenden Hauses hatte sich eine Frau gelehnt und beobachtete das Geschehen auf dem Platz. So alt war Ira gewesen, als er sie kennengelernt hatte, und sie hatte auch solche schwarzen Haare und konnte die Arme in dieser Weise verschränken, so spöttisch und überlegen. Sie war ihm immer überlegen gewesen.

»Wusstet ihr, dass die Bitterorange ein Symbol der Ewigkeit ist, weil die reifen und die unreifen Früchte zur gleichen Zeit am Baum hängen? Vielleicht ist so ein Baum auch ein Symbol für eine Familie, habe ich mir gedacht, weil dort auch die Jungen und die Alten beisammen sind und es gar nicht anders geht, bis einer stirbt. Aber wir sind ja keine Orangen, oder?« Er suchte Iras Gesicht in der Menge und fand sie nicht.

»Ich meine, wir weben und weben, und dann schneidet das Leben die Fäden schneller ab, als wir sie anstücken können.« Er stockte. Die Leute wurden unruhig, die ersten hatten sich schon abgewendet und setzten ihre Gespräche fort.

»Ars longa, vita brevis, liebe Freunde«, sagte Heinz endlich, »die Gebildeten unter euch wissen, was das bedeutet – und die anderen sind mir egal.«

Dann rief er »Ein Hoch auf das Brautpaar«, und weil er kein Glas in der Hand hatte, hob er seine rechte Hand in Rebeccas Richtung, und alle Köpfe drehten sich zu ihr, und alle Gläser prosteten ihr zu. Heinz sah zum Fenster hoch, die Frau war verschwunden. Er stieg von seiner Kiste, und mit einer gewissen Erleichterung wandten sich die Gäste wieder ihren Gesprächen zu.

Rebecca war in eine kleine Gruppe von alten Freundinnen ihrer Mutter und ihrer Tante geraten. Da waren die Goggi, die Gaby, die Ulla und die Renate, sie waren alt, sie waren wohlhabend, und sie waren ohne Männer, es ging ihnen also gut. Allerdings verbrachten sie ihr Leben in einem Paradox: Sie langweilten sich zwar schrecklich, aber es stand ihnen der Sinn dennoch nicht nach Neuigkeiten, und zwar weil es von Woche zu Woche und Monat zu Monat wahrscheinlicher wurde, dass es schlechte sein würden. Das brachte das hohe Alter mit sich. Der Brand von Notre-Dame kam ihnen darum gerade recht: Es handelte sich zwar um eine schlechte Nachricht, kein Zweifel, aber eine, die mit ihnen nichts zu tun hatte. Mit gut gelaunter Betroffenheit konnten sie sich also den Pariser Ereignissen zuwenden und auf der Suche nach der Ursache der Katastrophe halb im Ernst, halb im Scherz die üblichen Verdächtigten durchgehen: achtlose Bauarbeiter, bösartige Muslime, hinterhältige Geheimdienstler. Rebecca hatte für keine der zurzeit gängigen Theorien eine besondere Vorliebe. Ganz anders Zita. Rebecca beobachtete ihre Tante, wie sie, die Hände hinter dem Rücken verschränkt und auf den Absätzen wippend, ihre Freundinnen musterte, die so leichthin über das Pariser Geschehen palaverten. Ja, mit ihrer blauen Baskenmütze und dem dunkelblauen zweireihigen Mantel, mit goldenen Knöpfen und an den Ärmeln mit goldenen Tressen kam Zita ihr vor wie ein Admiral der Marine, der aus der Ferne einem Seemanöver beiwohnt, ungeduldig auf den Moment des Eingreifens wartend. Plötzlich schnellte Zita vor und verkündete stolz, dass auch der berühmte französische Intellektuelle Éric Zemmour bei einer Veranstaltung in Marseille gesagt habe, er verstehe gar nicht, warum die Behörden schon nach so wenigen Tagen einen Anschlag ausschlössen.

»Saint-Denis, Saint-Sulpice – jetzt Notre-Dame«, rief Zita, »sie greifen unsere Kirchen an und damit unsere Kultur.«

Rebecca legte ihrer Tante den Arm um die Schulter, als wolle sie sie trösten, und ihre Freundinnen sahen sie teilnahmslos an. Wenn sie ehrlich gewesen wären, hätten sie zugeben müssen, dass die ganze Sache sie am Ende doch nicht so bewegte, wie sie gedacht hatten. Sie hatten schon begonnen, sich an eine Welt ohne Notre-Dame zu gewöhnen oder wenigstens an eine Welt, in der diese Kirche eine Ruine war, die über kurz oder lang wiederaufgebaut würde. Und weil sie die Frage, wer den Schaden verursacht hatte, schon langweilte, befassten sie sich lieber damit, wer ihn bezahlen sollte.

»Zweihundert Millionen hat die Familie Arnault zugesagt«, rief Renate.

»Und die Bettencourts noch mal zweihundert Millionen«, sagte Gaby. »Und der arme Pinault ist nur mit hundert Millionen dabei«, sagte die Goggi und machte ein mitleidiges Gesicht.

»Kommen wir dann umsonst rein?«, fragte Ulla und hielt den Ärmel ihrer khakifarbenen Militaryjacke von Saint Laurent in die Höhe.

»Na klar«, sagte Renate und zeigte auf ihre Vuitton-Tasche. »Prima«, sagte die Goggi, die in Gucci gekleidet war. Tatsächlich fühlten sie sich plötzlich der Kirche näher als zuvor, als seien sie jetzt Mitglieder eines besonderen Notre-Dame-Clubs, weil es zumindest möglich schien, dass das Geld, das sie für ihre Luxusklamotten ausgegeben hatten, in den Wiederaufbau der ruinierten Kirche fließen könnte. Zita schüttelte den Kopf, aber die Goggi sagte: »Keine Sorge, liebe Zita, du bist auch dabei« – weil sie natürlich erkannt hatte, dass Zitas Marine-Mantel von Dior war. Rebecca konnte gar nicht aufhören zu lachen. Sie bewunderte diese Frauen, die alle ungefähr doppelt so alt waren wie sie, aber sich für ihr Alter gar nicht schämten und sich nicht versteckten, im Gegenteil. Sie waren über und über mit Ketten, Armreifen, Ringen und Ohrringen bedeckt, es kam Rebecca vor, als seien sie im Lauf der Jahre von ihrem goldenen Schmuck überwachsen worden, so wie Flechten an einem Felsen wachsen oder Moos an einem alten Baum. Sie hätte gerne mit ihnen getauscht. Dann hätte sie ihr Leben bereits hinter sich, könnte hier stehen und zurückschauen, und Gabriel wäre wahrscheinlich schon tot. Das hätte ihr gefallen.

»Als Wolfgang und ich das letzte Mal in Paris waren, haben wir Notre-Dame nicht besucht«, sagte Gaby. Sie war groß und schlank und kam aus Stuttgart. Die sorgfältig gepflegten blonden Haare hatten ihr in den siebziger Jahren einige Erfolge beschert, und sie hatte sie darum seither nicht verändert.

»Wir waren immer im Hôtel de Crillon, der Wolfgang und ich, er hat immer gesagt, wenn wir schon verreisen, wollen wir wenigstens gut wohnen. Das war ihm dann egal, was es kostet.«

Zita beobachtete sie mit spöttischer Verachtung. »Der Wolfgang ist tot, Gaby«, sagte sie, »der wird auch nicht wieder lebendig, wenn du dauernd von ihm redest.«

»Er fehlt mir aber«, sagte Gaby.

»Zita, du bist eine alte Ziege«, sagte Renate. »Ich bin älter als du, ich darf das sagen.«

»Jahrgang?«

»1938.«

»Gut, du siehst auch älter aus. Ist mir auch egal. Zemmour hat gesagt, wir und die Araber, das ist wie Öl und Essig: am Ende trennt es sich, so oder so. Aber ihr wollt das nicht begreifen, nicht wahr?«

Rebecca liebte ihre Tante, aber ihre Bosheit strengte sie an, also verließ sie die kleine Gruppe und bewegte sich weiter durch die Menge. So behutsam, dass sie niemandem auffiel. Sie glaubte beinahe, sie sei unsichtbar, weil niemand sie bemerkte. Es kam ihr vor, als sei sie gar nicht da. Sie überlegte, ob das alles hier vielleicht nur einer ihrer Träume sei und in Wahrheit befinde sie sich ganz woanders. Sie wollte diese These auf die Probe stellen und nahm sich vor, den Platz, der voller Menschen war, einmal in alle Richtungen zu durchqueren und jede der alten Platanen, die ihn auf zwei Seiten zur Straße hin begrenzten, mit der Hand zu berühren, ohne dabei von jemandem beachtet oder ins Gespräch gezogen zu werden. Sie war an den Gabelkofens vorbei, passierte die Absbergs auf der linken Seite, schlängelte sich zwischen den Firmlich-Söhnen Golo und Benno hindurch, ließ Tara Laufenberg den Vortritt und war auf der anderen Seite des Platzes angekommen. Befriedigt drehte sie sich um und betrachtete dann in aller Ruhe die Reihe der Platanen, sie stellte sich so hin, dass sich die fleckigen Stämme in der Flucht der Perspektive zu einer welligen graugrünen Wand vereinten.

Sie ließ eine Hand über einen der schrundigen Stämme gleiten, brach eine Plaque aus der rissigen Rinde und führte sie an die Nase. Der Geruch war ganz und gar real, aber das wollte nicht viel heißen. Ihre Träume waren ihr immer mindestens so wirklich vorgekommen wie die sogenannte Wirklichkeit, und die Erinnerungen an Geträumtes und Erlebtes flossen ihr zusammen und waren gar nicht mehr zu unterscheiden. Je älter sie wurde, desto weniger leuchtete es ihr ein, dass die Leute so beharrten auf dem Unterschied zwischen Traum und Wirklichkeit. Es war doch einerlei. Wenn überhaupt, dann war sie nur irritiert von den vielen Menschen, die sie hier sah. Es kamen in ihren Träumen nicht viele Menschen vor, erst recht nicht so viele auf einmal.

In diesem Moment wurde sie an der Schulter gepackt und herumgerissen, und Vicka gab ihr einen dicken Kuss auf die Stirn und schrie sie an, wie glücklich sie sei, heute hier zu sein, und warum Rebecca hier so allein am Rand herumstehe. »Die Bäume sehen aus wie eine Installation von Alicja Kwade«, sagte Rebecca. Vicka blickte sich um, verstand kein Wort und redete einfach weiter: Sie freue sich irrsinnig auf den kommenden Tag, auf die Kirche, das Fest und überhaupt alles und wie sie dieses Get-Together an ihre eigene Hochzeit erinnere, die ja schon fünf Jahre zurückliege, und dass sie das kupferne Fondueset von Le Creuset, das Rebecca, Anna, Tara und Rike ihr damals geschenkt hatten, noch nie benutzt habe, was aber nicht an ihr gelegen habe, sondern an Stabi, der einfach kein Käsefondue essen wolle, dass sie aber beschlossen habe, alle Mädels demnächst nach Frankfurt in die Annastraße einzuladen, und dann werde man das Fondueset endlich einweihen. Und dann kam sie ganz nah an Rebeccas Ohr heran und flüsterte ihr zu: »Ab morgen bist du auch eine von uns«, und dazu kniff sie ihr so schmerzhaft in den Arm, dass Rebecca nun sicher war, nicht zu träumen. Sie spürte, wie Vicka sie zurück in die Menge zerrte, und wehrte sich nicht. Stabi sah sie kommen und öffnete für sie den kleinen Kreis, in dem er gerade das Wort führte: »Macron will Notre-Dame in fünf Jahren wiederaufbauen. Ich bin gespannt, ob die das schaffen.«

»Fünf Jahre, Stabi, das ist ja eine Ewigkeit«, sagte eine junge Frau mit kurzen, schwarzen Haaren und einem weiten, schwarzen Pullover und wedelte dazu abschätzig mit der Hand. Das war Nadine. Rebecca überlegte, wer sie eingeladen hatte. Nadine gehörte zu den Kunstleuten, mit denen Rebecca wegen ihrer Arbeit in der Galerie zu tun hatte. Sie war zehn Jahre jünger als Rebecca und verbarg unter ihren lächerlich weiten Pullovern eine makellose Figur. Rebecca wusste das, weil sie einmal gemeinsam mit irgendwelchen anderen Leuten in Stuttgart im Sommer einen Nachmittag auf der Schlosswiese verbracht hatten. Nadine musste sich damals wegen der Hitze aus ihren wallenden Umhängen schälen, und Rebecca hatte ihr dabei zugesehen und dann gefragt, warum versteckst du dich so, und Nadine hatte geantwortet, wegen der Typen, sie wolle nicht durch ihr Aussehen auffallen, sondern durch ihren Geist, und das sagte sie in einem Ton, als sei Rebeccas Frage ungefähr das Dümmste gewesen, was sie jemals gehört habe. Wahrscheinlich stimmte bei ihr nicht einmal der Name, dachte Rebecca, während sie ein Glas Rotwein in sich hineinschüttete: Nadine Navarro. Niemand heißt so.

»Ich wette, dass die das schaffen«, rief Vicka und streckte ihre kleine Nase herausfordernd nach vorne. »Wer wettet dagegen?«

»Warum bist du so sicher?«, erkundigte sich Stabi, der heute zur Abwechslung einen gelben Kaschmirpullover um die Schultern trug.

»Weil ER es sagt, mein Stabilein. L'Etat, c'est lui, verstehst du? Das ist Paris, nicht Offenbach.«

Eine kleine Gemeinheit zwischen Eheleuten, die Rebecca nicht entging, weil Stabi ja ein Freiherr von Rumpenheim war, heute ein Stadtteil des alles in allem nicht sehr ansehnlichen Offenbach.

»Ich will gar nicht wissen, was in fünf Jahren ist«, sagte Nadine und nippte an ihrem Wein, »da werde ich 35.«

»Findest du das alt?«, fragte Rebecca freundlich.

»Steinalt«, sagte Nadine, wippte ungeduldig auf den Fersen und holte ihr Telefon aus der Tasche, um ein paar Bilder für ihren Instagram-Account zu machen. Sie hatte da 45 000 Follower, ziemlich viel für eine freie Kunstkritikerin aus Ulm. Vor einem halben Jahr waren es erst ein paar Hundert gewesen. Aber dann hatte eine russische Malerin ihr in einer Berliner Galerie mit den Worten »Ich bin ein Mensch« den Inhalt des Kotbeutels ihres Dackels ins Gesicht geschmiert. Sie erklärte nachher, die Kritikerin habe sie jahrelang in ihren Texten ebenfalls mit Scheiße traktiert und die Attacke sei ein Akt der verzweifelten Notwehr gewesen. Auf Instagram hatte das jedenfalls geholfen.

»Wie die Kirche wohl nachher aussehen wird ...«, sagte Vicka, »was die Architektur angeht, sind die Frenchis doch ganz weit vorne, oder?«

Jetzt fühlte Gabriel endlich seinen Moment gekommen: »Nein, es wird eine Rekonstruktion, mehr nicht. Glaubt mir. Mitterrand konnte es noch wagen, die Pyramide vor den Louvre zu setzen. In den Zeiten des Internets geht das nicht mehr. Das Netz vernichtet die Kreativität. Das Netz tötet die Kunst. Das Netz ist der große Gleichmacher. Alles ist platt, platt, platt.«

Rebecca fand das peinlich, weil es so klang, als wisse Gabriel wirklich Bescheid. In einem Zug trank sie den roten Wein in ihrem Glas.

Nadine gluckste. »Nichts gegen das Netz, ohne das Netz gäbe es meine Arbeit nicht. Und deine erst recht nicht, Anne.« Damit wandte sie sich zu einer jungen Frau, die etwas am Rand der kleinen Gruppe stand und bisher kein Wort gesagt hatte. Die Angesprochene schwieg beharrlich weiter. Nadine setzte nach: »Anne?« Sie betonte den Namen so, wie amerikanische Nachrichtensprecher es tun, wenn sie an eine Kollegin weitergeben. Anne zögerte immer noch, dann sagte sie: »Ja, es ist wahr, ohne Instagram gibt es keine Kunst mehr.« Sie sang es mehr, als dass sie es sagte, und hielt ihre Augen dabei halb geschlossen. Rebecca, die sich ein neues Glas genommen hatte, war überrascht, dass Anne überhaupt geantwortet hatte. Anne war eine junge Künstlerin aus Rebeccas Galerie in Stuttgart, sie war nicht älter als Mitte zwanzig, mit einem durchscheinenden Gesicht und traurigen blonden Haaren, die ihr glatt über Brust und Rücken hingen. Weil sie tatsächlich keine Anstalten machte, noch etwas beizusteuern, wollte sich das Gespräch schon wieder von ihr abwenden. Aber Rebecca war neugierig, und während sie ihr Glas leerte, fragte sie darum besonders eifrig nach: »Was? Keine Kunst ohne Insta?«

Da kam ein bisschen Leben in Anne. »Mehr: Ohne Instagram gibt es kein Leben mehr«, dazu öffnete sie ihre blassen Augen weit, um ihren Worten noch mehr Gewicht zu verleihen. Stabi stieß ein knallendes Lachen aus, das so klang, als habe er einen Hocker umgestoßen. »Ich weiß ja, was es euch bedeutet, euer Leben fotografisch festzuhalten und mit der Welt zu teilen«, sagte er und wies auf die umstehenden Frauen, um deutlich zu machen, dass er das Internet, insoweit es sich um die sogenannten sozialen Medien handelte, vor allem für ein weibliches Phänomen hielt – »aber kein Leben ohne Insta? Das geht dann doch sehr weit, oder?«

»Keine Kunst ohne Insta, kein Leben ohne Kunst, kein Leben ohne Insta. Das ist meine Logik«, antwortete Anne beinahe mitleidig.

»Ich hoffe nicht«, sagte Gabriel.

»Ich spreche für mich«, sagte Anne in ihrem monotonen Singsang. »Ich spreche immer nur für mich. Darum ist der Ausgangspunkt der meisten meiner Werke der Kreis. Also der weiße Kreis. Zum Beispiel bei Prenup19 …«

»Wie heißt das Werk?«, unterbrach Stabi.

»Prenup19, der Titel kommt daher, weil wir das Werk gerade in Gstaad für 19 000 verkauft haben«, sagte Rebecca.

»Also, der Kreis ist auratisch«, fuhr Anne fort, »ja, kalligraphisch, ja, er ist die Leere als Ursprung der Fülle oder wie der Strahlenkranz dieser Ringleuchten, die man in den Videos von Influencerinnen sieht. Also spirituelle Erleuchtung trifft auf Heiligenschein trifft auf Selbstoptimierung trifft auf Youtube. Ja.«

Rebecca nahm sich ein neues Glas und betrachtete sie neidvoll. Sie hätte mit Mitte zwanzig nicht so souverän über ihre Arbeit sprechen können. Sie nahm sich einfach nicht wichtig genug.

Gabriel war irritiert, dass ihm jemand in dieser Runde sein Monopol für kunsttheoretische Überlegungen streitig machen wollte. Darum beeilte er sich, Anne das Wort abzunehmen: »Also, was immerhin stimmt, ist: Das Netz ist kein ephemeres Medium. Wie die Malerei. Oder die Architektur. Wenn ein Bild verbrennt, ist es verloren. Wenn eine Kirche einstürzt, ist sie weg. Selbst wenn man sie wiederaufbaut, ist es nicht das Gleiche. Sie ist weg. Notre-Dame als Rekonstruktion ist nicht mehr dasselbe. Es gibt nichts Dauerhafteres als Ideen, Texte, Melodien. Also, das Werk eines Schriftstellers oder eines Komponisten kann nicht so leicht verschwinden. Wenn es einmal gedruckt ist, wenn es einmal kopiert wurde, wenn es im Netz steht – dann ist es bleibend.«

Rebecca hatte Sehnsucht nach Swann. Wo war Swann? Wo war sie? Swann hatte sie schon allein gelassen, als sie auf den Platz kamen, und war seither verschwunden. Jetzt, wo Rebecca sie so dringend gebraucht hätte, vielleicht so dringend wie nie zuvor, war sie nicht aufzufinden. Wie lange kannten sie sich? Seit Jahrzehnten. Ausgerechnet jetzt war sie nicht da. Rebecca ging langsam rückwärts und schaute dabei zu Boden. Gleich würde sie mit jemandem zusammenstoßen, der sie aus ihren Gedanken befreien würde, und ihr war ganz egal, wer das sein würde. Tatsächlich landete sie in den Armen ihrer Mutter. Ira fing ihre Tochter an den Schultern auf, drehte sie auf der Stelle um und blickte sie prüfend an.

»Du schwankst.«

»Überhaupt nicht, kein bisschen, ich bin immer noch fest entschlossen, ihn morgen zu heiraten.«

»Nein, ich meine, du schwankst, du kannst nicht mehr gerade gehen, weil du betrunken bist.«

»Ah, das ist möglich.«

Ira legte ihr den Arm um die Taille und führte sie zu einer der roten Holzbänke, die unter den Platanen standen.

»Wie schön dieser Platz ist«, sagte Rebecca, »die roten Bänke, die grauen Bäume, der blaue Himmel, das ganze bunte Leben, oder?«

Sie setzten sich nebeneinander.

»Ich bin für dich glücklich«, sagte Ira. In Rebeccas Kopf herrschte Nebel, und ihr klares Denken war begrenzt. Aber die Formulierung machte sie stutzig. Wenn man für sie glücklich sein musste, war sie es offenbar nicht für sich selbst.

»Ich bin glücklich«, sagte sie, »du musst dir um mich keine Sorgen machen.«

»Das ist gut, mein Rübchen. Und es ist gut, wenn du jemanden hast, der auf dich aufpasst, wenn ich mal nicht mehr bin.«

Rebecca war von den Worten ihrer Mutter schon wieder irritiert, sah sich aber im Augenblick nicht in der Lage, der Sache auf den Grund zu gehen. Also sagte sie nur: »Wenn es nach mir geht, bist du noch lange …« Rebecca gab sich alle Mühe nachzudenken. Ihre Mutter hatte gesagt, sie sei glücklich. Aber sie machte einen unglücklichen Eindruck. Rebecca hätte ihr gerne geholfen. Aber sie wusste nicht wie.

»Hast du Swann gesehen?«

Ira schüttelte den Kopf.

»Ich weiß nicht, was mit ihr ist«, sagte Rebecca, »sie schließt mich aus ihrem Leben aus. Sie war schon komisch, als sie ankam, und in Arles war sie die ganze Zeit so abwesend.«

Ira zog sich ein bisschen zusammen, als sei ihr kalt.

»Ihr wart immer so eng. Ich habe euch darum beneidet.«

»Beneidet?«

»Ihr hattet schon immer etwas, das ich mir sehr gewünscht habe.«

»Was denn?«

»Ich weiß nicht. Liebe?«

Rebecca war einen Moment lang überrascht. An die Möglichkeit, dass es tatsächlich Liebe war, was sie mit Swann verband, hatte sie noch gar nicht gedacht. Sie blickte sich rasch um, ob nicht irgendwo noch ein Glas Rotwein zu finden wäre. Aber es war keins in Sicht.

»Du bist doch verheiratet.«

»Ja«, sagte Ira und schwieg. »Dein Vater.« Sie schwieg. »Manchmal weiß ich gar nicht, wofür er mich braucht.«

Mutter und Tochter saßen nebeneinander, Schulter an Schulter, und blickten auf die Menge der Gäste, die an diesem heiteren Frühlingsnachmittag auf dem länglichen, platanenbestandenen Platz in der felsigen Stadt Gignac standen, vor dem Restaurant mit der okzitanischen Küche, und sich auf den kommenden Tag freuten.

»Es war damals anders als heute«, sagte Ira. »Mein Vater hat mich sehr bedrängt zu heiraten. Zita hatte ja schon keinen Mann. Und zwei unverheiratete Töchter, das hätte er nicht ausgehalten.« Ira schwieg. Sie beugte sich nach vorne und zeichnete mit dem rechten Fuß kleine Kreise in den Sand, wie Kinder es machen. »Eigentlich kann man sagen, dass ich heiraten musste, damit sie unverheiratet bleiben konnte.«

Rebecca dachte, um ihrer Mutter zu helfen, müsste sie in die Vergangenheit zurückkehren. Sie müsste zurückkehren und das ganze Leben der Mutter neu einrichten. In das große Haus auf der Stuttgarter Karlshöhe, in den schweigenden Wintergarten, in dem die Eltern an den Sommerwochenenden die Zeit zwischen Frühstück und Mittagessen miteinander zu verbringen pflegten, ohne ein Wort zu wechseln. Rebecca blickte durch die hohen Fenster, draußen sah sie die große Rotbuche am grasigen Hang, Eichhörnchen huschten über die Äste, und ihr Blick folgte ihnen, so lange es ging. Sie wollte ins Freie. Aber es war verboten. Man musste bei den Eltern bleiben. Und jetzt müsste man zurückkehren und alles anders machen. Aber es ging nicht. Sie konnte nichts tun. Heute ebenso wenig wie damals. Machtlos war sie gewesen, ohnmächtig gegenüber dem Schweigen in diesem Haus. Nichts macht ohnmächtiger als das Unglück der Eltern. Und keine Ohnmacht ist tiefer als die des Kindes. Als sie jetzt auf dieser Bank saß, begriff Rebecca, dass das Gefühl der Ohnmacht sie seither nie mehr verlassen hatte.

»Ich habe dich immer bewundert«, sagte sie.

»Das hast du mir nie gesagt.«

»Doch, du warst schön, du hast allen gesagt, was sie tun sollen, und du schwebtest über den Dingen. Du warst so, wie ich sein wollte.« Rebecca wollte ihrer Mutter nicht schmeicheln. Und sie hatte ja gar nicht viel gesagt. Aber die wenigen Worte verfehlten ihre Wirkung nicht. Die Erkenntnis, dass ihre Tochter sie einst bewundert hatte, richtete Ira auf. Die Vorstellung, sie sei einmal Rebeccas Vorbild gewesen, erwärmte sie. Ihr auf der Bank zusammengesunkener Körper machte sich ein bisschen gerade. Die Erinnerung an ihre Schönheit füllte sie mit Leben. Sie dachte an die Gesellschaften, deren Gastgeberin sie gewesen war, an die Liebhaber, die sie gehabt hatte, und an die geheimen Nachrichten – einer hieß Rudolf, in einem Sommer hatte er ihr ein Körbchen mit Pflaumen geschickt, und auf dem Boden, unter Weinblättern verborgen, lag ein Brief. Das hatte ihr gefallen, sie fand es so literarisch.

Sie sagte: »Ja, wir hatten auch schöne Tage, das stimmt«, und dachte: Ich habe ein Kind bekommen und es über alles geliebt, aber es ist herangewachsen und verschwunden. Aus Rebecca war eine Frau geworden, von der Ira wenig wusste. Als Rebecca ein Baby war, hatte Ira mit ihr in einer Symbiose gelebt. Das Leben der einen war ohne das der anderen nicht vorstellbar. Dann wurde ein Kind aus ihr, und die Symbiose verwandelte sich in die Nähe zweier diskontinuierlicher Wesen. Sie waren noch immer durch ein zärtliches Wissen um den anderen verbunden, aber schon getrennt voneinander durch das unbegreifliche Abenteuer ihres Lebens, das nur jeder für sich bestehen konnte. Und als Rebecca älter wurde, verwandelte sich die Nähe in Gewohnheit und das Wissen umeinander in Mutmaßungen, und am Ende blieben nur Verpflichtungen, und irgendwann hatte Ira das Gefühl, als kennte sie ihre Tochter in Wahrheit nur flüchtig. Und das war Rebecca ja auch, flüchtig. Sie war für Ira nicht mehr greifbar und auch für sonst niemanden. Wenn die Aufgabe der Eltern darin besteht, sich überflüssig zu machen, dachte Ira, dann ist mir das gelungen.

Bei dem Gedanken, wie viel sie verloren hatte, erschrak Ira. Wenn sie sich umdrehte, lag ihr Lebensweg hinter ihr wie eine Spur aus verlorenen Hoffnungen, eine Fährte von nicht genutzten Möglichkeiten. Es ist so vieles möglich, dachte sie, und es geschieht so wenig. Die Erinnerung schmerzte sie, also wandte sie sich von ihr ab. Aber der Blick nach vorne machte ihr Angst.

Endlich konnte Rebecca eine Kellnerin herbeiwinken und sich mit Nachschub versorgen. Gerade noch rechtzeitig, weil sie schon im Begriff war, wieder nüchtern zu werden, und das wollte sie auf keinen Fall. Sie gab ihrer Mutter auch ein Glas, und die trank es in einem Zug aus, obwohl ihre Ärztin ihr gesagt hatte, dass der Alkohol reines Gift für sie sei.

»Wir machen uns einen schönen Tag, morgen, ja, mein Rübchen? Und was den Rest angeht, das findet sich. Es findet sich immer.«

Leute kamen und zogen Rebecca an den Händen in die Höhe und dann hinter sich her, Ira sah, wie ihre Tochter in die Menge tauchte, die sich hinter ihr wieder schloss.

Es war Nachmittag geworden. Vorhin hatte die Frühlingssonne noch den Raum unter dem laubigen Dach der Platanen in eine Kathedrale aus funkelndem Licht verwandelt, jetzt hatte sie die fröhliche Kraft ihrer Strahlen verschwendet und zog sich ermattet zurück. Es dunkelte um die feiernden Gäste. Rebecca wurde hierhin und dorthin gestoßen und gezogen, man umarmte und küsste sie, man redete auf sie ein, rief ihr etwas ins Ohr, sie spürte die Berührungen der Menschen an den Händen, an den Armen, am Hals, im Gesicht, sie überließ sich ihnen ganz und leistete keinen Widerstand mehr, in ihrem Kopf dämmerte wieder die Ahnung, dass mit ihrer Mutter etwas sehr Grundsätzliches und Bedeutsames nicht stimmte, aber sie ließ sie verglimmen und kümmerte sich nicht darum. Swann war nirgendwo zu sehen. Dann vergaß sie Swann. Sie lachte und rauchte und trank und tanzte wie ein kleiner Korken auf dem Meer der ganzen Fröhlichkeit, die sie umgab und die ja vor allem ihr galt, ein bisschen auch Gabriel, aber vor allem ihr. Wo war Swann? Sie dachte wieder an Swann. Sie konnte nur noch an Swann denken. Sie musste Swann finden. Aber sie war umringt von Menschen, die sie mit ihren guten Wünschen erdrückten. Jeder wünschte ihr das Beste, und jeder Wunsch war wie eine Last, die man ihr um den Hals hängte. Sie ging unter dem Gewicht der Wünsche in die Knie. Sie ließ sich nieder, wo sie gestanden hatte, und die Umstehenden bildeten eine Kreis um sie und lachten. Sie aber beschloss, sich zu entfernen und sich auf die Suche nach Swann zu begeben. Sie wand sich aus den Berührungen, wie man ein enges Kleid abstreift, und befreite sich von den Wünschen, wie aus einer Fessel. Sie erhob sich in die Höhe und sah die Menge der Feiernden bald unter sich. Jetzt war sie zwischen den Ästen der Platanen, jetzt streifte sie die Blätter der Bäume, jetzt war sie über den Ziegeldächern der Häuser und sah über die rostrote Stadt nach Westen, wo die Sonne schon tief über den südlichen Ausläufern des Massif Central stand. Jetzt war sie frei.

»Es ist eine besondere Zeit«, sagte Sami. Rebecca konnte ihn nicht hören. »Weißt du, dass dies besondere Tage sind?«, sagte er noch einmal. Er hatte die lächerliche Förmlichkeit, mit der er ihr vor ein paar Tagen begegnet war, wieder abgelegt und sprach zu ihr so vertraut wie früher. Das ließ sie aufhorchen: »Nein, das wusste ich nicht.«

Er stand dicht vor ihr am Rande des Platzes, die meisten der Gäste waren schon gegangen, die paar Gebliebenen saßen in kleinen Grüppchen um die letzten Tische, die der Wirt des Roxana noch nicht in sein Restaurant zurückgebracht hatte. Rebecca wusste nicht, wie spät es war und wie sie hierhergekommen war.

»Heute ist Vollmond. Wusstest du, dass die Leute von Mekkah den Propheten nach einem Wunder fragten, und er teilte den Mond in zwei Hälften und setzte den Gipfel des Jabal al-Nour dazwischen?« Samis große Augen dunkelten unter dem dichten schwarzen Haar, das er nicht wie üblich ordentlich gescheitelt trug, sondern das ihm heute struppig in die Stirn hing.

»Nein, auch das wusste ich nicht. Aber das ist schön.«

»Und morgen«, sagte Sami, »ist der 15. Tag des Monats Scha'bān. In dieser Nacht steigt Allah hinab in den untersten Himmel, und er schenkt mehr Seelen seine Vergebung, als die Schafe der Banu Kalb Haare haben. Von Sonnenuntergang bis zur Dämmerung des nächsten Tages fragt Allah seine Geschöpfe: Ist da jemand, der um Vergebung bittet, auf dass ich ihm vergeben kann? Ist da jemand, der Hilfe braucht, auf dass ich ihm helfen kann? Ist da jemand, der leidet, auf dass ich ihn von seinem Leid erlösen kann?«

»Ja, am Wochenende ist Ostern.« Rebecca wusste nicht genau, warum sie das sagte. Sie mochte es, wenn Sami mit seiner weichen Stimme zu ihr sprach, auch wenn sie nicht immer verstand, was er ihr sagte. Jetzt aber war sie müde und wollte nach Hause zu Swann.

»Morgen Nacht wird es niemanden geben, der zu Allah betet, ohne dass seine Gebete angenommen werden«, sagte Sami. »An diesem Tag soll man um die Vergebung seiner Sünden bitten, aber man soll auch selbst allen vergeben, die an einem gesündigt haben, und man soll sich vor allem mit jenen versöhnen, die man liebt, und allen Streit beilegen.«

»Ich habe Streit mit niemandem«, sagte Rebecca, »erst recht nicht mit jemandem, den ich liebe, ich bin glücklich, und ich will morgen heiraten.« Sie überlegte, was davon der Wahrheit entsprach. Wenn man nur noch mehr Wein trinken könnte. Und Swann war immer noch nicht da. Hatte sie Streit mit Swann? War Swann deshalb verschwunden?

»Du weißt nicht zufälligerweise, wo ich hier noch was zu trinken bekomme?«

»Nein«, sagte Sami.

»Nein, du trinkst ja auch nicht.«

Sie setzte sich auf eine Bank.

»Sag noch mal, was ist morgen?«

»Der 15. Shaʿbān.«

»Und was bedeutet das?«

»Da ist Lailat al-Barā'a, die Nacht der Vergebung.«

»Und klappt das mit der Vergebung?«

»Das kommt auf die Tat an. Ich glaube, je schlimmer sie ist und je weniger die Menschen sie vergeben können, desto mehr muss man sich an Allah wenden. Und wenn er der Einzige ist, der sie vergeben kann, dann wird er sie vergeben.«

Rebecca saß nach vorne gelehnt auf der Bank, sie hatte die Arme auf die Knie gestützt und brütete vor sich hin. »Ich glaube, es ist viel schwerer, sich selbst zu vergeben als den anderen.«

»Das kann sein, darüber habe ich noch nie nachgedacht«, sagte Sami. »Ich habe jedenfalls beschlossen, dir zu verzeihen, Rebecca. Ich muss jetzt gehen. Dein Vater wartet auf mich.« Er drehte sich noch einmal um: »Ich werde dich vermissen.«

Rebecca blieb auf der Bank sitzen und zeichnete mit dem rechten Fuß kleine Kreise in den Sand, wie ihre Mutter es vorhin getan hatte. Dann kam endlich Swann.

»Worüber habt ihr geredet?«, fragte sie.

»Was? Keine Ahnung. Ich weiß es nicht mehr.«

Sie stand auf und ließ sich in den Arm nehmen, und Swann brachte sie nach Hause.

Epilog

Die Erinnerung an meine letzten Tage in La Garrigue ist verschwommen. Ich glaube, es liegt daran, dass ich mich nie an den Gedanken gewöhnt habe, dass Gabriel und Rebecca wirklich geheiratet haben. Nachher wurde mir klar, dass ich immer geglaubt hatte, dass es zu dieser Hochzeit nicht kommen werde, dass irgendein wunderbares Ereignis sie doch noch verhindern werde, irgendjemand, irgendetwas werde sich dazwischenwerfen und diesen Zug, der sich so unaufhaltsam vorwärtsbewegte, zum Stillstand bringen und auf diese Weise im allerletzten Moment den Beweis dafür anstellen, dass die ganze Idee eine Totgeburt gewesen war. Eine Totgeburt. Aber es ist nichts passiert. Sie haben einfach geheiratet.

Das ist nun schon alles lange her. Notre-Dame ist längst wiederaufgebaut und sieht aus wie vorher, genau so, wie Gabriel es vorausgesagt hatte. Rebecca hat zwei Kinder, ich weiß gar nicht, wie es ihr geht, wir haben uns schon vor einer Weile aus den Augen verloren. Ira hat ihre Enkelkinder nicht mehr erlebt. Sie ist ein paar Monate nach der Hochzeit gestorben. Was aus Sami geworden ist, weiß ich nicht. Wahrscheinlich verrottet er in irgendeinem französischen Hochsicherheitsgefängnis. Jetzt tut er mir leid. Er hat sie wirklich geliebt. So wie ich.

Die Geschichte lässt mich nicht los. Dinge, die ich nicht für möglich gehalten habe, geschehen einfach. Was soll ich damit anfangen? Musste alles so kommen, und ich habe es nur nicht kommen sehen? Oder hätte auch alles anders sein können, und mein Leben ist eine Verkettung von Zufällen? In Neapel habe ich einmal das Alexandermosaik aus Pompeji gesehen. Eine Schlacht ist da abgebildet, in der Alexander der Große die Perser besiegt. Auf der linken Seite ist außer dem schönen Kopf des mazedonischen Königs beinahe alles verloren gegangen, rechts weist das Bild dagegen nur wenig Lücken auf. Ich habe gelesen, dass das Mosaik nach einem Bild angefertigt worden sei, das nach der Schlacht gemalt wurde. Es gab also diese Schlacht. Sie hat stattgefunden. Sie war ein Stück Wirklichkeit. Diese Wirklichkeit wurde irgendwann in ein Bild übertragen, vielleicht ein Fresco, jedenfalls ein Bild, das seinerseits als Vorbild für ein Mosaik diente, ein Puzzle aus einer Million Steinchen, von denen heute ein großer Teil nicht mehr vorhanden ist. Die Wirklichkeit der Schlacht verändert sich, wenn sie zum Bild wird, und die Wirklichkeit des Bildes verändert sich in der Überlieferung durch die Zeit. Was verbindet das Bild, das im Museum von Neapel hängt, mit der Schlacht des Alexander? Es ist das Echo eines Echos. Der Schatten einer Erinnerung.

Wenn wir wissen wollen, wie es einmal aussah, müssen wir die fehlenden Stellen ergänzen, rekonstruieren, wir müssen sie erfinden. Jeder Versuch, die Wirklichkeit zu beschreiben, muss scheitern. Nur die Erfindung kann vollkommen sein.

Das ist mir bewusst. Ich war lange genug Journalistin, um sagen zu können, dass Objektivität eine Lüge ist. Wahr ist immer das, was genügend Leute dafür halten. Was mich angeht, ist dieser Bericht so wahr, wie er nur sein kann. Niemand außer mir muss das lesen. Er bedeutet niemandem etwas außer mir.

Ich weiß noch, dass ich Rebecca eine Zigarette gab. Sie rauchte sie so wie immer, wie ein Teenager: schnell, nass, heiß. Dann ging ich in die Kirche, um meinen Platz in der ersten Reihe einzunehmen. Rebecca wartete auf ihren Vater, der sie zum Altar bringen sollte. Die Reihen waren alle voll besetzt. Vorne stand Gabriel. Ich war sicher, dass er mich im Gegenlicht zuerst für seine Braut hielt, als er mich kommen sah. Offenbar wartete er schon lange. Mit seinen hängenden Schultern und dem sonderbaren graublauen Frack, in dem er steckte, sah er aus wie eine müde große Ratte.

Die Tür öffnete sich, und Rebecca betrat die Kirche an der Seite ihres Vaters. Es war Mittag, die Sonne stand genau über der Tür, es sah so aus, als kämen die beiden direkt aus dem Licht. Man konnte nur ihre Umrisse ausmachen, so grell war die Sonne, auf deren Strahlen sie in das Dunkel der Kirche glitten. Als sie näher kamen, sah ich, sahen wir alle, dass Heinz einen rosafarbenen Cutaway trug. Sein weißes Haar war ordentlich gescheitelt, in seinem Knopfloch steckte eine weiße Nelke, und ich war sicher, dass seine Wangen vor Aufregung glühten. Er sah einfach phantastisch aus. Ich liebte ihn dafür. Alle hatten sich in den vergangenen Tagen damit beschäftigt, was die Braut tragen würde. Niemand hatte an den Brautvater gedacht. Aber wenn man Heinz kannte, hätte man damit rechnen müssen, dass er diesen Moment für einen großen Auftritt nutzen würde. Rebecca überragte ihren Vater ein bisschen, weil sie hohe Schuhe trug. Ihr weißes Kleid war mit so feinen Spitzen durchwirkt, als wäre es aus Eiskristallen gemacht. Sie waren ein schönes Paar, und doch hatte ihr Gang etwas Maschinenhaftes, wie sie da zwischen den Bänken entlangschritten, langsam, den Rücken kerzengerade, die Augen nach vorne gerichtet, keine Miene verziehend. Ja, es war wie ein Automatentheater: Der rosafarbene Nussknacker übergibt die leuchtende Eisprinzessin in die Hände des graublauen Mäusekönigs. Irgendeine Musik wird dazu gespielt haben, aber die ist mir nicht in Erinnerung geblieben. Der Auftritt des Monsieur le Curé Gousset aber, der war unvergesslich. Jede Trauung ist ein Schauspiel, manche sind ein Theater, diese hier war eine Groteske.

Gousset trug keine weiße Kasel, wie es üblich gewesen wäre, sondern eine rote, um an Christi Passion zu erinnern, weil wir uns ja zwischen Karfreitag und Ostersonntag befanden. Das erklärte er mir nachher, als ich ihn fragte. Und ich fand es auf Anhieb sehr passend. Weil ich den Eindruck hatte, dass mit diesem Tag auf jeden Fall ein Leidensweg beginnen würde. Rebeccas? Meiner? Oder vielleicht auch nur Gabriels. Der Priester fing also an, von der Hochzeit zu Kana zu erzählen. Die habe, sagte er, mit einem Missgeschick begonnen: »Sie haben keinen Wein mehr«, wie es bei Johannes heißt. Genau genommen bedeutete es das Aus für das Fest, eine Blamage vor allen Gästen und ein schlechtes Omen für die Ehe, erklärte Monsieur le Curé. Rebecca leuchtete das sofort ein, das sah ich an ihrem Gesichtsausdruck.

»Sie haben keinen Wein mehr«, sagte also der Priester, »nehmen wir das einmal in einem tieferen, symbolischen Sinn. Der Wein der Freude ist ihnen ausgegangen, der Wein der Liebe, der Wein des Glücks. Es gibt keinen Grund zum Feiern mehr.« Der Mann war mir sympathischer, als ich für möglich gehalten hatte. Er war zwar ein alter Rassist, aber als guter Katholik und erfahrener Trinker wusste er über die wahre Bedeutung des Weins Bescheid. Es war auch wirklich lustig, als er fortfuhr, diese Hochzeit in Kana, die wäre ins Wasser gefallen, wenn das Brautpaar nicht klug genug gewesen wäre, Jesus Christus einzuladen. Gut, dachte ich, wenn du Jesus auf der Party hast, kann nichts schiefgehen, das ist ja sonnenklar. Ich bedauerte es sehr, dass ich nicht neben Rebecca stand. Das wäre ein Spaß gewesen. Aber sie stand neben Gabriel und hatte schon wieder das unschuldigste Gesicht der Welt unter ihrem lächerlichen Halbschleier, der genau bis zur Spitze ihrer kleinen Puppennase reichte.

»Ohne Wein«, sagte Gousset, die alte Schnapsnase, »gibt es nur noch den grauen und langweiligen, zermürbenden Alltag. Wie vielen Paaren geht es so? Wie viele haben das Gefühl: Die Liebe – die am Anfang so faszinierend war – hat sich verbraucht. Und wie viele werfen deshalb die Flinte ins Korn, gehen auseinander und suchen anderswo ein neues Glück.« Sieh an, denkt man, noch nie eine Frau gevögelt, aber dennoch weiß der alte Heuchler ganz gut, wie es so zugehen kann in der Ehe. Aber Christus macht den Mangel zur Fülle. Unter Jesu Händen verwandelt sich das Wasser in erstklassigen Wein – in Wein, der sogar noch besser ist als der erste. Sagte Monsieur Gousset. Jesus als Weinhändler, der plötzlich mit ein paar Kisten Chambolle-Musigny Premier Cru um die Ecke kommt, das gefiel mir. Wenn ich nicht schon katholisch gewesen wäre, ich hätte gerufen: Hier bin ich.

Allerdings verbrauchte der Priester das ganze Kapital, das er bei mir in den ersten Minuten aufgebaut hatte, sehr schnell wieder. Er redete ellenlang darüber, wie sehr Gott die Ehe liebt und die Scheidung hasst und dass wir uns nicht selbst gehören, sondern dass unser Körper ein Tempel des Heiligen Geistes sei. Ich sah ihn mir genauer an: Seine Augen waren ganz erloschen, und ich war sicher, dass er die Gelegenheit genoss, das Brautpaar und alle Gäste mit seinen freudlosen Lehren zu bedrücken.

»Nun hört, Braut und Bräutigam«, rief er laut und hob dazu drohend die Hände, »was der Herr von euch in eurer Ehe erwartet …«

Das war dann einfach nur noch absurd. Dieser dürre Pfarrer sprach ernsthaft davon, dass Gott Gabriel zum Haupt der Familie erkoren hat, zum Führer seiner Frau – also meiner Rebecca, die sich ihm unterwerfen solle und sich um die Familie kümmern und in Bescheidenheit und Glauben, in Liebe und Heiligkeit leben solle. Amen. Scheiße. Ich saß in der ersten Reihe und hätte kotzen können. Das Einzige, was mich freute, war, dass Gabriel überhaupt nicht verstand, was der Priester da redete. Sein Französisch war viel zu schlecht. Er machte die ganze Zeit sein übliches dämliches Gesicht mit der vorgewölbten Unterlippe und nickte immerzu. Rebecca hingegen verstand alles sehr gut, aber sie verzog keine Miene. Als sei sie betäubt, vom Katholizismus chloroformiert. Ich wollte aufspringen und sie wach rütteln und an der Hand packen und mit ihr davonlaufen, wie Dustin Hoffman es mit Katharine Ross gemacht hat. Aber ich war zu feige.

»Selig jeder, der den Herrn fürchtet, der auf seinen Wegen geht! Was deine Hände erarbeitet haben, wirst du genießen; selig bist du – es wird dir gut ergehn.«

Dann wurden die beiden getraut, und es war vorbei. Es war, als hätte ich einem Autounfall zugesehen. Oder wie sich jemand mit dem Messer in die Hand schneidet. Oder als wäre eine kostbare Vase von einem Regal gefallen, auf dem sie eine Weile hin und her geschwankt hatte, bevor sie stürzte und auf dem Boden in tausend Stücke ging. Es war einfach nichts mehr zu machen.

Ich habe vergessen, wie wir aus der Kirche herauskamen. Aber ich weiß noch, dass Rebecca mich draußen auf der Treppe in den Arm nahm und mir ins Ohr flüsterte: »Mein lieber Schwan, es wird alles bleiben, wie es immer war.« Dann warf sie den Brautstrauß, und irgendwer fing ihn auf. Ich glaubte ihr kein Wort. Auf dem Weg zum Auto lief Nandor neben mir und fragte mich, ob mit mir alles in Ordnung sei, so still habe er mich noch nicht erlebt.

Abends hingen die weißen Lampions in den Orangenbäumen wie lauter Monde. Die langen Tafeln mit den weißen Tischtüchern und den glitzernden Gläsern lagen so vielversprechend nebeneinander wie die Start- und Landebahnen am Frankfurter Flughafen. Und auf der Bühne stand in stillem Glanz der schöne Flügel. Heinz und Ira hatten etwas bekommen für ihr Geld, keine Frage. Die olivenhäutigen Helferlein in ihren engen Höschen hatten ganze Arbeit geleistet. Die Planung sah so aus: Gabriel wollte etwas auf dem Flügel spielen und dazu ein bisschen singen, dann wollte Heinz seine Rede halten, und bevor das Essen losgehen sollte, würden Rebeccas Freundinnen noch etwas aufführen, eine Art Theaterstück, Szenen aus dem Leben der Braut. Sie hatten mich auch gefragt, ob ich mitmachen wollte, aber ich hatte dankend abgelehnt. Mir reichte das so schon alles. Ich ging schnurstracks zu meinem Platz, hatte keine Lust auf Small Talk. Sobald ich saß, fing ich an zu trinken. Und zwar richtig. Ich war sehr glücklich darüber, dass die Flaschen schon auf dem Tisch standen. Es gingen keine Kellnerinnen herum, um nachzuschenken. Ich konnte mir gleich den Rotwein nehmen und gut auf ihn aufpassen. Die anderen standen noch um den Pool herum, und keiner hatte es eilig, zu seinem Stuhl zu kommen. Ich hatte also erstens genug Zeit, ausgiebig zu bechern, und zweitens konnte ich in aller Ruhe die Leute beobachten. Ich muss sagen, die Stimmung hätte nicht besser sein können. Gabriel und Rebecca standen bei ihren Plätzen am Kopf der Tafel und guckten in entgegengesetzte Richtungen, als warteten sie auf Hilfe. Ira und Zita stritten auf der Terrasse miteinander. Zita hatte einen Jumpsuit von Saint Laurent, aus schwarzem Stoff, der mit riesigen roten Rosen bedruckt war, und Ira ein schwarzes Kleid mit irgendeinem bunten Muster, sie waren schon wieder so angezogen, als hätten sie sich abgesprochen, und sahen aus wie zwei Samurai kurz vor dem Kampf. Sami, der düstere Gärtner, stand neben der kleinen Bühne im Schatten eines seiner Orangenbäume, und ich hatte den Eindruck, als spräche er mit sich selbst, und zwischendurch jagten zwei Kinder die beiden dicken Möpse, und Vicka versuchte, laut schreiend sie wieder einzufangen. Ein Wind kam auf, und die Lampionmonde begannen, wie verrückt hin und her zutanzen. Das konnte noch ein lustiger Abend werden.

Als endlich alle Platz genommen hatten, stellte ich fest, dass meine Nachbarin Anne Goböse war, eine Künstlerin aus Stuttgart. Das war schon ein Widerspruch in sich, und eigentlich war damit über sie auch schon alles gesagt. Aber dann überraschen einen die Leute doch immer wieder durch ihre sagenhafte Dummheit. Sie saß also neben mir, in einem elfenhaft bodenlangen, hellen Kleid, und ließ in sonderbaren Bewegungen ihre Hände über dem Teller kreisen.

»Was machst du da?«, fragte ich sie und gab mir wirklich Mühe, freundlich zu sein.

»Mein mentaler Körper sucht nach seiner Sprache«, sagte sie und ließ weiter ihre Hände über dem Teller kreisen. »Er sucht nach einer sprechenden Hand, einer sprechenden Hüfte, einem sprechenden Ohr. Seine Grammatik ist in alle Richtungen gekrümmt, und sein Satzbau sind seine Gesten.«

Die Kellnerin kam vorbei, und Anne hielt sie am Ärmel fest, zog sie zu sich herab und flüsterte ihr ins Ohr, sie sei vegan und ob das beim Essen berücksichtigt worden sei. Keine Ahnung, warum sie das so leise sagte, als wäre es ihr peinlich gewesen. Bei ihr war eh alles egal. Das galt allerdings für mich auch, so betrunken war ich zu diesem Zeitpunkt bereits.

Also fing ich an loszupoltern: Wenn ich in ein Restaurant komme, rief ich, muss es nach Fleisch riechen und nach Fett, dazu hob ich meine beiden Hände in die Luft und drehte sie hin und her, als seien es saftige T-Bone-Steaks, und nur wer Fleisch richtig gut braten kann, rief ich ganz laut, kann auch richtig gut ficken.

»Hoch die Tassen«, sagte Nandor, der mir gegenübersaß, mit seinem weichen Bäuchlein, das gegen sein enges rosafarbenes Hemd drückte und auf der Suche nach einem Weg ins Freie kurz über dem Hosenbund schon einen Knopf hatte aufspringen lassen. »Jetzt mal im Ernst«, sagte er und beugte sich über den Tisch, »vielleicht trinken Sie zu viel, liebe Freundin.«

Da lag er nicht falsch, der gute Nandor, und das hatte die Rittmeisterin mir auch schon gesagt, nachdem sie mich vom Bildschirm weg zum Radio komplimentiert hatte. Ich beugte mich ihm entgegen und sagte ganz laut: »Also erstens musst du jetzt nicht plötzlich Sie zu mir sagen. Und zweitens fickst du dich vielleicht mal selber, lieber Freund.«

Auf einmal wurde es ganz still. Gabriel stand auf dieser lächerlichen Bühne, die zwischen die Orangenbäume geklemmt war, und rechts und links hingen die Orangen ins Bild wie bei einem entzückenden kleinen Puppentheater. Und Gabriel sah auch schon wieder aus wie eine Puppe, eine Marionette, der man die Fäden zu locker gelassen hat, ein großer, graublauer zottiger Vogel mit hängenden Flügeln. Er hob seine ungelenken Arme und ließ sie wieder fallen und hob sie wieder, bis auch das letzte Gespräch verstummt war. »Ich bin jetzt verheiratet«, sagte er und schwieg. Es entstand eine kurze Pause, und dann klatschten alle Gäste und jubelten ihm zu, weil sie nicht wussten, was sie sonst tun sollten.

»Damit beginnt für mich eine Reise ins Unbekannte. Die Welt der Ehe.«

Das Publikum lachte, und der unverbesserliche Stabi, mindestens schon so blau wie ich, johlte dazwischen: »Taschenlampe nicht vergessen!«

»Ich glaube«, fuhr Gabriel fort, »die Ehe ist voller Geheimnisse, vielleicht sogar voller Gefahren, und vieles, was ich jetzt weiß oder was mein Verstand mir sagt, wird mir da nicht helfen. Aber ich bin Künstler. Und wir haben andere Möglichkeiten, unseren Weg zu finden. Und ob Rebecca mir folgt oder ob sie in Wahrheit mich führt, das werden wir sehen, es ist auf jeden Fall jetzt unser gemeinsamer Weg.« Alle klatschten, und weil sie nicht genau verstanden, wovon Gabriel sprach, wunderten sie sich, dass er so klug war.

»Und jetzt spiele ich für Rebecca, meine Frau, ›Eurydikes Lament‹ aus meiner Oper ›Orpheus und die Zauberflöte‹.« Großer Applaus.

Er setzte sich an den Flügel und begann zu spielen. Ich verstehe nicht viel von Musik. Für mich klang es irgendwie barock, was er da machte. Also jedenfalls konnte er gut Klavier spielen, unser Komponist. Sogar ziemlich gut. Wunderbare Töne entlockte er dem schwarz glänzenden Flügel, er warf sie wie zum Spiel in die Luft, dort begannen sie zu tanzen, sich zu Bildern zu formen, sich umeinander zu drehen und sich neu zu gruppieren. Ja, er malte Bilder mit seiner Musik, geheimnisvolle Bilder, in die wir alle staunend schauten wie in einen verzauberten Spiegel. Gabriels Spiel nahm mich auf eigentümliche Weise gefangen. War er mir eben nicht noch wie ein struppiger alter Vogel vorgekommen? Und nun, was für eine Verwandlung: Wenn er Federn gehabt hätte, ich hätte gesagt, jetzt glänzten sie. Gabriels Musik verband uns alle, sie war buchstäblich ein Band, das uns verknüpfte, sie wurde stofflich, ein feines Gewebe, in das wir uns hüllen konnten, das sich mit einem feinen Kitzel um unsere Schultern legte.

Dann begann er zu singen:

Rosa del ciel, vita del mondo, e degna
Prole di lui che l'universo affrena,
Sol, che 'I tutto circondi e 'l tutto miri
Dagli stellanti giri:
Dimmi, vedesti mai
Di me più lieto e fortunato amante?

Hin und wieder hörte ich die Hunde jaulen, die sich zu Füßen der Bühne zusammengerollt hatten, und vielleicht mitsingen wollten. Immerhin mussten Vickas Kinder jetzt nicht mehr hinter den Möpsen herjagen, sie saßen stattdessen zwischen ihrer Mutter und ihrem Vater auf dem Boden im Gras und rollten eine unreife Orange hin und her. Ira und Zita hatten offenbar auch die Nase voll vom Streiten und saßen Schulter an Schulter gelehnt auf der steinernen Bank. In den Ästen über ihnen saßen ein paar Vögel, und es lag eine große Stille über dem Garten. Ich war mittlerweile so blau, dass ich tatsächlich dachte, die ganze Welt sei zur Ruhe gekommen, nur um Gabriel zu lauschen. Während er spielte, blätterte Anne neben mir versunken in ihrem Insta-Account. Ich blickte ihr über die Schulter, und sie zeigte mir Bilder von sich selbst, mit gezücktem Pinsel oder beim Schmusen mit ihrem Hund, dazu flüsterte sie mir ins Ohr, dass Katzen und Lämmer zu ihren Lieblingsmotiven gehörten. Ich flüsterte zurück, dass ich als Kind auch immer den Zeichenstift in der Hand hatte, und sie kniff mich liebevoll in den Arm und sagte: »Wie schön!«

Am Ende wurde Gabriels Lied leiser und zarter, die letzten Töne waren wie durchscheinend, und dann verklang es einfach, und als es vorbei war, schwiegen alle, und es dauerte eine Weile, bis sich die ersten Hände rührten. Der Beifall war enorm.

Einige Frauen begannen sogar zu kreischen. Ich weiß nicht, warum es immer noch so ist, dass Frauen kreischen und Männer nicht. Ich dachte jedenfalls, dass Gabriels Spiel zwar beeindruckend war und sein Gesang betörend, ja, betörend, aber dass man deshalb nicht gleich kreischen musste wie bei einem Konzert der Beatles. Aber am Rande des Gartens kam es zu einer Bewegung, ich verstand nicht, was vorging, es ging alles sehr schnell, und meine Wahrnehmung war eingetrübt. Dann kamen plötzlich von allen Seiten Männer aus dem Unterholz, sie traten in einer langen Linie aus dem Schatten der Bäume in das Licht der Lampions, von Süden näherten sie sich wie eine dunkel rollende Welle im Laufschritt über das Feld, auch auf der Terrasse waren sie schon, sie waren in Dunkelblau gekleidet, trugen schwere Westen, hatten schwarze Stiefel an den Füßen, Sturmhauben über dem Kopf und Gewehre in der Hand. Es dauerte nur Sekunden, da waren die drei Tafeln, an denen die Gäste saßen, von einer dichten Reihe schwer bewaffneter Polizisten umstellt. Wer versuchte, sich zu erheben, wurde auf seinen Stuhl gedrückt. Wir waren gefangen. Seit dem Tod meines Vaters war ich es gewohnt, immer mit dem Schlimmsten zu rechnen. Heute kam ich auf meine Kosten. Ich hatte keine Ahnung, was hier los war, ich bedauerte nur, dass die Polizei nicht einen Tag früher gekommen war. Also drehte ich mich um und rief dem Beamten, der direkt hinter mir stand, ein paarmal zu: »Warum sind Sie denn erst jetzt gekommen und nicht schon gestern?« Der junge Mann, von dem ich nur die Augen sah und ein Stück Nase, beachtete mich gar nicht, sondern guckte stier geradeaus. Offenbar machte ich keinen sehr bedrohlichen Eindruck auf ihn. Das kränkte mich ein bisschen. Das konnte ich so nicht stehen lassen. Nandor versuchte noch, mich zurückzuhalten. Aber es war zu spät. »Hör mal, mein Junge«, rief ich und wollte aufstehen, »ich bin Journalistin, und du hörst mir jetzt mal zu. Was machst du hier überhaupt, und warum zum Teufel warst du gestern nicht hier, als ich dich gebraucht hätte?«

Das genügte dann, um Beachtung zu finden. Die Reihe öffnete sich kurz, von hinten kamen zwei Beamte hervorgeschnellt und zerrten mich von meinem Platz über die Wiese am Pool vorbei in Richtung Terrasse. Ich schrie und strampelte, so gut ich konnte, aber die beiden Kollegen hatten einen eisernen Griff, das musste ich ihnen lassen, ich sah noch die betroffenen Gesichter der anderen Gäste. Es war allerdings nicht so, dass auch nur einer von ihnen versuchte, mir zu Hilfe zu kommen. Man schleppte mich also bis zur Haustür, und dort stellten die beiden kräftigen Kerle mich auf die Füße. Die kleine Tour durch den Garten hatte mich kein bisschen ernüchtert. Mit Interesse bemerkte ich, dass auf dem Hof drei dunkle Peugeots standen, zwei Kombis und ein Van, alle ohne Markierungen, die Türen standen offen, und als ich dazukam, stiegen immer noch mehr Männer aus. Am Ende tummelte sich bestimmt ein Dutzend dieser schwer bewaffneten, in ihrer dicken Panzerung ein bisschen unbeholfen wirkenden, dunkelblauen Polizeibeamten auf dem Platz. Ich hatte den Eindruck, sie bezogen irgendwie Stellung, es war nur nicht ganz klar, ob sie das Haus gegen Eindringlinge von außen verteidigen wollten oder den Parkplatz gegen Angriffe aus dem Haus.

Heinz sprach gerade mit einem schmalen kleinen Mann in Zivil, der ganz genauso entzückend aussah wie der Präsident der Republik. Diese feinen kleinen Franzosen! Er wandte sich mir zu, stellte sich als Commissaire Soundso vor, ich konnte den Namen nicht verstehen, und sagte: »Madame, der Brigadier sagt mir, Sie sind von der deutschen Presse. Ich dachte, es interessiert Sie vielleicht, uns bei der Arbeit zu beobachten.«

Obwohl ich immer noch so voll war wie eine Haubitze, nahm ich sozusagen innerlich Haltung an und antwortete in meinem geläufigsten Französisch: »Monsieur le Commissaire, natürlich unbedingt, ich danke Ihnen im Namen der deutschen Presse. Meine Leserinnen und Leser interessiert vor allem: Was zur Hölle ist hier los?«

»Es ist wegen Sami«, sagte Heinz, »der Commissaire denkt, unser Gärtner hat Notre-Dame angezündet.«

Noch nie hatte mich ein Mensch so hilflos angesehen wie Heinz, als er das sagte. Er war auf einmal sehr alt und schmal und schwach, und seine Verzweiflung war unermesslich. Ich hatte den Eindruck, als erwartete er von mir, dass ich ihn irgendwie rettete. Allerdings war das auch der verrückteste Satz, den ich in meinem Leben je gehört hatte. Mit der Hellsichtigkeit der Betrunkenen dachte ich mir, wenn schon Rebecca geheiratet hatte und auch sonst die ganze Welt irre geworden war, dann war es jetzt umso wichtiger, die Fassung zu bewahren. Man muss aufrecht untergehen. Also ließ ich mir nichts anmerken und fragte mit betonter Sachlichkeit: »Wo ist denn Sami?«

Ich musste nicht auf die Antwort warten. Sie brachten ihn schon, mit auf dem Rücken gefesselten Händen schleiften sie ihn über den Parkplatz, aber nicht so, wie sie mich durch den Garten geschleift hatten: Ihn hielten sie rechts und links an den Ellenbogen und drückten seinen Kopf nach unten, so dass er keine Chance hatte, selber auf die Füße zu kommen.

»Kein Widerstand, keine Waffen«, meldete der Beamte seinem Vorgesetzten. Sami murmelte die ganze Zeit etwas vor sich hin. Ich konnte ihn nicht verstehen, es ging um irgendeine gesegnete Nacht, um Leben und Tod und Rauch, er wirkte auf mich benommen, abwesend, als würde er träumen. Heinz wollte auf ihn zugehen, aber ein Beamter hielt ihn zurück.

»Es tut mir leid, es muss sich um ein Missverständnis handeln«, sagte er.

Sami antwortete: »Vielleicht handelt sich um ein Missverständnis, Monsieur, vielleicht auch nicht.«

Dann zogen ihm die Polizisten einen schwarzen Sack über den Kopf und verfrachteten ihn in einen der Peugeot-Transporter. Als sie mit ihm wegfuhren, blickte Heinz den Lichtern hinterher, die durch die Äste der Bäume noch eine Weile sichtbar waren und dann plötzlich verschwanden. Die Party war damit vorbei. Schade. Von Heinz' Rede hatte ich mir viel versprochen.

Am nächsten Morgen war es, als wären wir alle gemeinsam aus einem schlimmen Traum erwacht. Wir waren freundlich miteinander, behutsam sogar, aber still. Die Vorstellung, dass Sami die zweitberühmteste Kirche der Welt angezündet haben sollte, legte sich lähmend über uns. Wie war Ihr Osterfest? Oh, geht so, unser Gärtner hat Notre-Dame angezündet. Was Sie nicht sagen! Warum er es getan hat? Wenn er es getan hat. Keine Ahnung. Vielleicht wollte er unsterblich werden. Vielleicht schlug er nachts, vor Ehrgeiz krank, auf sein Lager, mit beiden Fäusten. Was weiß ich von dem Feuer, von dem Durst nach Ruhm. Oder aus Enttäuschung und religiösem Eifer? Oder doch aus Liebe? Ich denke, Liebe ist der einzig legitime Grund, eine grauenhafte Tat zu begehen. Wenn er es getan hat und wenn es Liebe war, dann hat er meine Sympathie. Ich würde mich damit nicht zitieren lassen. Aber immerhin. Wenn ich an Rebecca denke, für die eine ist die Liebe ein Zeitvertreib, und den anderen verschlingt sie wie ein gefräßiges Tier.

Jedenfalls sprengte das unsere Vorstellungskraft und ließ uns verstummen. Keiner konnte dem anderen gut in die Augen blicken. Die Einzige, die wirklich gute Laune hatte, war Zita. Man kennt das aus dem Krieg, da verschwinden bei den Patienten die Angststörungen und die Psychosen, weil die äußeren Verhältnisse endlich genauso zerrüttet sind wie die inneren. Außerdem durfte sie sich ja bestätigt fühlen: Der Muslim war's. Sie war erstaunlich beherrscht und redete gar nicht viel. Aber ich konnte es ihrem Gesicht ansehen, dass sie ihren Triumph genoss. Ich hatte keine Lust, ihr grundlegende Rechtsprinzipien zu erklären, also zum Beispiel: unschuldig bis zum Beweis des Gegenteils. Plötzlich hatte ich das Gefühl, dass mich das hier alles nichts mehr anging. Das Ende ist immer kurz. Egal, wie lang die Geschichte war.

Wir bereiteten uns auf die Abreise vor. Nandor und Gabriels Mutter fuhren zuerst. Dann verabschiedeten wir Zita und Ira. Sie fuhren zusammen zurück. Mit den Hunden. Ich wunderte mich ein bisschen darüber, dass Zita ihre Schwester mit für ihre Verhältnisse ungewöhnlicher Fürsorge behandelte. Ich freute mich für die beiden Schwestern. Von Iras Krankheit wusste ich damals ja noch nichts.

Dann waren Rebecca und Gabriel an der Reihe. Ihre Hochzeitsreise sollte auf die äußeren Lofoten gehen. Oder auf die Malediven. Oder nach Mallorca. Was ging es mich an? Sie benahmen sich bereits wie ein altes Ehepaar, als der Fahrer kam, der sie nach Marseille zum Flughafen bringen sollte: Hast du daran gedacht, dies und das einzupacken? Ich dachte, du kümmerst dich darum … So in der Art. Es war schrecklich. Aber ich wunderte mich über nichts mehr. Rebecca war mir an diesem letzten Tag ausgewichen. Wir waren uns nur flüchtig begegnet. Und als sie mich zum Abschied umarmte, war es nicht mehr wie früher. Im Dschungelbuch von Disney tritt Mogli am Ende aus dem Wald und geht zu dem Mädchen, und als Balu der Bär hinter ihm herruft, versteht er ihn nicht mehr. Er geht zu den Menschen, und sofort versteht er die Sprache der Tiere nicht mehr. Das war für mich immer die traurigste Stelle überhaupt aus allen Filmen, die ich je gesehen hatte. Und genauso war es mit Rebecca: Sie hatte geheiratet, und sie verstand mich nicht mehr.

Ich war die Letzte. Als alle abgereist waren, nahm auch ich meine Tasche, stieg in meinen Mercedes und fuhr zurück nach Köln. Im Auto dachte ich, vielleicht habe ich nie jemanden wirklich gemocht. Ich habe jedenfalls Angst vor den Menschen. Ach so. Heinz. Heinz blieb allein zurück. »Man muss sich um den Garten kümmern«, hatte er zum Abschied gesagt, und weil er das Haupthaus für sich allein zu groß fand, kündigte er an, in Samis Wohnung zu ziehen.